Lynsay Sands a un diplôme de psychologue. Elle écrit depuis qu'elle est enfant et aime lire de la littérature sentimentale autant que de l'horreur. Elle aurait voulu être un vampire. À défaut de boire du sang, elle est toujours à la recherche d'un régime qui fonctionne.

Du même auteur, chez Milady :

Les Vampires Argeneau :
1. *En-cas d'urgence*
2. *L'Amour m'a tuée*
3. *JF cherche vampire*

www.milady.fr

Lynsay Sands

En-cas d'urgence

Les Vampires Argeneau – 1

Traduit de l'anglais (États-Unis) par Zeynep Diker

Milady

Milady est un label des éditions Bragelonne

Titre original : *A Quick Bite*

Suivi d'un extrait de : *Love Bites*

ISBN : 978-2-8112-0453-2

Bragelonne – Milady
60-62, rue d'Hauteville – 75010 Paris

E-mail : info@milady.fr
Site Internet : www.milady.fr

À David,
pour son café et ses baisers.
Merci.

Remerciements

L'écriture de ce livre a été un peu difficile. Il a été rédigé dans le désordre, ce qui a apporté tout un lot de problèmes auxquels je ne m'étais pas préparée. Pas mal de gens m'ont aidée à franchir ce cap et je les en remercie.

Tout d'abord, Dave, pour son courage, son bon sens et pour avoir toujours l'œil sur les détails. (Il n'est pas juste bon à apporter du café et me rassurer avec des baisers.)

Je tiens également à remercier mon agent, Jenny. Tu fais partie des nombreux changements qui ont bouleversé ma vie durant toute une année placée sous le signe du chaos et tu comptes parmi les meilleures choses qui me soient jamais arrivées. Je te mets en seconde position, juste derrière Dave. Merci de m'aider à avancer.

Un autre grand merci à mes éditrices, Erika Tsang et Lucia Macro, qui m'ont toujours soutenue et ont travaillé très dur pour perfectionner les moindres détails. Vous m'incitez à me dépasser et à toujours aller « au-delà », et je vous en remercie infiniment.

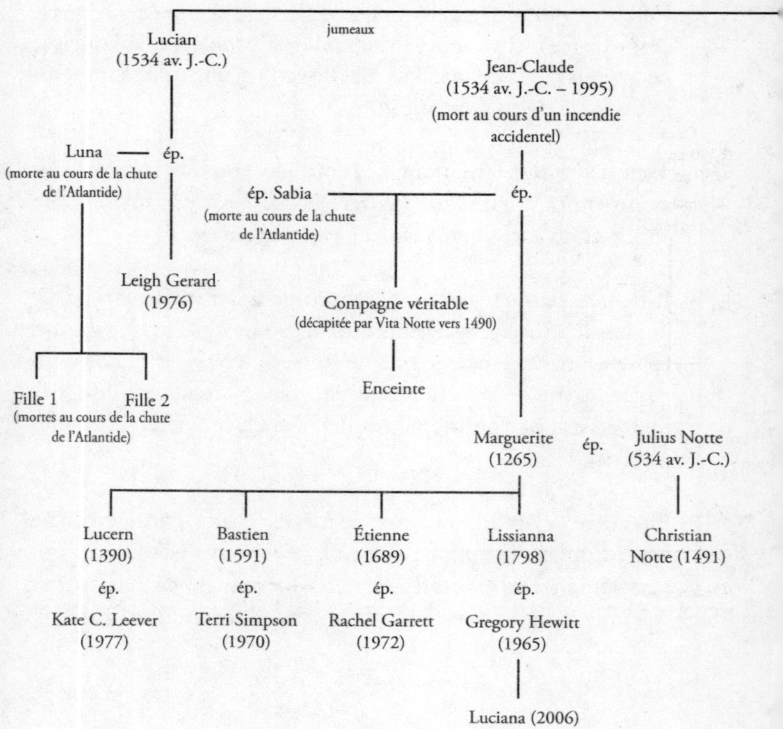
jumeaux
Lucian
(1534 av. J.-C.)
Jean-Claude
(1534 av. J.-C. – 1995)
(mort au cours d'un incendie accidentel)
Luna
(morte au cours de la chute de l'Atlantide)
ép.
ép. Sabia
(morte au cours de la chute de l'Atlantide)
ép.
Leigh Gerard
(1976)
Compagne véritable
(décapitée par Vita Notte vers 1490)
Enceinte
Fille 1
Fille 2
(mortes au cours de la chute de l'Atlantide)
Marguerite
(1265)
ép.
Julius Notte
(534 av. J.-C.)
Lucern
(1390)
ép.
Kate C. Leever
(1977)
Bastien
(1591)
ép.
Terri Simpson
(1970)
Étienne
(1689)
ép.
Rachel Garrett
(1972)
Lissianna
(1798)
ép.
Gregory Hewitt
(1965)
Luciana (2006)
Christian
Notte (1491)

Arbre généalogique de la famille Argeneau

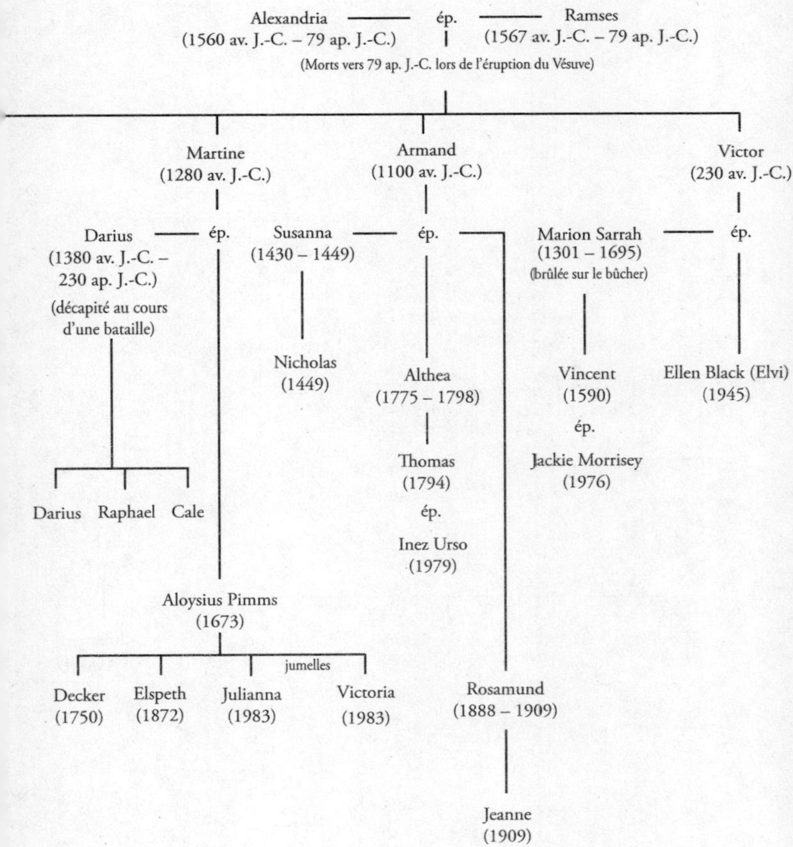

Prologue

— C'est juste un petit dîner.

— Mmmh.

Debout, Greg Hewitt plaça le combiné du téléphone dans le creux entre son épaule et son cou, le maintenant en place à l'aide de son menton, et commença à ranger son bureau avant de quitter son cabinet.

La voix d'Anne avait pris un ton enjôleur, signe qu'elle préparait un mauvais coup. Il soupira intérieurement tandis que sa sœur débitait son discours, lui exposait ce qu'elle avait prévu pour le dîner dans les moindres détails, dans l'espoir de le convaincre d'y assister. Il nota qu'elle s'était bien gardée de mentionner les noms des autres participants à ce petit dîner, mais se doutait déjà de la réponse. Seraient présents Anne, bien entendu, son époux John, et une jeune femme dont le cœur serait à prendre qu'elle espérait caser avec son célibataire endurci de grand frère.

— Alors ?

Greg s'arrêta et reprit le combiné dans la main. Il venait de rater un élément important de la conversation.

— Pardon, tu disais ?

— Alors, à quelle heure viendras-tu demain soir ?

— Je ne pourrai pas venir. (Il ne lui laissa pas le temps de geindre et ajouta aussitôt :) Je ne pourrai pas, j'aurai quitté le pays demain.

— Quoi ? (Elle fit une pause, puis reprit d'un ton suspicieux.) Pourquoi ? Tu vas où ?

— Au Mexique. Je pars en vacances. C'est pour ça que je t'ai appelée. Je m'envole pour Cancún à la première heure demain.

Conscient qu'il venait de la prendre au dépourvu, Greg esquissa un petit sourire tout en jonglant avec le téléphone pour enfiler la veste qu'il avait mise de côté plus tôt dans la journée.

— Le Mexique ? reprit Anne après un long silence. Des congés ? Toi ?

Greg se demanda s'il devait s'amuser de son étonnement ou le considérer comme un triste commentaire sur son mode de vie. C'était la première fois qu'il s'offrait des vacances depuis qu'il s'était installé comme psychologue et avait ouvert son cabinet huit ans auparavant. En vérité, il n'était pas parti en vacances depuis sa première année d'université. C'était un bourreau de travail tout à fait classique, désireux de réussir et prêt à y consacrer des heures sans rechigner. Ce qui ne lui laissait pas beaucoup de temps libre pour entretenir une vie sociale. Il méritait bien un peu de repos !

— Écoute, il faut que j'y aille. Je t'enverrai une carte postale du Mexique. À plus !

Greg raccrocha sans laisser à sa sœur le temps de lui couper la parole, saisit sa serviette et s'éclipsa de son bureau à la hâte. Il ne fut pas surpris d'entendre le téléphone sonner tandis qu'il fermait la porte à clé ; Anne était du genre coriace. Il n'y prêta pas attention, esquissa un léger sourire, puis rangea ses clés dans sa poche avant de longer le couloir en direction de l'ascenseur.

Le docteur Gregory Hewitt était officiellement en vacances. À cette pensée, il sentit ses muscles se détendre à mesure qu'il s'éloignait de son cabinet. Il sifflotait tandis qu'il entrait dans l'ascenseur et appuyait sur le bouton « P3 ». Il s'arrêta de siffler et tendit le bras sans réfléchir vers le panneau, cherchant des yeux l'interrupteur pour maintenir les portes ouvertes car il s'était aperçu qu'une femme courait pour rattraper l'ascenseur.

Mais son geste était inutile : elle était rapide et réussit à se glisser entre les portes juste avant qu'elles se referment.

Machinalement, Greg retira sa main et s'écarta avec politesse de façon à lui laisser sélectionner l'étage désiré. Elle s'avança face à lui ; il l'observa de nouveau, intrigué, et se demanda en vain d'où elle avait bien pu surgir. Le couloir était vide quand il l'avait traversé, et il n'avait pas entendu le moindre bruit de porte, puis il s'était laissé distraire par ses futures vacances. Plusieurs bureaux se trouvaient au même étage que le sien, elle avait pu sortir de l'un d'eux, mais il était persuadé de ne l'avoir encore jamais vue.

Greg avait entraperçu son visage quand elle était entrée dans l'ascenseur, et il n'avait retenu que de manière assez vague la plupart de ses traits. Ses yeux, cependant, étaient d'un bleu acier qui ne pouvait passer inaperçu. *Leur teinte inhabituelle et magnifique doit être le résultat de lentilles de contact colorées*, songea-t-il avant de détourner définitivement son attention. Greg appréciait les belles femmes, et ne les blâmait pas de mettre en valeur leur charme, mais dès qu'elles usaient d'autant d'artifices dans l'espoir d'attirer l'attention elles perdaient tout intérêt à ses yeux. Cela ne l'excitait plus du tout.

Il secoua la tête comme pour se débarrasser de ses pensées et s'adossa contre la paroi de l'ascenseur, essayant de se détendre en se concentrant de nouveau sur son voyage. Greg avait prévu un tas d'activités, il n'était jamais allé dans un pays comme le Mexique auparavant et voulait en profiter au maximum. Il comptait se prélasser sur la plage, bien entendu, mais tenait aussi à faire du parachute ascensionnel, de la plongée sous-marine, et se laisserait peut-être même tenter par une excursion en bateau au cours de laquelle il pourrait donner à manger aux dauphins.

Il espérait réussir à caser dans son séjour une visite au musée Casa Maya, un parc naturel écologique où avaient été reproduits les habitats originels des Mayas et qui abritait des chemins où l'on pouvait voir des animaux locaux. Sans oublier la vie nocturne.

S'il lui restait des forces après ses journées bien actives, Greg pourrait se laisser tenter par un tour en boîte de nuit ou dans un bar branché comme le *Coco Bongo* ou le *Bulldog Café*, où des gens à demi nus se déhanchaient sur une musique assourdissante.

Le « ding » enjoué de l'ascenseur arracha Greg à ses pensées de femmes dénudées remuant sur un rythme endiablé et il reporta son attention vers le panneau au-dessus des portes. Le voyant « P3 » était allumé, parking niveau 3. Là où il était garé.

Il salua la dame d'un signe de tête poli, sortit et commença à traverser l'immense garage souterrain presque vide. Des femmes légèrement vêtues dansaient toujours à la périphérie de son esprit et il mit une minute à remarquer le son des pas derrière lui. Il faillit jeter un coup d'œil par-dessus son épaule pour voir qui le suivait, puis laissa tomber. Le son, un « tap-tap » creux de talons hauts sur le béton, précis et rapide, résonnait dans l'espace presque désert. La femme brune devait être garée au même niveau que lui.

Il balaya d'un regard absent le grand espace vide où sa voiture aurait dû se trouver, et s'attarda soudain sur l'une des poutres. À la vue du sigle P1 peint en grandes lettres noires sur la poutre en béton, il ralentit, l'air perdu. Les niveaux 1 et 2 étaient réservés aux visiteurs des divers bureaux et cabinets logés dans le bâtiment. Il était garé au P3 et le voyant de l'ascenseur lui avait indiqué P3 quand il avait regardé, il en aurait mis sa main à couper… mais de toute évidence il avait dû se tromper. Il s'arrêta et commença à rebrousser chemin.

— *C'est le bon étage. La voiture est garée plus loin.*

— Mais oui, bien sûr, murmura Greg, et il poursuivit sa route jusqu'à l'unique véhicule.

Ce n'est qu'au moment où il ouvrit le coffre qu'une pensée s'immisça dans sa tête. Cette petite voiture de sport rouge n'était pas la sienne. Il conduisait une BMW bleu foncé. Aussi soudainement qu'elles avaient effleuré son esprit, cette pensée et l'inquiétude qui l'accompagnait furent balayées comme le brouillard disparaît sous l'effet de la brise.

Greg se détendit, rangea sa serviette dans le coffre, y grimpa à son tour, s'installa à son aise dans le petit espace et referma la porte.

Chapitre premier

— Mmh, tes cheveux sentent bon !

— Ah, super, merci, Bob. (Lissianna Argeneau scruta autour d'elle tandis qu'ils traversaient le parking obscur et fut soulagée de constater qu'ils étaient bien seuls.) Mais pourrais-tu enlever tes mains de mes fesses ?

— C'est Dwayne.

— Comment ?

Elle leva les yeux vers son joli minois, l'air perdu.

— Je m'appelle Dwayne, expliqua-t-il avec un large sourire.

— Oh ! (Elle soupira.) D'accord, Dwayne. Peux-tu enlever tes mains de mes fesses ?

— Je pensais que je te plaisais.

Il continua à lui agripper la fesse gauche avec fermeté, la serrant d'une manière bien trop familière.

Lissianna résista à la pulsion qui lui dictait de l'assommer et de le traîner par les cheveux jusqu'aux buissons comme l'homme de Cro-Magnon qu'il était, et se força à sourire.

— C'est exact, mais je préfère attendre d'être dans ta voiture pour…

— Ah, oui, c'est vrai, l'interrompit-il. À propos de ça…

Lissianna s'arrêta de marcher pour l'examiner avec attention ; elle plissa les yeux avec méfiance lorsqu'elle discerna une expression de malaise sur son visage.

— Quoi ?

— Je n'ai pas de voiture, avoua Dwayne.

Lissianna cligna des paupières et mit un moment pour digérer la nouvelle. Tout le monde, passé vingt ans, possédait un véhicule au Canada. Enfin, presque tout le monde. Elle exagérait peut-être, mais la plupart des mâles célibataires en âge de sortir avec des filles en avaient une. C'était un genre de règle tacite.

Dwayne ne lui laissa pas le temps de répondre et ajouta :

— Je pensais que tu en avais une, toi.

Lissianna remarqua son ton accusateur et se renfrogna. En un sens, la libération des femmes leur avait fait du tort. Il fut un temps où les hommes possédaient une voiture ou s'occupaient de trouver un lieu où ils pourraient être seuls avec leur dulcinée sans y réfléchir à deux fois. Or voilà qu'il semblait contrarié, comme si elle l'avait en quelque sorte déçu de n'avoir pas prévu le coup.

— J'en ai une, se surprit-elle à rétorquer sur la défensive, mais je suis sortie avec mes cousins ce soir.

— La nana aux cheveux roses, c'est ta cousine ?

— Non, ça, c'est ma copine, Mirabeau. C'est Thomas, mon cousin, qui nous a conduits, répondit Lissianna l'air absent alors qu'elle essayait de trouver une solution au problème.

Il n'avait pas de voiture, et Thomas avait fermé la sienne à clé une fois arrivé. Elle pouvait retourner au bar, trouver Thomas et lui emprunter ses clés, mais elle ne tenait vraiment pas à utiliser la Jeep de son cousin pour…

— Tu sais quoi ? C'est pas grave. J'aime le grand air ! lança-t-il en la saisissant par les hanches pour l'attirer vers lui.

Lissianna sursauta et perdit le fil de ses pensées en un clin d'œil. D'instinct, elle se pencha vers l'arrière pour mettre de la distance entre le haut de leurs corps, mais ne parvint pas à éviter tout contact entre leurs membres inférieurs. Dwayne semblait, en effet, apprécier le grand air ! L'idée l'excitait, cela ne faisait aucun doute, comme l'attestait la bosse bien dure qui se pressait contre la cuisse de Lissianna. Elle se dit qu'il démarrait vraiment au quart de tour. Les grands espaces ne lui faisaient aucun effet, à elle, du moins pas en plein hiver canadien.

—Viens!

Dwayne relâcha ses hanches, puis, la prenant par la main, il l'emmena en toute hâte vers l'arrière du parking. Quand il l'entraîna derrière les grandes poubelles en métal situées tout au fond dans un coin, elle comprit clairement ses intentions.

Lissianna réprima un commentaire sarcastique sur l'âme romantique du gaillard et s'estima chanceuse que ce soit le début de l'hiver. La neige n'était pas encore tombée, mais il faisait déjà assez frais et aucune odeur de nourriture en décomposition ne remontait des immenses récipients métalliques.

—C'est bon, ça!

Dwayne la poussa contre le métal froid et la recouvrit de tout son poids.

Lissianna soupira intérieurement et regretta d'avoir laissé sa veste dans le bar. Elle résistait mieux au froid que le commun des mortels, mais n'y était pas complètement immunisée. Le contact du métal glacé contre son dos forçait son corps à travailler à plein régime pour maintenir sa température. Affamée et déshydratée, elle n'avait pas besoin de ça: pousser son organisme au-delà de ses limites.

Quand il tenta de lui fourrer la langue dans la bouche comme un malpropre, Lissianna s'arracha à ses pensées pour revenir au moment présent et se dit qu'il était temps de prendre la situation en main. Ne prêtant pas attention à sa langue qui essayait de s'immiscer entre ses lèvres fermées, elle l'empoigna par le devant de la veste et se retourna. En échangeant sa place contre la sienne, elle le cogna contre la poubelle un peu plus fort qu'elle l'aurait voulu.

—Ouah! (Il poussa un léger gloussement, les yeux brillants d'excitation.) J'aime les filles sauvages!

—Ah oui? Alors, tu vas adorer ce que je te réserve.

Elle relâcha son manteau, lui passa une main dans les cheveux et l'agrippa par les courtes mèches à l'arrière de son crâne. Elle lui tira la tête sur le côté d'un coup sec, et approcha la bouche de son col.

Dwayne gémit de plaisir tandis qu'elle effleurait la ligne tracée par sa veine jugulaire du bout des lèvres. Une fois la meilleure zone trouvée, Lissianna ouvrit la bouche, inspira par le nez et planta ses longues canines pointues dans son cou.

Dwayne laissa échapper un petit cri étouffé et se raidit ; il l'étreignit encore plus fort, mais cela ne dura qu'un court instant. Assez vite, il s'abandonna, s'adossant à la poubelle métallique tandis que Lissianna lui transmettait ses propres sensations ; la satisfaction que procure le sang qui à travers ses dents parcourt l'intégralité de son système, la montée vertigineuse alors que son corps affamé passait à l'action pour absorber cette offrande.

Cette sensation initiale pouvait être comparée à un bateau qui tanguerait de bâbord à tribord sous l'effet de ses passagers se ruant d'un côté ou de l'autre du pont. Le corps de Lissianna réagissait ainsi, son sang avide assimilant le nectar frais à peine entré en elle qui affluait de chaque partie de son corps jusqu'à la tête, tandis que ses dents aspiraient ce dont son organisme avait désespérément besoin. Elle ressentit un vertige non déplaisant, un peu comme après avoir pris de la drogue, du moins c'est ainsi qu'elle l'imaginait. Or il ne s'agissait pas de drogue pour Lissianna, mais de fluide vital. Sa vie en dépendait.

Elle entendit Dwayne pousser un petit gémissement de plaisir qui fit écho à la satisfaction silencieuse qu'elle éprouvait, apaisée, car les crampes qui tiraillaient ses membres commençaient enfin à se dissiper.

Soudain, Lissianna comprit ce qui se passait, mais il était trop tard. Il y avait un problème.

Les dents bien enfoncées dans son cou, elle commença à explorer l'esprit de Dwayne. Elle ne mit pas longtemps à découvrir ce qui clochait. Il n'était pas le vigoureux spécimen qu'il prétendait être. En réalité, il n'y avait presque rien d'authentique chez lui. Elle put lire dans ses pensées que le renflement pressé contre le bas de son ventre n'était rien d'autre qu'un concombre qu'il avait fourré dans son pantalon ; des épaulettes cousues à sa veste lui donnaient cet air athlétique, et la mine attirante qu'il arborait n'était que le résultat d'un autobronzant. Il s'en servait pour dissimuler sa pâleur naturelle provoquée par… l'anémie.

Lissianna ôta la bouche de sa nuque, étouffant un juron ; en un éclair elle rétracta ses canines en position de repos et le foudroya du regard. Son instinct lui dictait de s'immiscer dans les pensées du type pour réorganiser ses souvenirs. Elle était furieuse contre lui…

Et, à la réflexion, contre Mirabeau aussi. Après tout, son amie avait tellement insisté qu'elle avait fini par sortir avec Dwayne, histoire de croquer un petit en-cas rapide. Elle savait que sa mère avait prévu un plat spécial pour son anniversaire et préférait attendre d'être rentrée à la maison pour se sustenter, mais Mirabeau et sa cousine Jeanne s'étaient inquiétées de sa pâleur, qui aurait incité Marguerite Argeneau à la placer sous intraveineuse à peine franchi le seuil de la porte.

Quand Dwayne avait commencé à la draguer, Lissianna s'était laissé persuader par Mirabeau et avait décidé de sortir du bar avec lui pour calmer sa faim. La voilà qui risquait d'avoir des ennuis. Elle avait mis un moment à comprendre qu'il se passait quelque chose de bizarre et quelques minutes de plus pour découvrir qu'il était anémique. Elle espérait ne pas lui avoir pris trop de sang en une seule fois.

Une fois ses souvenirs réarrangés, Lissianna observa Dwayne avec irritation et inquiétude. Il paraissait pâle malgré son faux teint hâlé, mais au moins il tenait encore debout. Elle posa la main sur son poignet et prit son pouls, ce qui la rassura. Il battait un peu vite, mais fort. Dwayne irait mieux d'ici au lendemain matin. Il resterait dans le coton quelques jours, mais ça lui apprendrait à écumer les bars dans l'espoir d'appâter les filles avec ses épaulettes et son concombre. Quel abruti !

Les gens sont d'une bêtise, parfois, songea-t-elle avec agacement. Comme des enfants qui s'amusent à se déguiser et font semblant d'être plus âgés, les adultes d'aujourd'hui arpentaient les rues rembourrés, corsetés, siliconés pour dissimuler ou maquiller ce qu'ils étaient en réalité et renvoyer une image d'eux-mêmes plus attirante. Elle se demanda pourquoi leur personnalité authentique, leur véritable apparence ne les satisfaisaient pas. Pourquoi ne comprenaient-ils pas que ceux qui ne les acceptaient pas tels qu'ils étaient ne les méritaient pas et n'étaient pas faits pour eux ? Cela paraissait simple, pourtant.

Par télépathie, Lissianna rappela à Dwayne qu'il était sorti prendre l'air, car il s'était trouvé mal. Elle s'assura qu'il avait bien compris ses consignes et qu'il resterait sur place sans bouger jusqu'à ce qu'il se sente mieux, puis appellerait un taxi pour rentrer. Elle lui fit fermer les paupières et termina d'effacer de sa mémoire tout souvenir qui pourrait rester d'elle. Une fois certaine d'avoir effectué le boulot correctement, elle le laissa chancelant là où il était et contourna les poubelles en direction du parking.

— Lissi ?

— Père Joseph ! (Sourcils haussés, elle changea de direction et s'avança vers le vieil homme. Le prêtre dirigeait le refuge de sans-abri où Lissianna travaillait la nuit. Il n'était pas du genre à fréquenter les bars.) Que faites-vous ici ?

— Bill m'a dit qu'il y avait un nouveau gamin à la rue. D'après lui, il aurait douze ou treize ans au plus et se nourrirait dans les poubelles là derrière. Je me suis dit que j'allais essayer de le trouver et le convaincre de venir au refuge.

— Oh.

Lissianna regarda autour d'elle. Bill était l'un des habitués du foyer. Il les dirigeait souvent vers les nécessiteux qui pourraient avoir besoin de leur aide. S'il disait qu'un gamin traînait dans les rues, cela devait être vrai. Sur ces questions, c'était un type fiable. Et on pouvait faire confiance au père Joseph pour se mettre à la recherche de vagabonds dans l'espoir de les retrouver avant qu'ils commettent un acte stupide ou désespéré ou qu'ils tombent dans la drogue ou la prostitution.

— Laissez-moi vous aider, proposa Lissianna. Il ne doit pas être loin. Je…

— Non, non, non. C'est ta nuit de repos, répliqua le père Joseph, puis il fronça les sourcils. D'ailleurs, tu ne portes pas de veste. Que fais-tu dehors sans manteau ?

— Oh. (Lissianna jeta un coup d'œil en direction des poubelles quand elle entendit un bruit sourd qui provenait de derrière. Un examen rapide des pensées de Dwayne lui apprit qu'il s'était cogné la tête contre la poubelle alors qu'il s'y adossait. *Quel abruti !* Elle se retourna et aperçut le père Joseph en train de regarder dans la même direction et se hâta de parler pour le distraire.) J'avais oublié quelque chose dans la voiture de mon cousin.

C'était un grossier mensonge et Lissianna pria de tout son cœur qu'il n'ait pas remarqué par où elle était arrivée. S'il pouvait penser qu'elle venait de sortir de la petite Mazda noire garée juste à côté des poubelles, ce serait l'idéal. Comme elle ne voulait pas s'enliser dans des histoires sans queue ni tête, elle se frotta les bras et ajouta :

— Oh là, là ! Vous avez raison, il fait un froid de canard.

— Mais oui. (Il l'observa l'air inquiet.) Tu ferais mieux de rentrer.

Elle acquiesça, lui souhaita une bonne nuit et s'éclipsa en vitesse. Elle traversa le parking à la hâte, se dépêcha de longer le bâtiment, et ne ralentit qu'une fois franchi le seuil du bar bruyant et bondé.

Elle balaya la pièce des yeux à la recherche de Thomas, mais ne l'aperçut nulle part. En revanche, grâce aux cheveux ébène aux pointes fuchsia de Mirabeau, Lissianna n'eut aucun mal à repérer sa copine et sa cousine Jeanne accoudées au bar.

— Eh bien, tu sembles… (Mirabeau hésita lorsqu'elle aperçut Lissianna qui venait de les rejoindre.)… la même. Que s'est-il passé ?

— Anémique, cracha-t-elle, contrariée.

— Mais il paraissait tellement en forme, protesta Jeanne.

— Épaulettes et autobronzant, rétorqua Lissianna. Attends, ce n'est pas tout.

— Parce que ça pourrait être pire ? lança Mira sur un ton sec.

Lissianna grimaça.

— Il s'était fourré un concombre dans le pantalon.

Sceptique, Jeanne se contenta de ricaner, mais Mirabeau grommela avant de répondre :

— Vu le paquet qu'il avait, ça devait être l'un de ces énormes concombres sans pépins, le genre cultivé en serre, sans goût et sans saveur…

— Tu as regardé ? s'étonna Lissianna, à bout de souffle.

— Pas toi ? répliqua l'autre.

Jeanne explosa de rire, mais Lissianna se contenta de hausser les épaules et balaya le bar du regard.

— Où est Thomas ?

— Je suis là.

Il posa la main sur son épaule et elle se retourna d'un coup sec.

— J'ai bien entendu ? Roméo arborait un concombre dans le pantalon ? demanda-t-il l'air amusé en lui pressant l'épaule avec affection.

Lissianna approuva, dégoûtée.

— Tu te rends compte ?

Thomas éclata de rire.

— Oui, et c'est bien le plus triste. Après les soutiens-gorge ampliformes, les caleçons rembourrés. (Il secoua la tête.) Quel monde, je vous jure !

Lorsqu'elle vit son expression, Lissianna sentit un léger sourire retrousser ses lèvres malgré elle ; elle céda et laissa son agacement se dissiper. Ce n'est pas tant que Dwayne se mette un concombre dans le slip qui l'avait énervée, elle s'en fichait pas mal après tout. Bon sang, elle ne voulait même pas de lui au début, pas même comme amuse-bouche. Elle était fâchée, car elle avait perdu son temps et gaspillé plus d'énergie à maintenir sa chaleur corporelle dehors en plein hiver que Dwayne et son sang maladif avaient pu lui en fournir. Elle avait encore plus faim qu'avant. Sa petite sortie lui avait creusé l'appétit, au lieu de l'apaiser.

— On doit attendre encore longtemps avant de pouvoir rentrer à la maison ? demanda-t-elle pleine d'espoir.

Ses cousins et Mirabeau avaient décidé de l'emmener danser avant la soirée d'anniversaire organisée par Marguerite Argeneau. Sur le coup, cette idée avait enchanté Lissianna, mais à ce moment-là elle n'avait qu'un peu faim. À présent, elle était affamée et s'impatientait de se rendre à sa fête pour pouvoir enfin manger, peu importe ce que sa mère avait pu lui réserver. Au point où elle en était, elle aurait même accepté l'intraveineuse, ce qui en disait long sur son état. Lissianna détestait se nourrir de cette façon.

— Il est à peine 21 heures, annonça Mirabeau, jetant un coup d'œil à sa montre. Marguerite nous a demandé de ne pas te ramener avant 22 heures.

— Hmm. (Lissianna grimaça à l'annonce de cette déplaisante nouvelle.) L'un de vous sait-il pourquoi la soirée commence aussi tard ?

— Tante Marguerite a dit qu'elle devait passer en ville récupérer quelque chose pour toi avant le début de la fête, et qu'elle ne pouvait le faire avant 21 heures, expliqua Thomas. Si on compte encore le chemin du retour… (Il haussa les épaules.) Pas de fiesta avant 22 heures.

— Elle doit te chercher un cadeau, devina Mirabeau.

— Je ne pense pas, rétorqua Thomas. Elle a mentionné quelque chose à propos de Lissianna et de nourriture. À mon avis, elle a commandé un dessert spécial ou un truc dans ce goût-là.

— Un dessert spécial ? demanda Jeanne avec intérêt. En centre-ville ? Après 21 heures ? (Tout excitée, elle tourna le regard vers Lissianna.) Un Bec Sucré ?

— Tu dois avoir raison, acquiesça Lissianna.

Un large sourire se dessina sur son visage à cette idée. Elle avait hérité de sa mère son penchant pour les friandises et rien ne satisfaisait ses envies de sucre mieux qu'un Bec Sucré ; c'est ainsi que ceux de son espèce appelaient les diabétiques non diagnostiqués qui sillonnaient les rues avec un taux de glycémie élevé. C'était un délice rare, de plus en plus dur à trouver, car après s'en être délectés ils transmettaient au diabétique la pensée de prendre rendez-vous chez le médecin pour faire une prise de sang, ce qui éliminait un Bec Sucré du menu.

— Possible, commenta Thomas. Cela expliquerait pourquoi tante Marguerite a tenu à aller jusqu'au centre de Toronto. Elle déteste rouler en ville et se débrouille toujours pour ne pas avoir à le faire.

— À condition qu'elle conduise, reprit Mirabeau. Elle a pu demander à Bastien de lui envoyer une voiture de fonction avec chauffeur.

Thomas secoua la tête lorsque le frère de Lissianna, directeur des Entreprises Argeneau, fut cité.

— Non. C'est elle qui conduisait et elle n'y prenait pas plaisir.

Lissianna remua d'impatience et demanda :

— Bon, on pourra y aller bientôt ?

Thomas marqua une hésitation.

— On est vendredi soir, il doit y avoir une sacrée circulation avec tous les citadins qui essaient de fuir la ville pour le week-end, dit-il l'air pensif. À mon avis, on devrait pouvoir décoller d'ici un quart d'heure sans courir le risque d'arriver trop tôt.

— Et si on partait tout de suite et que tu conduisais lentement ? suggéra Lissianna.

— Tu t'ennuies à ce point avec nous ? demanda-t-il, amusé.

— Mais non, ce n'est pas ça, c'est l'endroit. On dirait une foire au bétail, grogna-t-elle en fronçant le nez.

— D'accord, espèce de sale gamine. (Thomas lui ébouriffa les cheveux avec affection. Il avait quatre ans de plus qu'elle et lui faisait office de grand frère, alors que ses propres frères l'ignoraient. Mais il est vrai qu'ils n'avaient pas grandi ensemble, et n'avaient jamais été très proches.) Allons-y. J'essaierai de conduire le moins vite possible.

— Ouais, c'est ça ! pouffa Jeanne. Comme si ça risquait d'arriver.

Lissianna sourit tandis qu'ils récupéraient leurs manteaux et se dirigeaient vers la sortie. Elle connaissait son cousin et savait que Jeanne avait raison. Thomas aimait la vitesse. À tous les coups, ils arriveraient en avance, ce qui ne manquerait pas de contrarier sa mère, mais elle était prête à courir le risque.

Lissianna ne pensait plus au père Joseph quand elle proposa de partir, mais ne décela aucun signe de lui sur le trajet jusqu'à la voiture de Thomas. Il avait laissé tomber, ou était parti mener ses recherches ailleurs. Elle pensa immédiatement à Dwayne et jeta un coup d'œil en direction des poubelles quand Thomas roula à côté. Elle scruta les ombres, mais ne l'aperçut nulle part. Aucun signe de lui non plus. Il avait quitté les lieux. Son prompt rétablissement la surprit quelque peu, puis d'un haussement d'épaules elle décida de ne plus s'en préoccuper. Il ne gisait pas inconscient en plein milieu du parking, il avait donc trouvé un taxi pour rentrer.

En fin de compte, il n'y avait pas beaucoup d'embouteillages. Comme il était déjà tard, ils avaient échappé au pire, et arrivèrent chez sa mère, dans la banlieue de Toronto, sans trop de difficultés. Et beaucoup trop tôt.

— On a une demi-heure d'avance, dit Jeanne depuis le siège arrière tandis que Thomas se garait derrière la petite voiture de sport rouge de Marguerite.

— Ouais. (Il jeta un coup d'œil à la maison et haussa les épaules.) Ça ne la dérangera pas.

Jeanne ricana.

— Oui, une fois que tu l'auras amadouée avec ton charmant sourire, avoue ! Tu sais très bien comment t'y prendre avec tante Marguerite.

— À ton avis, pourquoi je ne le lâchais pas d'une semelle quand on était petits ? demanda Lissianna d'un air enjoué.

— Ah, je vois ! s'esclaffa Thomas tandis qu'ils descendaient du véhicule. La vérité éclate enfin. Tu m'adores uniquement parce que je m'entends bien avec ta mère.

— Tu ne croyais quand même pas que j'aimais vraiment passer du temps avec toi ? le taquina Lissianna.

Il contourna la voiture pour la rejoindre.

— Espèce de chipie !

Il lui ébouriffa les cheveux.

— Ce ne serait pas la voiture de ton frère Bastien ? s'écria Mirabeau, qui sauta du siège passager arrière et claqua la portière.

Lissianna jeta un coup d'œil vers la berline noire et acquiesça.

— On dirait bien.

— Je me demande si les autres sont arrivés, murmura Jeanne.

Lissianna haussa les épaules.

— Je ne vois pas d'autres véhicules, mais je suppose que Bastien a dû s'arranger avec l'entreprise pour transporter les invités.

— Si c'est le cas, ça m'étonnerait qu'ils soient déjà là, dit Mirabeau alors qu'ils s'avançaient vers la porte d'entrée. Vous savez bien qu'il est mal vu de se rendre à ce genre de soirée sans un minimum de retard. Ça fait ringard. Il n'y a que les nazes qui se pointent à l'heure exacte.

— Dans ce cas, nous sommes des nazes, fit remarquer Lissianna.

—Au contraire ! On lance les tendances ! clama Thomas, et ils pouffèrent de rire.

Arrivés sur le pas de la porte, Bastien leur ouvrit.

—Je me disais bien que j'avais entendu une voiture.

—Bastien ! Mon vieux ! le salua Thomas avec entrain, puis il s'approcha aussitôt de son aîné pour le gratifier d'une franche embrassade. (Surpris, Bastien se raidit aussitôt.) Ça roule, mon pote ?

Lissianna se mordit la lèvre pour s'empêcher de rigoler, jeta un coup d'œil à Jeanne et Mirabeau, puis détourna le regard, car elles avaient toutes autant de mal à réprimer un fou rire face au soudain changement d'humeur de Thomas. Le type normal qu'elles connaissaient s'était métamorphosé sous leurs yeux en une espèce d'ahuri à moitié fêlé.

—Oui… euh… Bonjour, Thomas.

Bastien parvint à se dégager de l'étreinte de son exubérant cousin. Comme d'habitude, il semblait mal à l'aise et ne savait pas comment se comporter avec le jeune homme, ce qui incitait Thomas à agir de la sorte. Les deux grands frères de Lissianna, âgés de plus de 400 et 600 ans, le prenaient pour un blanc-bec et le méprisaient, ce qui l'agaçait depuis toujours. Se faire traiter comme un gamin à 200 ans passés l'irritait prodigieusement, c'est pourquoi il avait décidé de se conduire comme un crétin en leur présence. Chaque fois, cela ne manquait pas de les incommoder, et plaçait Thomas en position de supériorité. Du moins, c'est ce que Lissianna suspectait. Ses frères sous-estimaient Thomas depuis toujours à cause de leurs préjugés.

Ils agissaient de même avec Lissianna, qui en souffrait aussi et compatissait à la vexation de son cousin. Ainsi prenait-elle un malin plaisir à observer l'embarras et la gêne de ses frères.

—Alors, c'est par où la fête, mon pote ? demanda Thomas avec un large sourire.

— Elle n'a pas encore commencé, répondit Bastien. Vous êtes les premiers arrivés.

— Faux, mon vieux ! C'est toi le premier arrivé, le corrigea Thomas avec entrain avant d'enchaîner sur le ton de la confidence : Tu ne sais pas à quel point ça me soulage. Parce que si on avait été les premiers, d'après Mirabeau, on serait des gros nazes. Mais par chance tu étais là avant nous.

Lissianna toussa pour couvrir le rire qui avait réussi à lui échapper devant la mimique de son frère, qui venait de comprendre l'insulte déguisée de Thomas. Quand elle recouvra ses esprits, elle vit Bastien qui se tenait droit comme un I, et semblait un brin irrité. Elle eut pitié de lui et demanda :

— Où est maman ? On peut entrer ou on doit patienter dehors encore un quart d'heure ?

— Non, non, entrez. (Bastien s'écarta d'un pas rapide.) Je viens d'arriver moi aussi, mère est montée se changer pour la fête après m'avoir ouvert. Elle ne devrait plus tarder. Vous pouvez attendre dans la salle de jeu jusqu'à ce qu'elle redescende. Elle ne souhaiterait peut-être pas que vous voyiez les décorations avant l'arrivée des invités.

— D'accord, acquiesça Lissianna d'un air engageant, et elle franchit la porte.

— On se fait un billard, vieux ? demanda Thomas guilleret en suivant Lissianna dans la maison.

— Oh, euh… Non, sans façon, merci, Thomas. Je dois accueillir les invités jusqu'à ce que mère soit prête. Je la préviens de votre arrivée, ajouta Bastien qui reculait le long du couloir.

— Il m'adore, dit Thomas d'un air amusé tandis que Bastien disparaissait hors de leur vue, puis il ouvrit les bras pour les conduire vers les portes fermées situées à droite du couloir. Venez, allons jouer. Qui est partant pour une partie de billard ?

— Moi, je veux bien, répondit Mirabeau avant d'ajouter : Lissi, ton bas est filé.

— Quoi ?

Lissianna s'arrêta et examina ses jambes.

— Derrière, à droite, reprit Mirabeau, et Lissianna se contorsionna pour regarder l'arrière de sa jambe droite.

— Quelque chose a dû s'accrocher quand j'étais adossée à la poubelle, murmura-t-elle avec dégoût en remarquant la longue et large bande de maille filée sur le haut de sa cuisse.

— La poubelle ? répéta Thomas avec intérêt.

— Je ne veux pas en parler, répondit-elle d'un ton cassant, puis elle poussa un petit sifflement irrité avant de se redresser. Je dois changer de bas avant le début de la fête. Par chance, maman avait insisté pour que je laisse des affaires de rechange dans mon ancienne chambre quand j'ai déménagé. Il doit m'en rester une ou deux paires. Commencez sans moi, j'arrive.

— Dépêche-toi, lança Thomas tandis qu'elle montait l'escalier à vive allure.

Lissianna lui fit un vague signe par-dessus l'épaule une fois arrivée à l'étage et longea le couloir jusqu'à sa chambre à coucher, mais elle se dit que c'était en fait un bon conseil. Marguerite Argeneau ne serait pas contente qu'ils soient en avance, mais Thomas parviendrait à lui faire oublier son énervement initial en un tournemain. Pour cette simple raison, il valait mieux qu'elle soit auprès de Thomas et des autres quand elle la croiserait.

Espèce de lâche, se réprimanda Lissianna. Elle avait plus de 200 ans, à son âge on ne craignait plus de fâcher sa mère.

— *C'est ça, ouais*, marmonna-t-elle, reconnaissant qu'elle craindrait sans doute la colère de sa mère même après son 600e anniversaire.

Il lui suffisait de regarder ses frères pour en avoir la certitude. Ils étaient indépendants, autonomes et adultes… dans le genre bien âgé, et s'inquiétaient encore de plaire ou déplaire à Marguerite Argeneau.

Ça doit venir de la famille, décida-t-elle en ouvrant la porte de la chambre qui était la sienne il n'y a pas si longtemps, et où il lui arrivait parfois de dormir, quand elle restait tard et n'avait plus le temps de rentrer chez elle avant le lever du soleil. Lissianna pénétra dans la pièce, puis s'arrêta tout net et écarquilla les yeux, surprise à la vue de l'homme sur le lit.

— Oh, pardonnez-moi, mauvaise chambre, murmura-t-elle avant de refermer la porte derechef.

Elle demeura dans le couloir, les yeux dans le vague et l'air interdit puis se rendit compte soudain qu'elle ne s'était pas trompée de pièce par inadvertance. C'était bien son ancienne chambre à coucher. Elle y avait dormi pendant des décennies et la reconnaîtrait entre toutes. Elle ignorait cependant pourquoi un homme se trouvait dans son lit. Et, surtout, pourquoi y était-il attaché, bras et jambes écartés ?

Lissianna étudia la question un moment. Sa mère n'avait certainement pas pris un pensionnaire, et, si elle l'avait fait, elle n'aurait pas omis d'en avertir ses enfants. De plus, elle ne lui aurait pas donné l'ancienne chambre de Lissianna que cette dernière utilisait encore les rares fois où elle dormait au manoir. Par ailleurs, le fait qu'il soit attaché au lit laissait supposer qu'il ne demeurait pas là de son plein gré.

Pourquoi un invité porterait-il un nœud autour du cou, songea Lissianna en repensant à la grosse tache criarde à moitié écrasée par son menton, car il s'était dévissé la tête pour la regarder.

Grâce au nœud rouge, elle finit par comprendre qu'il devait s'agir de la surprise spéciale que sa mère était allée lui chercher en ville, et elle se détendit. Le Bec Sucré mentionné par Jeanne. *Il m'a l'air en bonne forme pourtant*, se dit Lissianna, *mais il est parfois difficile de déceler un diabétique à moins de s'en approcher pour humer la douceur qui s'en dégage.*

En réalité, le type paraissait aussi appétissant qu'un gâteau d'anniversaire. *Une délicieuse friandise sur pattes*, songea-t-elle en repensant à son charme ténébreux. Il avait des yeux perçants et empreints d'intelligence, un nez droit, un menton puissant… et son corps n'était pas mal non plus. Grand, fin et musclé… étendu sur son lit.

Bien sûr, son expérience avec Dwayne lui avait appris que des épaulettes pouvaient se cacher sous une veste. Elle n'avait pas vérifié la présence de concombre, mais l'homme n'était pas couvert d'autobronzant et ne paraissait pas anémique. De toute façon, sa mère ne commettrait jamais la même erreur qu'elle. Marguerite s'assurerait qu'il corresponde en tout point à ce qu'elle souhaitait offrir à sa fille. Lissianna se dit que sa cousine avait probablement raison, et qu'il devait s'agir d'un diabétique qui s'ignore. C'était la seule explication sensée. Marguerite ne conduirait jamais jusqu'en ville pour lui ramener un ordinaire individu en bonne santé alors qu'elle pouvait commander une pizza et confier le livreur à Lissianna, comme elle le faisait d'habitude.

Elle en déduisit qu'une friandise se tenait à sa disposition et sentit la faim lui grignoter l'estomac. Elle aurait volontiers commencé à picorer, histoire d'en avoir un avant-goût pour calmer son envie avant que sa mère le lui offre pour de bon. Elle réprima aussitôt cette pensée. Si elle s'avisait de lui jouer un tour pareil, sa mère serait de si mauvaise humeur que même Thomas ne parviendrait pas à l'amadouer. Elle ne pouvait donc pas retourner dans la chambre et le mordre, mais il lui fallait quand même des bas neufs.

Lissianna savait qu'elle aurait dû laisser tomber les bas et rejoindre les autres dans la salle de jeu, mais il lui sembla, comme la surprise était déjà gâchée, qu'il était idiot de passer la soirée dans des bas filés. Vu qu'elle était là, autant prendre une seconde pour récupérer une paire de bas propres laissés chez sa mère exprès pour les urgences de ce type.

Chapitre 2

Greg gardait les yeux rivés sur la porte fermée. Il n'en revenait pas : quelqu'un l'avait ouverte, s'était arrêté, visiblement interloqué par sa vue, puis s'était excusé en la refermant, tandis qu'il gisait sur le lit comme un idiot, trop choqué pour faire un geste ou prononcer le moindre mot. Il n'avait pas vraiment la possibilité de bouger, mais n'empêche…

Les muscles de son cou commençaient à le faire souffrir à force de se dévisser la tête pour regarder la porte. Greg poussa un soupir comme s'il s'avouait vaincu et se laissa retomber contre l'oreiller, puis se mit à se sermonner dans sa barbe, blâmant sa propre stupidité.

Il se rendait compte à présent qu'il avait agi comme un parfait imbécile. Greg ne s'était jamais jugé bête. Au contraire, il s'estimait intelligent, mais c'était avant, bien sûr, qu'il accepte de monter dans le coffre d'une voiture étrange et qu'il s'y enferme sans aucune raison valable.

Quel acte débile, songea Greg avant de se raviser. Son geste tenait plus de la démence. Il aurait pu se dire stupide s'il s'était enfermé dans un coffre par accident. Grimper dedans et refermer le capot derrière lui avec calme frisait plutôt la folie singulière. En plus, il commençait à parler tout seul. Oui, cela ne faisait aucun doute, il avait perdu la tête. Il ne pouvait s'empêcher de se demander quand et où cela avait bien pu lui arriver.

La folie est peut-être contagieuse, se dit-il. *Un de mes patients m'aura sans doute contaminé.* Cependant, aucun des patients de

Greg n'avait été diagnostiqué comme fou. Dans son cabinet, il traitait surtout des phobiques, même s'il acceptait parfois de prendre en charge des patients atteints de troubles différents, et même parfois chroniques. Peut-être portait-il le germe en lui depuis toujours et que la maladie avait choisi cette nuit-là pour se révéler dans toute sa splendeur ? Ce n'était qu'une supposition. Et si la folie était héréditaire ? Il vérifierait auprès de sa mère, histoire de déterminer si des cas d'aliénation avaient été recensés dans leur arbre généalogique.

Il ne s'agissait pas seulement d'avoir grimpé dans le coffre d'une voiture, c'était là sa première action aberrante de la soirée, et il s'en était mordu les doigts à peine le verrou fermé. Recroquevillé dans l'espace obscur et exigu, il s'était traité de tous les noms pendant une demi-heure, le temps du trajet jusqu'à cette demeure. Puis le véhicule s'était arrêté, le capot s'était ouvert, et lui, qu'avait-il fait ? Avait-il bondi hors du coffre, s'était-il excusé avant de repartir chez lui ? Non. Il était resté planté là à attendre que la jolie brune de l'ascenseur sorte à son tour et vienne le rejoindre, et il l'avait suivie, aussi docile qu'un mouton, à l'intérieur du manoir et jusque dans cette chambre.

Greg, aussi joyeux et confiant qu'un enfant de cinq ans, avait grimpé sur le lit sans qu'on le lui demande, et avait tendu les bras et les jambes pour qu'elle les attache. Il lui avait même rendu son sourire quand elle lui avait dit, en lui caressant la joue : « Ma fille va vous adorer. De toute sa vie, elle n'aura jamais reçu meilleur cadeau d'anniversaire. »

Après qu'elle eut quitté la chambre, il était resté allongé l'esprit vide pendant un moment avant de se rendre compte de la situation dans laquelle il venait de se fourrer. Depuis, Greg, perplexe et désorienté, revivait les événements qui l'avaient mené jusque-là. Son propre comportement, sans mentionner celui de cette femme, ne faisait aucun sens ; il lui semblait avoir perdu la tête l'espace d'un instant ou avoir été dépossédé de ses facultés psychiques et mentales. Incapable de résoudre le dilemme, il préféra se concentrer sur l'issue immédiate de la situation, à savoir ce qui allait lui arriver à présent.

« Ma fille va vous adorer. De toute sa vie, elle n'aura jamais reçu meilleur cadeau d'anniversaire. » Ces paroles, ainsi que le fait d'être pieds et poings liés à un lit, avaient d'abord fait craindre à Greg qu'il serait une sorte d'offrande érotique. Qu'on l'utiliserait comme esclave sexuel, par exemple. À cette idée, il ne put s'empêcher de s'imaginer kidnappé par une créature énorme et hideuse, à la peau boutonneuse et au visage recouvert de duvet. Dans la société contemporaine aux mœurs libérées, seule une personne au physique ingrat aurait besoin de commanditer l'enlèvement d'un homme et le faire attacher à son lit pour assouvir ses envies.

Pris de panique par cette vision d'horreur, Gregory sentit l'arrivée d'une crise d'angoisse et s'administra une gifle mentale. La femme, la mère, devait avoir 25, 30 ans tout au plus. Elle ne pouvait avoir de fille en âge de demander un esclave sexuel comme cadeau, ni même savoir qu'en faire. Et puis, pourquoi le choisirait-on lui, d'abord ?

Greg avait une bonne opinion de lui-même, et sans posséder un *ego* démesuré il avait conscience de ses attraits, même s'il ne ressemblait ni à une rock star ni à une gravure de mode. C'était un psychologue qui aimait les costumes sobres, arborait une coupe de cheveux classique et menait une vie des plus conventionnelles axée sur son travail, sa famille et à peine plus. Il se ravisa. Le temps qu'il ne dévouait pas à son métier ou à sa famille, il le passait à fuir les rendez-vous arrangés par ses sœurs, ses tantes et sa mère.

La porte de la chambre s'ouvrit de nouveau, ce qui eut pour effet d'arracher Greg à ses pensées. Il se redressa et tendit la nuque pour regarder dans cette direction ; c'était la jeune femme de tout à l'heure. Il l'observa avec un intérêt circonspect. À part ses longs cheveux blonds, elle ressemblait trait pour trait à la jeune femme brune qui l'avait conduit jusque-là. Elle était très belle, des lèvres pleines et ourlées ornaient son visage ovale, elle avait un petit nez bien droit et les mêmes yeux bleu acier que la brune. Elles devaient acheter leurs lentilles au même endroit.

Greg se ravisa. Leurs yeux n'étaient pas tout à fait identiques. De la même couleur et de la même forme, certes, mais ceux de la brune reflétaient une sagesse et une mélancolie qui démentaient la jeunesse de ses traits et de sa peau. Ce qui n'était pas le cas de la blonde. Ses yeux étaient limpides, sans aucune trace de regret ou de véritable peine de cœur, ce qui lui donnait l'air plus jeune.

En tout cas, elles appartiennent à la même famille, pensa Greg en la regardant s'avancer vers la commode calée contre le mur attenant au lit et ouvrir un tiroir. *Elles doivent être sœurs*, supposa-t-il. Il promena son regard sur la robe noire, courte et moulante, qu'elle portait, puis le fit glisser vers ses jambes bien galbées… *Quel dommage qu'elle soit trop âgée pour être la fille de la brune*, se surprit à songer Greg. Il n'aurait pas refusé d'être son cadeau à elle.

Il roula des yeux à ses pensées dépravées, puis la regarda refermer le tiroir et attendit avec impatience qu'elle lui prête attention, mais elle n'en fit rien. À sa grande stupéfaction, elle se contenta de regagner la porte. Elle comptait manifestement quitter la pièce sans même daigner lui présenter la moindre excuse. Sa réaction choqua tellement Greg qu'il ouvrit et referma la bouche à deux reprises avant de pouvoir énoncer un simple : « S'il vous plaît ? »

La blonde s'arrêta sur le seuil et se retourna pour l'observer avec curiosité.

Greg s'efforça de la gratifier d'un sourire pincé.

— Serait-il possible que vous me détachiez ? lui demanda-t-il.

— Vous détacher ?

Surprise par sa requête, elle s'approcha du chevet du lit pour l'examiner de la tête aux pieds.

— Oui, s'il vous plaît, répondit-il d'un ton ferme.

Lissianna promena son regard sur les mains de l'homme, ce qu'il ne manqua pas de remarquer. Ses poignets étaient rouges et irrités à force de tirer sur ses liens, il le savait. Elle parut alarmée et embarrassée à la vue de leur état.

— Pourquoi mère ne vous a-t-elle pas apaisé ? Elle n'aurait pas dû vous laisser dans cet état. Pourquoi… ? (Elle s'arrêta et cligna des yeux. Soudain, son visage s'illumina et elle sembla comprendre.) Mais bien sûr ! Bastien est arrivé plus tôt que prévu, ce qui l'a empêchée de s'occuper de vous convenablement. Elle comptait sans doute revenir pour achever ce qu'elle avait commencé, mais a dû oublier.

Greg n'avait aucune idée de ce qu'elle pouvait raconter. Apparemment, elle semblait penser que sa mère l'avait amené ici, mais elle avait tort, il en aurait mis sa main à couper.

— Celle qui m'a conduit est bien trop jeune pour être votre mère. Elle vous ressemblait, sauf qu'elle avait les cheveux bruns. Votre sœur, peut-être ? supposa-t-il.

Pour quelque obscure raison, ses mots la firent sourire.

— Je n'ai pas de sœurs. La femme que vous décrivez est ma mère. Elle est plus vieille qu'elle n'y paraît.

Greg, incrédule, accepta sa réponse, puis ses yeux s'élargirent à mesure qu'il prenait conscience des implications de ses paroles.

— Mais alors, je suis bien votre cadeau d'anniversaire ?

Elle opina lentement du chef puis inclina la tête.

— En voilà un drôle de sourire. À quoi pensez-vous ?

Greg pensait qu'il était le salopard le plus chanceux de la planète. Son esprit remplaça automatiquement sa vision antérieure d'une femme grosse et laide se déshabillant devant lui avant de lui grimper dessus par l'image de cette jolie blonde. Il s'accorda un moment pour vivre son fantasme à fond, puis se rendit compte soudain que son corps en jouissait un peu trop lorsqu'il sentit une protubérance visible grandir dans son pantalon. Il secoua la tête. Si délicieuse que puisse paraître une nuit de sexe aux ordres de cette demoiselle, il avait d'autres projets : un voyage vers une contrée aux plages de sable fin bordées de palmiers, des boîtes de nuit bondées de filles à moitié nues se déhanchant sur la piste. Et il avait déjà tout payé.

Bien sûr, si à son retour cette femme désirait sortir avec lui, l'attacher à son lit avant de profiter de son corps… Comment dire… Greg s'estimait du genre plutôt serviable. Par ailleurs, dans cette situation précise, il y avait pire comme sort qu'esclave sexuel. Conscient que son esprit vagabondait en des zones qu'il valait mieux laisser de côté pour le moment, Greg se donna une autre gifle mentale et se força à arborer une expression sévère.

— Vous savez que le kidnapping est illégal ?

Elle haussa les sourcils.

— Maman vous a kidnappé ?

— Pas exactement, admit-il, se rappelant qu'il était monté dans la voiture de son propre chef. (Dans les cas de kidnapping, la victime se faisait généralement enlever de force. Greg pensa qu'il pouvait mentir, mais il était un piètre menteur.) Mais je suis ici contre mon gré, et j'ignore pourquoi j'ai grimpé dans le coffre de votre mère. Sur le coup, cela m'a paru naturel, mais quand j'y repense…

Sa voix s'affaiblit quand il se rendit compte qu'elle ne l'écoutait pas. Ou du moins elle semblait ne pas l'écouter. Les yeux rivés sur son visage, elle le regardait d'un air concentré, fronçant toujours plus les sourcils à mesure qu'elle s'approchait du lit, mais il supposa que c'était là une action inconsciente. Elle paraissait complètement absorbée par ses cheveux. Soudain, elle secoua la tête, l'air visiblement frustré.

— Je n'arrive pas à lire dans vos pensées, maugréa-t-elle.

— Vous ne pouvez pas lire dans mes pensées ? répéta doucement Greg comme un écho.

Elle fit non de la tête.

— Je vois. Eh bien… Est-ce un problème ? demanda-t-il. D'ordinaire, vous y arrivez ?

Elle acquiesça, l'air absent. Elle pensait visiblement à autre chose.

Greg tenta de réprimer la déception qui l'assaillit soudain lorsqu'il s'aperçut que la femme était folle, ou du moins en plein délire, si elle se prenait vraiment pour une télépathe. Était-ce une surprise, finalement ? La mère devait déjà avoir un grain pour laisser un total inconnu grimper dans son coffre, car elle se trouvait derrière lui et avait bien dû le voir monter. N'importe qui aurait pris ses jambes à son cou et appelé la sécurité à pleins poumons au lieu de le ramener à la maison.

Tout le monde semblait pris de folie en cette nuit : tout d'abord lui, avec son comportement aberrant, puis l'attitude de la brune, et voilà que la blonde affirmait pouvoir lire dans les pensées ! Il se demanda si la ville tout entière était frappée de démence. Si ça se trouvait, tous les hommes de Toronto montaient dans des coffres de voiture et se laissaient attacher aux lits. Il s'agissait peut-être d'un complot terroriste visant à mettre hors d'état de nuire tous les mâles du Canada en contaminant les dépôts d'eau de la ville avec une drogue.

D'un autre côté, il pouvait tout aussi bien être en train de faire un rêve bizarre. En réalité, il était resté au cabinet et s'était endormi comme une souche sur son bureau. *C'est l'éventualité la plus probable*, décida Greg. Elle fournissait l'explication la plus satisfaisante quant au comportement déconcertant qui l'avait conduit jusqu'ici. Cependant, tout cela n'avait que peu d'importance. Endormi ou éveillé, fou ou lucide, il se trouvait là, et même s'il était en plein rêve il voulait rentrer chez lui. Son avion l'attendait.

— Écoutez, si vous pouviez me libérer, je vous promets d'oublier toute cette histoire. Je n'informerai pas les autorités, je ne dirai rien.

— Les autorités ? répéta la blonde. Vous voulez dire la police ?

Elle parut effarée par cette perspective, comme si cela ne lui avait pas effleuré l'esprit.

— Oui, qui d'autre ? répondit Greg, les sourcils froncés. Bon, il semblerait que je sois venu ici de mon propre chef, admit-il à contrecœur. Mais maintenant, je désire rentrer, et si vous refusez de me détacher vous êtes coupable de séquestration. C'est une infraction criminelle punie par la loi.

Lissianna commença à se mordiller la lèvre inférieure. Elle avait essayé de s'immiscer dans les pensées de cet homme pour l'apaiser et le subjuguer, comme elle l'avait fait auparavant avec Dwayne, comme sa mère aurait dû le faire avant de l'abandonner, mais elle ne parvenait pas à pénétrer son esprit. C'était comme s'il était protégé par une enceinte fortifiée. Elle avait entendu parler de pareils cas, mais n'y avait jamais été confrontée. Lissianna n'avait jamais rencontré un mortel qu'elle fût incapable de lire et de maîtriser, même si plus d'un individu récalcitrant avait déjà croisé sa route. En général, leurs barrières s'affaiblissaient ou cédaient une fois qu'elle commençait à se repaître d'eux.

Elle pencha la tête et examina son cadeau, se demanda si elle devait essayer de se nourrir de lui pour pouvoir se glisser dans sa tête plus facilement et le rassurer. Mais il restait un problème. Si elle ne parvenait pas à accéder à ses pensées ne serait-ce qu'un tout petit peu, elle ne pourrait pas lui éviter de ressentir la douleur lorsqu'elle planterait ses canines dans son cou. À moins que…

Mirabeau lui avait raconté un jour la façon dont elle s'était sortie d'une situation similaire. Elle avait embrassé et caressé le type pour le détendre, et avait réussi à pénétrer ses pensées pile au moment où elle l'avait mordu.

Lissianna étudia brièvement la question. Elle n'avait encore jamais séduit personne. Elle était née et avait grandi dans l'Angleterre du XVIIIe siècle. Elle avait mené une vie protégée, et même si la société s'était libérée, surtout en matière de sexe, au cours des cinquante dernières années, on ne pouvait pas en dire autant de sa vie. Ses parents étaient vieux tout comme leurs valeurs et leurs croyances, difficiles à changer ou à moderniser. Sa mère aurait pu lui accorder davantage de liberté, mais son père n'aurait jamais fléchi, peu importe l'évolution de la société.

Quoi qu'il en soit, elle ne pouvait pas le laisser dans cet état. De plus, un petit avant-goût de son dîner d'anniversaire ne serait pas de refus. Ce serait comme lécher le glaçage d'un gâteau avant qu'il soit servi. Pour être honnête, elle désirait plus qu'un bref coup de langue, mais se promit d'y tremper à peine les dents, juste assez pour apaiser sa faim.

Tu rêves! songea Lissianna, pince-sans-rire. Cet homme avait l'air si délicieux qu'elle se laisserait bien aller à le vider complètement, une tentation qu'elle ne se souvenait pas avoir éprouvée depuis plusieurs décennies.

— La corde est vraiment serrée.

Arrachée à ses pensées par la plainte de l'homme, Lissianna observa de nouveau les brûlures sur ses poignets et sentit ses incertitudes s'envoler. On lui avait appris à ne pas jouer avec la nourriture, ou à la torturer en vain. Et cet homme souffrait. Elle se devait de s'infiltrer dans sa tête pour le soulager. Ce n'était pas sa faute si elle n'arrivait pas à le faire de la manière conventionnelle et devait recourir à des mesures extrêmes.

Décidée et déculpabilisée, Lissianna s'assit sur un côté du lit.

— Laissez-vous faire et ne vous inquiétez pas. Je déteste vous voir si terrifié.

Il la fusilla du regard, comme s'il lui en voulait de savoir qu'il était furieux. Peut-être était-il fâché car elle refusait de le détacher comme il le lui avait demandé?

— On va d'abord vous enlever ça, suggéra-t-elle, puis elle posa les bas sur ses genoux pour pouvoir lui ôter le nœud qu'il avait autour du cou. (Il soupira quand elle le lui retira et se détendit un peu, se laissant retomber légèrement sur le lit. Lissianna décida de le débarrasser aussi de sa cravate.) Voilà qui est mieux, non ? demanda-t-elle en faisant glisser la soie autour de son cou.

L'homme commença à acquiescer, puis se ressaisit et se renfrogna lorsqu'elle lui défit les trois premiers boutons de sa chemise.

— Je préférerais que vous me détachiez.

Lissianna sourit, amusée de le voir lutter contre lui-même à ce point, puis essaya de le distraire en laissant courir ses doigts le long de son torse qu'elle venait de révéler. À sa grande satisfaction, un léger frisson le parcourut quand elle gratta avec délicatesse sa peau dénudée du bout de ses longs ongles. Cette histoire de séduction s'avérait moins difficile qu'elle l'avait craint. Ou peut-être était-elle une séductrice née ? Lissianna se demanda si cette possibilité devait l'alarmer.

— Détachez-moi !

Il essayait de faire preuve de fermeté, mais ne tenait plus vraiment à être libéré, c'était flagrant.

D'un sourire entendu, Lissianna fit courir ses doigts doucement le long de sa chemise et jusqu'au niveau de sa ceinture. Les muscles de son ventre se contractèrent sous l'effet de ce geste provocant et il sentit le souffle lui manquer.

— Et puis zut ! soupira-t-il. Il y a pire que d'être un esclave sexuel.

Lissianna cligna des yeux, surprise par sa remarque, et décida qu'elle l'avait assez détendu.

— Comment vous appelez-vous ?

— Greg. (Il se racla la gorge, et répéta d'une voix plus ferme :) Docteur Gregory Hewitt.

— Docteur ? Eh ben… (Elle leva une main qu'elle fit courir de nouveau le long de son torse, et remarqua qu'il avait cessé de l'observer pour suivre l'action.) Eh bien, docteur, vous êtes un homme fort séduisant.

Elle dirigea sa main vers ses cheveux, caressa avec délicatesse ses splendides mèches foncées et s'émerveilla de leur douceur.

Elle contempla son regard noir profond et le contour ferme de ses lèvres tandis qu'elle pensait à ce qu'elle allait faire ensuite. Il était vraiment très charmant. Elle avait rencontré des hommes plus beaux, mais quelque chose chez lui l'attirait. Elle examina les plis sur son front, et suivit leur ligne du bout de ses doigts graciles comme pour les effacer.

— Cela vous gênerait-il que je vous embrasse ? murmura-t-elle.

Le docteur Gregory Hewitt ne répondit pas, il se contenta de la regarder ; le désir avait assombri ses yeux quand elle avait commencé à effleurer son visage jusqu'à sa bouche et à en caresser les contours ourlés. Lorsqu'il essaya soudain d'aspirer son doigt avec fougue et passion, elle en conclut qu'il lui donnait la permission de poursuivre, mais demeura immobile. Le regard plongé dans le sien, elle le contemplait avec fascination, décelant dans ses pupilles des flammes ardentes en train d'y prendre vie. Puis il l'aspira encore plus fort, plus profond dans sa bouche, en caressa les côtés de sa langue, et Lissianna, surprise, laissa échapper un petit cri étouffé.

À plus de deux cents ans, je ne m'étais jamais aperçue que la pulpe du doigt pouvait être une zone érogène, songea vaguement Lissianna tandis que le feu torride dans les yeux de Gregory commençait à la gagner elle aussi, mais à l'intérieur de son corps et bien plus au sud.

Cet homme était en mesure de la déconcentrer dangereusement, et elle décida qu'il était temps de reprendre les choses en main. Aussi, Lissianna retira lentement son doigt, puis se pencha pour se frotter contre lui afin de mieux humer son odeur. Elle agissait d'instinct, tel le prédateur qui s'abreuve de l'arôme de sa proie. Le sien était épicé, corsé, elle l'apprécia. Lissianna esquissa un léger sourire, puis lui effleura la joue du bout des lèvres avant de glisser vers sa bouche et d'y appliquer un baiser délicat.

Les lèvres de Gregory Hewitt paraissaient fermes et dures, mais elles étaient douces au toucher. Lissianna continua à frotter ses lèvres contre les siennes, jouissant de cette caresse érotique, jusqu'à ce qu'il lève la tête pour intensifier leur baiser. Il lui fit entrouvrir les lèvres en les léchant. Elle écarquilla les yeux, étonnée des sensations qui l'assaillirent quand il se glissa en elle.

Lissianna en avait connu, des baisers, au cours des deux cents dernières années, nombreux et même innombrables, si elle devait se montrer honnête. Certains avaient été désirés, d'autres volés, certains plaisants et d'autres non, mais celui-là…

Sa langue chaude, humide et ferme frôlait la sienne. Elle avait un goût de café et de menthe, et d'encore autre chose que Lissianna ne parvint pas à identifier au premier abord, mais elle décida qu'elle avait mieux à faire que de s'en occuper pour l'instant. Elle laissa ses paupières se clore et s'abandonna, submergée par ce tourbillon de sensations.

Elle avait pris l'initiative pour essayer de séduire Gregory Hewitt, et au final c'est elle qui se retrouvait sous le charme. Lissianna se perdit dans cette étreinte ; elle ressentait la langue de Gregory dans sa bouche tout entière, elle s'enfonçait et tournait avec une fougue et une ardeur qui la firent tressaillir. L'espace d'un instant, elle oublia pourquoi elle faisait ça. Elle se surprit à changer de position, elle glissa ses jambes sur le lit pour pouvoir s'étendre sur lui, et les emmêla aux siennes tandis qu'elle agrippait ses cheveux à pleines mains.

Elle le sentit tirer sur ses liens, mais n'y prêta attention qu'à moitié jusqu'à ce qu'il se recule, interrompant leur étreinte.

— Détache-moi, je veux te toucher, grogna-t-il.

Lissianna hésita, mais ne tint pas compte de sa demande et continua à embrasser une ligne le long de sa joue, son corps glissant contre le sien. Il était plus grand qu'elle. Quand elle approcha son visage de son cou, leurs bassins se trouvèrent à hauteur égale. D'un mouvement de hanche, il se pressa avidement contre elle, ce qui décupla leur excitation mutuelle. Il laissa échapper un soupir mêlé de frustration et d'ardeur lorsqu'elle parcourut sa gorge du bout des lèvres, et tressaillit avec nervosité sous elle jusqu'au moment où elle trouva sa jugulaire et sortit ses crocs, qu'elle planta dans la veine, transperçant la peau.

Sous le choc, Greg se raidit, et se détendit aussitôt en poussant un long râle quand Lissianna commença à se repaître de lui et lui transmit tout le plaisir qu'elle éprouvait et qui venait de submerger son être. Ce qu'elle ressentait là n'avait rien à voir avec « l'expérience Dwayne ». En temps normal, elle ne trouvait aucun érotisme au fait de se nourrir, mais il est vrai aussi que Lissianna n'avait jamais dû séduire un donneur. Il lui suffisait de prendre le contrôle de son esprit. Cette fois, c'était différent. Ils étaient autant excités l'un que l'autre, et le sang qui se déversait dans le corps de Lissianna semblait les unir par un lien émotionnel particulier qui s'intensifia au moment où l'esprit de Greg s'ouvrit à celui de Lissianna pour l'accueillir en lui. Elle ne maîtrisait plus rien. Elle ne faisait pas que lui envoyer ses propres pensées, elle recevait les siennes.

C'était comme un magnifique kaléidoscope multicolore. Vague après vague, émotions et sentiments submergèrent son esprit. Passion, désir, intelligence, bonté, honneur, courage… L'espace d'un instant, Lissianna entraperçut son âme, et en apprit plus sur lui lors de ces quelques minutes qu'elle en aurait découvert après de longues conversations. Pas de mensonges, de demi-vérités ou de faux-fuyants afin de l'impressionner. Il n'y avait que lui, et soudain tout fut balayé par une avalanche de désir.

Lissianna oublia ses intentions, elle oublia de le soulager, elle oublia tout en dehors de la soif qui brûlait son corps : la soif de sang qu'elle ressentait déjà, et la soif du plaisir tout nouveau qu'il lui procurait. En cet instant précis, avec leurs membres s'entremêlant, leurs râles et leurs gémissements s'élevant dans la pièce et leurs corps se cambrant l'un contre l'autre, elle se dit que seul cet homme semblait pouvoir satisfaire son désir. Elle aurait pu s'abandonner jusqu'à le drainer intégralement si la voix de Thomas gagnant ses oreilles ne l'avait pas distraite.

— Je ne comprends pas pourquoi tu es si contrariée. Elle est montée prendre une paire de bas neufs. Elle…

Au début, la voix lui parvenait étouffée par la porte, mais elle s'intensifia lorsqu'elle s'ouvrit, avant de s'éteindre. Un bref silence s'ensuivit.

Un très bref silence.

— Lissianna Argeneau !

Au son de la voix de sa mère, Lissianna se redressa tout net, et ouvrit aussitôt les yeux.

Chapitre 3

Lissianna rétracta ses canines, libéra le cou de Greg Hewitt et jeta un coup d'œil empreint de culpabilité par-dessus son épaule. La vue de sa mère et de Thomas les yeux grands ouverts et rivés sur elle depuis l'embrasure de la porte suffirent à la faire se relever d'un trait et rajuster ses vêtements et ses cheveux.

— Je n'en reviens pas ! (Marguerite pénétra dans la pièce.) Tu furètes autour de ta chambre et déballes tes cadeaux avant ton anniversaire comme si tu avais douze ans et non deux cents ! Où avais-tu la tête ?

— En théorie, tante Marguerite, c'est bien son anniversaire, souligna Thomas avant de refermer la porte.

Lissianna adressa à son cousin un sourire empreint de reconnaissance.

— Je n'étais pas en train de fureter, expliqua-t-elle. J'étais montée pour changer de bas. (Elle reprit la paire qu'elle avait posée sur le lit.) Et je ne l'ai pas déballé.

Marguerite observa le plancher avec insistance.

Lissianna baissa les yeux et remarqua le nœud défait qui reposait, abandonné, sur le sol. Elle grimaça et reconnut son méfait.

— D'accord, je l'ai déballé, mais je ne l'aurais pas fait s'il n'avait pas été aussi furieux. Je ne voulais pas le laisser seul ici, angoissé comme il l'était. (Elle marqua une pause, inclina la tête et poursuivit.) L'arrivée de Bastien t'aura interrompue avant que tu puisses l'hypnotiser, je suppose. Quand je suis arrivée, il était très énervé d'avoir été kidnappé et exigeait d'être détaché.

— Je ne l'ai pas kidnappé, rétorqua Marguerite d'un air outré. (Elle dirigea son regard vers le docteur Greg Hewitt.) Je ne vous ai pas enlevé. Je vous ai emprunté. (Elle tourna de nouveau son attention vers Lissianna.) Et, pour ta gouverne, je l'ai bien hypnotisé.

— C'est vrai ? (Elle leva les sourcils, surprise, et promena un regard perplexe de sa mère à l'homme attaché au lit.) Je n'ai pas l'impression que ça ait fonctionné.

Marguerite poussa un soupir et se détendit légèrement.

— Oui, eh bien il se trouve qu'il possède un esprit puissant.

Lissianna hocha la tête.

— J'avais remarqué. Je n'ai pas réussi à pénétrer ses pensées pour le calmer. Pas même un peu. C'est pour ça que j'ai décidé de me repaître de lui. J'ai pensé que ça m'aiderait à me lier à sa conscience pour l'apaiser, expliqua-t-elle.

— Mission accomplie, on dirait, constata Thomas, amusé. Cela dit, je ne suis pas sûr qu'il soit tout à fait détendu.

Lissianna suivit son regard dirigé vers l'entrejambe du captif ; son pantalon formait un chapiteau sous l'effet d'une érection qui se dégonfla lentement dès qu'elle le regarda.

— Ce n'est donc pas un concombre, remarqua Thomas avec humour, et Lissianna dut se mordre les lèvres pour réprimer un rire nerveux.

Elle s'éclaircit la voix puis murmura :

— Pardonne-moi, mère. Je ne voulais pas gâcher le dîner d'anniversaire que tu avais prévu, crois-moi. Même si ce n'est plus une surprise, je peux t'assurer que je n'en ai pas pris beaucoup, juste un croc. J'y ai à peine trempé les dents en réalité. Je ne suis pas encore rassasiée.

Elle glissa son regard affamé vers l'homme attaché au lit ; elle frissonnait de tout son être à l'idée de se repaître de lui de nouveau.

— Ce n'est pas ton dîner d'anniversaire.

À contrecœur, Lissianna arrêta de lorgner son cadeau et se tourna vers sa mère, l'air perdu.

— Comment ?

— Ce n'est pas ton dîner d'anniversaire, répéta-t-elle. Je t'ai commandé du chinois. Le livreur ne devrait plus tarder.

— Oh.

Elle n'essaya pas de cacher sa déception. Lissianna aimait manger chinois, mais ça ne lui tenait jamais au corps. Au bout de une heure, elle avait de nouveau faim. Néanmoins, Greg Hewitt s'était avéré un plat robuste et délicieux, un bon ragoût consistant et vivifiant comparé au brouet aqueux de Dwayne. Il lui avait procuré du plaisir de bien des façons qu'elle n'aurait jamais soupçonnées. Cette nuit, Lissianna avait ressenti un peu de cette excitation que ses hôtes éprouvaient d'ordinaire et lui transmettaient quand elle se nourrissait d'eux. Une sensation qu'elle n'avait jamais vraiment comprise ni expérimentée par elle-même, si ce n'est de manière passive et indirecte. Cette fois, elle n'avait pas réussi à demeurer détachée et consciente. En essayant de le charmer, elle s'était séduite elle-même… *Ou peut-être était-ce lui le coupable*, songea-t-elle se remémorant ses lèvres qui lui aspiraient les doigts dans sa bouche.

De toute manière, il n'avait pas eu besoin de faire beaucoup d'effort pour la charmer. C'était l'homme le plus séduisant qu'elle ait jamais vu, ce qui n'était pas peu dire. Lissianna en avait rencontré beaucoup au cours de ses deux cents printemps, et si d'un point de vue strictement esthétique certains étaient plus beaux que Greg, ils l'avaient toujours laissée de marbre. Alors que là… Elle se sentait attirée par cet homme, comme par un aimant. En plus, il sentait bon. Il lui suffisait de repenser à ces quelques instants où leurs âmes s'étaient fondues l'une dans l'autre…

Lissianna n'avait pas essayé de maîtriser ses pensées comme elle l'avait prévu au départ, trop occupée qu'elle était à profiter du moment. Cependant, la courte connexion qu'ils avaient partagée lui avait permis d'entrapercevoir son âme. C'était un enchevêtrement de désarroi, de désir, d'intelligence, d'honnêteté et de force de caractère qui l'avait immédiatement captivée.

Consciente du silence qui venait de s'abattre sur la pièce, Lissianna la balaya du regard. L'homme, objet de toutes ses pensées actuelles, reposait de nouveau dos contre le matelas et la contemplait avec une fascination silencieuse. Elle trouva cela intéressant.

D'un autre côté, sa mère et son cousin l'observaient également avec un vif intérêt, et elle ne put s'empêcher de penser que cela ne pouvait rien signifier qui vaille. Elle se rendit compte avec embarras qu'elle ne surveillait pas ses propres divagations, ce qui avait dû permettre aux deux Argeneau de s'immiscer dans ses rêveries sensuelles à propos des plaisirs qu'elle venait d'expérimenter avec Greg Hewitt.

— Bref, dit Lissianna sur un ton sec, impatiente de préserver les pensées qui tenaillaient son esprit depuis un moment tout en bloquant celles de sa mère.

Thomas lui apporta son aide et demanda :

— S'il ne constitue pas son dîner d'anniversaire, pourquoi est-il là ?

— Pardon, mais vous avez dit dîner d'anniversaire ? s'égosilla Greg.

Il les regardait à bout de souffle et horrifié. De toute évidence, il venait tout juste de comprendre la conversation dont il avait été témoin depuis le début, et l'angoisse l'avait assailli de nouveau. Elle aurait pris le temps de le rassurer, mais sa mère commença à parler, ce qui détourna son attention.

— C'est ton cadeau d'anniversaire, pas ton dîner. (Comme Lissianna demeurait les yeux rivés sur elle, le regard vide, elle soupira et traversa la pièce pour lui prendre la main.) C'était censé être une surprise que je t'aurais révélée lors de la fête, mais comme tu as déjà déballé ton cadeau, autant t'expliquer. Ma chérie, je te présente le docteur Gregory Hewitt. Il est psychologue spécialisé dans les phobies ; je l'ai amené pour qu'il te soigne. Joyeux anniversaire !

Le docteur Gregory Hewitt est psychologue, pensa Lissianna, répétant doucement les mots dans sa tête. Elle n'avait pas pensé à l'interroger sur sa spécialité quand il lui avait répondu qu'il était docteur après qu'elle lui avait demandé son nom. À présent, elle le savait. Il était psychologue et c'est pourquoi il était là. Pour guérir sa phobie.

— Oh, finit-elle par murmurer, puis elle jeta un coup d'œil surpris à Greg, qui venait de faire écho à son « oh » sur le même ton dépité, ce qui ne manqua pas de l'intriguer. Elle était déçue, car elle aurait préféré s'en repaître goutte après goutte au lieu d'avoir à lui parler d'une chose aussi déplaisante que sa phobie. Mais, de toute évidence, l'idée ne l'enchantait guère, lui non plus.

Greg soupira intérieurement. Il se dit qu'il ne devrait pas être déçu par l'annonce de la femme brune et plutôt s'estimer chanceux de ne pas être destiné à assurer le rôle d'esclave sexuel ou, pire... de dîner. Il essayait encore de comprendre ce que cela pouvait bien signifier. Lissianna – il avait retenu que l'autre appelait la blonde par ce prénom – avait cru qu'il était son dîner d'anniversaire. Lui ? Un dîner d'anniversaire ? Cette idée suffit à lui ôter les dernières pensées lubriques et distrayantes qui tourbillonnaient dans sa tête. Ces gens seraient-ils cannibales ?

Grands dieux, elle lui avait mordu le cou après l'avoir embrassé, une minuscule morsure, puis elle avait commencé à aspirer. Elle lui avait sûrement laissé un énorme suçon qu'il devrait cacher pendant une semaine, si ce n'est plus. Il n'en était pas trop sûr : on ne lui avait fait qu'un seul autre suçon jusqu'à aujourd'hui et à l'époque il était encore adolescent. Il ne se rappelait plus combien de temps cela avait pris pour qu'il s'estompe. D'ailleurs, il ne se souvenait pas non plus que cette expérience ait été aussi jouissive que celle qu'il venait de vivre. Il laisserait la blonde lui sucer le cou jusqu'à plus soif avec un grand plaisir, comme n'importe quelle autre partie de son corps, si elle le désirait. Cependant, la perspective de servir de dîner d'anniversaire ne lui semblait pas aussi plaisante. Bon sang, mais quelle idée de grimper dans le coffre d'une cannibale ! En fin de compte, l'hypothèse d'être son esclave sexuel lui paraissait franchement plus tentante.

Greg roula des yeux et dut s'ébrouer mentalement pour chasser ses pensées. Il avait l'air d'un homme sérieusement en manque de sexe. En réalité, c'était assez proche de la vérité. Malgré les efforts de son entourage pour le caser, il n'avait pas eu de rapports sexuels depuis près d'un an. Même si les filles avec lesquelles son entourage lui arrangeait des rendez-vous étaient toutes charmantes, aucune n'avait éveillé son intérêt, ou du moins pas assez pour l'arracher à son travail ne serait-ce que pour quelque temps.

Ce qui ne l'empêchait pas de dormir. Sa vie bien remplie l'occupait. Il s'était toujours dit que, le jour où il rencontrerait une femme aussi fascinante que sa carrière, il saurait qu'il avait enfin trouvé l'âme sœur. Dans l'intervalle, ses proches, qui gardaient espoir, continuaient à lui arranger des rendez-vous avec toutes les célibataires de leur connaissance. De son côté, Greg évitait de coucher avec elles car il ne voulait pas se retrouver impliqué dans des histoires épineuses avec des amies de la famille et devenir la cible de rancœurs. Aussi était-il réduit à la gaudriole avec des représentantes du beau sexe qu'il rencontrait par ses propres moyens quand ses diverses obligations et dîners arrangés lui en laissaient le temps.

La dernière fois qu'il avait réussi à sortir avec une fille, c'était avec une psychiatre blonde platine originaire de Colombie-Britannique. Ils s'étaient rencontrés l'hiver précédent lors d'un séminaire sur la santé psychique, et étaient allés boire un verre à l'issue d'une des conférences. Puis il l'avait raccompagnée à sa chambre d'hôtel. Elle l'avait invité à entrer et avait couché avec lui. Ce fut un ébat poli et détaché, dépourvu de passion et d'émotion, froid et mécanique. En un mot: tout sauf excitant. Un peu comme prendre un laxatif: ça permet d'effectuer la tâche, nettoie les conduits, mais laisse un arrière-goût déplaisant. Greg était persuadé que cette jolie blonde ne lui laisserait pas de mauvais goût dans la bouche et qu'elle ferait bien plus que nettoyer ses conduits.

— Tu l'as amené pour qu'il traite ma phobie?

Greg lui jeta un coup d'œil quand elle posa cette question et remarqua, pour la première fois, qu'elle semblait elle aussi plutôt déçue.

— Oui, ma chérie.

— Il n'est pas…

— Non, l'interrompit la brune d'un ton sec, puis elle fronça les sourcils devant le manque d'enthousiasme apparent de la blonde. Ma puce, c'est une bonne chose. Je pensais que tu serais contente. Je me suis dit que ce serait parfait. Il peut te soigner, ce qui te permettra de retrouver une vie normale, sans avoir besoin d'assistance la nuit et sans courir le risque de rentrer à la maison saoule et titubante deux à trois fois par semaine.

Greg haussa les sourcils et se creusa les méninges pour trouver le type de phobie qui pouvait provoquer l'ébriété.

— Bon… (La brune se tourna vers lui et lui adressa un sourire éclatant.)… allez-y.

Greg l'observa d'un air vide.

— Je vous demande pardon?

— Soignez la phobie de ma Lissianna, répondit-elle placidement.

Il détacha son regard de l'expression pleine d'espoir qu'il lisait dans ces yeux sages et anciens et le dirigea vers ceux, plus lumineux, de la fille. Aussi bleus et clairs qu'un ciel sans nuage, ils irradiaient du même éclat argenté que ceux de la mère. *Magnifique*, pensa Greg, regrettant que ce soient des lentilles de contact. Elle n'avait pas besoin d'artifice pour rehausser sa beauté, mais elle semblait croire le contraire et cela l'ennuyait.

— Ce ne sont pas des lentilles, annonça soudain la brune, et Greg tressauta.

Elle ne venait tout de même pas de lire dans ses pensées ?

— De quoi tu parles ? demanda la blonde, perplexe, dévisageant tour à tour Greg puis sa mère.

— De tes yeux, ma chérie, expliqua la brune avant de s'adresser à Greg. Sachez, malgré ce que vous avez pu penser plus tôt, que la couleur de nos yeux est naturelle. Je ne sais même pas s'il existera un jour des lentilles de cette couleur, ajouta-t-elle d'un ton sec.

— Naturelle, murmura Greg, fasciné, les yeux rivés sur la nuance moirée dans le regard de la fille, puis son esprit assimila avec lenteur les mots de la mère.

Malgré ce que j'ai pu penser plus tôt ? Elle veut parler de l'ascenseur ?

La brune acquiesça.

— Dans l'ascenseur, absolument.

— Tu peux lire dans ses pensées ?

Lissianna paraissait plus agacée qu'étonnée, remarqua-t-il, puis il se souvint qu'il l'avait crue folle quand elle s'était plainte de ne pas réussir à lire dans son esprit. Or il semblait que la brune venait d'y arriver. Greg ne parvenait pas à se décider : était-il en train de rêver, plongé dans un sommeil profond ? Avait-il perdu la tête et imaginait-il toute cette scène ? Ou était-il éveillé, sain d'esprit et cette femme était-elle vraiment télépathe ? Pire encore, il n'arrivait pas à déterminer laquelle de ces options il préférait. Il ne voulait pas être en train de dormir, car cela signifierait que Lissianna n'était rien d'autre qu'un fantasme créé de toutes pièces, et l'idée de ne plus la revoir en dehors du monde onirique ne l'enchantait guère. La folie ne constituait pas un choix plus réjouissant, mais l'idée que la brune parvienne réellement à lire en lui le déconcertait quelque peu… Surtout depuis que des pensées lubriques à propos de sa fille tourbillonnaient dans son esprit.

—Alors ? répéta la brune.

Rêve ou réalité, il devait régler le problème, semblait-il. Greg secoua la tête.

—Madame, guérir ce type de trouble, ce n'est pas comme gober une pilule. Cela prend du temps, l'avertit-il avant de demander sur un ton plus impatient : Pouvez-vous me détacher, s'il vous plaît ?

—Ce n'est pas ce qui était écrit dans le magazine, rétorqua-t-elle sans tenir compte de sa requête. Le journaliste qui vous cite mentionne que les nouveaux traitements s'avèrent très efficaces et que la plupart des phobies se traitent en quelques séances. Il ajoute que parfois une seule suffit.

Greg poussa un long soupir ; il venait de comprendre comment il avait atterri là. La brune devait avoir lu l'interview qu'il avait donnée au journal en question, c'était un article consacré aux phobies. La revue était sortie en kiosque une semaine auparavant.

—C'est vrai, certaines phobies se soignent sans difficulté, commença-t-il, essayant de rester calme et patient, mais cette situation était trop bizarre. (Il était attaché à un lit, nom d'un chien, et ils restaient là, tous les trois, à se conduire comme si c'était tout à fait normal. Greg ne put s'empêcher de se laisser gagner par une légère irritation.) Vous savez, la plupart des personnes prennent rendez-vous pour me consulter, reprit-il d'un ton cassant, puis il essaya de nouveau de faire appel à sa raison. En plus, je m'envole pour le Mexique demain matin, je pars en vacances. Il me reste tout un tas de choses à faire avant le départ. Je vous saurais gré de bien vouloir me détacher et de me laisser m'en aller. Je n'ai vraiment pas le temps pour tout ça.

Le silence avait à peine commencé à s'installer après sa dernière parole quand quelqu'un frappa à la porte. Elle s'ouvrit, et une jeune femme passa la tête et scruta la pièce. Une autre brune, avec un joli visage en forme de cœur. Elle le dévisagea avec curiosité, puis se tourna vers la mère.

— Oncle Lucian est là, tante Marguerite.

— Oh. Je te remercie, Jeanne. (La mère, Marguerite, dirigea aussitôt Lissianna et Thomas vers la porte.) Nous nous occuperons de tout ça plus tard. Ne faisons pas attendre les invités. Jeanne, Étienne est-il déjà arrivé ?

— Oui, il venait à peine d'entrer quand j'ai commencé à monter l'escalier. (Elle ouvrit plus grande la porte pour qu'ils puissent sortir, puis reprit :) La commande de chinois est arrivée aussi. J'ai conduit le livreur jusqu'au garde-manger, mais tu ne devrais pas le laisser seul trop longtemps.

— Très bien. Dans ce cas, descendons participer à la fête et je m'occupe de tout, annonça Marguerite, emboîtant le pas à Lissianna et Thomas qui traversaient déjà le couloir. Lissianna pourra ouvrir ses autres cadeaux plus tard, et…

La porte se referma sur le reste de sa phrase.

Greg observa la surface en bois avec étonnement. Il n'en revenait pas. Ils l'avaient laissé là, attaché au lit. C'était tout bonnement incroyable. De la folie pure.

La tête embrouillée d'idées, Greg ferma les yeux et essaya de comprendre ce qui se passait et ce qu'il pouvait faire. Même si ses propres actions l'avaient mené jusque-là, il commençait à se considérer comme victime d'enlèvement. Mais, au moins, il n'était pas détenu en échange d'une rançon et ne constituait pas le dîner. *C'est déjà ça*, se rassura-t-il, un brin incrédule.

Il se trouvait dans ce manoir en qualité de psychologue. En toute franchise, Greg pensait que la famille tout entière aurait bien besoin de quelques séances… sans rapport, d'ailleurs, avec le traitement des phobies, mais passons. Ils attendaient de lui qu'il soigne Lissianna, et lui désirait être libéré. Il devait sûrement y avoir un moyen de négocier. Il accepterait de guérir la charmante demoiselle et promettrait de ne pas les dénoncer aux autorités s'ils consentaient à le laisser partir. Ensuite, il foncerait au commissariat.

Ou pas.

En vérité, Greg ne savait plus quoi faire. D'un côté, il était furieux et voulait aller trouver la police et lui raconter qu'il avait été séquestré, mais en réalité, si Lissianna se glissait de nouveau dans la chambre et recommençait à l'embrasser et à le caresser comme elle l'avait fait auparavant, sa colère s'envolerait sur-le-champ. De toute façon, Greg soupçonnait que son agacement provenait en partie de sa frustration sexuelle. Sans elle, il serait surtout troublé par les événements de la soirée. De toute manière, il ne pouvait pas porter plainte. Que pourrait-il bien dire ?

— *Bonjour, je suis le docteur Hewitt. Ce soir, j'ai grimpé de mon plein gré dans un coffre de voiture des plus louches, je m'y suis enfermé le temps du trajet jusqu'à un étrange manoir, j'en suis descendu puis ai pénétré volontiers dans la bâtisse sus-citée. Je suis même monté à l'étage et me suis allongé sur le lit pour que l'on m'y attache. Mais, accrochez-vous, ils ont refusé de me détacher quand je le leur ai demandé, par conséquent je désire qu'ils soient inculpés.*

Oui, super ! Voilà qui marcherait à merveille ! songea Greg, pince-sans-rire. Il serait la risée du commissariat. De plus, il ne tenait pas à attirer des ennuis à ces personnes. Du moins, il ne voulait pas que Lissianna ait des problèmes.

Greg se lécha les lèvres, se remémorant son contact et sa saveur. C'était si bon de la sentir blottie contre lui, à pousser de légers gémissements de plaisir quand ils s'embrassaient. Si ses mains n'avaient pas été attachées, il l'aurait fait rouler sous lui, l'aurait débarrassée du moindre bout de tissu qui recouvrait son corps et lui aurait arraché d'autres petits murmures érotiques à l'aide de sa bouche et de ses doigts.

Sa peau était pâle et ivoirine, et Greg pouvait imaginer sans difficulté son corps d'albâtre s'étirer et se cambrer sur le lit tandis qu'il refermait ses lèvres sur l'un de ses tétons pointus et laissait courir sa main le long de ses côtes, puis sur son ventre tout plat avant de plonger entre ses cuisses pour y être accueilli par sa douce moiteur. Sous ses gestes, elle serait brûlante et réceptive, et après l'avoir fait crier d'extase une ou deux fois, il remonterait pour la conduire...

Greg poussa un profond grognement de frustration et interrompit brutalement ses rêveries quand il ressentit la douleur plaintive s'éveiller au niveau de son entrejambe. Il aurait mieux fait de se retenir, à présent il était plus frustré que jamais.

Il soupira et releva la tête pour regarder la porte fermée, se demandant quand reviendrait Lissianna, ou si elle reviendrait. Comme elle était montée chercher une nouvelle paire de bas, il en déduisit qu'il devait se trouver dans sa chambre, donc elle finirait bien par y repasser. *Peut-être, après la soirée*, pensa Greg, remarquant le son étouffé de la musique qui provenait d'en bas. De toute évidence, la fête battait son plein. Il se souvint qu'ils célébraient l'anniversaire de Lissianna et se demanda l'âge qu'elle pouvait bien avoir. Il lui aurait donné vingt-cinq ou vingt-six ans, c'est-à-dire dix ans de moins que lui. La différence d'âge lui poserait-elle un problème ? Cette pensée le troubla. Et si elle le trouvait trop vieux pour elle et ne l'embrassait plus jamais ?

Il se rendit compte du sentier dangereux qu'empruntait de nouveau son esprit et s'ébroua mentalement. Où avait-il la tête ? Il était attaché à un lit, retenu contre son gré. Il avait demandé à être libéré, mais personne ne lui avait prêté attention. En dépit de la situation, il ne trouvait rien de mieux à faire que de se triturer la tête avec la belle et blonde Lissianna.

— Tu dois hiérarchiser tes priorités, dit-il à voix haute, s'adressant à lui-même. Et si tu essayais plutôt de te détacher et t'enfuir d'ici ? Je te rappelle que tu as un avion à prendre demain.

Sans prêter attention au fait qu'il parlait tout seul de nouveau, Greg pivota en arrière pour jeter un coup d'œil aux liens qui partaient de ses poignets et remontaient jusqu'aux barreaux du lit.

Chapitre 4

— Bonté divine, mais c'est le paradis de la nuisette, ici.

Lissianna éclata de rire à la vue de Thomas, qui venait d'entrer dans le séjour où se déroulait une « soirée pyjama » impromptue post-fête d'anniversaire, arborant une expression des plus comiques. Thomas, qui n'était pas du genre à conduire après avoir bu, avait décidé de dormir sur place, ce qui signifiait que Lissianna, Jeanne et Mirabeau aussi. Comme les chambres à coucher étaient occupées par d'autres parents qui passaient la journée, ils avaient été relégués aux canapés du plus grand salon… avec la cousine Elspeth et ses deux jeunes sœurs Victoria et Julianna, des jumelles. Elles étaient venues d'Angleterre avec leur mère, Martine, pour assister à la fête et comptaient rester une quinzaine de jours.

— Thomas ! s'exclama soudain Jeanne. Au nom du Ciel, que portes-tu ?

— Quoi ? Ah, ça ? (Thomas tendit les bras et tournoya doucement sur lui-même. Il était engoncé de la nuque aux chevilles dans un pyjama Spider-Man moulant.) Bastien s'est montré assez aimable pour me prêter ce super ensemble pour la nuit, dit Thomas d'une voix traînante. Vous n'aimez pas ? Il a des goûts assez extravagants pour un vieux type grincheux.

— Ce n'est pas à Bastien, gloussa Lissianna. On l'avait offert à Étienne pour rire à l'époque où il travaillait à la programmation d'un jeu vidéo basé sur une bande dessinée dont j'ai oublié le nom.

— Et je l'ignorais, bien entendu, répliqua Thomas avec un large sourire. Imaginez sa mine déconfite quand je l'ai complimenté avec effusion sur ses choix de pyjamas « trop cools ».

Lissianna lui sourit en retour en visualisant la réaction de son frère lorsqu'il s'était rendu compte que sa petite tentative pour embarrasser Thomas s'était retournée contre lui. Il devait être mortifié à l'idée que certains puissent le croire capable de porter ce type de pyjamas au lit.

— En tout cas, je m'en fiche. Il est très confortable, fit remarquer Thomas, puis il planta les mains sur ses hanches et considéra le reste de l'assemblée. Quant à vous, mesdemoiselles, on dirait un arc-en-ciel de fleurs somptueuses, ajouta-t-il avec galanterie.

Lissianna se toisa de la tête aux pieds, puis jaugea les autres filles en nuisette. Jeanne et Mirabeau n'avaient pas de vêtements en réserve chez sa mère. Lissianna si, mais elle n'avait pas de pyjama, car elle dormait le plus souvent nue. Toutes trois avaient donc emprunté leur chemise de nuit à Elspeth et aux jumelles. Le trio semblait afficher un penchant pour les nuisettes : c'est en effet tout ce qu'elles avaient à leur prêter.

La description de Thomas était appropriée. Elle arborait une nuisette en dentelle rose pâle, Elspeth était en rouge, Victoria en pêche, Mirabeau en vert menthe, Julianna en bleu layette et Jeanne portait un ensemble lavande. Les unes à côté des autres, elles devaient effectivement ressembler à un arc-en-ciel.

— Alors ? (Thomas se jeta sur le lit de camp qui avait été préparé pour lui. Il froissa son coussin jusqu'à en faire une boule solide contre laquelle s'adosser, et les observa avec intérêt.) Qu'est-ce qu'on fait pendant une soirée pyjama ?

Elles explosèrent toutes de rire devant son expression enthousiaste, et commencèrent à délimiter leur espace de couchage : deux filles sur chacun des trois canapés convertibles de la pièce. Au bout de quelques minutes, tout le monde était installé et s'observait.

— Ne me regarde pas, dit Mirabeau lorsque Thomas jeta un coup d'œil dans sa direction. J'ai plus de quatre cents ans ; ça n'existait pas, les soirées pyjama, quand j'étais petite. Je ne suis même pas sûre qu'on avait des pyjamas. Je ne peux pas te répondre.

Lissianna gloussa.

— À plus de deux cents ans, on nous traite comme des enfants, dit-elle l'air dégoûté.

— C'est ce que nous serons toujours aux yeux de mère et de tante Marguerite, répliqua Elspeth d'un ton calme. Tout est relatif en définitive ; nous sommes des enfants comparés à elles.

— Mais nous sommes vieux comparés aux mortels, fit remarquer Lissianna avec tristesse.

Elle ressentait le contrecoup de ses deux cent deux ans. Les anniversaires peuvent s'avérer déprimants quand vous êtes plus âgé que le pays dans lequel vous vivez. Quand le Canada était devenu un pays en 1867, Lissianna avait déjà soixante-neuf ans. C'est vieux pour un humain, mais pas pour un vampire, comme les appellent la plupart des mortels. Son espèce n'appréciait pas vraiment le terme. Dans la conception folklorique, les vampires étaient des créatures sans âme qui redoutaient l'eau bénite, le soleil et détestaient l'ail. Pour autant qu'elle sache, ses semblables n'étaient pas plus dépourvus d'âme que le commun des mortels. Quant aux trois armes censées les éradiquer… Ils ne craignaient ni l'ail ni l'eau bénite. Le soleil en revanche… Ils ne risquaient pas de prendre feu sous ses rayons, mais ils préféraient se faciliter la vie et l'éviter. Cependant toutes les croyances n'étaient pas fausses pour autant. Leur longévité, leur force, et leur faculté à lire et subjuguer les esprits étaient véridiques. Et, bien sûr, ils avaient besoin de sang pour survivre.

— Vous êtes peut-être vieilles, mais pas nous, piailla Julianna, et sa sœur acquiesça.

— Ouais !

Lissianna s'efforça de leur sourire. Elles n'avaient que dix-sept ans, ce qui en faisait les bébés du groupe. Elle se rendit compte soudain qu'Elspeth avait raison. Tout était relatif.

— Bon, lança-t-elle, déterminée à conserver sa bonne humeur. Vous deux êtes assez jeunes pour savoir : que se passe-t-il lors de soirées pyjama ?

— On fait des trucs drôles, répondit Victoria, et un immense sourire se dessina sur son visage. On ne se nourrit que de choses nocives pour la santé, mais tellement délicieuses ! Des pizzas, du chocolat, des chips.

Lissianna leur adressa un sourire empreint d'indulgence. Les jumelles étaient encore jeunes, c'est pourquoi elles arrivaient à se réjouir de manger, ce qui n'était pas le cas des vampires plus âgés.

— On raconte des histoires qui font peur, et on parle des garçons, leur expliqua Julianna.

— Mouais, rétorqua Thomas d'un air dubitatif. On peut passer les discussions sur les garçons, à moins que vous vouliez parler de moi. Et en plus, je suis plus que gavé, la pizza sera inutile.

Lissianna n'en doutait pas. Sa mère avait commandé pour la fête des litres de poches de sang, et une tonne de nourriture ordinaire. Tout avait été englouti au cours de la soirée, à la stupéfaction de Lissianna. Apparemment, les réserves de sang aussi avaient diminué. Il n'en restait presque plus rien, et elle avait même entendu sa mère demander à Bastien de faire livrer plus de sang pour le petit déjeuner.

— Il reste les histoires qui font peur, constata Mirabeau. (Elle marqua une pause, durant laquelle personne ne se proposa de raconter la première, puis elle regarda Lissianna et lui demanda, intriguée :) C'était quoi, finalement, le cadeau d'anniversaire que Marguerite est allée chercher jusqu'à Toronto ? Je ne t'ai pas vue le déballer.

— Oui, c'était quoi ? renchérit Jeanne avec curiosité. Je ne l'ai pas vu non plus.

— Mais si tu l'as vu, Jeanne, répliqua Thomas l'air badin, ce qui induisit un froncement de sourcils perplexe sur le visage de sa sœur.

— Je ne l'ai pas vu, je t'assure, insista-t-elle. J'ai... (Elle s'interrompit : elle venait de comprendre l'allusion de Thomas.) Lui ? Elle lui a offert une personne en chair et en os ? Un homme ? (Elle écarquilla les yeux, sa bouche laissa échapper un « oh ! », puis elle s'exclama :) Le type dans sa chambre, c'était lui son cadeau ?

— Quel type ? (Mirabeau semblait déconcertée.) Marguerite t'a offert un mec ?

Lissianna fusilla Thomas du regard tandis que les filles commençaient à pousser des exclamations teintées de surprise. C'était, bien entendu, exactement la réaction qu'il espérait.

— Ce n'est pas ce que vous croyez, expliqua-t-elle, placide. Il est docteur, elle l'a amené pour qu'il soigne mon hémophobie.

— Absolument, leur certifia Thomas, et si Lissianna se lovait tout contre lui sur le lit, c'était par pur accident. Elle ignorait encore qu'il était psychologue.

— Thomas !

Le cri perçant de Lissianna résonna dans la pièce tandis que ses cousines continuaient à s'extasier et à l'accabler de questions. Elle secoua la tête, blasée, se tourna vers elles et leur raconta la version révisée de sa rencontre avec Greg Hewitt. Une fois son histoire terminée, elle se rassit et attendit leurs réactions.

Mirabeau prit la parole la première et demanda :

— Il va traiter ta phobie, alors ?

Lissianna hésita avant de reconnaître :

— Je n'en sais rien. Je ne pense pas.

— Pourquoi pas ? questionna Elspeth avec étonnement.

— À vrai dire, il avait prévu de partir en vacances demain. Sans oublier que maman l'a kidnappé, ce qui n'arrange rien, ajouta-t-elle en roulant des yeux devant les extravagances de sa mère.

— Il aurait peut-être été préférable qu'elle prenne rendez-vous, fit remarquer Jeanne.

— Oui, c'est d'ailleurs ce qu'il a dit, admit Lissianna d'un ton ironique.

— Peut-on le voir ? demanda Elspeth, et Lissianna se tourna vers elle avec stupeur.

— Quoi ? Pourquoi ?

— Tu nous as montré tes autres cadeaux, rétorqua-t-elle, comme si c'était une excuse tout à fait raisonnable.

— Je veux le voir, annonça Mirabeau.

— J'aimerais bien le voir, moi aussi, dit Jeanne.

— Tu l'as déjà vu, protesta Lissianna.

— Je l'ai à peine entraperçu, et je ne savais pas que c'était ton cadeau.

— Ça change quoi ? rétorqua-t-elle, la voix empreinte d'exaspération, mais Jeanne haussa les épaules. (Lissianna secoua la tête et poursuivit :) On ne peut pas aller errer là-haut maintenant, c'est l'aube. Il doit être en train de dormir.

— T'inquiète pas, on veut juste voir à quoi il ressemble. Il n'a pas besoin de nous parler, déclara Mirabeau en se relevant.

Lissianna, bouche bée, regarda ses autres cousines se hâter d'imiter Mirabeau. Quand elles s'avancèrent vers la porte d'un air déterminé, elle sauta du lit elle aussi et dit :

— Bon, très bien. Mais interdiction de le réveiller !

Les rideaux occultants étaient tirés et la chambre plongée dans une obscurité d'encre lorsque la petite troupe s'y glissa. Quand l'un d'entre eux alluma la lumière, Lissianna se retourna, une expression d'irritation sur le visage.

— On est venus pour le voir, Lissi, souligna Mirabeau. La lumière, ça aide.

Lissianna oublia son agacement, ramenée à la raison par ces paroles sensées, et pivota pour s'avancer avec prudence jusqu'au lit. Elle fut rassurée de constater que la lumière ne l'avait pas réveillé, même si, remarqua-t-elle, il ne manqua pas de gigoter dans son sommeil quand ils s'attroupèrent tous autour de lui.

— Ouah ! soupira Elspeth, examinant le dormeur de la tête aux pieds.

— Il est mignon, dit Julianna, l'air surpris.

— Carrément ! acquiesça Victoria.

— Ouais, confirma Mirabeau. Je ne sais pas pourquoi, je pensais que tous les psychologues ressemblaient à Freud, mais lui, il est trognon.

À ces paroles, Julianna et Victoria pouffèrent de rire et Lissianna leur fit signe de rester silencieuses, puis se tourna vers Greg juste à temps pour voir Mirabeau qui relevait le bord de sa veste. Elle écarquilla les yeux, l'air dubitatif.

— Qu'est-ce que tu fais ?

— Il n'utilise pas d'autobronzant, rétorqua l'autre sans broncher, je voulais vérifier s'il portait des épaulettes.

— Non, il n'en porte pas, l'informa Lissianna d'une voix sévère. Ce sont ses vraies épaules.

— Comment… ? Ah oui, j'oubliais. Tu étais en train de l'embrasser, si ce n'est plus, se reprit Jeanne, arborant un grand sourire.

— Oui, et grâce à la réaction provoquée par les baisers, entre autres, de notre Lissianna, nous avons pu apprendre qu'il n'avait pas non plus de concombre dans le caleçon, annonça Thomas.

Cette remarque arracha un grognement d'embarras à Lissianna, qui se souvint de l'érection de Greg comme, un souffle bien visible au moment où Thomas et sa mère étaient entrés dans la chambre… et était retombée comme, un souffle. Elle ne tenait pas à éclairer les autres sur ce commentaire, mais à leur expression elle se doutait qu'une explication était inévitable et décida à cet instant que Thomas n'était plus son cousin préféré.

D'ordinaire, Greg dormait d'un sommeil lourd, mais avec la lumière qui lui piquait les yeux et les chuchotis autour de lui, il éprouvait des difficultés à demeurer enfoui dans les bras chaleureux et douillets de Morphée, et à contrecœur se sentit tiré de sa léthargie. Lorsqu'il finit par céder et ouvrit les paupières, il se trouva à regarder de ses yeux encore troubles six femmes splendides regroupées autour de son lit affublées des chemises de nuit les plus affriolantes qu'il ait jamais vues. Au premier abord, il pensa que c'était un rêve... et quel doux rêve, peuplé de somptueuses créatures à moitié nues, à peine couvertes par des nuisettes bien ajustées... Soudain, il s'arrêta sur la septième personne présente à son chevet.

— Spider-Man ? murmura-t-il, l'esprit encore embrumé.

— Merde ! Vous l'avez réveillé !

Greg laissa glisser son regard sur celle qui venait de parler ; un vague sourire se dessina sur son visage quand il reconnut Lissianna. Cela n'avait rien d'étonnant qu'elle figure dans ses songes. Avant de sombrer dans le sommeil, il avait consacré ses dernières pensées à toutes les choses qu'il aimerait faire avec elle. Elle générait en lui un intense sentiment de frustration sexuelle. Et le pire, c'est qu'elle ne le faisait même pas exprès. Il y arrivait tout seul, grâce à ses propres fantasmes.

— Que tante Marguerite ne t'entende jamais parler de la sorte, Lissi, la taquina Spider-Man, ou elle te nettoiera la bouche avec du savon.

— Oh, la ferme, Thomas, je suis trop vieille pour ça, dit-elle d'un air mécontent. (Puis elle se tourna et se pencha légèrement vers Greg :) Je suis désolée. Nous ne voulions pas vous réveiller.

Il lui sourit avec douceur et ajouta :

— Pas de soucis. Vous pouvez faire irruption dans mes rêves quand vous voulez.

— Si c'est pas mignon ! Il croit nous voir en rêve, s'écria une femme en nuisette lavande, un large sourire illuminant son visage.

— Je ne sais pas si « mignon » convient, Jeanne. Soit il a bien un concombre dans le pantalon, soit le rêve qu'il imagine faire est un rêve mouillé, annonça une femme habillée en vert menthe.

Greg cligna les paupières de surprise lorsqu'il distingua la couleur de ses cheveux : noirs, coupés court, avec des pointes fuchsia. D'habitude, ce n'était pas un style de coiffure qu'il trouvait érotique, et il se demanda un bref instant ce qu'elle faisait dans son rêve. Puis, constatant le silence qui s'était installé dans la pièce, il promena son regard autour de lui et remarqua que l'attention de toute l'assemblée était focalisée sur son entrejambe.

Greg souleva la tête et baissa les yeux vers l'érection qu'il arborait.

— Un rêve mouillé, à tous les coups, déclara d'un ton solennel une jolie brune en rouge.

— On devrait peut-être vérifier pour s'assurer que ce n'est pas un concombre.

La suggestion émanait d'une jeune fille aux cheveux auburn habillée en bleu layette, qui se tourna aussitôt vers une autre fille, sa copie conforme. Elles partagèrent un sourire malicieux, puis la seconde, vêtue d'une nuisette couleur pêche, acquiesça avant d'ajouter :

— Oh, ouais !

Greg cligna les paupières de surprise lorsqu'il se rendit compte qu'elles étaient très jeunes, et fut presque horrifié de constater qu'elles remplissaient déjà fort bien leur nuisette. Il se demanda avec angoisse depuis quand les adolescentes avaient cessé de ressembler à des adolescentes.

— Oh, fermez-la, les interrompit Lissianna d'un ton sec. (Elle se retourna vers lui :) Vous ne rêvez pas. Nous sommes vraiment là. Je suis navrée de vous avoir réveillé, mais les filles désiraient…

— On voulait voir ses cadeaux d'anniversaire…

Comme elle hésitait, la femme aux cheveux roses termina sa phrase.

— … et vous en faites partie.

— Oui, on a déjà vu tous ses autres cadeaux, expliqua la fille en bleu. C'était donc normal qu'on vous voie vous aussi, vous comprenez ?

— Nous sommes les cousines de Lissianna, l'informa la petite brune en rouge.

— Oui, enfin sauf Mirabeau, corrigea la fille en nuisette lavande, et Greg se surprit à l'étudier avec attention.

Elle lui semblait vaguement familière, mais il fallut un moment à son esprit pour la remettre. Puis il se rappela qu'elle était entrée dans la chambre plus tôt dans la soirée pour informer Lissianna, sa mère et le dénommé Thomas que quelqu'un venait d'arriver.

Comme il se souvint soudain de cette scène, il regarda de nouveau Spider-Man, et se rendit compte qu'il s'agissait de Thomas. En effet, il ne rêvait pas.

— Je me disais bien que j'avais entendu des voix provenant de cette pièce.

Greg dirigea son regard vers la porte tandis qu'autour de lui tous se raidirent et se retournèrent, l'air coupable, pour faire face à la nouvelle venue. Vêtue d'une robe de chambre de satin rouge bordée de dentelle, la femme avait des cheveux blonds de la même couleur que ceux de Lissianna, mais la ressemblance s'arrêtait là. Ses traits étaient plus durs, son visage plus long, et elle affichait un regard froid comme Greg n'en avait jamais vu.

— Tante Martine ! (La voix de Lissianna trahissait sa stupeur.) Nous étions... Je montrais aux filles mon cadeau d'anniversaire.

La femme s'arrêta au pied du lit et examina Greg avec intérêt.

— Voilà donc le psychologue que ta mère a amené pour qu'il soigne ta phobie ?

— Bon sang, mais que se passe-t-il ici ?

Un autre murmure s'éleva à travers le groupe attroupé autour du lit lorsque la mère de Lissianna apparut sur le seuil, vêtue d'une longue robe de chambre de soie.

— J'ai entendu des voix et suis venue voir ce qui se passait, expliqua Martine. Lissianna montrait son cadeau aux filles. Il est assez jeune, non, Marguerite ?

— Ne le sont-ils pas tous ? répondit cette dernière, presque lasse. Il paraît que c'est l'un des meilleurs dans son domaine.

— Hmm. (Martine se dirigea de nouveau vers la porte. De toute évidence, tout son intérêt pour Greg avait disparu.) On retourne au lit, mesdemoiselles ! L'aube est déjà levée et vous devriez être en train de dormir.

Des murmures et des grognements de protestation s'élevèrent de l'assemblée, mais les filles suivirent toutes Marguerite et Martine hors de la chambre.

La porte se referma avec un petit bruit sec, mais Greg pouvait encore entendre les chuchotements des voix féminines qui s'éloignaient le long du couloir tandis que les femmes plus âgées sermonnaient les plus jeunes. Un froissement de tissu attira son attention vers le côté et c'est alors qu'il se rendit compte avec stupéfaction qu'il n'était pas seul. Tout le monde n'était pas parti, Spider-Man se tenait toujours à son chevet, et il le regardait avec une expression des plus déterminées.

Chapitre 5

— Je sais que vous devez être fou de rage d'être ici, mais Lissianna n'y est pour rien et elle a vraiment besoin de votre aide.

Greg expira lentement et recouvra son souffle. Il le retenait depuis plusieurs minutes, attendant que l'homme se décide à parler, mais il se trouva plus que surpris par ses paroles. Il ne savait pas exactement ce qu'il escomptait, mais une chose était sûre : ce n'était pas ça.

L'homme que Lissianna avait appelé Thomas semblait avoir dans les vingt ou trente ans, à peine plus jeune que Greg. Tout aussi séduisant que les autres occupants de cette maison de fous, il avait les cheveux noirs et les mêmes yeux bleu acier perçants que Lissianna et sa mère. Greg n'avait vu Thomas que deux fois et ce dernier s'était toujours montré charmant. Cependant, d'après lui, le cousin de Lissianna ne devait pas être du genre à se confondre en suppliques. Cela dit, il l'implorait à l'instant même au nom de Lissianna.

Greg observa le jeune homme s'approcher du pied du lit, puis retourner sur le côté.

— Écoutez, Lissianna… (Il hésita, puis poursuivit.) Nous sommes très proches. Ma mère est morte peu après ma naissance, et malheureusement mon père ne savait que faire de moi. Aussi tante Marguerite m'a-t-elle accueilli. Elle en a fait de même avec ma sœur, Jeanne.

— Vous et votre sœur avez été élevés avec Lissianna ?

— Nous jouions ensemble, allions à l'école ensemble… Nous sommes… vraiment proches, finit-il par lâcher, ne sachant que dire.

— Comme un frère et une sœur, suggéra Greg avec indulgence.

— Exactement. (Thomas sourit.) Je considère Lissianna comme ma sœur, et tante Marguerite comme ma mère.

— Je vois.

Greg hocha la tête pour faire signe qu'il saisissait.

— Par conséquent, je comprends pourquoi tante Marguerite vous a amené ici. Je sais qu'elle se faisait un sang d'encre pour Lissianna. Sa phobie… (Il secoua la tête, l'air accablé.) C'est vraiment grave. C'est comme si vous vous évanouissiez à la vue de la nourriture et deveniez incapable de manger. Cela influe sur tous les aspects de sa vie, et depuis des lustres. (Thomas fronça les sourcils et fit quelques pas vers le pied du lit avant de revenir à sa position initiale et d'ajouter :) Quand Jean-Claude était encore vivant, la situation était moins alarmante. Lissianna laissait tante Marguerite la placer sous intraveineuse, mais…

— Qui est Jean-Claude ? l'interrompit Greg.

— Le mari de tante Marguerite, le père de Lissianna.

— Pourquoi l'appelez-vous par son prénom et non pas oncle Jean-Claude, alors que Marguerite a droit au titre de tante ? demanda Greg, intrigué.

Thomas pinça les lèvres.

— Parce qu'il ne s'est jamais comporté comme un oncle. C'était aussi un piètre mari et un père pitoyable. Il voulait toujours tout contrôler, diriger, et il était vraiment vieux jeu, limite réactionnaire. Cruel et égoïste, il rendait tante Marguerite et Lissianna très malheureuses quand il était là.

— Et vous ?

— Quoi, moi ? demanda Thomas, troublé par la question.

— Vous avez dit avoir été élevé par votre tante aux côtés de Lissianna. Vous avez dû vous accommoder à votre oncle, je présume. Ne vous a-t-il pas rendu la vie impossible, à vous aussi ?

— Oh. (Thomas écarta ces paroles d'un geste de la main comme si elles n'avaient aucune importance.) Il n'était pas si mauvais avec moi. Et puis, je n'ai pas eu à le supporter trop longtemps. J'ai quitté le foyer à dix-neuf ans.

— Lissianna aussi aurait pu partir, fit remarquer Greg, mais Thomas secoua la tête.

— Non. Jean-Claude voulait qu'elle demeure sous leur toit jusqu'à son mariage.

— Elle aurait pu se rebeller, suggéra-t-il, ce qui poussa Thomas à lui décrocher un regard dubitatif.

— On ne se rebellait pas contre Jean-Claude, l'informa-t-il avec solennité. De toute façon, Lissi n'aurait jamais laissé sa mère toute seule avec lui. Vers la fin de sa vie, Jean-Claude commençait à dérailler. Nous avions tous peur de lui.

— J'en conclus qu'il est mort, murmura Greg. Comment est-ce arrivé ?

— Dans un incendie. Il avait bu trop de… euh… d'alcool et s'était endormi une cigarette à la main. Le feu a pris, et il a péri dans les flammes.

Greg opina du chef.

— Bref… (Thomas recommença à arpenter la pièce.) C'est la meilleure chose qu'il ait jamais faite pour tante Marguerite et Lissi, mais cela a déclenché de véritables crises de panique chez elle. Soudain, elle s'est mise à se demander ce qui lui arriverait si Marguerite venait à mourir. Qui la nourrirait ? Elle a décidé alors de devenir plus autonome. Elle a commencé à travailler au refuge. Elle a déménagé depuis peu et essaie de s'alimenter par elle-même, mais la situation inquiète tante Marguerite, comme nous autres, d'ailleurs.

— Que craignez-vous ? s'enquit Greg avec intérêt.

Selon lui, la mort de son père avait permis à Lissianna de grandir et de s'assumer enfin comme une adulte. Comme un oiseau qu'on aurait libéré de sa cage.

— Qu'elle devienne comme Jean-Claude.

— Son père alcoolique ? demanda Greg troublé. Elle boit ?

— Non, enfin elle ne le fait pas exprès, répondit Thomas à voix basse. Mais c'est sa phobie.

Greg secoua la tête. Il lui semblait avoir perdu le fil de la conversation en cours de route. Avant qu'il ait pu le prier de clarifier les choses, Thomas se raidit et tendit l'oreille.

— Il faut que j'y aille. Tante Marguerite arrive. (Il se dirigea vers la porte, puis s'arrêta soudain et ajouta :) Je sais que vous ne comprenez pas tout, mais je n'ai pas le temps de développer maintenant. Je suis sûr que tante Marguerite vous expliquera tout dans le courant de la journée. Quand elle le fera, essayez de vous rappeler que rien de tout ça n'est la faute de Lissianna. Elle ne vous a pas amené ici, mais elle a vraiment besoin de vous.

Sur ces dernières paroles, il s'éclipsa de la chambre à pas de loup. Quelques minutes plus tard, Greg entendit un murmure, suivi d'un silence, puis du bruit léger et sec d'une porte que l'on referme au bout du couloir. Il semblait que tout le monde était retourné se coucher.

Il soupira et laissa sa tête retomber sur le coussin, puis contempla le plafond, son esprit focalisé sur ce que Thomas lui avait raconté. La belle Lissianna n'avait pas eu une existence facile. Greg grimaça, songeant que c'était le lot de la plupart des gens. Peut-être le pessimisme naturel induit par sa profession l'influençait-il ? Après des années passées à conseiller des personnes brisées et maltraitées par la vie, il lui semblait que les chanceux qui parvenaient à réchapper de l'enfance sans stigmates n'étaient pas très nombreux.

Lui-même en portait quelques-uns. Sa mère avait toujours été chaleureuse et affectueuse, et ses sœurs étaient géniales, tout comme ses tantes et cousins, et tout le reste de la tribu, mais son père, un coureur de jupons au tempérament violent, était loin d'être idéal. La meilleure chose qu'il ait faite pour sa famille avait été de les abandonner quand Greg était encore petit, mais cela avait fait de lui l'homme de la maison. Durant toute son enfance et son adolescence, on lui avait répété quel garçon bon et irréprochable il était. Un sacré poids pour les épaules d'un enfant, et probablement la raison pour laquelle il était toujours célibataire. Aux yeux de sa mère et de ses sœurs, il était « le seul homme qui vaille », et il ne voulait pas devenir « un sale bonhomme » au moindre faux pas.

La porte de la chambre s'ouvrit de nouveau et interrompit brusquement le flux de pensées de Greg. Il souleva la tête et jeta un coup d'œil à la femme qui venait d'entrer : la brune à la nuisette rouge. Elle referma derrière elle avec d'infinies précautions, et laissa échapper un soupir retenu, visiblement soulagée d'avoir réussi à atteindre la chambre sans se faire prendre. Elle tourna le dos à la porte et s'approcha du lit.

— Tant mieux, vous êtes éveillé, chuchota-t-elle, un sourire éclatant aux lèvres.

Greg haussa un sourcil, se demandant ce qui allait suivre tandis qu'elle marquait une pause et s'asseyait sur le rebord du matelas pour l'examiner d'un air soucieux.

— J'ai dit que je me rendais aux cabinets, au lieu de quoi je me suis faufilée jusqu'ici pour vous voir, expliqua-t-elle avant d'ajouter : Je m'appelle Elspeth, et je tenais à vous parler de ma cousine Lissianna.

— Ah.

Greg hocha la tête, s'évertuant à garder la mâchoire bien fermée devant cet étalement de chair ivoirine à peine cachée par la chemise de nuit moulante. Il ne se permettrait pas de la lorgner, cela paraîtrait grossier.

— D'après ce que j'ai compris, tante Marguerite vous a amené ici pour que vous soigniez Lissianna, mais à en croire Lissi vous seriez tellement agacé par les agissements despotiques de sa mère que vous refuseriez de l'aider. Or elle a vraiment, terriblement besoin de vous.

Elspeth s'arrêta et attendit sa réponse, les yeux pleins d'espoir.

— Je vois, murmura Greg pour rompre le silence. (Mais elle persistait à le regarder avec insistance, sans prononcer un mot, comme si elle attendait le Messie, alors il demanda :) De quelle phobie souffre-t-elle au juste ?

La brunette cligna des paupières, l'air étonné.

— Personne ne vous a rien dit ?

Il fit non de la tête.

— Oh. (Elle se mordit la lèvre.) Dans ce cas, il vaut mieux que je me taise. Lissianna affirme ne pas réussir à lire dans vos pensées, mais tante Marguerite semble y parvenir, et si elle sonde votre esprit et que vous lui révélez être au courant alors qu'elle ne vous a rien dit, elle pourrait essayer de découvrir comment vous avez eu vent de l'information, et comprendra que je me suis introduite ici… (Elle écarquilla les yeux, prise d'une terreur soudaine et s'arrêta tout net.) Mince ! Quoi qu'il arrive, elle risque de découvrir que je suis montée vous voir.

Greg se contenta de l'observer, le regard vide. La première fois qu'elle était entrée dans la chambre, Lissianna avait mentionné qu'elle n'arrivait pas à lire dans ses pensées, et voilà que cette femme continuait sur la même lancée. Quel était donc leur problème à tous ? Se croyaient-ils sincèrement capables de lire dans les pensées ?

Oui, bien sûr, ils le croyaient, comprit-il soudain lorsqu'il se rappela que la mère y était parvenue. *Toute la famille est peut-être douée de clairvoyance,* supposa-t-il, *c'est vraiment fascinant.*

— Bon, écoutez, il vaut mieux que j'y aille. (Elle était prise de panique.) Je vous en prie, essayez d'oublier que je suis venue. Ne… Vous aiderez Lissianna, n'est-ce pas ? C'est une fille adorable, gentille, drôle et intelligente, et cette phobie représente un tel fardeau depuis si longtemps. Acceptez, je vous en prie ! Vous l'aimeriez aussi si vous aviez la possibilité de la connaître un peu mieux, dit-elle en se dirigeant vers la porte. Oubliez que vous m'avez vue et essayez de ne pas y penser quand tante Marguerite viendra vous parler demain matin, d'accord ?

Elspeth n'attendit pas sa réponse. Elle entrouvrit la porte, passa le cou pour vérifier que la voie était libre, le salua d'un signe discret et se glissa hors de la pièce.

Greg remua la tête et la laissa retomber sur le lit. Il se sentait pris au piège dans un épisode totalement inédit de *La Quatrième Dimension*.

Soigner Lissianna ? *La famille tout entière aurait besoin d'un traitement*, pensa-t-il, puis il se redressa au son de la porte qui venait de s'ouvrir de nouveau. Cette fois, il n'allongea pas le cou pour regarder d'où provenait le bruit, mais attendit paupières closes, les oreilles attentives aux murmures étouffés tandis que la porte se refermait doucement. Au bruissement qui parvint jusqu'à lui, il décréta que plus d'une personne approchait du lit.

— Oh, mince, il dort ! chuchota quelqu'un d'un air déçu.

— Il ne nous reste plus qu'à le réveiller, Juli, murmura en retour une autre voix, plus terre à terre. C'est important. Il faut qu'il aide notre cousine Lissi.

— Oui, tu as raison, Vicki. (Il y eut un silence, puis :) Comment faire pour le tirer de son sommeil ?

Greg décida qu'il ne voulait pas savoir ce qu'elles étaient capables d'inventer, et ouvrit les paupières. Il se trouva face aux jumelles adolescentes aux cheveux auburn. Elles se tenaient de part et d'autre du lit, et il promena son regard de la fille en pêche vers celle en bleu, se demandant laquelle était Vicki et laquelle était Juli.

— Oh, Vicki, il est réveillé, il vient d'ouvrir les yeux, remarqua la fille en bleu avec soulagement.

Greg devina qu'elle devait être Juli.

— Tant mieux, déclara Vicki ; puis, s'adressant à Greg : On allait essayer de vous réveiller.

— On a dit aux autres qu'on allait se chercher à boire, mais en vérité il fallait qu'on vous parle, ajouta Juli.

— À propos de notre cousine, termina Vicki.

— Pourquoi ne suis-je pas surpris d'entendre cela ? lança Greg, ironique.

Les jumelles échangèrent un regard interrogatif, puis haussèrent les épaules et s'assirent chacune d'un côté du lit.

La nuit risquait d'être longue, songea Greg dans un soupir.

Un quart d'heure plus tard, la porte se referma derrière elles, et il se retrouva seul à méditer sur sa conversation avec les jumelles. Elles formaient un duo charmant, et de toute évidence tenaient beaucoup à Lissianna. En réalité, tous ceux qui étaient entrés dans cette chambre s'inquiétaient beaucoup pour elle, y compris sa mère, et c'est bien à cause d'elle qu'il avait atterri là.

Ils semblaient tous préoccupés par les agissements de Marguerite, ils craignaient qu'il en veuille à Lissianna d'avoir été conduit ici par sa mère et qu'il refuse de l'aider pour cette raison. Cela ne fit que perturber Greg davantage. Il avait grimpé dans le coffre de son plein gré, il avait monté l'escalier et s'était laissé ligoter sans rechigner, et même s'il ne comprenait pas ce qui l'avait poussé à agir de la sorte, il ne pouvait en rejeter la responsabilité sur Marguerite. N'est-ce pas ?

Incapable de répondre à sa propre question, Greg jeta un coup d'œil furtif en direction de la porte, se demandant quand elle s'ouvrirait de nouveau. Pour autant qu'il s'en souvienne, à son réveil, son lit était encerclé par six personnes, sans compter Lissianna. Pour le moment, quatre d'entre eux s'étaient glissés en douce dans sa chambre pour lui parler. Il en déduisit donc qu'il recevrait sous peu au moins deux autres visites.

Il avait vu juste. Quelques minutes plus tard, la porte s'entrouvrit, et une femme en nuisette lavande pâle se faufila dans la pièce. Greg l'observa s'approcher du lit, et s'ébroua mentalement. Cette famille possédait un goût exquis pour les chemises de nuit, il fallait bien le reconnaître. Excepté l'unique mâle bien sûr, se reprit-il après s'être remémoré le pyjama Spider-Man de Thomas.

— Bonjour, je suis navrée de vous déranger, dit la nouvelle venue tandis qu'elle s'avançait vers lui. Je suis Jeanne, la cousine de Lissianna, et je souhaitais m'entretenir avec vous à son sujet.

— Jeanne, murmura Greg. Vous êtes la petite sœur de Thomas. (Lorsqu'elle hocha la tête, surprise, il ajouta :) Et tout le monde croit que vous êtes dans la salle de bains, alors qu'en réalité vous êtes venue me voir pour me prier de ne pas laisser ma colère quant aux méthodes employées pour m'amener ici influencer ma décision d'aider ou non Lissianna.

— Oh, souffla Jeanne, prise de court.

— Et vous souhaitez me supplier de bien vouloir l'aider, poursuivit Greg, car elle a vraiment besoin de moi et que vous vous faites un sang d'encre pour elle.

— Ouah ! (Jeanne se laissa tomber sur le rebord du lit, les yeux grands ouverts.) Vous êtes très doué. J'ignorais que les psychologues pouvaient deviner ce genre de choses avec si peu de…

— Votre frère est venu me parler plus tôt et a mentionné que le nom de sa sœur était Jeanne, l'interrompit Greg pour lui expliquer. Il m'a aussi fait part de son inquiétude au sujet de Lissianna et m'a demandé de ne pas laisser ma colère contre sa mère m'empêcher de l'aider.

— Oh. (Jeanne esquissa un léger sourire.) Cela ne m'étonne pas. Lissianna et lui ont toujours été très proches.

— Cela vous agace-t-il ? s'enquit Greg, intrigué.

Elle parut surprise par sa question, mais secoua la tête.

— Non, pas du tout, elle et moi sommes proches aussi. Ma mère est morte peu après ma naissance, et tante Marguerite m'a élevée, comme elle a élevé Thomas.

— Thomas et vous avez la même mère ?

— Non, répondit Jeanne. (Son visage afficha une expression ironique et elle ajouta :) Père n'a pas eu beaucoup de chance avec les femmes. Il m'a eue avec sa troisième épouse, et Thomas avec la deuxième.

— Avez-vous un frère ou une sœur de sa première femme ? interrogea Greg, pris de curiosité.

Jeanne secoua la tête.

— La première est morte alors qu'elle était encore enceinte, mais ils n'ont pas réussi à la faire accoucher et sauver le bébé.

— Pas de chance, c'est le cas de le dire, commenta Greg avant de demander : vous avez été élevée par tante Marguerite avec Thomas et Lissianna à la mort de votre mère ?

— Thomas avait déjà quitté le manoir pour voler de ses propres ailes, mais Lissianna était là, répondit Jeanne. Elle était beaucoup plus âgée et a pris soin de moi. Quand j'étais petite, je dirais qu'elle a été un peu comme une seconde mère pour moi, ou une tante. Maintenant, nous sommes amies.

Greg l'observa, le regard vide. Son cerveau ne pouvait encaisser ces déclarations sans se rebeller. À la naissance de Jeanne, Thomas avait atteint l'âge de quitter la maison ? Et Lissianna était déjà assez âgée pour s'occuper d'elle comme le ferait une mère ? Tout cela lui paraissait impossible, invraisemblable même. Le trio semblait avoir à peine quelques années d'écart. Il pouvait concevoir, à la rigueur, une différence d'un ou deux ans entre Jeanne et les deux autres, mais sûrement pas plus.

Avant qu'il ait pu énoncer ses pensées à voix haute, la porte de la chambre s'ouvrit de nouveau, et la femme aux cheveux fuchsia vêtue de la nuisette vert menthe fit irruption dans la pièce. Elle hésita lorsqu'elle aperçut Jeanne, puis grimaça et ferma la porte.

— J'ai pensé que je pourrais venir le voir, murmura-t-elle tout en s'approchant du lit.

— Je sais, Mirabeau. Moi aussi, j'étais passée le supplier d'aider Lissi, avoua Jeanne, puis, souriant jusqu'aux oreilles, elle demanda : ils croient aussi que tu es dans la salle de bains ?

Mirabeau esquissa un vague sourire.

— Non. J'ai dit que j'allais me chercher à boire.

— Au lieu de quoi, vous êtes tous venus ici, déclara Greg.

Les visages des deux femmes affichèrent une expression de surprise.

— Nous tous ? répéta Mirabeau.

Greg opina du chef.

— Thomas est resté quand vous toutes avez quitté la pièce. Ensuite, une brune en nuisette rouge m'a rendu une petite visite.

— Elspeth, l'informa Jeanne.

Greg hocha encore la tête.

— Suivie des jumelles… Juli et Vicki ?

— Exact, dit Jeanne.

— Et maintenant vous et… (Son regard se porta sur la femme aux cheveux noirs et fuchsia, puis il demanda :) Mirabeau, c'est ça ?

Elle fit oui de la tête.

— Bien…, soupira Jeanne. Si tout le monde est déjà venu vous voir, Mirabeau et moi avons perdu notre temps et vous avons importuné pour rien.

— Non, pas pour rien, lui assura-t-il. J'ai beaucoup appris.

Elle sembla dubitative, mais se garda de tout commentaire, et Mirabeau reprit :

— On ferait mieux de redescendre avant que Martine ou Marguerite sentent notre présence et décident d'enquêter.

Jeanne acquiesça, se releva, puis hésita avant d'ajouter :

— Lissianna a vraiment besoin de votre aide. Vous n'imaginez pas à quel point vous lui faciliteriez la vie si vous acceptiez de traiter sa phobie.

— Oui, c'est vrai, et nous vous en serions tous très reconnaissants, renchérit Mirabeau avec solennité, puis toutes deux quittèrent la pièce.

Greg se laissa retomber sur le lit de nouveau. Il ignorait toujours la nature de la phobie de Lissianna. Après la réaction paniquée d'Elspeth, il n'avait pas pris la peine de le demander aux autres. De toute façon, avec les jumelles, il n'avait pas pu en placer une. Elles formaient une sacrée équipe lorsqu'il s'agissait de faire la conversation. Quand l'une ne disait rien, l'autre parlait, comme dans une vraie joute verbale. Elles s'étaient assises de chaque côté du lit, et lui avaient expliqué qu'il devait à tout prix aider leur cousine, que c'était vital pour son bien-être futur, et qu'elle méritait de mener une vie agréable et heureuse. C'était une bonne personne, et cela leur brisait le cœur de la voir souffrir à ce point à cause de « la phobie ». Et, d'après elles, ce n'était pas la seule à en pâtir. Leur tante Marguerite, comme tous ceux qui tenaient à Lissianna, endurait ses souffrances. Cela devait cesser. Elles espéraient de tout cœur qu'il parviendrait à la traiter et lui en seraient reconnaissantes jusqu'à la fin des temps.

En comparaison, le bref intermède qui avait suivi avec Jeanne et Mirabeau avait été reposant, mais Greg ne leur avait pas demandé non plus en quoi consistait cette fameuse phobie. Il pensait réussir à le découvrir par lui-même. Thomas avait dit que c'était comme s'il s'évanouissait dès qu'il voyait de la nourriture. Sur le coup, Greg avait supposé que le cousin de Lissianna usait de cette métaphore pour illustrer le degré de dangerosité de la phobie. Puis il avait mentionné son besoin d'être nourrie par voie intraveineuse, et avait conclu en soulignant qu'elle s'évanouissait à la vue de la nourriture ou alors qu'elle n'arrivait pas à manger. Dans un cas comme dans l'autre, il s'agissait d'une phobie qu'il fallait traiter.

Greg ne comprenait pas bien ce que l'alcool venait faire là-dedans, mais peut-être essayait-elle de noyer les problèmes de son existence dans la boisson ?

Non, il n'avait pas pris la peine de demander en quoi consistait sa phobie, mais il avait dit la vérité à Jeanne tout à l'heure : sa visite n'avait pas été vaine. Il avait appris beaucoup de choses. Greg avait découvert que Lissianna était très aimée des siens, qu'ils la considéraient comme une jeune femme intelligente, gentille, affectueuse et avenante, et que tous désiraient la voir en bonne santé et bien dans sa peau. À l'évidence, Lissianna ne possédait pas seulement une jolie enveloppe extérieure, mais également une belle âme.

Ce qui était bon à savoir, songea Greg, et il admit qu'il aimerait lui venir en aide. Cependant, s'il devait se montrer vraiment honnête avec lui-même, il souhaitait l'aider depuis – et à cause de – l'épisode des embrassades et du mordillage de nuque, même si la haute opinion qu'elle inspirait à tous ses proches l'impressionnait.

Il roula des yeux pour lui-même, puis prit conscience que le haut de son épaule le grattait et essaya de tendre la main pour se soulager. Il fut bloqué dans son élan par les cordes à ses poignets. Pris de surprise, il cligna des paupières et examina ses liens, puis les referma et se laissa retomber sur le matelas avec un soupir de dégoût pour lui-même. Au total, neuf personnes étaient venues le voir ce soir. Six femmes légèrement vêtues, un Spider-Man en herbe, tante Martine et Marguerite. Certains s'étaient même introduits dans cette chambre à plus d'une reprise, et lui, qu'avait-il fait ? Les avait-il convaincus de le relâcher ou au moins de le détacher ? Non. Greg s'était laissé embarquer dans ce drame familial ubuesque et avait complètement perdu de vue ce qui aurait dû être sa priorité : rentrer à la maison et se préparer pour son voyage.

Il se gifla mentalement et balaya la pièce du regard, mais n'aperçut aucune horloge pour vérifier l'heure. Il pensa cependant qu'il devait être tôt le matin. Il avait encore le temps d'attraper son avion s'il parvenait à s'enfuir sans trop tarder. Il n'arriverait jamais à se libérer de ses liens tout seul, mais si quelqu'un revenait lui parler, il pourrait essayer de le persuader de le laisser partir.

Il décida qu'il promettrait de s'occuper de Lissianna dès son retour du Mexique s'ils acceptaient de le relâcher tout de suite, puis reconsidéra brusquement sa décision. Il vaudrait peut-être mieux confier cette tâche à un confrère. Greg connaissait plusieurs bons thérapeutes capables de l'aider tout aussi bien que lui. Ce n'est pas que l'idée de la traiter lui déplaisait, mais vu les baisers qu'ils avaient échangés auparavant et ses sentiments pour elle qui dépassaient ceux d'un médecin envers son patient, il serait plus éthique qu'elle soit suivie par un autre spécialiste. De plus, cela lui laisserait le champ libre pour entretenir avec elle une vraie relation, et explorer ces fameux sentiments indécents.

Néanmoins, Greg ne leur donnerait pas tous ces détails. Il veillerait même à ce que pareilles pensées ne s'immiscent pas dans son esprit puisque Marguerite semblait capable de le sonder. Il se contenterait d'accepter de la voir en consultation dès son retour, et à ce moment-là il évoquerait la possibilité de la confier à un confrère.

Satisfait de son plan, Greg jeta un coup d'œil vers la porte, plein d'espoir. Toute la soirée, il se serait cru dans un moulin avec ces innombrables et incessantes allées et venues. Il était persuadé qu'il ne s'écoulerait pas beaucoup de temps avant que quelqu'un d'autre vienne lui parler. Peut-être, cette fois, serait-ce Lissianna en personne ?

Chapitre 6

Il était à peine midi quand Lissianna se réveilla. Elle n'avait pas dormi cinq heures, mais elle était déjà debout et alerte alors que d'ordinaire elle aurait passé la journée entière à dormir. Dès qu'elle ouvrit les paupières, ses premières pensées furent pour son cadeau d'anniversaire.

— Docteur Gregory Hewitt, murmura-t-elle à haute voix.

Lissianna savait qu'elle devait se montrer reconnaissante pour ce présent, mais en vérité elle aurait préféré l'avoir comme dîner. Son livreur chinois ne s'était pas révélé fort satisfaisant, et elle était persuadée que Hewitt l'aurait rassasiée. Par ailleurs, dès qu'il s'agissait du traitement de sa phobie, divers sentiments contradictoires l'assaillaient : un moment, l'idée la comblait d'espoir, l'instant d'après elle la redoutait plus que tout.

Lissianna souffrait d'hémophobie depuis son adolescence. Elle avait déjà essayé d'appréhender le problème avec raison, mais un simple coup d'œil à la substance rouge suffisait à la faire tomber dans les pommes.

Quand elle était jeune, cette peur ne posait pas de difficultés. À l'époque, tout le monde se nourrissait « à la source ». Mais l'avènement des banques du sang avait sonné le glas de cette période insouciante. Cela s'était fait de manière graduelle. Au début, seuls quelques-uns parmi son espèce y avaient eu recours, tandis que les autres continuaient à se repaître de façon naturelle. Or, il y a une cinquantaine d'années, le Conseil avait annoncé un décret ordonnant l'utilisation générale et systématique des banques du sang, qui garantissaient sécurité et discrétion.

Alors, tout le monde était passé aux poches de sang. Lissianna, elle aussi, avait sauté le pas en autorisant sa mère à l'alimenter chaque nuit par intraveineuse pendant son sommeil. Cela l'avait rendue aussi dépendante qu'un nourrisson, mais semblait l'unique option envisageable. Les consultations thérapeutiques n'étaient pas possibles. Lissianna ne pouvait pas entrer dans le cabinet d'un psychologue et lui annoncer qu'elle était une vampire atteinte d'hémophobie. Pour son malheur, sa phobie découlait directement de son identité et du mode de nourriture inhérent à son espèce. La première expérience de Lissianna ne s'était pas bien déroulée, et depuis elle perdait connaissance à la vue du sang. Alors, à choisir entre continuer à s'alimenter à la source ou se laisser nourrir par voie intraveineuse, Lissianna avait opté pour la seconde solution, et tout s'était passé pour le mieux… jusqu'à la mort de son père.

Elle avait soudain été confrontée à une vérité qu'elle n'avait jamais envisagée jusqu'alors : même s'ils vivaient très longtemps, les membres de son espèce n'échappaient pas au trépas. Si la mort avait fauché son père, elle pouvait aussi frapper sa mère. La terreur qui l'avait assaillie à cette possibilité était double : peur de perdre sa mère qu'elle aimait et dont elle pleurerait l'absence, et prise de conscience de sa situation proche de la servitude, comme si elle était un bébé dont la vie dépendait de l'allaitement avant l'invention des biberons et du lait en poudre.

Cette douloureuse prise de conscience de sa vulnérabilité avait poussé Lissianna à gagner plus d'autonomie et à trouver un moyen de se nourrir par ses propres moyens. Des exceptions à la « règle des banques du sang » étaient accordées pour ceux qui, comme elle, souffraient de maux particuliers. Ainsi Lissianna avait-elle suivi une formation d'assistante sociale à l'université, puis avait trouvé un travail dans un refuge du centre-ville où elle assurait les permanences de nuit. Elle avait pensé pouvoir se repaître sans difficulté à cet endroit, car il y avait beaucoup d'allées et venues chaque jour. Elle s'était dit qu'elle pourrait en plus aider ceux dont elle se nourrissait. Cela lui semblait une transaction équitable.

Cependant, les grands projets de Lissianna étaient fondés sur des hypothèses approximatives. Même si le refuge abritait beaucoup de monde, les indigents ne changeaient pas chaque nuit, comme elle l'avait supposé. Souvent, il s'agissait des mêmes habitués... Et le fait qu'il y ait autant de gens entassés dans cet endroit ne lui rendait pas service et s'avérait en fin de compte un obstacle qui l'empêchait de trouver des personnes isolées et augmentait le risque de se faire remarquer.

Grâce à sa position au sein du refuge, Lissianna pouvait mordre un coup par-ci un coup par-là, mais elle n'arrivait jamais à s'alimenter correctement. De plus, les donneurs disponibles sur son lieu de travail ne constituaient pas les spécimens les plus en forme. La plupart des clients souffraient de malnutrition ou de maladies, certains étaient alcooliques ou drogués. Lissianna essayait d'éviter de se repaître d'eux, mais parfois les circonstances et les contraintes temporelles ne lui permettaient pas de sonder leur esprit dans les règles de l'art et elle se retrouvait à choisir le mauvais donneur. Même si elle s'arrêtait au moment où elle comprenait que le sang était pollué par une substance toxique, il était généralement trop tard et elle était déjà un peu ivre, ou complètement saoule, comme ce fut le cas à plusieurs reprises. Elle avait préféré ne pas trop s'attarder sur ces événements, mais depuis sa mère se rongeait d'inquiétude. Lissianna avait décidé alors de déménager dans l'espoir que son départ apaiserait quelque peu l'angoisse de sa mère, mais elle savait bien que cela n'avait pas vraiment fonctionné. Marguerite Argeneau tremblait à l'idée que sa fille suive les traces de son faible père et devienne alcoolique. D'où ce cadeau d'anniversaire : sa mère tentait d'empêcher une telle tragédie.

Lissianna comprenait et lui en savait gré, mais après plus de deux cents ans passés sous son joug, tout espoir de vaincre un jour sa phobie l'avait quittée, et l'idée d'essayer – et d'échouer – ne faisait que la déprimer.

Cependant, il semblait qu'elle n'avait plus vraiment son mot à dire, reconnut-elle tandis qu'elle se redressait et se levait doucement du canapé, veillant à ne pas réveiller ses cousins. Autant aller voir ce que le docteur Gregory Hewitt pouvait faire pour elle.

Greg regarda la fenêtre au rideau tiré et soupira. Le tissu utilisé pour couvrir l'ouverture empêchait toute lumière extérieure de pénétrer. Aussi était-il impossible de déterminer l'heure, mais il pensait qu'il devait être près de midi. Dans tous les cas, il était plus de 9 h 45, l'heure à laquelle son avion pour Cancún était censé décoller. Greg avait raté son vol.

Tout cet argent gaspillé pour un billet alors que le siège demeurerait vide, songea-t-il avec amertume, puis il se raidit quand la porte de la chambre s'ouvrit. À la vue de Lissianna, il sentit le soulagement l'envahir et ouvrit la bouche pour évacuer sa frustration devant le long abandon dont il avait été victime. Ni elle ni personne n'était monté vérifier comment il se portait, puis il se ravisa lorsqu'il se rendit compte qu'elle arborait encore la nuisette rose en dentelle.

Cela faisait partie d'un plan diabolique, décida Greg. Son agacement et tout ce qu'il comptait lui dire à la première occasion venaient de fondre comme neige au soleil.

— Bonjour. Êtes-vous réveillé depuis longtemps ? demanda-t-elle tandis qu'elle refermait la porte.

— Non. (Il la suivit des yeux jusqu'à la penderie, puis prit conscience de ses paroles et se corrigea :) Enfin, oui. Je ne me suis pas rendormi après votre départ ce matin.

Lissianna s'arrêta, la porte de l'armoire ouverte, et le considéra d'un regard alarmé.

— Vous êtes réveillé depuis tout ce temps ? Mais vous devez être épuisé !

Il haussa les épaules, du moins il essaya, car sa position ne le lui permettait pas.

— Pas vraiment. Je me suis endormi assez tôt la nuit dernière, enfin je crois. Après le passage de votre mère venue vous chercher en toute hâte pour la fête, je suis resté étendu à écouter la musique pendant un moment, puis je me suis assoupi. J'ai dû dormir près de huit heures avant votre visite et celle de vos cousins ce matin.

— Oh… bien… tant mieux.

Elle se tourna vers l'armoire et laissa Greg promener son regard sur son corps. Elle avait l'air adorable et sexy à la fois dans cette nuisette rose. Elle avait le genre de physique qui lui plaisait : avec des formes et des courbes là où il faut. Elle avait aussi des jambes divines, longues et fuselées. Elles s'enrouleraient autour de sa taille avec une telle aisance…

— Comment s'est passée la fête ? demanda-t-il soudain afin d'arracher ses pensées des charmes de la jeune femme.

— Pas trop mal, répondit Lissianna avec un léger haussement d'épaules. (Elle regarda derrière elle et lui adressa un sourire ironique avant d'ajouter avec un air évocateur :) C'était une fête d'anniversaire, avec la famille…

— Ah, dit-il avec compassion, puis il demeura silencieux et se contenta de l'observer fouiller l'armoire.

Thomas avait mentionné que Lissianna avait quitté la maison familiale à la mort de son père. Il supposa donc que cette chambre devait être la sienne avant son déménagement, et qu'elle y gardait des affaires pour les fois où elle y passait encore la nuit de manière inopinée. Greg ne possédait plus aucune affaire chez sa mère, mais il savait que ses sœurs en avaient. Il se dit que ce devait être un truc de filles.

Lissianna choisit un pantalon et un haut, puis se dirigea vers la commode et en ouvrit le tiroir supérieur. Il aperçut un éclat de soie blanche, puis elle referma le tiroir et traversa la pièce en direction d'une porte située sur le mur contre lequel était adossé le lit. Greg entraperçut l'intérieur d'une salle de bains décorée dans des tons blanc et bleu pâle quand elle y pénétra et referma derrière elle.

Il se dit qu'elle devait être en train de se changer et s'efforça de ne pas imaginer la dentelle rose glisser au sol, révélant la plénitude de sa peau ivoire, puis il entendit le son de l'eau et devina qu'elle prenait une douche. Ce qui lui rappela qu'il avait vraiment besoin d'aller aux toilettes. Il avait envie depuis très tôt ce matin, et se retenait dans l'attente que quelqu'un, n'importe qui, entre dans la chambre. Par moments, son besoin se calmait et il l'oubliait quelque peu, mais il ne manquait jamais de revenir le presser.

Greg se laissa retomber sur le lit et commença à compter de 1000 jusqu'à 0 par palier de 7 afin de se distraire. N'empêche, il était prêt à exploser quand Lissianna sortit de la salle de bains embuée, tout habillée et les cheveux encore humides.

Greg sourit avec apaisement à sa vue.

— Pourriez-vous me détacher, s'il vous plaît ? (Comme Lissianna le regardait l'air absent, Greg ne tint pas compte de son besoin pressant à assouvir et saisit l'occasion pour tenter de recouvrer sa liberté. Il parla avec un débit rapide :) Écoutez, je sais que votre mère désire mon aide pour traiter votre phobie, et je serais plus que ravi d'y contribuer, mais ce n'est vraiment pas le bon moment. Voyez-vous, j'étais censé m'envoler pour Cancún aujourd'hui.

» En vacances, ajouta-t-il lorsqu'il vit qu'elle haussait les sourcils, l'air étonné. La dernière fois que je suis parti, j'étais enfant et c'était avec ma famille. D'abord, j'ai été très pris par mes études, puis par mon cabinet et mon installation… (Il inspira, puis reprit :) J'ai passé des semaines à réorganiser mes rendez-vous et à tout préparer pour ce voyage. Comme je l'ai dit, je serais heureux d'aider au traitement de votre phobie à mon retour, mais j'ai vraiment besoin de changer d'air.

Greg termina par un sourire charmeur, ou du moins ce qu'il pensait en être un, tout en se félicitant mentalement pour sa formulation prudente. Il n'avait pas précisé qu'il traiterait lui-même sa phobie, il avait dit qu'il y contribuerait. Greg pensait encore qu'elle ne devrait pas être sa patiente : ses sentiments pour elle étaient trop troubles pour que cela soit une bonne idée.

Comme l'indécision se lisait sur son visage, il ajouta :

— Si vous vous inquiétez que j'aille tout raconter à la police, sachez que je ne le puis. Tout d'abord, je suis monté dans le coffre de la voiture de votre mère de mon plein gré, souligna-t-il, puis il marqua une pause, relevant la façon dont elle détourna soudain le regard. (Greg eut la très nette impression que si lui ignorait la raison qui l'avait poussé à agir ainsi, elle la connaissait. Il voulut la cuisiner à ce sujet, puis décida qu'il était plus important de la convaincre de le détacher et poursuivit son argumentaire.) J'ai grimpé dans le coffre et cela sera visible sur les enregistrements des caméras de surveillance du parking. Même si je le désirais, comment voulez-vous que j'affirme avoir été enlevé ? Je deviendrais la risée du commissariat de police et en serais aussitôt éconduit.

» De plus, pour des raisons qui m'échappent, je suis monté jusqu'à cette chambre et me suis allongé sur le lit pour que Marguerite m'y attache. (Il remarqua de nouveau qu'elle détournait le regard, comme en proie à la culpabilité. Il fronça les sourcils et poursuivit :) Par conséquent, tout ce que je peux leur dire, c'est que personne n'a voulu me détacher quand j'ai demandé à être libéré. Comment voulez-vous que j'aille voir la police avec une histoire pareille ? Ils penseront qu'il s'agissait d'un jeu sexuel coquin qui a duré plus longtemps que prévu, que ça m'a fait rater mon avion et que je porte plainte dans l'espoir de me faire rembourser.

» Et puis, je ne pourrais même pas leur fournir vos noms et adresses complets. (Il secoua la tête.) Je n'ai pas l'intention d'aller trouver les autorités. Je comprends que Marguerite, comme le reste de votre famille, désire simplement vous voir guérie, et leur intérêt à votre égard m'impressionne beaucoup. Je serais heureux de vous arranger un rendez-vous à mon retour de Cancún. Je vous l'assure. Tout ce que je veux dans l'immédiat, c'est être libéré. (Il s'arrêta, puis laissa la plainte de sa vessie reprendre le dessus et ajouta :) Pendant que vous y réfléchissez, pourriez-vous me détacher pour que je puisse m'accorder une petite pause dans votre salle de bains ? Je vous en serais très reconnaissant. Je suis ici depuis hier soir, et j'ai vraiment besoin d'utiliser les commodités.

— Oh ! s'exclama Lissianna avec horreur et, à son grand soulagement, elle se précipita à son chevet pour défaire ses liens.

Elle commença par sa cheville droite et venait tout juste de la libérer lorsque la porte de la chambre à coucher s'ouvrit soudain.

— Te voilà enfin !

Greg manqua de laisser échapper un juron quand sa cousine Elspeth entra. Elle n'aurait pas pu venir cinq minutes plus tard… Il porta son regard vers Lissianna et soupira quand il remarqua son expression empreinte de culpabilité tandis qu'elle se redressait.

— Je me suis réveillée et tu n'étais plus là, dit Elspeth, l'inquiétude se lisant sur son visage. Comme je ne t'ai trouvée nulle part en bas, j'ai pensé à vérifier ici. Tu n'as pas réussi à dormir ?

— Si, j'ai bien dormi, lui assura Lissianna. (Puis elle ajouta :) Enfin, une bonne partie du matin : je me suis réveillée à midi. Je savais que je n'allais pas réussir à me rendormir, alors je suis montée chercher des vêtements propres.

— L'équipe de ménage t'aura certainement réveillée, supposa Elspeth.

Lissianna haussa les sourcils de surprise.

— Ils sont là ? Je n'ai vu personne dans la maison.

— Ils ont dû faire une pause pour le déjeuner. Je suis tombée sur un couple dans l'escalier. Ils allaient reprendre le travail, il y avait un sacré bazar après la fête. (Elspeth adressa un sourire à Greg.) Bonjour. Vous avez bien dormi ?

— Il n'a pas pu se rendormir après qu'on l'eut réveillé, répondit Lissianna.

Mais Elspeth n'écoutait pas : elle avait repéré la corde défaite qui gisait sur le sol à côté de sa cheville.

Elle se tourna vers Lissianna, le regard empreint de stupéfaction.

— Que faisais-tu ?

Lissianna hésita puis se contenta de répondre :

— Il a besoin d'utiliser la salle de bains.

— Tu ne peux pas le laisser, rétorqua-t-elle de suite. S'il se faufilait par la fenêtre et parvenait à s'échapper ? Tante Marguerite ferait une crise.

— Oui, je sais, mais… (Lissianna se mordit les lèvres avant de lâcher :) Savais-tu qu'il était censé s'envoler pour le Mexique ce matin pour une semaine de vacances ?

— Logique. (C'était Mirabeau qui les gratifiait de ce commentaire. Elle venait de se glisser dans la pièce à travers l'ouverture laissée par Elspeth. Elle traversa la chambre et ajouta :) Ta mère est une petite futée. Personne ne risque de s'inquiéter de sa disparition s'il est censé être en voyage.

— Hmm. (Lissianna ne paraissait pas ravie.) Je me demande si maman lui a implanté dans la tête l'idée d'organiser ce voyage, ou si par un coup de chance il lui a facilité la tâche en le planifiant lui-même.

Cette hypothèse fit cligner Greg des yeux. Il préparait ce séjour depuis des mois, et était persuadé que Marguerite avait juste eu de la chance. Il n'eut pas le temps d'énoncer ce qu'il pensait, car Jeanne pénétra dans la chambre, les jumelles sur ses talons, et demanda :

— Que fait tout le monde ici ?

— Thomas doit être lui aussi sur le chemin, je suppose ? dit Lissianna avec exaspération tandis que les jumelles saluaient Greg d'un signe de la main.

— Bien vu ! (Thomas entra dans la pièce en bâillant et s'étirant.) Qui pourrait dormir avec tout le raffut qu'ils font en bas ?

— Ils ont commencé à passer l'aspirateur dans le couloir à l'extérieur du salon, expliqua Jeanne. C'est ce qui nous a tous réveillés.

— Alors, que fait-on tous là ? s'enquit Thomas.

— Lissi allait détacher Greg, annonça Elspeth.

Lissianna fusilla sa cousine du regard tandis que tous les autres se tournaient vers elle, saisis d'horreur.

— Crois-tu que ça soit raisonnable ? demanda Jeanne avec inquiétude.

— Tu ne peux pas faire ça ! dit Juli d'une voix pantelante. Il est censé traiter ta phobie. Il ne peut pas partir avant d'avoir terminé.

Tous hochèrent la tête pour marquer leur approbation.

— Et alors quoi ? s'écria Lissianna. On le garde ici contre sa volonté ? Ça m'étonnerait qu'il veuille me soigner après avoir été captif pendant des jours, fit-elle remarquer, et Greg se sentit soudain scruté par sept paires d'yeux.

Il s'efforça de ne pas se renfrogner, mais son besoin d'utiliser la salle de bains se faisait de plus en plus impérieux et douloureux.

Lissianna s'approcha de son autre poignet et poursuivit :

— Le fait est qu'il était censé s'envoler pour Cancún afin d'y passer ses premières vacances depuis des années, et qu'il n'est pas content de se retrouver coincé ici à la place.

— Ne pourrais-tu pas au moins attendre que tante Marguerite se réveille et en discuter avec elle ? demanda Elspeth.

Mais, au grand soulagement de Greg, Lissianna secoua la tête.

— Non, elle ne se lèvera pas avant l'heure du dîner.

— Et alors ? rétorqua Mirabeau.

— Alors, d'ici là il sera peut-être trop tard pour trouver un autre avion qui s'envole pour Cancún aujourd'hui, fit-elle remarquer. Écoutez, il a promis de m'aider à son retour. Je souffre de cette phobie depuis toujours, ce n'est pas une semaine ou deux qui changeront quelque chose… s'il arrive jamais à me soigner, ajouta-t-elle, dubitative.

Greg fronça les sourcils devant son manque de foi. Il comptait parmi les meilleurs dans son domaine. Si quelqu'un pouvait la guérir, c'était bien lui.

— Oh, je suis sûre qu'il y arrivera, se hâta de renchérir Elspeth. Il t'aidera à la vaincre, Lissi, et tu pourras enfin te nourrir comme nous tous.

— Et s'il allait trouver la police ? s'enquit soudain Jeanne.

— Il n'en fera rien. Il est monté dans le coffre de lui-même, ce qui sera confirmé par les enregistrements vidéo des caméras de surveillance du parking, fit remarquer Lissianna, avançant le même argument que Greg auparavant.

— Mais…, commença Jeanne.

— Je le détache et je le ramène chez lui, point, l'interrompit Lissianna avec fermeté. (Elle posa ses mains sur ses hanches et se tourna face à ses cousins.) Vous pouvez descendre et attendre en bas le temps que je termine ce que j'ai à faire… On ne pourra pas vous reprocher de m'avoir aidée.

Greg retint son souffle pendant que les cousins échangeaient des regards, puis ferma les yeux comme il sentait l'espoir le gagner de nouveau, quand Jeanne dit :

— Si tu es décidée à le libérer, je t'aiderai.

— Nous t'aiderons, la corrigea Elspeth, et tous les autres hochèrent la tête en guise d'approbation.

Lissianna esquissa un léger sourire.

— Je n'ai pas besoin d'aide.

— Mais bien sûr que si, rétorqua Thomas. D'abord, il te faut un chauffeur, et ensuite, c'est toujours mieux de partager les torts. Plus il y a de personnes impliquées, moins tu risqueras d'avoir des ennuis.

— En toute franchise, Thomas, tu es le vice incarné lorsqu'il s'agit de se tirer du pétrin.

Jeanne semblait impressionnée. Greg lui aussi était assez abasourdi.

— C'est gentil à vous, vraiment, reprit Lissianna, mais vous n'avez pas à…

— Toi non plus, souligna Elspeth. Mais, si tu te lances, nous sommes avec toi.

— Un pour tous, et tous pour un, c'est ça ? demanda Lissianna d'un air légèrement amusé, puis, au grand soulagement de Greg, elle finit par céder. D'accord. Mais si vous voulez venir, vous feriez mieux de vous habiller.

Greg cligna des paupières de surprise lorsqu'il se rendit compte que tous, à l'exception de Lissianna, étaient encore en pyjama. Bizarre qu'il ne l'ait pas remarqué plus tôt. Il aurait dû pourtant. La pièce était peuplée de demoiselles à moitié nues, et tandis que la nuisette de Lissianna lui avait sauté aux yeux dès qu'elle avait franchi le seuil de la porte, il n'avait pas prêté la moindre attention aux vêtements des autres. Cela l'alarma quelque peu.

— On va se changer, et on revient vous chercher, dit Mirabeau.

— Pas la peine. On peut se retrouver en bas après que j'ai terminé de détacher Greg, répliqua Lissianna, mais Mirabeau secoua la tête.

— Tu oublies l'équipe de nettoyage. Ils pourraient aller tout rapporter à Marguerite, lui fit-elle remarquer. Il vaut mieux revenir ici pour l'aider à s'évader en douce.

— Oh, ça promet d'être amusant, s'exclama Juli avec excitation en fonçant droit vers la porte, Vicki sur ses talons.

— Avons-nous été aussi jeunes qu'elles un jour ? soupira Jeanne tandis que le reste de la troupe leur emboîtait le pas.

Lissianna secoua la tête, puis se tourna vers le lit. Greg remarqua qu'elle souriait, ce qui le fit sourire aussi. Puis il se racla la gorge et demanda :

— Pourriez-vous finir de me détacher maintenant ? Il faut vraiment que j'aille dans la salle de bains.

— Oh !

À son grand soulagement, Lissianna se pencha vers lui et se remit vite à l'ouvrage.

Il l'observa délivrer son poignet, et glissa son regard vers le haut de soie blanche qu'elle venait de revêtir, puis sur le pantalon de tailleur noir. Elle avait une sacrée allure. Greg la préférait en nuisette, mais cet ensemble lui allait assez bien pour qu'il sente son intérêt pour elle grandir de nouveau.

— Quelle est donc cette phobie ? interrogea-t-il soudain.

Elle en avait fini avec le premier poignet et commençait à s'éloigner pour faire le tour du lit.

— Vous l'ignorez ? s'enquit Lissianna avec étonnement tout en rejoignant le côté opposé pour détacher les derniers membres encore ligotés au lit.

— Oui.

Il l'observa tandis qu'elle luttait avec les nœuds sur la corde enroulée autour de son poignet gauche. Elle avait de longs doigts graciles, comme ceux d'un pianiste, beaux et élégants.

— Oh. (Elle grimaça, puis admit avec peine :) Je suis hémophobe.

— Hémophobe ? répéta Greg en articulant chaque syllabe, l'esprit sens dessus dessous.

Elle était hémophobe. Il avait été kidnappé pour soigner une hémophobe.

Très bien, admit-il. Il n'avait pas été kidnappé, mais il était bien retenu attaché, soi-disant parce que la famille voulait qu'il traite Lissianna pour une phobie invalidante qui l'empêchait de vivre. Thomas avait précisé que c'était comme s'évanouir à la vue de la nourriture. Greg l'avait pris au mot, mais cela n'avait rien à voir avec la nourriture. Elle s'évanouissait à la vue du sang, bon Dieu ! Des millions de personnes souffrent d'hémophobie et parviennent à mener une existence tout à fait normale.

Bon sang ! Assis, il passa en revue toutes les suppliques sincères émises par sa famille, tous ses cousins qui s'étaient introduits dans sa chambre l'un après l'autre pour lui expliquer à quel point Lissianna avait besoin de lui, comment sa phobie lui gâchait la vie…

Voilà qu'il était furieux ! Greg aurait à la limite compris si elle avait été agoraphobe, ou si elle avait souffert d'une autre phobie qui l'empêchait de mener une vie normale, mais l'hémophobie ? Bon Dieu de bon Dieu ! Même l'arachnophobie aurait induit chez lui plus de compassion. On pouvait tomber sur des araignées partout… mais l'hémophobie ? Les gens ne se trouvaient pas confrontés au sang de manière journalière ou même hebdomadaire. Le sang ne pouvait avoir une incidence significative sur la vie. Cette peur n'était pas facile à vivre, pour sûr : Lissianna ne servirait à rien en situation d'urgence, et réagirait mal à tous types de blessure, sur sa personne ou sur les autres, mais le garder ici pour ça, c'était…

— Voilà, c'est fait !

Greg baissa les yeux et remarqua qu'elle avait fini de le détacher. Il était libre. Il marmonna un « merci », sauta du lit et se rua vers la salle de bains avant de dire une parole qu'il pourrait regretter. Il voulait hurler, crier à pleins poumons, casser des objets, tellement il était fou de rage d'avoir raté son avion pour ça, mais il ne pouvait se le permettre. Il devait se garder de commettre tout acte susceptible d'exposer au péril sa fuite hors de cette maison de fous.

Chapitre 7

Quand ils l'aidèrent à se glisser en douce hors de la grande maison dans laquelle il était retenu, Greg demeura silencieux et paraissait tendu. Il resta dans cet état tandis qu'ils se hissaient tous à bord d'un gros minibus bleu stationné dans le garage. D'une oreille distraite, il entendit Mirabeau expliquer à Lissianna qu'un dénommé Bastien l'avait envoyé à Marguerite pour qu'elle l'utilise pendant qu'elle avait des invités, et qu'ils ne faisaient que « l'emprunter » pour cette escapade vu qu'ils étaient trop nombreux pour rentrer dans la Jeep de Thomas.

Greg remarqua le nom sur le côté du véhicule tandis que Thomas le dirigeait vers le siège passager avant : Entreprises Argeneau. Il l'archiva dans un coin de sa mémoire.

Le reste du groupe les rejoignit en silence une fois que Thomas eut démarré le minibus et ouvert la porte du garage à l'aide d'une télécommande. La tension était palpable dans le véhicule quand Thomas le sortit du garage et le conduisit le long de la voie privée. Greg supposa qu'ils étaient tous anxieux à l'idée que quelqu'un se précipite hors de la maison et se jette devant le minibus pour les arrêter. Cela n'arriva pas et ils atteignirent l'extrémité de la longue allée sans embûches.

— Où est-ce qu'on va ? demanda Thomas tandis qu'il s'engageait sur la route.

Greg hésita, réticent à communiquer l'adresse de son domicile. Il allait donner celle de son cabinet lorsqu'il se rendit compte qu'il avait oublié sa serviette, sa veste, et par le même coup ses clés restées dans sa poche, dans la chambre de Lissianna. Il les avait avec lui la nuit dernière et n'avait pas pensé à les prendre quand il avait quitté la pièce. En aucun cas il ne comptait courir le risque de retourner les chercher. Avec sa chance, Marguerite les attraperait et c'en serait fini de sa fuite.

En fin de compte, Greg donna à contrecœur l'adresse de son appartement. Au moins, là-bas, le concierge pourrait le laisser entrer dans la propriété et appellerait le gardien pour qu'il lui apporte un jeu de clés supplémentaire. De plus, l'immeuble était sécurisé. Impossible d'y pénétrer comme dans un moulin et de le traîner dehors si d'aventure ils changeaient d'avis.

Le trajet lui parut durer une éternité. Il supposa qu'il n'était pas le seul à ressentir cela. Pendant que les jumelles discutaient sans s'arrêter – à l'évidence, cet épisode leur faisait l'impression d'une grande aventure – les adultes demeuraient silencieux. Du moins, jusqu'à ce qu'ils arrivent en ville. Alors, il entendit Elspeth chuchoter le nom de Lissianna. Comme elle essayait de lui parler de manière discrète, Greg tendit inconsciemment l'oreille pour écouter ce qu'elle disait.

— Lissi ? Je perçois des ondes de colère chez Greg. Que s'est-il passé quand nous étions en bas en train de nous changer ?

— De colère ? (Lissianna paraissait inquiète.) Tu es sûre ?

Oh oui, c'est de la colère, songea Greg, sarcastique, puis il fronça les sourcils en prenant conscience qu'Elspeth avait pu ressentir son irritation.

Il devait vraiment se maîtriser avec ces gens. Il pensait déjà que Marguerite possédait de puissantes facultés psychiques. Pourquoi les autres en seraient-ils dépourvus ?

— Il n'a plus rien dit depuis qu'il est sorti de la salle de bains. (La voix solennelle de Lissianna le ramena à la conversation qui se tenait derrière lui.) J'ai supposé qu'il devait être nerveux à l'idée de quitter la maison sans que maman nous arrête.

— Oh. Tu as peut-être raison.

Elspeth semblait dubitative.

— Tu veux que je le lise pour toi ? demanda Mirabeau à voix basse.

— Quoi ? Lissianna, tu ne l'as pas lu ?

Sans équivoque possible, cette voix, mélange de murmure et de couinement, ne pouvait provenir que de l'une des jumelles. Il se dit que ce devait être Juli. Il avait remarqué qu'au sein du duo, c'était toujours elle qui parlait en premier.

— Elle n'y arrive pas, tu as oublié ? (Jeanne venait de se joindre à la conversation.) C'est pour ça qu'elle l'a mordu.

Juli poussa un profond soupir.

— Si seulement on pouvait aussi se repaître « à la source ». Rien qu'une fois. Histoire de voir ce que ça fait. Ça a l'air tellement plus sympa que les poches de sang.

— Patience, dit Elspeth. Maman vous emmènera quand vous aurez dix-huit ans.

— Ouais, ouais, souffla Juli avec impatience. Comme ça, on saura comment se nourrir de manière naturelle au cas où une situation d'urgence nous ôterait tout autre recours.

Elle récita les paroles, comme si elle les avait entendues un millier de fois. Greg en prit bonne note, mais son cerveau essayait de donner un sens à leur conversation. Lissianna ne l'avait pas mordu, mordillé peut-être, et encore. Elle lui avait surtout sucé le cou et sûrement laissé une magnifique marque. À ce propos, il aurait dû vérifier quand il était dans la salle de bains, mais ses pensées avaient été dissipées par la nouvelle qu'il venait d'apprendre : Lissianna était atteinte d'hémophobie. C'était cela la phobie tant redoutée : un mal si bénin qu'il ne lui avait même pas effleuré l'esprit.

— Mais si nous sommes confrontées à une urgence avant nos dix-huit ans ? s'enquit Vicki.

— Il ne te reste qu'à prier pour que cela n'arrive pas avant votre dix-huitième anniversaire, rétorqua Elspeth du tac au tac.

— C'est pas juste ! répliqua Juli avec une moue boudeuse. Vous vous nourrissiez « à la source » alors que vous étiez plus jeunes que nous !

— Juli, à l'époque nous ne disposions d'aucun autre moyen, répliqua Jeanne avec patience.

— Tu veux que je le lise pour toi pour voir s'il y a un problème ?

Greg était sûr que c'était la voix de Mirabeau. Ses mots mirent fin aux jérémiades de Juli. En vérité, ils semblèrent couper court à toute conversation. Greg retint sa respiration pendant le silence qui suivit, et se demanda s'il existait une méthode pour rendre son esprit imperméable à toute infiltration indésirable. Peut-être s'il faisait le vide total… ou encore…

— Nous y voilà !

À cette annonce enjouée, Greg promena son regard tout autour de lui. Thomas regardait à travers la fenêtre, les yeux mi-clos, tandis qu'il coupait le moteur. Il n'y avait pas vraiment lieu de plisser les yeux, les vitres du minibus étaient traitées avec une sorte d'agent noircissant. On aurait dit que le véhicule portait des lunettes de soleil, et pourtant Thomas semblait importuné par la lumière qui filtrait à l'intérieur.

À travers la vitre, Greg jeta un coup d'œil à la tour où se trouvait son appartement. Après une courte hésitation, il ouvrit la portière et descendit. Le froid qui l'assaillit soudain le fit frissonner. Il faillit les quitter sans un mot, mais quelque chose le poussa à se retourner pour examiner le minibus de nouveau. Il balaya les occupants du regard. Ils le scrutèrent tous en retour, une expression solennelle sur leur visage.

— Merci de m'avoir détaché et ramené à la maison, marmonna-t-il à contrecœur, puis, avec un signe de la tête, il referma la portière et se retourna en pressant le pas vers la propriété, persuadé qu'à un moment l'un d'eux surgirait du véhicule et essaierait de le traîner de nouveau à l'intérieur.

Il se glissa dans le vestibule entre les portes vitrées avec un profond soupir de soulagement.

— Lissi, assieds-toi devant, dit Thomas tandis que Greg disparaissait dans son immeuble.

Lissianna détacha sa ceinture de sécurité et changea de place. Lorsqu'elle fut installée sur le siège passager avant et sa ceinture bouclée, Thomas démarra le minibus et reprit la route.

— Je l'ai lu pendant le trajet, annonça-t-il.

— Tu y arrives toi aussi ? demanda Lissianna en fronçant les sourcils.

Sa mère pouvait sonder les pensées de Greg, ce qui malgré tous les efforts de Lissianna lui était impossible. Cela l'ennuyait, mais après tout Marguerite était bien plus âgée et beaucoup plus puissante qu'elle. Elle aurait pu accepter que Mirabeau y parvienne aussi, car son amie avait près de deux cents ans de plus qu'elle, mais Thomas n'avait que quatre ans de plus ! Pourtant, il avait réussi lui aussi. Pourquoi n'y arrivait-elle pas ?

Consciente que ses cousins à l'arrière se penchaient avidement vers l'avant pour entendre leur conversation, elle demanda :

— Et alors ?

— Il était furieux.

— Comment ? s'exclama-t-elle avec surprise.

— Il t'a questionnée au sujet de ta phobie quand nous sommes redescendus, c'est bien ça ? s'enquit Thomas. Et tu lui as dit que tu souffrais d'hémophobie. (Comme Lissianna hochait la tête, il ajouta :) C'est pour ça qu'il était fou de rage.

Juli prit la parole en premier.

— Je ne saisis pas. Pourquoi s'énerverait-il pour ça ?

— Tante Marguerite a perturbé ses vacances, l'a traîné jusqu'au manoir où elle l'a attaché à un lit, tout ça pour l'obliger à traiter la phobie de Lissi, souligna Thomas. Ensuite, nous avons tous insisté sur la sévérité de ce mal qui lui gâchait la vie.

— C'est bien le cas, dit Elspeth avec tristesse.

— Absolument, mais l'hémophobie ne constitue pas une affliction aussi grave pour un mortel, fit remarquer Thomas.

— Lissianna n'est pas une mortelle, intervint Jeanne. Elle a besoin de sang pour survivre. Pour elle, c'est un aliment.

— Exact, acquiesça Thomas, or Hewitt ignore ce point, n'est-ce pas ?

— Oooh ! murmurèrent en chœur Juli et Vicki, et le mot fut repris en silence, tel un écho, par les femmes plus âgées à mesure qu'elles prenaient conscience de la situation.

— Lissi, nous devons lui révéler que tu es une vampire, conclut Vicki. Alors, il comprendra.

— Ouais, c'est ça, il comprendra ! lança Mirabeau d'une voix teintée de sarcasme. Il nous prendra pour des fous. En plus, crois-tu vraiment qu'il nous autorisera à nous approcher de lui pour tout lui expliquer ? Sérieux, à l'heure où nous parlons, il doit essayer de trouver un moyen pour déménager dare-dare à l'autre bout de la ville.

— Mirabeau a raison, dit Jeanne. Il prendra ses dispositions pour déménager et il ne nous aidera pas. (Elle fronça les sourcils.) Ce que je ne comprends pas, Thomas, c'est… si tu savais tout ça, pourquoi l'as-tu laissé filer ?

Thomas ne répondit pas à Jeanne, au lieu de quoi il regarda Lissianna.

— L'aurais-tu laissé partir malgré tout ?

— Oui, répondit-elle sans hésiter. Il ne pouvait être subjugué ni calmé. Mère a commis une erreur, elle n'aurait jamais dû l'enlever.

D'ordinaire, ils pouvaient dominer la volonté des mortels, placer des pensées dans leur esprit et leur suggérer des actions. Dans la plupart des cas, Marguerite parvenait à les rendre dociles, satisfaits de se trouver là, et impatients d'apporter leur aide. Elle aurait pu les laisser déambuler dans la maison en toute liberté, sans crainte qu'ils essaient de s'échapper, ni même qu'ils le désirent, et ce jusqu'à ce qu'elle les libère de son emprise… Alors, elle aurait effacé de leur mémoire l'épisode dans son intégralité et l'aurait remplacé par de vagues souvenirs. En pratique, cela revenait à dérober du temps à ces personnes, mais comme ils n'avaient conscience de rien, ils étaient incapables de se rendre compte de sa perte. Lissianna aurait accepté cela comme un moindre mal nécessaire pour traiter sa phobie.

Mais Greg n'était pas la plupart des gens. Doté d'une volonté de fer, il manifestait une résistance farouche à leur contrôle. Il aurait dû rester attaché tout le long de son séjour, et ils auraient dû l'obliger à la soigner en ayant recours à la menace et en lui faisant miroiter la promesse d'une libération. Cela, elle ne pouvait l'accepter... Elle savait que sa mère partagerait sa pensée, une fois qu'elle aurait dépassé sa colère initiale déclenchée par la fuite de Greg.

— Oui, répéta-t-elle. J'aurais quand même souhaité qu'il parte, même si j'avais su qu'il ne reviendrait jamais me guérir.

— Je savais que tu dirais ça, déclara Thomas. (Puis il regarda sa sœur dans le rétroviseur et ajouta :) C'est pour ça que je n'ai rien fait pour l'arrêter.

Ils ne dirent plus un mot, et gardèrent le silence tout le restant du trajet. Ce n'est qu'au moment où Thomas parqua le minibus dans le garage que quelqu'un prit la parole ; c'était Julianna.

— Oh, oh, elle a l'air fâchée, dit-elle dans un faible murmure.

Lissianna leva les yeux de sa ceinture après l'avoir détachée et grimaça quand elle aperçut sa mère dans l'embrasure de la porte ouverte entre le garage et la maison. La colère se lisait sur le visage de Marguerite Argeneau. Elle semblait même furieuse. Il fallait croire que sa mère aussi était matinale. Lissianna poussa un soupir, relâcha la ceinture de sécurité qui se réemboîta dans son support et tendit la main vers la poignée.

— Attends-nous, cria Juli, qui se précipita pour la rattraper. (Le son de la portière glissant sur ses rails résonna dans le minibus.) Nous sommes tous dans la même galère, n'oublie pas.

Jeanne remarqua le regard de Lissianna, et lui adressa un sourire d'encouragement.

— Ne t'inquiètes pas, ça va aller, lui assura-t-elle, sceptique. La colère a ses limites.

Soit, mais Marguerite Argeneau les avait dépassées, décida Lissianna en observant sa mère avancer droit sur elle.

Marguerite attendit qu'ils soient tous descendus hors du minibus et vint à sa rencontre.

— Venez ! dit-elle sur un ton sec avant de les conduire à l'intérieur de la maison, puis dans le salon de devant où attendait tante Martine.

Elle les mena assez loin dans la pièce pour qu'ils puissent tous y entrer, mais pas trop non plus de sorte qu'aucun ne puisse s'asseoir. Ensuite, elle se tourna vers eux et les observa d'un œil froid, puis exigea une explication. Lissianna laissa échapper qu'ils avaient reconduit Greg chez lui. Au bout d'un moment qui parut durer une heure, mais en réalité à peine une minute plus tard, Marguerite arpentait toujours la pièce sous leurs yeux, et s'efforçait de maîtriser la rage qui l'envahissait.

Enfin, elle se retourna pour les regarder de face. Elle semblait tellement abasourdie qu'elle ne sut que dire ; elle bougea les lèvres dans un mouvement rapide, puis secoua la tête et demanda :

— Vous avez fait quoi ?

Lissianna se mordit la lèvre devant l'expression horrifiée de sa mère. Elle craignait qu'elle le prenne mal, mais se doutait bien qu'elle serait en colère. Elle n'aurait pas cru cependant qu'elle réagirait comme si les citadins des environs se ruaient vers la maison armés de torches et de pieux.

— Mère, reprit Lissianna dans un soupir, il était contrarié. Il venait de rater son avion, et…

— Il ne s'en serait même pas rendu compte, l'interrompit Marguerite d'un ton irrité. J'aurais placé dans son esprit des souvenirs inoubliables. Il serait rentré chez lui aussi détendu et heureux que s'il était parti en vacances pour de vrai. Peut-être même plus, car il aurait évité toutes les tensions, pour le coup bien réelles, inhérentes aux voyages, comme les retards, les contrôles de sécurité, les coups de soleil et les intoxications alimentaires. (Marguerite ferma les yeux et expira lentement, puis pivota et se dirigea vers le bar et le réfrigérateur qui se trouvait derrière, et demanda :) Eh bien, quels souvenirs lui as-tu donc procurés ?

— Des souvenirs ? répéta Lissianna l'air déconcerté, puis elle coula un regard vers ses acolytes dont l'expression terne reflétait le vide qu'elle ressentait.

— Pour remplacer les souvenirs qu'il a de nous, expliqua Marguerite. (Puis elle marmonna en fouillant le réfrigérateur la mine renfrognée :) Mince, nous serons bientôt à court de sang. Nous avons presque tout vidé hier soir pendant la fête.

— Bastien va nous en faire livrer dans le courant de la journée, lui rappela Martine.

— Ah oui. (Marguerite se détendit un peu, mais continua à scruter avec frustration le contenu du réfrigérateur ; elle aurait souhaité attraper l'une des poches de sang restantes et la plaquer contre ses dents, mais elle devait se retenir si elle voulait que Lissianna demeure consciente.) Alors ? finit-elle par demander. Quels souvenirs as-tu implantés dans sa mémoire pour supplanter toute réminiscence d'avoir séjourné parmi nous ?

— Euh… (Lissianna jeta un coup d'œil à ses cousins, puis soupira avant d'admettre :) Aucun.

Marguerite s'était penchée pour ranger l'intérieur du réfrigérateur, mais elle se figea d'un coup et se redressa lentement. Si sa mère paraissait furieuse auparavant, ce n'était rien comparé à l'expression qu'elle affichait à présent.

— Je te demande pardon ? reprit-elle d'une voix éteinte. Comment ça, « aucun » ? Tu es en train de m'expliquer que grâce à toi il peut arpenter la ville en liberté alors qu'il connaît tout de notre existence ? Je t'en prie, dis-moi que tu as effacé ses souvenirs et que tu les as remplacés comme tu as appris à le faire !

Lissianna soupira. Depuis toute petite, on lui avait martelé le cerveau des mêmes recommandations : toujours effacer la mémoire des mortels. Ils ne devaient pas ne serait-ce que soupçonner leur existence, car cela constituerait une menace pour son espèce. Deux cents ans de bourrage de crâne intensif, c'était quelque chose. Et pourtant, elle l'avait laissé partir sans rien faire.

— Même si j'avais voulu, je n'aurais pas pu. Je ne parviens pas à pénétrer son esprit, pas même pour lire dans ses pensées, tu as oublié ? rétorqua-t-elle.

Tante Martine parut étonnée.

— Tu n'as pas réussi ?

— Non.

Martine jeta un coup d'œil à Marguerite. La mère de Lissianna ouvrit la bouche, prête à exploser comme une bombe, mais Elspeth se précipita pour prendre la défense de sa cousine.

— Ne t'inquiète pas, tante Marguerite. Greg ne sait rien de nous et ignore ce que nous sommes.

— C'est vrai. Pour lui, nous ne sommes rien qu'une bande de cinglés, pas des vampires, renchérit Thomas.

Lissianna fronça les sourcils à son commentaire.

— En plus, poursuivit Elspeth, s'il essayait de prétendre qu'il a été enlevé, personne ne le croirait. Il est monté dans le coffre de son plein gré, ce qui sera corroboré par les enregistrements des vidéos de surveillance.

— Il pourra seulement se plaindre d'avoir été retenu toute une nuit et d'avoir du coup raté son avion, souligna à son tour Jeanne. Les autorités concluront à un jeu sexuel qui aura duré plus longtemps que prévu, et en déduiront qu'il cherche à se faire rembourser son voyage.

Marguerite referma la porte du frigo d'un geste sec.

— C'est là son argument, je présume ?

Lissianna jura en silence. Dès l'instant où elle avait entendu Jeanne débiter le passage sur les jeux sexuels, elle avait su que c'était une erreur. C'était la plus conformiste du lot, et la dernière en temps normal à utiliser des termes comme « jeux sexuels ».

Marguerite recula et fit le tour du bar pour les regarder en face.

— Qu'en est-il de son cou ?

— Son cou ?

Lissianna la dévisagea, l'air perdu.

— Tu l'as mordu, lui souffla Thomas.

Il paraissait évident, au ton de sa voix, qu'il avait lui aussi oublié ce détail.

— Oh… c'est vrai.

Lissianna sentit son cœur s'enfoncer dans sa poitrine. D'ordinaire, elle s'assurait de placer dans la tête de son hôte une explication cohérente quant aux marques de morsure : coupure de rasoir qu'il devait garder sous un pansement jusqu'à cicatrisation complète, ou accident fortuit avec une fourchette à barbecue ou autre ustensile à deux dents. Or elle n'avait pas pu implanter cette pensée dans l'esprit de Greg, et cet épisode lui était complètement sorti de la tête, ce qui n'arrangeait rien. Quand il remarquerait la trace, il se poserait des questions. Il se pourrait même qu'il consulte un médecin ou se rende à l'hôpital pour qu'on vérifie la « blessure », et du coup d'autres mortels la verraient. L'inquiétude se lisait sur son visage, et elle reconnut, l'air misérable :

— J'avais oublié l'avoir mordu. Je n'ai pas…

— Ne te fatigue pas, l'interrompit Marguerite dans un soupir. Je vais m'en occuper.

— Comment ? demanda Lissianna, l'angoisse dans sa voix étant palpable.

Sa mère réfléchit, puis reprit :

— Je lui rendrai une petite visite et effacerai ses souvenirs. Ensuite, je lui suggérerai une explication rationnelle pour les traces de morsure.

— Je suis désolée, murmura Lissianna.

Elle n'en menait pas large. Elle n'en revenait pas d'avoir oublié qu'elle l'avait mordu. L'expérience lui avait paru tellement inoubliable sur le coup.

— Pas autant que moi, ma chère, dit Marguerite. Je comptais vraiment sur ses capacités pour traiter ta phobie. (Sa déception se lisait sur son visage et ne fit que renforcer la culpabilité de Lissianna, surtout quand elle la foudroya du regard et ajouta :) Combien de fois t'ai-je répété qu'il était malpoli de retourner un cadeau ?

— Je peux prendre rendez-vous à son cabinet à son retour de vacances, proposa Lissianna dans l'espoir de se faire pardonner.

— Lissianna, si c'était aussi facile, j'aurais pris rendez-vous pour toi il y a des lustres, souligna Marguerite. Tu sais bien que si nous voilons leur mémoire plus de deux fois, le voile risque de céder. Ils développent une résistance et arrivent à nous reconnaître, même si cela ne concerne qu'une partie de leur être. Et ça devient de plus en plus difficile. Une ou deux fois, ça passe, mais il n'est pas recommandé de le faire davantage. C'est pourquoi j'étais si excitée à l'idée que le docteur puisse guérir les phobies en seulement une ou deux consultations. J'ai pensé que nous pouvions l'amener ici, le laisser te soigner, le garder jusqu'à la fin de ses vacances pour nous assurer que sa méthode avait fonctionné, puis nous aurions effacé sa mémoire et l'aurions renvoyé chez lui.

— Bien, dans ce cas, je… (Lissianna haussa les épaules, ne sachant que dire.) Je prendrai rendez-vous avec quelqu'un d'autre. Il doit bien y avoir un autre thérapeute qui maîtrise cette technique, fit-elle remarquer. S'il suffit d'une ou deux consultations, on pourra effacer sa mémoire à lui, une fois qu'il aura terminé.

— Oui, mais qui ?

Le silence s'abattit sur la pièce pendant un moment, puis tante Martine proposa d'une voix calme :

— Nous pouvons demander au docteur Hewitt de nous recommander un psychologue compétent et habitué à traiter ce genre de cas avant d'effacer sa mémoire.

Marguerite se tourna pour regarder sa belle-sœur qui venait de se lever.

— Nous ?

— Oui, eh bien… (Martine haussa les épaules.) Tu ne pensais tout de même pas que j'allais te laisser te débrouiller toute seule ? Mes filles l'ont aidé à se libérer, par conséquent je t'aiderai à rattraper les erreurs des enfants. (Comme Marguerite hésitait, Martine ajouta :) Cela ne devrait pas durer longtemps. Sur le chemin du retour, nous pourrions nous arrêter chez la manucure et faire des emplettes. Tout est tellement moins cher ici qu'en Angleterre.

La tension accumulée sur les épaules de Marguerite se dissipa, et elle hocha la tête.

— Bonne idée, cela nous calmera. Nous pourrions aussi faire un crochet par l'épicerie. Il faut acheter des provisions pour les jumelles, pour votre séjour parmi nous.

Lissianna commença à se détendre tandis que les deux femmes se dirigeaient vers la porte, puis se raidit de nouveau quand sa mère se retourna pour lui jeter un regard perçant.

— Je sais que tu dois bientôt partir travailler, Lissianna, mais tu reviendras ici quand tu auras terminé, n'est-ce pas ? Tu devrais rester à la maison cette semaine pour passer du temps avec tes cousins. Qu'en dis-tu ?

Malgré l'intonation, ce n'étaient pas des questions. Lissianna, qui se trouvait déjà dans de beaux draps à cause de Greg, ne voulait froisser personne davantage et se contenta d'opiner du chef en guise de « oui ».

— Bien. Je t'attends donc après le travail, dit Marguerite d'un ton ferme, avant de braquer son regard sur Thomas et Jeanne. À vous non plus, cela ne ferait pas de mal de passer un peu de temps avec vos cousins.

— Oui, m'dame, répliqua Jeanne aussitôt.

Thomas se contenta de lui adresser un large sourire et ajouta :

— Tu me connais, tante Marguerite. Je suis toujours ravi de passer du temps avec de charmantes demoiselles.

Elle esquissa un léger rictus, puis posa les yeux sur Mirabeau.

— Tu peux rester aussi, si tu le souhaites, ma chère.

— Oh, euh…

Lissianna sourit, l'air amusé, consciente que Mirabeau cherchait désespérément une excuse polie pour décliner l'invitation. Avant qu'elle ait pu trouver un prétexte valable, Marguerite lança :

— Parfait !

Puis elle fit demi-tour et suivit Martine qui quittait la pièce.

Thomas gloussa.

— Bienvenue dans la famille, Mirabeau.

Chapitre 8

Greg raccrocha le téléphone et se rassit sur le canapé pour contempler son salon avec une expression proche de la stupeur. Il s'était tant tracassé au sujet de son voyage à Cancún, et venait d'apprendre qu'en réalité il n'avait rien raté du tout. Le vol avait été annulé à cause de problèmes techniques… quoi que cela puisse bien signifier.

Il avait essayé de réserver un siège sur le prochain vol disponible, mais il n'y en avait pas de prévu avant mercredi. Il lui avait semblé stupide de perdre toute la journée du mercredi à l'aéroport, puis dans l'avion pour ne passer que deux jours à Cancún avant le retour qui devait avoir lieu samedi. Aussi Greg avait-il passé la dernière demi-heure à annuler sa réservation d'hôtel et son vol de retour.

Même si les dernières vingt-quatre heures avaient été les plus inhabituelles et les plus stressantes de sa vie, elles n'avaient, tout compte fait, pas bouleversé ses projets de vacances. À l'évidence, ils étaient condamnés dès le départ. Se grattant la nuque d'un air absent, Greg se dit que le destin semblait lui avoir prévu autre chose qu'une semaine de soleil, de sable fin et de femmes à moitié nues tournoyant autour de lui.

Son gardien avait été la première personne à remarquer son cou. L'homme était sorti de l'ascenseur un large sourire sur le visage et n'avait pas manqué de le gratifier d'un petit commentaire maison.

— Alors, on s'est enfermé dehors ? (Puis il l'avait examiné de plus près et avait ajouté :) C'est quoi, cette marque sur votre cou ? Vous vous êtes fait mordre par un vampire ?

L'homme s'était esclaffé alors même qu'il posait la question, mais Greg, qui n'était pas d'humeur à plaisanter, s'était contenté d'un haussement d'épaules en guise de réponse pendant que le gardien lui ouvrait la porte de son appartement. Puis il l'avait remercié de l'avoir laissé entrer et avait demandé qu'un nouveau jeu de clés pour sa porte d'entrée et la porte extérieure de l'immeuble soit réalisé. Le gardien lui avait promis d'y veiller et de le lui remettre au plus vite tandis qu'il remontait dans l'ascenseur. Le temps qu'il referme derrière lui, Greg avait complètement oublié la blague au sujet de son cou.

Après l'avoir verrouillée, il s'était adossé contre la solide porte en bois et avait poussé un profond soupir, soulagé d'être enfin rentré chez lui. Puis il avait grimacé lorsqu'il s'était souvenu à quel point sa situation était délicate. Son manteau, ses clés, son portefeuille et sa serviette étaient restés dans ce manoir. Perdre son portefeuille l'ennuyait déjà pas mal – il y gardait tous ses papiers d'identité et ses cartes de crédit –, mais sa serviette renfermait son agenda avec tous ses rendez-vous et les notes au sujet de ses patients les plus récents.

Comme il ne pouvait rien y faire, Greg s'était rassuré en se disant que tout cela était remplaçable et s'était dirigé vers sa chambre à coucher. Après avoir passé les dernières vingt-quatre heures dans son costume, et même avoir dormi dedans, il était résolu à prendre une douche et changer de vêtements.

C'est en se rasant que Greg avait remarqué les marques sur son cou. Il n'y avait pas de contusion violette comme pour un suçon, mais deux points, deux trous très distincts à deux centimètres d'écart. Il s'était remémoré les paroles du gardien tandis qu'il les examinait : « *C'est quoi, cette marque sur votre cou ? Vous vous êtes fait mordre par un vampire ?* »

Les mots qui résonnèrent dans son crâne lui avaient semblé aussi ridicules que lorsque l'homme les avait prononcés. Laissant échapper un petit rire nerveux, il s'était éloigné du miroir pour s'habiller. Puis il avait appelé l'aéroport, mais, cette tâche achevée, Greg remarqua qu'il ne cessait de porter ses doigts à son cou. Pire encore, divers souvenirs inondaient son esprit et peignaient un tableau dans sa tête : Marguerite accusant Lissianna de le mordre quand elle les avait trouvés dans la chambre, puis expliquant que Greg n'était pas le dîner. Thomas qui lui disait que pour comprendre la phobie de Lissianna, il lui suffisait de s'imaginer s'évanouir à la vue de la nourriture, puis Lissianna qui lui révélait qu'elle souffrait d'hémophobie.

Sans oublier la conversation entre les cousines à l'arrière du minibus sur le trajet qui le menait en ville. Elles avaient mentionné le fait que Lissianna n'arrivait pas à le lire, ce qui expliquait pourquoi elle l'avait mordu. Et l'une des jumelles avait ajouté qu'elle aurait souhaité pouvoir se nourrir « à la source elle aussi », que ça avait l'air tellement mieux que les « poches de sang ».

Greg continua à gratter les petites plaies, tournant et retournant ces faits dans son cerveau et provoquant l'émergence d'idées saugrenues... tellement démentes et impossibles qu'il craignait même de penser pareilles choses. Néanmoins, cela expliquerait une grande partie de son comportement irrationnel et qui, en toute franchise, l'avait particulièrement alarmé : monter dans le coffre d'une voiture qu'il n'avait jamais vue, puis se laisser ligoter sans broncher, pour ne citer que ceux-là.

Greg secoua la tête pour se débarrasser de ces idées farfelues, mais elles persistaient avec opiniâtreté, et il finit par retrouver un carnet et un stylo et dessina une ligne verticale en plein milieu de la feuille. Tout en haut, à gauche, il écrivit « Vampire », puis à droite « Pas vampire » et il commença à dresser sa liste. Il y inclut toutes les conversations sans oublier d'y noter la preuve physique que constituaient les marques sur son cou. Tous ces éléments remplirent la colonne « Vampire ». Il tourna ensuite son attention sur la partie « Pas vampire » et hésita. Il finit par y inscrire « insensé », « impossible » et « n'existent pas ». Comparés à la colonne « Vampire », les arguments contre demeuraient assez limités, remarqua-t-il avec contrariété, puis il laissa échapper un rire mal assuré. Tout ce qui avait un rapport avec Lissianna semblait le frustrer d'une façon ou d'une autre.

Un coup à la porte interrompit ses ruminations, et Greg y jeta un coup d'œil agacé, puis lança son bloc-notes sur la table basse et se leva pour répondre. Personne n'avait sonné ; cela devait donc être le gardien avec le jeu de clés supplémentaire qu'il lui avait promis. Au moins, on ne le dérangeait pas en vain. Ainsi, et grâce au deuxième jeu de clés de voiture dans le tiroir de son bureau, il pourrait sauter dans un taxi et se rendre à son cabinet pour récupérer sa voiture. Ensuite, il irait peut-être chercher de quoi manger, pensa-t-il tandis qu'il déverrouillait et ouvrait la porte de son appartement.

Le sourire de Greg se figea et ses projets s'envolèrent aussi net quand il vit qui attendait dans le couloir : Marguerite et Martine.

Greg claqua la porte, du moins il essaya, mais Marguerite avait placé un pied dans l'embrasure pour la maintenir ouverte. Assez rapidement, il ressentit une pression et fut obligé de reculer car la porte s'entrebâillait de plus belle. Il redoubla d'efforts pour la forcer à se refermer, mais sans succès. Elle possédait une force incroyable, effrayante même.

Il poussa un juron ; la porte continuait à s'ouvrir, et il recula le long du corridor alors que les deux femmes entraient chez lui et refermaient derrière elle.

Marguerite parla la première. Un sourire radieux sur le visage, elle souleva les objets qu'elle tenait à la main et annonça :

— Nous vous avons rapporté vos affaires.

Greg considéra sa serviette et son pardessus, son cerveau travaillant à plein régime. Elles ne devraient pas être là. Cet immeuble était sécurisé. Le concierge aurait dû les arrêter dans le hall et l'appeler pour lui demander si elles étaient attendues, mais il ne l'avait pas fait. À l'évidence, il les avait regardées flâner dans le bâtiment d'un pas nonchalant sans intervenir.

— Martine, je n'arrive pas à le subjuguer. Et toi ? s'enquit soudain Marguerite.

Greg se rendit compte qu'il était resté là, les yeux rivés sur elles, tandis qu'il se demandait quoi faire. Il commença à s'écarter vers la droite d'un pas vif, pensant se réfugier dans la chambre à coucher et s'y barricader, mais Martine se précipita en avant et toucha son bras, et aussitôt Greg s'immobilisa et s'apaisa. L'instant d'après, une soudaine compulsion le poussa à retourner dans le salon et s'asseoir sur le canapé. C'était venu de nulle part, et il avait été incapable d'y résister.

Revenant sur ses pas, il avança lentement vers la pièce, Martine pendue à son bras comme s'il l'escortait. Ils s'enfoncèrent dans le canapé, mais elle ne le relâcha pas. De toute façon, il ne semblait pas en mesure de s'en soucier. Greg, les yeux vitreux et empreints d'un désintérêt profond, observa Marguerite s'installer sur la chaise face à eux, de l'autre côté du salon.

— Parviendrons-nous à effacer sa mémoire ? demanda la mère de Lissianna avec inquiétude.

Martine se retourna, le regard braqué sur Greg, et il ressentit une étrange sensation dans sa tête, comme si on lui ébouriffait le cerveau. Il ne trouvait pas meilleure manière de la décrire, on aurait dit que quelque chose rampait le long de son cuir chevelu. Au bout d'un moment, elle jeta un coup d'œil sur le bloc-notes qu'il avait laissé traîner sur la table basse, et, s'adressant à Marguerite :

— Regarde donc ça de plus près.

— Tu n'as pas pris ta pause repas, tu dois mourir de faim.

Lissianna leva les yeux, un sourire sur les lèvres, lorsque sa collègue Debbie James entra dans son bureau. Âgée de cinquante ans, les cheveux poivre et sel et une attitude maternelle, Debbie était la collègue préférée de Lissianna.

— Non, pas encore, et je suis affamée, mais je vais attendre un peu avant de…

— Ai-je bien entendu ? Alors comme ça, on meurt de faim ?

Lissianna jeta un coup d'œil à la porte tandis que le père Joseph entrait dans le bureau. Elle regarda aussitôt Debbie d'un air interrogateur, mais cette dernière semblait tout aussi étonnée qu'elle à la vue du vieil homme. Le père Joseph travaillait souvent de longues heures au refuge, mais d'ordinaire il rentrait chez lui dès qu'elles arrivaient pour prendre la relève. Lissianna ne l'avait encore jamais vu ici à une heure aussi avancée… à moins qu'il y ait une urgence dont il devait s'occuper. Ce qui lui fit demander :

— Un problème, père Joseph ?

— Non, non. Qu'est-ce qui te fait dire ça ?

— Eh bien, il est très tard…, commença-t-elle.

— Oh, je vois, l'interrompit-il, puis il détourna le regard, qu'il promena à travers le bureau avant de lâcher : Ce sont les insomnies. Il m'arrive de souffrir d'insomnies. (Il afficha un sourire radieux, puis tendit un Tupperware.) Du coup, je cuisine pour passer le temps. J'ai fait de la soupe, et comme je ne peux pas manger une casserole entière tout seul, j'ai décidé de vous en apporter un peu, les filles.

Le visage rayonnant, il regarda Lissianna, puis Debbie.

— Oh, ouah, c'est… J'ai déjà mangé, en fait, dit brusquement Debbie alors qu'il ouvrait le couvercle du récipient refermable. Une forte odeur d'ail envahit chaque coin de la pièce.

— Mais Lissianna n'a pas encore dîné. (Le père Joseph lui adressa un sourire chaleureux.) N'est-ce pas ?

— Euh… (Lissianna examina la soupe, méfiante. Blanche et crémeuse, elle ressemblait à un velouté de pommes de terre, mais empestait l'ail. De toute façon, Lissianna ne mangeait plus que très rarement, et l'odeur d'ail était vraiment forte. Cela ne posait pas un problème en soi, elle aimait assez l'ail, mais l'arôme qu'exhalait le récipient lui piquait les narines. D'un autre côté, elle ne voulait pas le blesser.) Merci. C'est très gentil.

— Je viens juste de la faire. C'est encore chaud. Voilà.

Il lui présenta la soupe, puis fouilla sa poche à la recherche d'une cuiller, qu'il lui tendit aussi.

Lissianna accepta la soupe et la cuiller, et se força à sourire. Il l'observait, l'air impatient ; elle comprit qu'elle n'avait plus le choix, et prit une pleine cuillerée. Dès l'instant où elle sentit le liquide dans sa bouche, elle regretta sa politesse naturelle. L'odeur d'ail était forte, mais cela n'était rien comparé au goût. La texture était aussi épaisse qu'un velouté de pommes de terre, mais ça n'en était pas un. Si elle devait essayer d'émettre une hypothèse, elle aurait dit que c'était de la purée d'ail réchauffée. En tout cas, ça en avait le goût, et c'était si fort que la mixture lui brûla la bouche et la gorge quand elle l'avala.

— Lissianna ! hurla Debbie, affolée, lorsqu'elle commença à s'étouffer.

Elle se précipita autour du bureau, lui prit le Tupperware des mains et se mit à lui taper dans le dos.

— Debbie ! cria le père Joseph. Laisse-la respirer.

Lissianna remarqua à peine le père Joseph qui saisissait sa collègue par le bras pour la dégager de son chemin ; elle lui en fut néanmoins reconnaissante, et se rua aussitôt sur la fontaine d'eau fraîche. Une éternité sembla s'écouler le temps qu'elle atteigne le distributeur, prenne un gobelet en plastique et le remplisse d'eau. Lissianna fut presque tentée de s'agenouiller sous la satanée machine, de coller sa bouche sous le jet et laisser le liquide se déverser dans son gosier, mais elle parvint à se retenir. Elle engloutit le verre d'eau avec soulagement, et le remplit derechef. Elle dut en boire trois avant que la brûlure dans sa gorge s'estompe.

Commençant à se sentir un peu mieux, Lissianna se servit un quatrième verre, et se tourna pour rejoindre son bureau.

Elle s'arrêta devant Debbie et le père Joseph, debout dans l'embrasure de la porte.

— Tout va bien ? demanda Debbie avec inquiétude.

— Oui, oui. C'était juste un peu… euh…, corsé, répondit-elle avec politesse, toujours désireuse de ne pas froisser le père Joseph.

Debbie baissa les yeux vers le Tupperware qu'elle tenait à la main, se servit une cuillerée et en lécha le contenu avec précaution. Elle devint aussitôt toute rouge, puis pâlit. Elle plaça le récipient entre les mains du père Joseph, et se rua en avant pour s'emparer du verre d'eau. Lissianna le lui donna sans résister, et s'en retourna sur-le-champ en remplir un deuxième tandis que Debbie engloutissait le premier d'un trait.

Lissianna avait eu besoin de trois verres pour apaiser la brûlure dans son palais après avoir mangé une pleine cuillerée d'ail. Debbie dut en boire quatre alors qu'elle avait à peine léché sa cuiller. Une fois remises de leurs émotions, elles se tournèrent toutes deux vers le père Joseph. Il leur jeta un coup d'œil rapide, puis examina la soupe avec déception.

— Il faut croire que ça n'a pas marché, maugréa-t-il.

— Pas marché ? demanda Debbie.

— La recette, reprit-il dans un soupir, et il referma le couvercle du récipient.

— En tout cas, ça m'a dégagé les sinus, dit Debbie, un sourire ironique au coin des lèvres. Vous pourriez garder cette recette pour quand l'un de nous attrape froid.

Le père Joseph s'éloigna en marmonnant, et arpenta avec peine le long couloir, l'air abattu.

— C'était la pire soupe que j'ai jamais mangée, chuchota Debbie dès que l'homme eut tourné au coin du couloir et disparu de leur vue.

Lissianna grimaça en guise d'approbation.

— Rappelle-moi de ne plus jamais goûter à sa cuisine.

— Comme si tu pouvais oublier après cette expérience ! repartit Debbie avec humour. Bon. (Elle s'empara du verre vide de Lissianna.) Va manger et détends-toi. Et on prend bien le temps de mastiquer sans rien faire d'autre. Ce n'est pas avec ce qu'on gagne qu'on va travailler pendant les pauses.

— À vos ordres, m'dame !

Lissianna la regarda s'éloigner avant de regagner son bureau. Elle s'assit derrière sa table, considéra tout le travail qui lui restait à terminer, puis jeta de nouveau un œil vers l'embrasure de la porte. Elle avait vraiment faim, mais le moment était mal choisi pour essayer de se repaître.

Même si les clients du refuge devaient dormir à l'heure qu'il était, ce n'était pas un hôtel avec des chambres séparées dans lesquelles elle aurait pu se glisser pour se nourrir en privé sans crainte d'être découverte. Il y avait six grandes pièces comptant chacune de dix à vingt lits. Il valait mieux ne pas tenter de mordre l'un des occupants, c'était imprudent. Certains ne dormaient peut-être pas, ou avaient le sommeil léger, et ils risquaient de se réveiller. Lissianna préférait s'alimenter quand ils se déplaçaient, alors qu'ils se préparaient pour aller se coucher, ou le matin quand ils se levaient.

Elle décida qu'elle en attraperait un au passage, alors qu'il se dirigerait tout seul vers la salle de bains, ou quelque chose dans ce goût-là. D'ordinaire, les occupants commençaient à s'activer peu avant la fin de son service, au petit matin. Les plus matinaux se réveillaient à 6 heures ou 6 h 30. L'idée d'essayer à ce moment-là la rassura ; elle ne tint pas compte de sa faim et s'attela à la paperasserie.

Comme d'habitude, Lissianna quitta son bureau en retard. Quand elle partit, non seulement le refuge était en pleine effervescence, mais en plus le père Joseph était encore là et semblait déborder d'une énergie trépidante. Il l'aperçut et décida de se débarrasser de son trop-plein de vitalité en l'accompagnant jusqu'à sa voiture.

Lissianna n'eut pas d'autre choix que d'abandonner tout espoir de dérober un rapide en-cas, et se dirigea vers la sortie, le corps tiraillé par la faim. Elle maudit sa bêtise, et prit la route de la maison familiale.

À l'évidence, deux possibilités s'offraient à elle : soit laisser sa mère la placer sous intraveineuse, à condition que Marguerite soit debout et n'ait pas encore gagné son lit, soit attendre la nuit suivante pour se nourrir. En temps normal, elle évitait l'intraveineuse, même si cela signifiait une douleur atroce et épuisante qui allait fouailler ses entrailles pendant vingt-quatre heures. Au moins, depuis qu'elle avait obtenu son diplôme, elle avait un travail au refuge et son propre appartement. Tout cela était censé la rendre plus indépendante.

Cette pensée la fit grimacer. Indépendante. Désormais, elle pouvait se nourrir par ses propres moyens au lieu d'attendre que sa mère la place sous perfusion chaque matin, mais elle ne s'alimentait pas bien. Le plus souvent, Lissianna allait se coucher affamée et en proie aux crampes débilitantes qui accompagnaient ce type de faim. Alors l'indépendance…

Au moins, elle parvenait à manger assez pour rester en vie… ou plutôt pour survivre. Cela serait plus facile, cependant, si elle changeait d'orientation professionnelle.

Après tout le temps et l'argent dépensé pour acquérir ce diplôme d'assistante sociale, Lissianna en était arrivée à la conclusion suivante : ce travail dans le refuge n'avait pas été sa plus brillante idée. Ces derniers temps, elle étudiait la possibilité de démissionner et d'essayer une nouvelle activité. Mais, pour l'heure, elle n'avait pas encore trouvé de solution viable.

Bien sûr, si elle se débarrassait enfin de sa phobie…

Lissianna se permit un moment de rêver à cette possibilité. Ne plus jamais s'évanouir à la vue du sang. Pouvoir se nourrir de poches de sang comme tout le monde. N'avoir qu'à ouvrir la porte du réfrigérateur, en sortir une poche et la plaquer contre ses dents, au lieu de traquer son repas au refuge ou dans les bars…

Cela semblait être le paradis. Lissianna répugnait à devoir chasser sa nourriture. Elle détestait la gêne que cela occasionnait ainsi que le fait d'être différente du reste de sa famille. La guérison serait une bénédiction, mais elle craignait de ne jamais réussir à vaincre sa phobie et hésitait à entretenir le moindre espoir de peur d'être déçue.

Peut-être sa mère aurait-elle de bonnes nouvelles à lui annoncer, songea-t-elle tandis qu'elle stationnait dans l'allée. Elle avait dû soutirer à Greg le nom d'un thérapeute compétent avant d'effacer de sa mémoire toute réminiscence de sa rencontre avec eux. Elle en était sûre.

Lissianna savait que c'était nécessaire, mais nota que la perspective qu'il ait tout oublié d'elle jusqu'à son existence ne lui plaisait guère, ce qui était stupide en vérité. Elle le connaissait à peine et n'avait passé que peu de temps avec lui, mais elle ne parvenait pas à oublier leur baiser et son contact contre son corps.

Cela n'a pas d'importance, se dit-elle. Ce qui comptait, c'était que sa mère avait peut-être déjà pris rendez-vous avec le psychologue recommandé par Greg, et si ça se trouve d'ici à une quinzaine de jours Lissianna serait libérée de cette phobie qui lui empoisonnait tant la vie.

Ragaillardie par cette idée, elle gara la petite voiture de sport rouge de Marguerite qu'elle avait empruntée pour aller travailler, et traversa le garage d'un pas sautillant. Elle n'avait pas atteint la porte que Thomas l'ouvrit d'un coup.

Lissianna s'arrêta, surprise.

— Que fais-tu encore debout ? C'est presque l'aube. Je pensais que tout le monde serait en train de dormir à l'heure qu'il est.

— Les autres dorment. (Il se dégagea de l'entrée pour la laisser passer, puis referma derrière elle et attendit le temps qu'elle ôte ses bottes et son manteau.) J'ai préparé du thé.

Lissianna s'immobilisa, une botte retirée, l'autre toujours au pied et lui jeta un coup d'œil méfiant. Si une minorité d'entre eux mangeaient encore de la nourriture solide passé un certain âge, tous continuaient à boire divers breuvages ordinaires.

Néanmoins, un thé en tête à tête à l'aube semblait sous-entendre un problème.

— Il y a eu un petit souci pendant qu'elles essayaient d'effacer la mémoire de Greg, dit Thomas en réponse à son regard inquisiteur.

— De quel ordre ? demanda Lissianna avec appréhension.

— Enlève ta seconde botte et viens au salon. Le thé nous attend, annonça-t-il avant de quitter la pièce sans lui laisser le temps d'ajouter quoi que ce soit pour l'arrêter.

Elle se hâta de lui obéir et le suivit jusqu'au salon. Il lui tendit une tasse tandis qu'elle prenait place à son côté sur le canapé, puis s'assit et but une gorgée du breuvage bien chaud. Il ne paraissait absolument pas pressé de lui fournir des explications. Lissianna éprouvait des difficultés à se montrer aussi patiente.

— Que s'est-il passé ? reprit-elle, ne prêtant aucune attention à son thé.

— Greg, lui répondit Thomas. Le docteur Hewitt. Elles l'ont ramené. Il est attaché à ton lit de nouveau.

— Quoi ? lança Lissianna, le souffle court. (Elle n'en croyait pas ses oreilles.) Pourquoi ont-elles fait ça ? Elles étaient censées lui demander le nom d'un autre psychologue et effacer sa mémoire, pas le ramener ici.

— Il semblerait qu'elles n'aient pas réussi à supprimer ses souvenirs, répondit Thomas d'une voix calme.

Lissianna le regardait sans rien comprendre.

— Elles n'y sont pas arrivées ? (Il secoua la tête.) Tante Martine non plus ? questionna-t-elle sans vraiment y croire.

Martine était la petite sœur de son père et d'oncle Lucian. Plus jeune que les deux hommes, elle était néanmoins beaucoup plus âgée que la mère de Lissianna et comptait parmi les femmes les plus puissantes de leur espèce. Qu'elle ait échoué à effacer la mémoire de Greg dépassait l'entendement.

— Pas même tante Martine, confirma Thomas.

— Oh, mince ! (Lissianna en étudia un moment les conséquences, puis demanda :) Que comptent-elles faire ?

Il haussa les épaules.

— Elles ne veulent rien nous dire. Elles l'ont ramené dans ta chambre, puis se sont enfermées dans le bureau une bonne partie de la nuit. Victoria et Julianna ont écouté à travers la porte, mais n'ont pu en retirer qu'un mot par-ci par-là. Oncle Lucian et le Conseil ont cependant été mentionnés dans la conversation.

— Oh non, soupira Lissianna. Qu'en est-il de Greg ? Comment vit-il la situation ? Il doit être fou de rage.

— Il l'était, admit Thomas, puis un large sourire se dessina sur son visage. Il hurlait à pleins poumons qu'il avait été kidnappé par deux sangsues sans âme, deux garces de vampires avides de sang. Je suppose qu'il faisait référence à tante Marguerite et tante Martine, ajouta-t-il d'un air pince-sans-rire, mais Lissianna ne riait pas.

— Il sait ce que nous sommes ? demanda-t-elle, horrifiée. Comment ?

— À ton avis ? Ça n'a pas dû être bien difficile à deviner. Tante Marguerite a annoncé devant lui qu'il n'était pas ton dîner, mais ton thérapeute, et vous, les filles, n'avez pas arrêté de parler de morsure et de poches de sang à l'arrière du minibus sur le trajet jusqu'en ville.

— Il nous a entendues ? souffla-t-elle, consternée.

Thomas opina du chef.

— Nul doute qu'il a aussi remarqué les marques de morsure.

Lissianna grommela intérieurement. Ses traces de dents. Bon sang, elle était en grande partie responsable du problème. Voilà qu'il avait découvert leur véritable nature, ni sa mère ni sa tante ne pouvaient effacer ses souvenirs, et oncle Lucian et le Conseil risquaient de se retrouver impliqués.

— Il faut que j'aille voir comment il va.

Sur le point de se lever, Lissianna fut interrompue dans son élan par Thomas, qui l'arrêta d'une main sur le bras.

— Attends, j'ai quelque chose à te dire. (Il attendit qu'elle se rasseye avant de reprendre :) Sur le chemin du retour, après l'avoir déposé, j'ai pensé à un truc, et depuis ça me travaille.

Lissianna haussa les sourcils, elle paraissait intriguée.

Thomas l'observait l'air perplexe, comme s'il ne savait pas comment procéder, puis il demanda :

— Pour quelle raison nous est-il difficile d'entretenir une relation sérieuse avec les mortels ?

— Comme nous pouvons lire dans leurs pensées et commander leurs moindres faits et gestes, ils deviennent semblables à des pantins, répondit Lissianna sans y réfléchir à deux fois.

Elle avait été confrontée au problème à d'innombrables reprises au cours des deux derniers siècles. Elle n'était pas la seule. En un sens, la capacité à lire dans les esprits tenait plus de la malédiction que de la bénédiction. Il arrivait à tout le monde d'avoir de mauvaises pensées de temps à autre, ou de trouver attirant un autre que son partenaire. Comment voulez-vous ne pas être blessé quand vous entendez votre fiancé penser avec irritation que vous êtes stupide ou bornée ? Que vous êtes nulle dans tel ou tel domaine, ou simplement que vous avez une sale tête ce jour-là ? Pire encore, imaginez que vous l'entendiez s'extasier sur les charmes de la serveuse et se demander ce qu'elle vaudrait au lit. Peu importe qu'il ne passe jamais à l'acte, qu'il s'agisse de simples idées éphémères, la douleur infligée est tenace.

Il est difficile aussi de résister à l'envie de dominer son compagnon quand il ne veut pas faire la même chose que vous, ou de le faire changer d'avis quand il n'est pas d'accord avec vous. Avec le mauvais partenaire, ses semblables pouvaient s'avérer de vrais tyrans, manipulateurs et désireux de tout régenter. Elle en avait été témoin elle-même avec ses parents.

— Et que dit toujours tante Marguerite à propos des compagnons véritables ? s'enquit Thomas.

— Que notre compagnon véritable est celui que nous ne pouvons pas lire, répondit Lissianna du tac au tac.

Thomas acquiesça et lui fit remarquer :

— Tu n'arrives pas à lire Greg.

Lissianna cligna des yeux, puis secoua doucement la tête.

— C'est différent, Thomas. Il n'est pas comme les autres. Résistant, déterminé... Tu viens de m'apprendre que même tante Martine ne parvenait pas à effacer sa mémoire, et maman a eu du mal à le subjuguer dès le début. Il n'est pas...

— Mais elles peuvent néanmoins lire en lui comme dans un livre, et moi aussi, l'interrompit-il.

Lissianna examina son cousin, les connexions dans son cerveau tourbillonnant à plein régime. Greg... son compagnon véritable ? Bien sûr, elle n'arrivait pas à le lire, et leur mère leur avait toujours conseillé de choisir des personnes dont les pensées leur demeuraient inaccessibles, car telle était la marque des authentiques âmes sœurs, mais elle n'avait jamais considéré Greg sous cet angle. Désormais, elle l'appréhendait différemment.

Elle devait bien le reconnaître, le docteur Hewitt lui faisait un effet inhabituel et tout à fait unique. En deux cents ans, Lissianna n'avait ressenti pareil degré d'excitation et de plaisir dans les bras d'aucun homme alors que quelques baisers de Greg avaient suffi à l'embraser. Avant lui, elle n'avait jamais trouvé « l'étreinte », la morsure, érotique. Il est vrai qu'en deux cents ans, elle n'avait pas rencontré un mortel dont elle ne pût lire les pensées... Malgré tout, Greg était différent. Sa mère ne parvenait pas à le dominer totalement, alors que cela ne posait jamais de problèmes d'habitude, et tante Martine n'arrivait pas à nettoyer sa mémoire. Elle ne savait que penser. Lissianna était épuisée et morte de faim, et semblait avoir du mal à admettre cette hypothèse.

— Je sais que je te prends au dépourvu avec cette idée. Je veux juste que tu la gardes dans un coin de ton esprit, finit par dire Thomas, puis il pencha la tête, l'air soucieux. Tu es pâle, tu ne t'es pas nourrie cette nuit, n'est-ce pas ?

— Je n'en ai pas eu l'occasion, reconnut-elle avec lassitude.

Thomas hésita un instant, puis il se leva.

— J'ai une idée. Attends-moi ici.

Lissianna l'observa se diriger vers le bar, puis promena son regard autour du salon dans lequel ils avaient organisé leur soirée pyjama impromptue le matin précédent. Elle pensait qu'ils auraient dormi dans cette pièce ce matin. Elle aurait même pu se joindre à eux, histoire de paraître sociable, mais Thomas avait dit que tout le monde était allé se coucher.

— Où sont les autres ?

— Au lit. Les invités sont tous rentrés chez eux, excepté tante Martine, les filles et nous. Du coup, nous avons chacun nos chambres. Tante Marguerite a dit que tu pouvais dormir dans la chambre rose, ajouta Thomas tout en ouvrant la porte du réfrigérateur.

Elle acquiesça.

— Ferme les yeux, lui ordonna Thomas.

— Pourquoi ? demanda Lissianna, mais elle obéit néanmoins.

— Tu as besoin de manger, alors je vais te nourrir, annonça-t-il.

Lissianna se raidit.

— Je ne crois pas que…

— Contente-toi de me faire confiance et garde les yeux fermés, l'interrompit-il.

Elle ne dit plus un mot et écouta ses pas sur le tapis, puis sentit le canapé s'enfoncer sous son poids.

— Garde les paupières closes, mais ouvre la bouche et sors les dents. Je vais plaquer une poche de sang contre tes lèvres. Ce sera froid, alors ne te laisse pas surprendre et n'ouvre pas les yeux.

Lissianna faillit les ouvrir de surprise à ce moment-là, mais elle se ressaisit et les garda bien fermés. Elle ouvrit la bouche et inspira en sortant les dents.

— Ça arrive, l'avertit Thomas, et il plaça une main à l'arrière de sa tête pour la maintenir droite, puis pressa la poche froide contre sa bouche et elle entendit un petit « pop » quand ses canines percèrent le plastique.

Lissianna demeura complètement immobile tandis que ses dents faisaient tout le travail, aspirant le sang dans son système. Le liquide était glacé, elle n'y était pas habituée, mais ça allait aussi beaucoup plus vite qu'une intraveineuse. En l'espace de quelques instants, Thomas lui avait déjà administré trois poches. Il l'obligea à garder les yeux fermés jusqu'à ce qu'il s'en soit débarrassé.

Lissianna ouvrit les paupières tandis qu'il revenait vers elle après les avoir jetées dans la poubelle derrière le bar et elle lui adressa un grand sourire.

— Je t'ai déjà dit que tu étais mon cousin préféré ?

Thomas sourit à son tour.

— Arrête, tu vas me faire rougir.

Lissianna éclata de rire, se releva et l'embrassa sur la joue.

— Merci.

— Pas de quoi. (Il lui tapota le dos, puis s'éloigna en direction de la porte.) Je vais me coucher.

— Je vais juste voir comment se porte Greg, et je me couche aussi.

— Je m'en doutais, reconnut-il. Bonne nuit.

— Bonne nuit.

Chapitre 9

Le bruit sec de la porte l'arracha au sommeil. Greg ouvrit les yeux, scruta le plafond opaque, puis tourna la tête et balaya du regard la chambre plongée dans la pénombre. La salle de bains était allumée, la porte s'entrouvrit et inonda la pièce de lumière.

Il reconnut Lissianna qui s'approchait du lit, et se réveilla pour de bon. Elle ne savait pas à quel accueil s'attendre, et il ne pouvait pas le lui reprocher. Greg n'avait pas été ravi de se faire traîner de nouveau jusqu'ici la nuit dernière, et ce n'était pas peu dire. Il n'avait pas manqué d'ailleurs de manifester son désaccord de manière fort volubile. Lissianna en avait sans doute déjà eu vent. Thomas était venu le voir pour essayer de lui parler, mais il n'était pas d'humeur très réceptive, et Thomas avait préféré abandonner, le laissant seul à ses vociférations jusqu'à ce qu'il s'endorme d'épuisement.

— Vous devez me détester.

Greg s'immobilisa à ce commentaire et l'observa avec surprise.

— Pourquoi vous détesterais-je ? Vous n'êtes pas celle qui s'acharne à me ramener ici. En fait, c'est vous qui m'avez libéré.

— Oui, mais si vous êtes là c'est d'abord à cause de ma phobie, lui fit-elle remarquer.

— Vous n'y êtes pour rien. Personne ne choisit d'être phobique, répliqua-t-il d'une voix douce, puis il l'étudia avec attention, réfléchissant à sa vraie nature.

Vampire. Son arrivée et ses premières paroles lui avaient fait oublier ce détail, mais à présent il devait y faire face. La belle blonde aux yeux bleu acier qui l'avait embrassé et caressé, et lui avait laissé un suçon qui n'en était pas un était une vampire.

Ses pensées le dépassaient. Il était psychologue, bon sang! Si un patient était entré dans son cabinet et avait clamé haut et fort qu'il avait été mordu par un vampire, son diagnostic aurait été sans appel: délire, ou délire paranoïaque, ou bien d'autres dénominations qui revenaient au fond à le qualifier de timbré. Pourtant, il se trouvait étendu sur ce lit, persuadé d'avoir été traîné dans un nid de vampires.

Même s'il avait commencé à se faire une petite idée, Greg ignorait encore à qui il avait affaire avant l'apparition de Marguerite et de Martine à son appartement. Aucune femme de sa connaissance n'aurait été capable de forcer sa porte pour la maintenir ouverte comme l'avait fait Marguerite. Et puis, le calme qui s'était soudain emparé de lui et la façon dont il était revenu dans le salon en disaient long. Mais l'élément déclencheur avait été les paroles de Marguerite après que Martine eut remarqué la liste « vampire/pas vampire » qui traînait sur la table basse et attiré l'attention de sa belle-sœur sur le bloc-notes. La mère de Lissianna était devenue toute pâle, son visage avait arboré une expression misérable et elle avait déclaré:

— Il sait ce que nous sommes. Ce qui explique pourquoi nous éprouvons encore plus de difficultés à le subjuguer. Que faire maintenant?

— Eh bien, avait répondu Martine à voix basse, j'ai scruté l'intérieur de son cerveau, Marguerite, et il est vraiment…

Greg n'avait pas pu entendre la suite de leur conversation. Martine s'était relevée et s'était éloignée, pressant Marguerite de la suivre, et elles avaient poursuivi leur discussion en chuchotant. Élément intéressant, dès l'instant où Martine avait lâché son bras et s'était éloignée de lui, Greg s'était retrouvé libéré de l'emprise qui le forçait à demeurer assis sur le canapé. Il était de nouveau maître de son esprit, qui se remplit aussitôt de pensées paniquées sur ce qu'il devait faire : fuir, appeler la police, ou poser les milliers de questions qui assaillaient soudain son cerveau à propos de ces créatures. Greg était tiraillé : d'un côté, il mourait de peur, de l'autre il brûlait de curiosité.

Avant qu'il ait pu décider quel côté écouter, les deux femmes s'étaient mises d'accord sur la marche à suivre et Martine se trouvait de nouveau à son côté et le tenait par le bras. Greg s'était alors senti saisi d'une nouvelle compulsion. Il avait quitté son appartement accompagné des deux femmes, pris l'ascenseur jusqu'au rez-de-chaussée, était sorti de l'immeuble et s'était installé calmement dans le minibus que Lissianna et ses cousins avaient emprunté pour le ramener chez lui. Cette fois, il s'était assis sur le premier des deux bancs à l'arrière. Martine avait pris place près de lui durant tout le trajet du retour. Une fois arrivés, il les avait suivies à l'intérieur, puis était monté directement à l'étage dans la même chambre à coucher que la veille, et s'était de nouveau laissé attacher au lit.

Dès qu'elles eurent fini de le ligoter et que Martine eut relâché son bras, Greg avait commencé à hurler et à se débattre. Il avait aussitôt recouvré ses esprits. De nouveau maître de lui-même, il s'était senti frustré et furieux de se retrouver encore attaché à ce lit. Greg les avait insultées et s'était déchaîné sur elles, mais elles ne lui avaient pas prêté attention et avaient quitté la pièce. Il lui en fallait plus pour l'arrêter ; il avait continué à crier à pleins poumons jusqu'à en perdre la voix, et ce n'est qu'alors qu'il avait fini par se taire.

Il se sentait bien plus calme ce matin. Greg pensait qu'il serait terrifié, mais il se rendit compte qu'il était difficile de ressentir de la peur à l'encontre de Lissianna… ou de ses cousins d'ailleurs. Comment craindre quelqu'un que vous avez vu en pyjama ? Les nuisettes et les ensembles Spider-Man n'éveillaient pas en lui un sentiment d'épouvante. Toutefois, il se gardait d'émettre un jugement sur Martine et Marguerite pour le moment. Il n'aurait su dire pourquoi, mais il les trouvait un brin plus intimidantes.

— Bon, finit-il par lâcher, vous avez tous l'air plutôt en forme pour des morts.

Lissianna cligna des yeux, à l'évidence choquée par ses paroles. Pas aussi choquée que lui, cela dit : Greg n'en revenait pas d'avoir prononcé ces mots. Bon Dieu ! Il savait vraiment parler aux femmes ; pas étonnant que sa famille estime qu'il ait besoin d'aide pour se trouver une copine.

— Nous ne sommes pas morts, répliqua Lissianna, et Greg cessa de se fouetter mentalement l'arrière-train pour se punir de sa stupidité et l'observa avec incompréhension.

— Mais vous êtes des vampires. Nosferatu. Les morts-vivants… (Il cligna des yeux à ses propres mots, et reprit :) Ah, oui, je vois, vous êtes des non-morts en fait… (Ne laissant pas le temps à Lissianna de confirmer ou infirmer sa théorie, il demanda :) Maintenant que vous m'avez mordu, vais-je devenir un vampire moi aussi ? Ou suis-je encore au stade Renfield ? Dois-je m'attendre à manger des insectes d'ici à quelques jours ?

— Vous n'allez pas vous transformer en vampire, et non, vous n'allez pas développer soudain une envie irrépressible de vous nourrir d'insectes, lui assura Lissianna avec patience.

— Tant mieux, j'ai horreur de ces petites bestioles. En vérité, je suis entomophobe.

Elle cligna des yeux, surprise.

— Vous traitez les phobies et vous en avez une vous-même ?

Il haussa les épaules et parut contrarié.

— Vous savez ce qu'on dit, les cordonniers sont les plus mal chaussés…

— Et le spécialiste des phobies est lui-même phobique, acheva-t-elle l'air amusé ; puis, recouvrant sa solennité, elle ajouta : nous sommes bel et bien vivants, Greg.

Greg haussa les sourcils.

— Donc, vous êtes des vampires, mais vous n'êtes ni morts ni morts-vivants ?

— C'est ça. Mais évitez d'utiliser le terme « vampire » devant mère, elle le déteste, l'informa Lissianna. La plupart des anciens l'abhorrent.

— Pourquoi ? C'est bien ce que vous êtes, non ?

Elle hésita un instant avant de lui expliquer.

— Le mot « vampire » a été inventé par les mortels. Nous ne l'avons pas choisi. En plus, ce terme évoque des connotations déplaisantes... Dracula, des créatures à têtes de démons...

Elle haussa les épaules.

— Donc, vous n'êtes pas des démons, c'est bon à savoir, dit-il avec ironie avant de demander : Quel âge avez-vous ?

Lissianna demeura silencieuse un long moment ; il pensait qu'elle ne répondrait pas, puis elle s'assit sur un côté du lit, les yeux rivés sur ses mains, pinça les lèvres, et reconnut :

— Je suis née en 1798.

Greg resta parfaitement immobile, son expression reflétant sa perplexité. 1798 ? Grands dieux, elle avait deux cent deux ans. Il se rendit compte qu'elle était plus âgée que lui, et lui qui craignait d'être trop vieux pour elle ! Il secoua la tête et demanda :

— Mais vous n'êtes pas morte ?

— Non, répondit-elle d'un ton ferme.

Greg fronça les sourcils, puis reprit comme pour mettre les choses au clair :

— Mais, à en croire tous les livres et les films, les vampires sont morts.

— À en croire la plupart des livres et des films, les psychologues et les psychiatres sont des psychopathes, rétorqua-t-elle. Il n'y a qu'à voir *Pulsions* ou *Le Silence des Agneaux*.

— Vous marquez un point, dit-il l'air amusé.

Ils demeurèrent tous deux silencieux pendant un moment, puis Lissianna reprit la parole.

— Comme pour tout, les histoires sur notre espèce ont été corrompues au fil des siècles.

Greg considéra cela un instant, puis lui demanda :

— Corrompues à quel point ? Êtes-vous maudits ou dépourvus d'âme ?

Elle sourit avec un amusement non feint.

— Non, nous ne sommes pas maudits, nous avons une âme, et l'ail ou les symboles religieux n'ont aucun effet sur nous.

— Mais vous buvez du sang ?

— Nous en avons besoin pour vivre, avoua-t-elle.

— C'est dingue, lança Greg tout haut. (Son esprit rechignait à reconnaître l'inacceptable.) Des vampires immortels, qui se nourrissent de sang... C'est de la fiction ! Un mythe, une légende !

— La plupart des légendes et des mythes reposent sur des faits réels, expliqua-t-elle sans perdre son calme.

Greg écarquilla les yeux, alarmé.

— Qu'en est-il des loups-garous et compagnie ?

— Vous êtes psychologue, répondit-elle l'air enjoué, vous avez dû étudier la lycanthropie ?

— Il s'agit d'une psychose. Le patient délire et se prend pour un loup.

— Tout est dit.

Qu'est-ce que ça signifie ? se demanda Greg. Il ne croyait pas vraiment aux loups-garous et autres créatures surnaturelles, mais il est vrai qu'il n'avait jamais cru aux vampires non plus. Toute cette histoire avait complètement chamboulé son système de croyances. Il ne savait plus quoi penser.

— Je suis navrée de vous avoir mordu. (La voix de Lissianna l'arracha à ses pensées, ce qui était sans doute une bonne chose. Les idées qui bouillonnaient dans sa tête risquaient de le rendre fou. Il ne manquait plus qu'il croie aux fées et aux lutins.) J'ai commis une erreur, ajouta-t-elle d'une voix douce. Quand je vous ai vu attaché au lit avec un nœud autour du cou, j'ai pensé que vous étiez mon cadeau d'anniversaire... ce qui était le cas.

Mais je n'ai pas compris que vous étiez là pour traiter ma phobie. J'ai supposé que vous étiez une… friandise surprise.

— Une friandise surprise ? (Greg fit écho à son énonciation délicate d'une voix empreinte d'incrédulité.) Je croyais que vous m'aviez pris pour le dîner.

Elle grimaça et eut la décence de rougir de culpabilité, et Greg regretta ses dernières paroles. Il ne lui en voulait pas vraiment de l'avoir mordu. Pourquoi rester fâché contre quelque chose qui vous a procuré du plaisir ? Et Greg avait pris son pied. Rien que d'y penser, il se sentait durcir.

— Pour résumer, vous êtes une vampire atteinte d'hémophobie, dit-il pour changer de sujet.

— Ridicule, non ? maugréa-t-elle comme dégoûtée par elle-même. Je sais que je ne devrais pas avoir peur du sang, qu'il n'y a rien à craindre, mais…

— Une phobie n'est pas rationnelle. J'ai un patient qui mesure plus d'un mètre quatre-vingts et pèse quatre-vingt-dix kilos et qui a une peur bleue de minuscules araignées. Les phobies et la raison, ça fait deux, lui assura-t-il. (Puis une autre idée lui effleura l'esprit, et il lui demanda :) Et pour ce qui est du soleil ?

— Le soleil ? reprit-elle, dubitative.

— Selon la légende, la lumière du soleil pulvérise les vampires, lui fit-il remarquer.

— Oh, eh bien… (Elle hésita un moment, puis lui répondit :) Ses rayons agressent notre peau et infligent les mêmes blessures à notre corps qu'au vôtre, mais nous le craignons plus que vous, car notre organisme utilise alors plus de sang pour réparer les lésions… ce qui a pour effet de nous déshydrater et nous oblige à nous nourrir davantage. Dans les temps anciens, nous fuyions le soleil comme la peste pour éviter de nous repaître trop souvent ; à l'époque, c'était plus dangereux. On risquait de se faire démasquer.

— Et aujourd'hui ?

— De nos jours, la plupart de mes semblables se fournissent dans les banques du sang, mais beaucoup continuent à se préserver du soleil par habitude ou commodité. Se promener avec des glacières à roulettes remplies de sang pour se revigorer, ça peut être pesant.

Greg opina du chef pour montrer qu'il saisissait.

— Si vous n'êtes ni maudits ni morts, qu'êtes-vous donc ?

Lissianna étudia la question un moment, puis dit :

— Vous comprendriez sans doute mieux si je vous expliquais depuis le début.

— Je vous en prie.

La veille, il était fou de rage de se trouver là, de nouveau, contre son gré, ou pour être plus précis sans avoir eu son mot à dire, mais à présent… En vérité, Greg était intrigué. D'un point de vue intellectuel, tout cela le fascinait terriblement. C'était comme découvrir l'existence du Père Noël. Enfin, en quelque sorte.

— Vous avez déjà entendu parler de l'Atlantide ?

Ce n'était pas vraiment une question, mais Greg grommela un « oui » même s'il ne voyait pas bien le rapport entre le continent mythique et les vampires.

— La civilisation perdue, Platon, Poséidon, Creita. Un paradis peuplé de gens fortunés, dont l'avarice a offensé Zeus, récita-t-il, se remémorant ses cours d'université. Pour les punir, Zeus réunit tous les dieux et les éradiqua.

— C'est ce qui est écrit dans les livres, consentit Lissianna, un brin amusée.

— Quel rapport entre l'Atlantide mythique et le fait que vous êtes des vampires ?

— L'Atlantide n'est pas plus un mythe que les vampires, déclara-t-elle. C'était une espèce très avancée, et juste avant la chute les scientifiques atlantes ont développé une sorte de nanopuce.

— Ces petits machins minuscules que l'on trouve dans les ordinateurs ?

— Oui, répondit-elle. Je ne prétends pas tout comprendre dans les moindres détails. Je ne me suis jamais vraiment intéressée à la science. Mon frère Bastien pourrait expliquer tout ça bien mieux que moi, mais en gros ils ont combiné la nanotechnologie à une sorte de bioscience ou un truc du genre…

— Bio-ingénierie ? demanda-t-il.

— Quelque chose comme ça, lui accorda-t-elle. Ils ont allié les deux technologies pour créer des nanos microscopiques qui pouvaient être injectés dans le système sanguin, où ils étaient capables de vivre et de se reproduire.

— Je ne comprends pas le rapport avec…

— Ces nanos étaient programmés pour réparer les tissus, l'interrompit Lissianna. Ils devaient servir d'adjuvants médicaux, aider à soigner les gens gravement blessés ou malades.

Greg haussa un sourcil.

— Et ça a fonctionné ?

— Oh oui. Et bien mieux qu'ils l'espéraient. Une fois dans l'organisme, ils ne se contentaient pas de réparer les cellules abîmées, mais détruisaient toutes sortes d'infections, et régénéraient même les tissus morts ou mourants.

— Ah, dit Greg, comprenant soudain pourquoi elle lui parlait de l'Atlantide. Et c'est grâce à ces nanos que vous vivez si longtemps et restez aussi jeunes.

— Oui, c'est l'effet secondaire que personne n'avait prévu. Ils étaient programmés pour s'autodétruire une fois les lésions dans le corps réparées, mais…

— Le corps se trouve constamment agressé par les rayons du soleil, la pollution et le simple vieillissement, termina Greg pour elle.

— Oui. (Elle sourit, heureuse qu'il comprenne.) Tant qu'il y a des dégâts à réparer, les nanos vivront et continueront à se reproduire en s'abreuvant du sang présent dans l'organisme. Et il y a toujours quelque chose à soigner.

Greg ferma les yeux ; les pensées tourbillonnaient dans sa tête après les informations qu'elle venait de lui fournir. Si cette révélation lui avait procuré quelques réponses, elle éveillait autant de questions.

— Qu'en est-il du sang ? Votre, euh… besoin de nourriture ? C'est parce que les nanos s'abreuvent de sang ?

— Oui. Ils l'utilisent pour nous revigorer et soigner notre corps. Plus il y a de dégâts, plus il faut de sang. Mais même avec les lésions causées par le simple fait de vivre, l'organisme ne peut fournir assez de sang pour les satisfaire.

— Par conséquent, vous devez boire du sang pour alimenter les nanos, raisonna-t-il.

— Oui. Ou bien se faire perfuser.

— Perfuser ? répéta-t-il, ravi d'entendre un mot aussi familier dans cette conversation. En gros, ça ressemble beaucoup à de l'hémophilie. C'est une sorte d'hémopathie… (Il marqua une pause et ajouta avec humour :)… sauf que vous descendez d'une espèce très ancienne, mais avancée d'un point de vue scientifique. (Il s'arrêta, troublé par une idée qui venait de l'effleurer.) Mais vous êtes née il y a à peine plus de deux cents ans, vous n'avez donc pas connu l'Atlantide. Est-ce la mère qui transmet les nanos à l'enfant ?

— C'est ma mère qui me les a transmis, admit Lissianna. Mais elle-même est née sans.

— Et votre père ? s'enquit-il, et il se rendit compte qu'il n'avait pas demandé l'âge qu'avait Jean-Claude Argeneau quand il était décédé quelques années auparavant. Quel âge avait votre père ?

— Lui, son frère jumeau et leurs parents comptaient parmi ceux qui ont fui l'Atlantide lors de la chute. Tante Martine est née quelques centaines d'années plus tard.

Son père et sa famille avaient fui l'Atlantide après la chute, songea-t-il en silence. Quand était-ce ? Il ne voulait pas s'avancer. Sûrement avant l'Antiquité romaine, avant la naissance du Christ… Bon Dieu, cette pensée dépassait l'entendement.

— Mon père a implanté les nanos à ma mère quand il l'a épousée, ajouta Lissianna comme il demeurait silencieux.

Cette information le fit tressaillir.

— Alors, n'importe qui peut…

— On n'est pas obligé de naître ainsi, reconnut-elle à voix basse lorsqu'il s'interrompit. Au départ, ils ont été introduits dans le sang par voie intraveineuse, et ils peuvent toujours l'être.

— Et vous n'êtes pas obligé d'ingérer le sang, dit-il.

Son esprit était resté bloqué sur ce détail. Il ignorait pourquoi. Peut-être parce qu'ils lui semblaient moins étranges quand il les considérait comme atteints d'une anomalie du système sanguin, comme l'hémophilie.

— Oui, mais la transfusion vous fait perdre un temps appréciable, ce n'est pas un moyen d'alimentation naturel. Imaginez que vous deviez patienter chaque jour qu'un demi-litre de perfusion saline pénètre goutte à goutte dans votre corps par intraveineuse au lieu de boire un demi-litre d'eau d'un trait.

— Cela n'a pas dû être commode pour vous alors que les autres avalaient leur ration quotidienne en une gorgée et en avaient terminé, supposa-t-il, s'évertuant à comprendre.

— Ce n'est pas tant que c'était gênant, corrigea-t-elle à voix basse. Mère attendait que j'aille dormir pour la journée avant d'apporter le sang et la perfusion. Je m'alimentais dans mon sommeil. Cela ne me dérangeait pas du tout, mais… (Elle hésita un moment puis avoua :)… je me sentais comme une enfant, aussi vulnérable qu'un oisillon qui a besoin de sa mère pour digérer le vers dont elle le nourrira ensuite. J'étais dépendante.

— Et maintenant, vous ne l'êtes plus ? demanda-t-il.

— Je me nourris seule désormais, rétorqua-t-elle non sans fierté, puis reconnut, un brin ironique : Pas toujours bien, mais je me nourris.

— Comment faites-vous, puisque vous êtes hémophobe ?

Elle soupira.

— Greg, je ne crois pas que…

— Dites-moi, insista-t-il, même s'il pensait connaître déjà la réponse.

Si elle perdait connaissance à la vue du sang, l'unique solution qui s'offrait à elle, sans assistance extérieure et sans intraveineuse, était de mordre comme elle avait fait avec lui.

— Comme on faisait avant, finit-elle par admettre.

— Est-ce de la culpabilité que j'entends dans votre voix ? s'enquit-il avec étonnement.

Même s'il préférait se dire qu'elle s'alimentait de poches de sang comme les autres plutôt que de l'imaginer mordre à tout-va, telle une macabre version féminine de Dracula, il ne pensait pas que cela ait pu l'ennuyer, elle.

— Les banques du sang sont devenues la principale source de nourriture de mes semblables il y a une cinquantaine d'années. Tout le monde s'y est mis, et moi j'ai commencé à me nourrir par intraveineuse, expliqua-t-elle. Quand on ne se repaît plus directement des mortels depuis cinquante ans, on arrive à se convaincre sans peine que la poche de sang accrochée à la perfusion n'a rien à voir avec eux. On les considère comme des voisins ou des amis, et…

— Je comprends, l'interrompit Greg, et il ne mentait pas.

C'est le même phénomène que chez les humains, pensa-t-il. *Quand on l'achète bien emballée dans de jolis paquets, on oublie facilement que la viande qu'on est en train de manger provient du mignon petit veau aux pattes chétives, qui vous regarde de ses grands yeux.*

Greg se remémora la conversation qu'il avait eue avec Thomas lors de sa première nuit dans le manoir. Il était venu plaider la cause de Lissianna, et lui avait expliqué qu'ils s'inquiétaient tous beaucoup que sa phobie la conduise à suivre les traces de son père. Il essaya d'élucider l'énigme, son cerveau assemblant petit à petit chaque élément. Lissianna s'était battue pour devenir moins dépendante de sa mère, elle avait obtenu un diplôme, trouvé un travail et un appartement. Elle…

— Vous travaillez au refuge, dit-il, comme frappé par une révélation.

— Oui, répliqua-t-elle, suspicieuse.

— Voilà comment vous vous nourrissez.

Ce n'était pas une question. C'était la seule solution sensée. Si elle s'alimentait comme dans l'ancien temps, qu'elle avait obtenu un diplôme et trouvé un travail pour y parvenir, elle avait dû en choisir un où elle pensait pouvoir se repaître.

— J'avais pensé pouvoir aider les gens et m'occuper de mes propres besoins en même temps, expliqua-t-elle.

Greg acquiesça pour lui-même. Cette idée lui semblait sensée. C'était un moyen d'apaiser la culpabilité qu'elle ressentait en se nourrissant de la sorte après avoir passé des années à s'alimenter par intraveineuse.

— Je croyais aussi que les clients du refuge changeraient chaque nuit.

— Ce n'est pas le cas ? demanda Greg, surpris.

Il ne connaissait pas grand-chose aux foyers d'hébergement.

— Malheureusement, non. Ce sont souvent les mêmes qui reviennent, parfois pendant des mois, même si quelques-uns ne font que passer.

— Mais la plupart des sans-abri ont des problèmes de boisson ou de drogue, reprit-il, comprenant doucement ce qui inquiétait sa famille.

Si un large pourcentage des habitués souffrait d'alcoolisme ou de toxicomanie, et qu'elle se nourrissait d'eux régulièrement...

— Certains, oui, déclara-t-elle posément. Pas tous. Il y en a qui sont devenus sans-abri à cause de la drogue ou de l'alcool, ils ont perdu leur travail, leurs familles, leurs maisons... D'autres se sont retrouvés à la rue à la suite d'accidents de la vie, et il leur arrive de boire ou de prendre des substances pour échapper à leur condition l'espace d'un instant. Mais ils ne sont pas tous toxicomanes. (Son ton défensif arracha un léger sourire à Greg. À l'évidence, elle se souciait de ces personnes plus que comme simple dîner. C'était bon à savoir.) Mais la plupart ne sont pas en bonne santé non plus, poursuivit-elle. Ils n'ont pas ou que très peu d'argent, et ne mangent pas à leur faim. Certains ne prennent qu'un repas par jour : le petit déjeuner que nous leur servons le matin.

— C'est pourquoi votre famille s'inquiète et veut que je vous soigne, devina Greg. Quand vous ne vous nourrissez pas de gens qui ont de l'alcool ou de la drogue dans le sang, vous vous repaissez de personnes qui s'alimentent mal. Dans un cas comme dans l'autre, vous souffrez de malnutrition.

— C'est ça, grimaça-t-elle. Je subsiste grâce à l'équivalent d'un régime fast-food, je me remplis, mais n'ingère au final que très peu de nutriments. Mais je ne pense pas que cela inquiète mère autant que l'alcool.

Greg opina du chef, mais ne semblait pas réussir à détacher son regard de sa bouche. Il n'avait jamais prêté attention à ses dents ; jusqu'à présent, son intérêt s'était focalisé principalement sur ses lèvres et sur les multiples façons dont elles pourraient s'en servir. Cela dit, il aurait quand même dû remarquer ses crocs à un moment ou un autre.

— Je peux voir vos dents ?

Lissianna se raidit, le regard braqué sur son visage.

— Pourquoi ?

— Eh bien… (Greg se repositionna et fronça les sourcils.) Je crois, en grande partie, que vous êtes ce que vous affirmez. J'ai vu les marques de morsure, je sais que j'ai été subjugué, mais…

— Mais il vous faut plus de preuves. Des preuves physiques, devina-t-elle, le voyant hésiter.

— Veuillez m'excuser, mais ce dont on parle en ce moment est assez incroyable, lui fit-il remarquer. Des vampires de l'Atlantide qui ne sont ni maudits, ni dépossédés de leur âme, mais qui vivent éternellement et demeurent jeunes et bien portants ? C'est comme si on me demandait de croire au Père Noël !

Lissianna acquiesça, comprenant son point de vue, mais hésita encore un moment avant d'ouvrir la bouche et de lui révéler ses dents. Parfaitement alignées, blanches comme des perles, mais...

— Pas de crocs, dit-il l'air déçu.

En réponse à son commentaire, Lissianna se pencha un peu plus près de lui. Il vit ses narines s'élargir un peu tandis qu'elle inhalait, et ses crocs apparurent, glissant doucement comme sur des rails cachés par la façade externe de ses dents. Deux longues canines pointues saillirent soudain de sa bouche.

Greg se sentit pâlir et se figea.

— Est-ce que... (Il s'interrompit pour se racler la gorge, car la voix qui lui avait échappé était inhabituellement aiguë, puis se reprit :) Est-ce que ça fait mal ?

Lissianna laissa ses crocs se rétracter avant d'essayer de parler.

— Vous voulez dire, les crocs qui sortent et se rétractent ? (Il fit signe que oui, les yeux toujours rivés sur sa bouche.) Non.

— Comment est-ce que...

— Ça doit être comme les griffes des chats, répondit-elle avec un haussement d'épaules, puis elle leva une main pour couvrir un bâillement, avant de conclure : En tout cas, c'est ce que mon frère Bastien dit.

— Alors, vous êtes née avec ? questionna Greg, et tandis qu'elle acquiesçait, il poursuivit : Mais vos ancêtres, je veux dire les Atlantes originels, n'avaient pas de crocs, n'est-ce pas ?

— Non, mes ancêtres sont aussi humains que les vôtres.

Greg ne parvenait pas à se défaire de son expression perplexe, ce qui lui fit froncer les sourcils.

— Nous sommes humains, insista-t-elle. C'est juste que... (Elle lutta un moment, puis poursuivit :)... nous avons évolué d'une façon diff... Les nanos nous ont obligés à développer certaines caractéristiques qui nous sont utiles et nous aident à survivre. Nous avons besoin de sang pour subsister, d'où...

— D'où les crocs, conclut-il, comme elle hésitait.

Lissianna acquiesça et bâilla de nouveau, puis reprit :

— Je ferais mieux d'aller me coucher.

Greg fronça les sourcils. C'était le matin pour lui, il était bien éveillé et mourait de curiosité. Mais il savait aussi qu'elle travaillait au refuge la nuit et qu'il était l'heure pour elle de dormir. Il lutta avec sa conscience un moment, puis son égoïsme finit par l'emporter.

— Vous ne pouvez pas rester un peu plus longtemps ? Venez, asseyez-vous à côté de moi et adossez-vous au mur. Vous serez plus à l'aise, proposa-t-il.

Il essaya tant bien que mal, entravé par ses liens, de gagner l'autre côté du matelas.

Lissianna hésita, puis se déplaça et vint se poser à côté de lui sur le lit. Elle fit gonfler son oreiller, le disposa par-dessus son bras, puis s'y adossa et s'installa confortablement.

Greg leva les yeux vers elle, mais son esprit était obnubilé par son parfum délicat. De plus, elle se trouvait si près de lui qu'il arrivait à sentir la chaleur qui émanait de son corps. Au bout d'un moment, il parvient à se ressaisir et à diriger son esprit vers les questions qui continuaient à fuser dans sa tête.

— Dites-m'en plus. De quelles façons les nanos vous ont-ils fait évoluer ?

Lissianna grimaça.

— Notre vision nocturne est excellente, nous sommes plus rapides et plus forts.

— Pour voir et traquer votre proie. Ils vous ont transformés en parfaits prédateurs nocturnes.

Son visage se crispa à cette description, mais elle acquiesça.

— Et votre faculté à subjuguer les esprits ?

Lissianna soupira.

— Elle facilite l'alimentation. Cela nous permet de maîtriser nos hôtes et donneurs, et d'effacer cet événement de leur mémoire une fois terminé. Nous leur évitons de ressentir la douleur quand nous nous repaissons d'eux, puis nous leur faisons oublier ce qui s'est passé, ce qui est plus sûr pour eux comme pour nous.

— Pourquoi ça n'a pas fonctionné avec moi ? demanda Greg, intrigué, alors qu'elle bâillait de nouveau.

Lissianna hésita.

— Certains mortels sont plus difficiles à subjuguer que d'autres. Il faut croire que vous en faites partie.

— Pourquoi ?

— Peut-être votre esprit est-il plus fort ? (Elle haussa les épaules.) Je ne sais pas vraiment. J'en avais déjà entendu parler, mais c'est la première fois que j'en croise un. Tout ce que je sais, c'est que je ne parviens pas à lire dans votre esprit, et encore moins à le maîtriser. Vous avez aussi donné du fil à retordre à mère, dès le début.

— Elle a mentionné qu'elle n'arrivait pas à me commander quand elles sont entrées dans mon appartement, mais à l'évidence elle n'a pas éprouvé de difficultés à me ramener ici la nuit dernière, dit Greg d'un ton sec, puis il fronça les sourcils et ajouta : Ou c'était peut-être l'œuvre de cette Martine. Elle n'arrêtait pas de me toucher le bras. Elle ne m'a pas lâché de tout le trajet jusqu'à ce qu'elles m'attachent au lit de nouveau. À l'instant même où elle m'a relâché, j'ai senti la brume qui enveloppait mes pensées se dissiper. Mais la nuit d'avant, il m'avait fallu quelques minutes après que votre mère eut quitté la chambre pour recouvrer mes esprits et me rendre compte de la situation dans laquelle je me trouvais et des actions que je venais de commettre.

Lissianna poussa un petit soupir et se frotta les yeux. Elle tombait de fatigue.

— Dorénavant, elles doivent se trouver directement dans votre tête ; elles ont besoin de vous toucher pour que la connexion fonctionne.

À son expression, Greg eut l'impression que, pour une raison qui lui échappait encore, elle ne considérait pas cela comme une bonne chose. En revanche, lui si. L'idée d'être envoûté ne l'enchantait guère, alors s'il devenait de plus en plus difficile à subjuguer c'était tant mieux pour lui.

Il jeta un coup d'œil vers elle pour lui faire part de son avis, mais se rendit compte que ses paupières étaient closes. Elle s'était endormie.

Chapitre 10

Lissianna dormait à poings fermés et n'avait aucune envie d'être tirée du sommeil, mais la sensation d'être surplombée par quelque chose titillait sa conscience et la pressait de se réveiller. Elle voulut s'enfoncer davantage dans le nid de coussins et d'édredon et ne pas y prêter attention, mais son oreiller n'était pas assez souple et il n'y avait même pas de couverture. Elle fronça les sourcils, cligna des paupières et ouvrit les yeux.

L'esprit encore engourdi par la torpeur, Lissianna mit un moment à se rendre compte que sa tête ne reposait pas contre un coussin, mais un torse. Elle s'était endormie en parlant à Greg, et dans le courant de la matinée elle s'était lovée contre lui. Elle inspira profondément, se raidit, puis commença à s'éloigner de lui, quand elle se figea à la vue de ses cousins. Tous les six étaient rassemblés autour du lit ; ils la surplombaient ainsi que Greg de leurs regards empreints d'intérêt et de curiosité.

Sur le point de prendre la parole, Lissianna s'interrompit et regarda Greg, qui l'observait les yeux grands ouverts. Rapidement, elle s'assit et jeta un coup d'œil à ses cousins, qu'elle trouvait plus faciles à affronter sur le coup que Greg.

— Qu'est-ce qui se passe ?

— On a faim, annonça Juli. On n'a rien mangé depuis ta fête.

— Les jumelles ne sont pas habituées à un régime liquide et les crampes d'estomac les réveillent, s'excusa Elspeth. Elles ont fouillé la cuisine, mais tante Marguerite n'est pas allée faire les courses comme prévu, vu qu'elles ont ramené Greg ici. Alors, elles m'ont réveillée pour savoir si elles pouvaient commander quelque chose.

— Mais la pizzeria et les restaurants chinois n'ouvrent pas avant plusieurs heures, et tante Marguerite habite si loin qu'aucun autre endroit ne livre, poursuivit Jeanne. Du coup, j'ai suggéré de réveiller Thomas pour voir s'il accepterait de les conduire au restaurant pour le petit déjeuner, et ensuite peut-être jusqu'à l'épicerie.

— Comment avez-vous atterri dans cette chambre ? demanda Lissianna, intriguée, à Jeanne.

— Elles ont confondu celle d'Elspeth avec la mienne et m'ont réveillée par erreur. (Jeanne haussa les épaules.) Quand elles m'ont expliqué qu'elles cherchaient Elspeth, je les ai suivies.

Lissianna grogna. Cela ne lui disait pas pourquoi Mirabeau était debout, elle aussi, mais sans lui laisser le temps de poser la question Mirabeau annonça :

— Ma chambre se trouve entre celles de Jeanne et d'Elspeth ; impossible de dormir avec tout leur raffut.

— Et quand elles sont venues me réveiller pour que je serve de chauffeur, j'ai proposé qu'on aille demander à Greg s'il avait faim aussi, renchérit Thomas, expliquant leur présence autour du lit.

— Oh.

Elle se tourna pour regarder Greg.

— Il meurt de faim, déclara Mirabeau d'un ton sec.

— Tu arrives à lire dans ses pensées, toi aussi ? demanda Lissianna, se remémorant sa conversation avec Thomas la veille.

— Il me l'a avoué avant que tu te réveilles, expliqua Mirabeau, puis ajouta : Mais, oui, j'y arrive.

Lissianna fronça les sourcils à cette nouvelle, puis promena son regard sur ses autres cousins.

— Vous y arrivez tous ? Je ne suis sûrement pas la seule qui...

— Moi j'y arrive, déclara Juli. Il te trouve magnifique au saut du lit, même avec les cheveux en bataille.

Consternée, Lissianna porta une main à ses cheveux, qui n'étaient plus qu'un tas de nœuds.

— Il se demande si tu as mauvaise haleine le matin, ajouta Vicki en ricanant.

Lissianna referma la bouche d'un coup, craignant que ce fût le cas.

— Il est content que tu ne sois pas morte, et pour une bande de suceurs de sang il nous trouve plutôt sympas. (Elspeth lui adressa un sourire.) On vous aime bien aussi, Greg.

— Merci, marmonna-t-il.

— Il veut que tu sois guérie, mais il préférerait qu'un collègue s'occupe de ta thérapie parce que l'intérêt qu'il te porte ne respecte pas sa déontologie, annonça Jeanne, indiquant qu'elle aussi arrivait à lire dans ses pensées. (Puis, s'adressant à Greg :) J'admire votre sens de l'éthique, mais ce cas est plutôt inhabituel, ne trouvez-vous pas ? On ne vous demande pas d'appliquer les mêmes critères que si elle s'était rendue en consultation dans votre cabinet.

— Je, euh… (Greg secoua la tête.) Je viens aussi d'une famille très unie, mais là vous y allez un peu fort.

— Laissez-le respirer, les filles, dit Thomas, l'air amusé. Le pauvre, il n'est pas habitué à tout ça. D'ailleurs, j'arrive à lire dans ses pensées moi aussi, et il ne plaisante pas : il meurt vraiment de faim. Il n'a rien avalé depuis vendredi après-midi. Il n'a pas non plus l'intention de s'échapper, je suggère donc que nous l'emmenions avec les jumelles dans un restaurant qui sert des petits déjeuners toute la journée, et au retour nous passerons faire des courses.

— Thomas, je ne pense pas que ce soit une bonne idée, chuchota Mirabeau.

Thomas lui jeta un coup d'œil, et se contenta de dire :

— Tu arrives à sonder son esprit. Alors, vas-y, Mira.

Elle hésita, puis tourna le regard vers Greg, et Lissianna se trouva en train de l'examiner elle aussi. Elle essaya de lire en lui de nouveau, mais percuta un solide mur de néant. Cette fois, elle n'était plus seulement troublée par son incapacité à pénétrer ses pensées, elle était aussi un peu alarmée. Tous y parvenaient. Pourquoi pas elle ? Sa conversation avec Thomas sur l'éventualité qu'il puisse être son âme sœur lui revint en mémoire, mais avant qu'elle ait pu étudier la question de plus près Mirabeau dit :

— Tu as raison, Thomas. Il peut venir aussi.

Quoi qu'elle ait vu dans ses pensées, cela avait suffi à convaincre Mirabeau qu'ils ne risquaient rien à l'emmener, et qu'il n'essaierait pas de s'échapper.

— Dans ce cas, il faut se doucher et s'habiller ! s'exclama Juli, soudain prise de panique.

— Et se maquiller, ajouta Vicki, et Lissianna observa le duo courir vers la porte en nuisette, puis posa son regard sur ceux qui restaient, et remarqua alors qu'ils étaient tous encore en pyjama.

— On se retrouve tous ici dans une demi-heure ? proposa Thomas en se dirigeant vers la porte, suivi d'Elspeth qui laissa échapper un petit rire sarcastique.

— Tu plaisantes, j'espère ? C'est le temps qu'il faut aux jumelles pour décider quels vêtements elles vont porter. Disons plutôt dans une heure.

— Et pour Greg ? demanda Jeanne, et tout le monde s'immobilisa net. (Comme ils se retournèrent pour la regarder, elle leur signala :) Il a dormi dans ses habits, et souhaiterait peut-être prendre une douche et se changer.

Lissianna jeta un coup d'œil à Greg, rongée par la culpabilité de n'y avoir pas pensé plus tôt. Il portait encore le jean et le tee-shirt qu'il avait quand elle était rentrée la veille, les vêtements qu'il avait dû enfiler juste avant d'être reconduit ici.

— Il est un peu plus musclé que moi, sinon je lui aurais prêté quelque chose, dit Thomas.

Si Thomas et Greg avaient à peu près la même taille, le torse et les épaules de Greg étaient plus larges. Il devait faire la même taille que Bastien et Étienne.

— Les habits de tes frères devraient lui aller, remarqua Jeanne, apparemment sur la même longueur d'onde que Lissianna. Ils laissent aussi des affaires ici, j'emprunterai quelque chose pour lui avant de revenir.

— Merci, murmura-t-elle tandis que le quatuor achevait de quitter la pièce.

» Je ferai mieux de me préparer aussi, reprit Lissianna, veillant à éviter le regard de Greg tout en se glissant hors du lit.

Elle prit soudain conscience avec effroi de l'allure qu'elle devait avoir dans ses habits fripés vu qu'elle avait dormi dedans, les cheveux en bataille et sans maquillage. Elle n'était pas du genre à se maquiller beaucoup, mais quand même…

Elle s'avança vers la commode, attrapa une culotte et un soutien-gorge dans le tiroir du haut, s'arrêta devant la penderie pour en sortir un jean et un chemisier, puis se dirigea vers la salle de bains. Son image dans le miroir lui arracha un grognement. Les cheveux en bataille, ce n'était pas peu dire. On aurait cru que quelqu'un s'était amusé à les lui emmêler avec un mixeur. Elle grimaça et décida que, pour se débarrasser de ces nœuds, une bonne dose d'après-shampoing s'imposait, ce qui signifiait un passage sous la douche.

Un quart d'heure plus tard, Lissianna s'était douchée, changée, brossé les dents et avait même mis du rouge à lèvres. Elle était sur le point de se sécher les cheveux lorsqu'elle se rendit compte qu'elle avait oublié de détacher Greg. Frappée par son manque d'égards, elle posa le sèche-cheveux, et se rua dans la chambre à coucher, se confondant en excuses.

— Je suis désolée, Greg. J'aurais dû vous détacher au lieu de vaquer à mes petites occupations.

— Ça ne fait rien, mais je suis content que vous vous en soyez souvenu. J'utiliserais bien la salle de bains, avoua-t-il tandis qu'elle commençait à desserrer ses liens.

— Vous trouverez des serviettes à l'intérieur si vous désirez vous doucher, dit Lissianna une fois qu'il fut libéré et se précipita hors du lit.

— Merci.

— Oh, et je vous rapporte une brosse à dents. Maman en garde toujours dans l'armoire à linge pour les invités.

— J'imagine que l'hygiène dentaire est primordiale pour vous autres, commenta Greg tout en traversant la pièce jusqu'à la porte de la salle de bains.

Lissianna se demandait comment prendre sa remarque quand il lui jeta un coup d'œil taquin par-dessus l'épaule et dit :

— Je plaisante.

— Oh. (Elle se détendit, parvint à esquisser un sourire tandis qu'il disparaissait dans la salle de bains.) Imbécile, bien sûr qu'il plaisante, murmura-t-elle pour elle-même une fois la porte fermée.

Lissianna quitta la chambre à la recherche d'une brosse à dents, mais son esprit était occupé à deviner l'heure qu'il était. À l'instinct, elle aurait dit qu'il était à peine plus de midi, ce qui signifiait qu'elle n'avait encore dormi que cinq heures. Cela commençait à devenir une habitude, songea-t-elle dans un soupir.

Il n'y avait plus de brosses à dents neuves dans l'armoire à linge. Lissianna descendit vérifier dans le cellier pour s'assurer qu'elles n'avaient pas été mal rangées par mégarde, mais n'en trouva pas non plus. Sur le retour, elle croisa la femme de ménage de sa mère ; Maria lui expliqua que plusieurs invités avaient oublié les leurs ce coup-ci et qu'ils avaient tout utilisé. Elle allait en acheter, c'était noté sur sa liste de courses hebdomadaires, mais pour l'heure il n'y avait plus aucune brosse à dents de rechange.

Greg sifflotait dans la salle de bains quand Lissianna regagna la chambre, mais comme elle n'entendit pas le bruit de l'eau qui coule, elle toqua à la porte.

— Greg ?

Le sifflotement cessa.

— Oui ?

— Je crois que nous sommes en rupture de stock, désolée.

— Ce n'est pas grave. (Il marqua un temps d'hésitation, puis :) Ça vous gênerait que j'utilise la vôtre ? Ce n'est pas comme si nous n'avions pas déjà échangé nos salives.

Lissianna demeura les yeux rivés sur la porte de la salle de bains, l'air absent, un peu décontenancée par l'expression « échange de salive », quand Greg ouvrit la porte et la regarda avec attention.

— C'était une blague, Lissianna, affirma-t-il avant de se reprendre : Je veux dire, on a bien échangé nos salives, mais la blague c'était d'appeler ça comme ça.

— Ah ! D'accord, murmura-t-elle, bien qu'elle l'ait à peine entendu, toute concentrée qu'elle était sur son torse. Comme elle n'avait pas entendu l'eau couler, elle avait pensé qu'il ne s'était pas douché, mais à l'évidence il en avait eu tout le loisir quand elle se trouvait en bas. Ses cheveux étaient humides et il se tenait devant elle nu, avec juste une serviette autour de la taille. Bon sang, il était à tomber.

— Je dois le prendre comme « ah, d'accord, vous pouvez utiliser ma brosse à dents » ou « ah, d'accord, on a échangé nos salives » ? demanda-t-il. (Lissianna leva des yeux mornes vers lui. Il pencha la tête et reprit :) Vous n'êtes vraiment pas du matin, vous.

Lissianna ferma les paupières et se retourna avant que Greg s'aperçoive qu'il ne lui restait plus qu'un neurone dans le cerveau. Tous semblaient avoir migré plus au sud. Et elle qui croyait que seuls les hommes avaient ce problème.

— Vous n'auriez pas aussi un rasoir que je puisse utiliser ? demanda Greg.

— Si.

Lissianna s'arrêta, fit demi-tour et passa à côté de lui pour en chercher un dans le tiroir du meuble de la salle de bains.

— Merci, fit Greg en acceptant l'objet.

— Je suis navrée, mais je n'ai pas de mousse à raser, s'excusa-t-elle.

— Je me débrouillerai en faisant mousser le savon, dit-il avec un haussement d'épaules, puis il l'attrapa par le bras alors qu'elle s'avançait pour le laisser seul. Vous n'alliez pas vous sécher les cheveux ?

Il désigna l'appareil posé sur le meuble pour expliquer comment il savait.

— Oh, c'est vrai.

Elle l'avait sorti avant de se souvenir que Greg était toujours attaché.

— Je vais me raser, on peut partager le miroir, si vous voulez. L'espace de courtoisie est assez vaste pour nous deux.

Lissianna hésita, intimidée par l'idée de partager la salle de bains avec lui, puis se rendit compte qu'elle agissait de manière stupide et accepta.

— Bien.

Greg se tourna vers le comptoir et s'appropria le lavabo de droite.

Il y a à peine une demi-heure, la salle de bains paraissait grande et spacieuse. L'espace au sol était vaste, il y avait une large baignoire, un panier à linge sale, et un comptoir qui courait tout le long du mur, avec un double lavabo encastré et un miroir suspendu au-dessus. Mais quand Lissianna se trouva dedans avec Greg, la pièce lui sembla minuscule. Au début, elle se sentit gauche et peu à son aise à essayer d'attraper la brosse, saisir le sèche-cheveux, démêler le cordon et le brancher en veillant à ne pas rentrer dans Greg ou trop s'approcher de lui.

Greg, quant à lui, ne sembla pas remarquer la taille réduite de la salle de bains. Il lui paraissait même qu'il se rendait à peine compte de sa présence, tout concentré qu'il était à essayer de faire mousser le pain de savon. Elle se réprimanda mentalement d'agir de manière aussi puérile, et se tourna vers le séchoir pour commencer à s'occuper de sa chevelure. Elle s'efforçait de ne pas lorgner le reflet de son torse dans le miroir comme elle venait de le faire.

Lissianna n'était pas du genre à se coiffer pendant des heures. Ses cheveux étaient naturellement ondulés et retombaient parfaitement. La seule contrainte qu'elle s'imposait, c'était de les sécher avant de sortir dans le froid, comme elle avait prévu de le faire aujourd'hui, et en ôter le plus gros de l'humidité ne prenait pas beaucoup de temps. Une fois qu'ils furent presque secs, elle coupa le sèche-cheveux, et commença à enrouler le cordon.

— Vous avez un reflet.

Lissianna s'arrêta et croisa son regard dans le miroir.

— Oui.

— À en croire toutes les histoires, les vampires n'en ont pas, lui fit-il remarquer. On a encore tout faux.

— Oh, oui.

Elle hocha la tête et continua à enrouler le cordon.

— Je voulais vous demander. (Greg lui jeta un coup d'œil.) Thomas m'a dit que votre père avait un problème avec l'alcool. J'en déduis donc que vous pouvez boire d'autres liquides que le sang.

— Oui, nous le pouvons, mais il ne buvait pas de cette façon-là.

— Vraiment ? (Son regard empreint de curiosité croisa le sien dans le miroir.) Mais alors, comment ?

— Par le sang, répondit-elle sans lui laisser le temps de poser sa question. Certains alcooliques font don de leur sang après une grosse beuverie.

Greg fronça les sourcils, perplexe.

— La plupart des banques du sang n'acceptent pas les donneurs qui ont pris des substances… enfin, à ma connaissance.

— C'est vrai, mais nous avons nos propres banques, l'informa Lissianna. C'est une banque tout à fait légale qui fournit les hôpitaux, les cliniques, ainsi que nous.

— Et ils acceptent le sang de donneurs ivres ?

Elle haussa les épaules.

— Oui, on appelle ça « Wino Reds », mais ce sang n'arrive jamais jusqu'aux hôpitaux et autres organismes des mortels. Il est strictement destiné à notre consommation.

Greg étudia la question, puis demanda :

— Et ceux qui prennent des drogues ? Ils acceptent leur sang aussi ?

Lissianna acquiesça.

— Nous avons le choix entre diverses variétés : « High Times », « Sweet Ecstasy », « Sweet Tooth ».

— « High Times » ? Ça doit être ceux qui ont un taux élevé de THC dans leur système. « Sweet Ecstasy » doit provenir de consommateurs d'ecstasy. Qu'est-ce que…

— Assez de questions, à mon tour, l'interrompit Lissianna. (Elle avait ses propres interrogations, et le lui fit comprendre.) J'ai répondu à des milliers de questions hier soir. C'est à vous maintenant.

— D'accord. Ça me paraît juste. Que voulez-vous savoir ? demanda Greg sans hésiter tout en passant la lame sur sa joue.

Tout, pensa Lissianna, mais elle dit :

— Je présume que vous n'êtes pas marié, ou mère aurait éprouvé bien plus de difficultés à détourner vos vacances. Je m'en excuse, d'ailleurs.

Avant qu'elle commence à culpabiliser de lui avoir fait rater son avion pour Cancún, Greg la détrompa :

— Ne vous en faites pas pour ça. Elle m'a épargné de longues files d'attente à l'aéroport pour rien. Le vol a été annulé, mais les passagers ont tout de même dû poireauter sur place pendant près de trois heures.

— Vraiment ? demanda-t-elle, étonnée.

— Oui. (Il hocha la tête.) Ironique, non ?

Elle esquissa un petit sourire devant son sens de l'humour.

— Pourquoi n'êtes-vous pas furieux ? Vous n'avez pas peur, ne serait-ce qu'un peu ?

Greg cessa de se raser un instant, puis reconnut :

— En vérité, j'étais hors de moi au début. Se faire kidnapper deux fois en vingt-quatre heures, puis découvrir que vos ravisseurs sont des vampires, ça peut être dur à encaisser.

Lissianna était persuadée qu'à peu près tout le monde considérerait pareille journée comme atrocement stressante, et ce peu importe les critères personnels.

— Et puis… (Il hésita un instant, puis reprit :) Thomas portait un pyjama Spider-Man. (Elle cligna des paupières, troublée par ses mots, et il explosa de rire.) Je sais, ça paraît bizarre, mais c'est difficile d'être effrayé par un type qui porte un pyjama Spider-Man ou même de rester fâché contre lui, expliqua Greg, l'air désemparé. Ou par vous, les filles, qui arboriez ces nuisettes. C'est pourquoi je ne me suis pas senti menacé. Et puis, votre famille me rappelle un peu la mienne.

Lissianna haussa un sourcil, incapable de croire que la famille de Greg pouvait ressembler à la sienne.

— Même Marguerite, ajouta-t-il. Chez nous aussi, c'est ma mère qui commande. Elle est devenue veuve quand nous étions petits, et a toujours fait la loi. Comme votre mère, elle est capable de tout pour protéger ou aider l'un de ses enfants. L'amour qui unit cette famille est évident, et… il faut bien le reconnaître, c'est très intéressant. Fascinant, même.

Lissianna ne pouvait se prononcer sur ce point, mais après tout elle avait grandi au sein de cette famille et ne connaissait rien d'autre. Tout cela lui paraissait tout à fait normal et banal. Elle se contenta de demander :

— Vous venez d'une famille nombreuse, alors ?

— Pas vraiment. Pas que je sache, du moins. Je veux dire, personne n'a eu dix ou douze enfants. Trois semble être la moyenne, et la plupart sont des filles, ajouta-t-il avec une grimace. Des trois sœurs de ma mère, seule une est encore mariée. L'une est divorcée, et l'autre veuve comme ma mère. J'ai deux sœurs, près de huit cousines et un seul cousin. Les hommes sont en minorité.

— Et du côté de votre père ?

— Ils ne se sont pas trop souciés de nous depuis qu'il nous a quittés pour partir avec sa secrétaire.

Lissianna fronça les sourcils.

— Je croyais que votre mère était veuve.

— Il est mort avant d'avoir pu divorcer, expliqua Greg. Lui et sa copine ont été tués une semaine après s'être enfuis. Le mari de la secrétaire a foncé dans leur voiture. (Greg esquissa un sourire caustique.) Ma mère a essayé de ne pas paraître trop suffisante, mais elle n'a pas manqué de citer le vieil adage : on récolte ce que l'on sème.

Lissianna se mordit la lèvre pour s'empêcher de sourire, et demanda :

— Pourquoi êtes-vous devenu psychologue ?

— Pourquoi ? (Il expira.) Je suppose que j'aime aider les gens. Il n'y a pas plus grande satisfaction que de savoir que vous avez aidé quelqu'un à surmonter un problème et rendu sa vie un peu plus facile.

Lissianna sentit l'admiration croître en elle.

— C'est…

— Avant de dire quelque chose de gentil, n'oubliez pas que je suis payé pour cela.

Elle rit et secoua la tête, consciente que c'était un homme modeste et sans doute mal à l'aise à l'idée de paraître trop magnanime.

— Des tas de professions vous permettraient de gagner autant d'argent sans aider les gens.

Greg haussa les épaules et se retourna vers le miroir.

— Pourquoi n'êtes-vous pas mariée ?

Lissianna cligna des yeux, ouvrit la bouche pour répondre, puis s'arrêta et fronça les sourcils en se souvenant que c'était son tour de poser les questions. Au lieu de le lui rappeler, elle se contenta de lui retourner la question.

— Et vous ?

Leurs regards se croisèrent dans le miroir, et elle s'attendit presque à le voir débattre sur le fait qu'il l'avait posée le premier, quand il répondit :

— J'ai failli me marier.

Lissianna haussa un sourcil.

— Failli ?

Greg hocha la tête, son attention dirigée sur son rasage, et il poursuivit :

— Elle s'appelait Meredith. Je l'ai rencontrée la première semaine de ma première année à l'université. Je l'ai sauvée des griffes d'un petit ami violent à l'extérieur du pub sur le campus. Nous nous sommes bien entendus et sommes sortis ensemble. (Il haussa les épaules.) Au bout de deux ans, tout le monde attendait avec impatience qu'on se marie, alors j'ai demandé sa main et nos familles ont commencé à courir dans tous les sens pour préparer le mariage.

— Que s'est-il passé ? s'enquit Lissianna, intriguée.

Greg soupira, baissant les yeux vers le lavabo tandis qu'il rinçait son rasoir.

— Plus on approchait de la date fatidique, plus j'angoissais à cette idée, mais j'ai essayé de ne pas y prêter attention, car on me disait que c'était normal, que c'était la peur de faire le grand saut… À environ un mois de la cérémonie, mon professeur de psychologie a remarqué mon comportement inhabituel et a voulu savoir ce qui n'allait pas. (Il marqua une pause pour mieux lui expliquer :) Le mariage était prévu pour la semaine suivant la fin du semestre.

» Bref, reprit Greg, il m'a questionné et j'ai lâché tout ce que j'avais sur le cœur. Je devais avoir l'air complètement perdu. Il m'a emmené en salle de repos, m'a offert un café et m'a fait parler. On est restés là une éternité, mais quand je l'ai quitté je savais que je ne pouvais pas épouser Meredith. Le lendemain, je le lui ai annoncé, et me suis orienté vers la psychologie.

Lissianna écarquilla les yeux.

— Vous n'étudiiez pas la psychologie à l'époque ?

Greg afficha un large sourire et secoua la tête.

— Non, le journalisme, et j'aimais bien cette filière. Mais ce professeur m'a épargné bien des souffrances, et j'ai voulu rendre la pareille à d'autres.

Lissianna analysa ses paroles, puis ses non-dits, et demanda :

— Vous avez pu savoir que Meredith ne vous convenait pas après seulement une conversation avec lui ?

— Pas tout à fait. Cette discussion m'a permis d'analyser toutes les choses qui m'ennuyaient depuis des mois, de comprendre pourquoi ce mariage me rendait aussi nerveux.

— Et quelles étaient ces raisons ?

Il grimaça, puis expira et dit :

— Sa dépendance. (Lissianna attendit patiemment qu'il lui explique.) Comme je vous l'ai raconté, je l'ai rencontrée en la sauvant d'un copain violent, mais après ça, ce rôle m'a collé à la peau, je n'ai pas arrêté de la tirer d'affaire. Rien d'aussi grave que la première fois, mais elle avait toujours des petits problèmes, et attendait de moi que je les résolve à sa place. Elle voulait quelqu'un qui prenne soin d'elle, en permanence. Elle a même reconnu qu'elle ne s'était pas inscrite à la fac pour obtenir un diplôme et s'instruire, mais pour se trouver un mari. Elle ne désirait rien d'autre qu'être une femme au foyer et élever ses enfants. J'ai commencé à faire des cauchemars où je me noyais… (Greg secoua la tête.) Ça doit vous sembler étrange, je suppose. Je viens de dire que je voulais aider les autres comme mon professeur de psychologie m'avait aidé.

— Peut-être, un peu. C'est ce que vous faites, après tout. Vous aidez les gens à résoudre leurs problèmes.

— Oui, justement. Je les aide. C'est le mot clé. Ils font tout le travail, je ne fais que les guider. Je les assiste dans leur volonté de s'en sortir. Meredith voulait qu'on s'occupe d'elle. Elle ne souhaitait pas surmonter ses difficultés, mais attendait qu'on résolve tout à sa place. C'est comme expédier une cargaison de bouteilles d'eau dans une région touchée par la sécheresse, au lieu d'y envoyer de l'eau ainsi que l'équipement et la technologie nécessaires pour creuser des puits et enseigner aux habitants les méthodes d'irrigation. Si on se contente de répondre à un besoin ponctuel, on ne l'éradique pas. Mais si on leur fournit l'eau plus les infrastructures et le savoir-faire, leurs réserves d'eau leur permettront de tenir jusqu'à ce qu'ils puissent se débrouiller seuls.

» Mes patients souhaitent obtenir l'équipement et le savoir-faire pour devenir indépendants… comme vous. Meredith, elle, ne voulait que l'eau… et cela ne s'arrêtait jamais. Elle se délectait de sa dépendance. Elle répétait sans cesse qu'elle avait besoin de moi. Elle refusait même d'avoir une opinion sur les petites choses de la vie quotidienne, comme le choix du restaurant quand nous sortions dîner. Je devais prendre toutes les décisions. (Greg secoua la tête.) Cela peut plaire à certains hommes, mais ce n'est pas ce que je recherche chez ma femme. Pour moi, le mariage, c'est un partenariat. Comment aimer quelqu'un dont vous devez vous occuper comme d'un enfant en permanence ? Une épouse est censée être votre *alter ego*. Alors, oui, les conjoints s'aident quand l'un est en difficulté, mais s'ils sont ensemble c'est avant tout parce qu'ils le désirent et non pas parce que l'un a besoin de l'autre. C'est comme ça que je vois les choses. Avec Meredith, je devais être le plus fort et porter le fardeau pendant le reste de ma vie. Moi, je voulais…

—… une égale, conclut Lissianna pour lui.

—Oui. (Greg croisa son regard dans le miroir, puis secoua la tête, l'air émerveillé.) C'est vraiment étrange. Je n'arrête pas d'oublier ce que vous êtes.

Lissianna se raidit.

—C'est grave ?

—Oui et non, reconnut-il. Ça n'a pas l'air d'influencer la vision que j'ai de vous, sinon je me souviendrais de votre vraie nature. D'un autre côté, c'est comme rencontrer une rock star. Combien d'hommes peuvent se vanter de connaître une vampire en chair et en os ?

—La question est : combien restent en vie pour pouvoir le répéter ?

À ce commentaire caustique, Lissianna et Greg se retournèrent d'un coup et aperçurent Mirabeau, habillée et prête à partir, dans l'embrasure de la porte.

—Vous voilà ! (Jeanne apparut derrière elle et les salua d'un sourire.) On vous apporte des vêtements. Mirabeau et Elspeth m'ont aidée. Venez voir.

—Nous n'étions pas sûres de ce que vous aimeriez porter, Greg, expliqua Elspeth en se redressant après avoir disposé sur le lit trois piles d'habits. Du coup, on vous a apporté toute une sélection.

Lissianna conduisit Greg jusqu'au lit pour jeter un coup d'œil aux vêtements. Il avait, en effet, l'embarras du choix. Il ne lui restait plus qu'à choisir parmi les jeans, tee-shirts, costumes, pantalons et pulls. Il y avait aussi un lot de maillots de corps, caleçons et slips kangourous. Il examina la collection, puis sélectionna un jean et un tee-shirt et retourna s'habiller.

—Je vous remercie, mesdemoiselles, dit-il en disparaissant dans la salle de bains.

Elspeth regarda Jeanne du coin de l'œil et haussa les épaules.

—Faut croire qu'on a toutes les deux perdu.

—Perdu quoi ? s'enquit Thomas, qui entrait dans la pièce.

— Le pari, répondit Jeanne. J'avais parié caleçon et Elspeth slip. Il a préféré à poil.

— Il ne voulait peut-être pas porter les sous-vêtements de quelqu'un d'autre, suggéra Lissianna, désormais obnubilée par Greg nu sous son pantalon.

— Il fait froid dehors, commenta Elspeth. Espérons qu'il n'attrape pas un rhume.

Le silence retomba quand la porte de la salle de bains s'ouvrit, et Greg apparut.

— Le jean est un peu serré, mais devrait faire l'affaire.

Lissianna promena son regard sur les vêtements qu'il avait choisis, puis sur la pile sur le lit. Ces habits lui allaient comme un gant, et il était sexy en diable.

— Vous avez fière allure, lui assura Elspeth.

— Bien, alors on peut y aller. J'ai vraiment les crocs.

— Hmm. J'ai un petit creux, moi aussi, murmura Mirabeau, et Lissianna cessa de lorgner Greg pour se tourner, horrifiée, vers son amie. Eh bien, dites-moi ! C'est qu'on couve son petit mortel...

Elle avait à peine susurré ces mots, et il était impossible que Greg ait entendu, mais Lissianna se sentit rougir quand ses cousins se tournèrent vers elle, l'air amusé. Leur ouïe était aussi développée que la sienne, et ils avaient, bien sûr, entendu le commentaire taquin.

— Tu es sûre qu'on a raison de faire ça ? Mère et tante Marguerite risquent de ne pas apprécier notre petite virée en sa compagnie, estima Elspeth.

— Elles n'avaient qu'à penser à lui acheter de quoi manger, répliqua Lissianna d'un air résolu. De toute façon, elles n'en sauront rien. On sera de retour bien avant leur réveil.

CHAPITRE 11

— Elle est réveillée!

Ils tressautèrent tous quand Vicki hurla ces trois mots, y compris Thomas, qui freina d'un coup sec sous l'effet de surprise, ce qui les fit tous sursauter sur leur siège.

— Mince! murmura Lissianna, bien heureuse de porter sa ceinture de sécurité.

— Vicki, mon chou, cria Thomas l'air faussement enjoué tandis qu'il finissait de se garer. Si tu t'avises de refaire ça pendant que je conduis, je ne me gênerai pas pour tordre ton petit cou fluet.

— Pardon, Thomas. (Elle ne paraissait pas particulièrement désolée.) J'ai juste été surprise d'apercevoir tante Marguerite qui nous attendait. Lissianna pensait que nous serions de retour avant le réveil de tout le monde, mais tante Marguerite est déjà debout.

— Bon sang, elle a l'air furieux, commenta Juli.

Lissianna dut le reconnaître. Sa mère qui se tenait dans l'embrasure de la porte reliant la maison au garage semblait, en effet, hors d'elle. Elle paraissait aussi ulcérée que la veille, même si elle devait voir que Greg se trouvait dans le minibus.

Assis sur le siège passager, à l'avant comme la dernière fois, selon l'instruction formelle de Thomas : « les garçons devant ». Une décision totalement sexiste, comme s'en était plainte Juli, mais Lissianna ne s'en inquiétait pas ; cela signifiait que

Thomas appréciait Greg. Sans qu'elle sache bien pourquoi, cela lui faisait plaisir.

— OK. (Thomas coupa le moteur et ôta sa ceinture.) Ayez l'air naturel. Elle n'a aucune raison d'être en colère. Saluez-la et souriez. Ensuite, on vide le coffre et on transporte les commissions à l'intérieur, tous ensemble. C'est compris ?

— Oui ! répondirent-ils en chœur, et ils commencèrent à s'activer.

Des bruits provinrent soudain des quatre coins du minibus lorsque les portières s'ouvrirent et que tous descendirent.

— Merci, murmura Lissianna quand Greg lui prit la main pour l'aider à débarquer.

Il pressa délicatement ses doigts, puis se tourna pour aider la personne suivante tandis que Lissianna suivait Mirabeau à l'arrière du véhicule. Sur le trajet, elle jeta un coup d'œil plein d'espoir à la porte entre le garage et la maison, mais sa mère n'avait pas bougé d'un iota. Lissianna soupira, dépitée d'avoir dû rentrer. Ils venaient de passer quelques heures de détente et de rigolade ; tout le monde plaisantait et riait. Quand il n'était pas attaché à un lit, Greg se comportait comme un vrai gentleman. Dans le restaurant familial où Thomas les avait emmenés, Greg avait tenu la porte et les chaises avec un charme désuet qui, d'après Lissianna, faisait défaut à beaucoup d'hommes modernes.

Seuls Juli, Vicki et Greg avaient mangé. Les autres s'étaient contentés de siroter un café ou un jus de fruits, en les regardant engloutir leur petit déjeuner comme s'ils jeûnaient depuis plusieurs jours.

Ensuite, ils étaient allés faire les courses. Dès qu'elles avaient posé le pied à l'intérieur de l'épicerie, les jumelles avaient commencé à se disputer le chariot. Greg avait mis un terme à leur querelle en suggérant qu'il valait mieux qu'il le pousse, ce qui leur permettrait de le remplir à leur guise. Il ne s'était pas privé pour y ajouter quelques babioles lui aussi. Il partageait leur penchant pour les friandises. À la fin, le chariot débordait de *junk food*. Il y avait du salé, du sucré, des surgelés et des plats déjà préparés comme des saucisses et des pizzas, et trois sortes de boissons pétillantes. On aurait dit que Greg et les filles prévoyaient d'organiser des soirées pyjama pendant un mois.

—Mazette! murmura Lissianna en se dirigeant avec Mirabeau vers l'arrière du minibus au moment où Thomas ouvrait le coffre, révélant ainsi les provisions qu'ils venaient d'acheter. Je n'en reviens pas que nous ayons acheté autant de nourriture! Qui va manger tout ça?

—On croirait qu'on reste un mois, n'est-ce pas? lança Elspeth, l'air amusé tandis que le petit groupe traînait le pas vers la maison.

—Ce n'est pas beaucoup! protesta Vicki.

—Il y a assez dans ce coffre pour nourrir une famille de dix personnes! s'exclama Mirabeau.

—Ou deux adolescentes en pleine croissance et un mortel robuste et en bonne santé à l'appétit féroce, rétorqua Juli.

—Deux adolescentes en pleine croissance et un mortel robuste doté d'un grand appétit pour les cochonneries, reprit Jeanne, sceptique; puis, se tournant vers Greg: Je peux comprendre que les filles avalent ces choses-là, ce sont des ados, mais vous ne mangez pas comme ça chez vous, si?

—Non, reconnut-il avec un large sourire. Je mange des trucs sains: des légumes, des fruits, du riz et du poulet grillé. (Il se pencha vers le coffre pour en sortir deux des trois caisses de soda, et attendit que Thomas récupère la troisième avant de refermer la porte coulissante d'un coup de coude, puis il ajouta:) Mais cette semaine, je suis en vacances, alors je fais ce que je veux. La semaine prochaine, je reprends le sport et la nourriture saine.

—Ah, ces mortels! gloussa Thomas en faisant coulisser la portière du milieu à l'aide de son coude. Vous passez une ou deux semaines par an en vacances à avaler tout ce qui vous plaît, puis les cinquante semaines restantes à vous en repentir. Ça doit être pénible.

—Hmm. (Greg fit la moue, tandis que le groupe se dirigeait à contrecœur vers la porte où les attendait Marguerite.) Vous ne devez pas vous soucier de prendre du poids, je présume, avec votre régime à base de sang, mais je préfère m'en tenir aux chips et aux pizzas.

Lissianna souriait encore de son commentaire quand ils arrivèrent devant sa mère. Son sourire s'éteignit aussitôt, et elle se tortilla, visiblement gênée, lorsqu'elle remarqua son expression sévère.

—Maman, la salua-t-elle d'un signe de tête. Tu es bien matinale.

—On a été faire les magasins ? demanda-t-elle d'un ton supérieur, puis elle fit signe à Lissianna de la suivre.

Elle rebroussa chemin de moitié à travers le garage, dépassa deux véhicules et atteignit sa voiture de sport, avant de se tourner vers sa fille.

—Je sais, reprit rapidement Lissianna, tu es fâchée que nous ayons emmené Greg faire les courses, mais il ne restait plus rien à manger, et les jumelles et lui mouraient de faim. En plus, ajouta-t-elle, il s'est parfaitement comporté tout le long. Il n'a pas essayé de s'enfuir, ni de nous convaincre de le ramener chez lui. (Lissianna s'arrêta pour reprendre son souffle, puis poursuivit :) Vraiment, maman, tu ne peux pas le garder attaché au lit à longueur de temps, sinon il s'agit de kidnapping. Tu étais censée effacer sa mémoire, pas le ramener ici.

Marguerite soupira, sa colère se dissipa légèrement.

—J'en avais l'intention, figure-toi. Malheureusement, il possède un esprit très puissant. Pire encore, il a deviné ce que nous étions, ce qui nous complique davantage la tâche.

—Oui, je sais, reconnut Lissianna. Il m'a posé des questions ce matin, et j'ai répondu à quelques-unes de ses interrogations.

Marguerite acquiesça.

— Bien, à présent sa connaissance et sa méfiance le rendent presque impossible à subjuguer. La seule qui y arrive encore, c'est Martine, et elle doit pénétrer ses pensées et le commander mentalement. Tant qu'elle se trouve dans sa tête, il fait ce qu'on lui demande, mais dès qu'il est libéré… (Elle haussa les épaules.) Il ne demeure même plus sous notre emprise pendant quelques minutes… Et nous n'arrivons pas à effacer sa mémoire.

— Mince ! (Lissianna sentit son dos se voûter de fatigue. Elle jeta un coup d'œil à la porte où les autres attendaient toujours. Ils n'avaient pas oublié leur promesse : « un pour tous, tous pour un ! », et demeuraient à une distance de quelques pas au cas où elle aurait besoin de renforts. Elle esquissa un vague sourire devant leur manifestation de soutien, puis se tourna de nouveau vers sa mère.) Que fait-on maintenant ?

— On l'a ramené pour que ton oncle Lucian examine la situation.

— Oncle Lucian ?

Lissianna s'adossa à la voiture de sport de sa mère, ses jambes vacillant soudain sous l'effet de l'inquiétude. Si on faisait appel à oncle Lucian pour régler un problème, c'est que ça devait être grave.

— Ne panique pas, lui dit aussitôt Marguerite. Lucian est vieux, bien plus vieux, puissant et expérimenté. J'espère qu'il rétablira la situation, qu'il pourra effacer sa mémoire.

Lissianna l'espérait, elle aussi. Elle savait très bien que s'il ne parvenait pas à les gommer de sa mémoire, il n'hésiterait pas à rayer Greg de la surface du globe pour protéger les siens.

— Quand arrive-t-il ? demanda-t-elle, anxieuse, et elle sentit ses yeux se plisser quand sa mère se mordit la lèvre et hésita avant de répondre.

— C'est bien là le problème, admit-elle. Nous avons du mal à le contacter.

— Comment ça ? s'enquit Lissianna.

— Bastien a promis de le pister pour moi. Dans l'intervalle, poursuivit-elle l'air faussement enjoué, rien ne s'oppose à ce que le docteur Hewitt traite ta phobie tant qu'il séjourne parmi nous.

Lissianna roula des yeux devant une telle obstination. Une fois qu'elle s'était mis une idée dans le crâne, elle n'abandonnait jamais. Elle secoua la tête, et reprit :

— Je ne pense pas qu'il accepte de s'occuper de moi tant qu'il sera retenu ici contre son gré.

— Il s'en remettra et finira par changer d'avis, lui assura Marguerite. Il m'a l'air d'un homme sensé. Et, tu l'as dit toi-même, il vous a accompagnés faire des courses ce matin et s'est conduit à merveille. Il est même revenu sans créer le moindre problème. (Elle glissa son regard vers l'homme en question, et ajouta :) Tu vois, il se porte déjà mieux.

Lissianna suivit son regard en direction de Greg. Il les observait, l'air solennel, à l'évidence conscient qu'elles parlaient de lui. Elle s'efforça de lui sourire, puis, se tournant vers sa mère, lui fit remarquer :

— Tu ignores le temps que mettra Bastien à localiser oncle Lucian. Ça risque de prendre un moment.

— C'est vrai, lui concéda Marguerite.

Oncle Lucian avait une fâcheuse tendance à disparaître pendant d'assez longues périodes. Nul ne savait où il était, et il rentrait toujours quand une urgence l'obligeait à prendre les choses en main. Mais qui sait s'il considérerait la situation actuelle comme une urgence méritant son attention immédiate ? Après tout, Greg était maîtrisé, et ne constituait pas une menace tant qu'il demeurait sous ce toit.

— Tu ne peux pas le garder attaché, dit Lissianna.

— Lissianna…

— Mère, tu ne peux pas ! soutint Lissianna. Ce n'est pas un animal, et peu importe la façon dont tu essaieras de le dominer, il ne se laissera pas faire.

— D'accord, mais…

— Je lui parlerai, coupa-t-elle aussitôt. S'il promet de ne pas tenter de s'échapper…

— C'est moi qui lui parlerai, l'interrompit Marguerite d'un ton ferme. Ensuite, j'aviserai.

Lissianna marqua un temps d'hésitation, mais ce n'était pas comme si elle avait son mot à dire. Réticente, elle hocha la tête, mais ignorait encore ce qu'elle ferait si sa mère décidait qu'il devait rester attaché. Elle ne la laisserait sans doute pas faire sans réagir. S'ils le ligotaient de nouveau, elle l'aiderait sûrement à s'enfuir.

— Les voilà, elles arrivent.

Greg opina du chef quand Thomas murmura ces mots. Une expression sérieuse et froide lui barrait désormais le visage.

— Tante Marguerite n'a plus l'air fâché, dit Juli avec optimisme.

— Non, mais Lissi n'a pas l'air content, souligna Vicki.

— Quelque chose la tracasse, on dirait.

L'inquiétude se percevait aussi dans la voix de Jeanne, et Greg remarqua les regards angoissés qui se braquèrent soudain sur lui. Il supposa qu'ils se demandaient ce que tout cela signifiait pour lui. Lui-même était plutôt soucieux.

— Eh bien, que faites-vous là dehors ? (Marguerite sourit tout en conduisant Lissianna jusqu'au reste du groupe.) Vos courses vont se gâter, vous feriez mieux de les rentrer.

Greg cligna des yeux, étonné, lorsqu'elle s'empara soudain des deux caisses de boissons qu'il portait. Elle les souleva comme si elles pesaient à peine plus qu'une plume, puis se tourna pour les passer à Vicki, qui se trouvait le plus près. Sa stupéfaction grandit davantage quand l'adolescente prit les caisses dans une main et les transporta avec l'aisance d'une serveuse portant un plateau rempli de verres et se dirigea vers la maison. Greg secoua la tête lentement ; il fallait que Lissianna lui explique à quel point les nanos les avaient rendus plus forts. Pour lui, ces caisses étaient lourdes.

— Venez donc, docteur Hewitt. (Marguerite Argeneau saisit son épaule d'une main ferme, et l'orienta vers la porte.) Les enfants vont s'occuper de ranger toutes ces provisions. Dans l'intervalle, je souhaiterais m'entretenir avec vous, si vous le voulez bien.

Malgré son intonation polie, Greg se sentit comme une proie arrachée au troupeau par un prédateur, tandis qu'elle le traînait à l'écart des autres.

— Je vous rejoins dès qu'on en a fini avec les courses, lui lança Lissianna.

Greg lui jeta un coup d'œil par-dessus l'épaule et aperçut un sourire d'encouragement retrousser ses lèvres figées. Il parvint à lui décocher un demi-sourire en retour.

— Vous n'avez aucune raison de vous inquiéter, docteur Hewitt, lui dit Marguerite d'une voix apaisante alors qu'elle le conduisait dans le hall à travers la cuisine. Nous allons bavarder un petit peu.

Greg ne s'embarrassa pas de répondre. Inutile d'affirmer haut et fort qu'il n'avait pas peur, elle pouvait lire dans ses pensées. Il tint donc sa langue, mais quand elle le mena à l'étage son cœur s'enfonça dans sa poitrine. Elle le ramenait dans la chambre à coucher, et une fois dedans elle comptait l'attacher au lit, il n'en doutait guère. Greg ne se sentait pas capable d'endurer de nouveau cette captivité après avoir goûté à la liberté tout l'après-midi.

Il avait tellement apprécié l'excursion avec la joyeuse troupe. Il avait joui de leur compagnie comme de sa provisoire liberté. Les plus jeunes Argeneau formaient un sacré numéro, et Lissianna… Elle était intelligente, drôle, amusante. Il l'avait observée communiquer avec ses cousins, et s'en était trouvé impressionné. Tendre et bienveillante, elle respectait leur personne comme leurs sentiments, ne se montrait jamais méprisante envers les jumelles, et n'avait pas peur d'afficher ses émotions. Il l'aimait beaucoup. C'était quelqu'un de naturellement gentil. Et, pour ne rien gâcher, elle était belle à se damner.

Greg grimaça à ses propres pensées, puis poussa un profond soupir quand Marguerite le conduisit dans la chambre où il avait passé le plus clair de ces deux derniers jours ligoté.

— Asseyons-nous sur le canapé, suggéra-t-elle d'une voix douce alors qu'il se dirigeait vers le lit sans réfléchir.

Greg s'efforça de dissimuler son étonnement et, changeant aussitôt de direction, s'avança vers le sofa adossé au mur près de la fenêtre. Il s'assit à un bout et Marguerite à l'autre. Puis il attendit, se demandant à quelle sauce il allait être mangé. À sa grande surprise, elle semblait hésiter sur la façon de l'aborder, et se reprit plusieurs fois avant de se lancer.

— Lissianna m'a dit qu'elle vous avait expliqué certaines choses à notre propos ce matin.

— Elle a répondu à beaucoup de mes questions, c'est exact.

Marguerite opina du chef.

— Y aurait-il autre chose qui vous aurait effleuré l'esprit depuis et au sujet de quoi vous souhaiteriez obtenir quelques précisions ?

Greg hésita. Après avoir passé plusieurs heures en compagnie des plus jeunes, il prenait soudain conscience de la différence entre leur diction et celle de Marguerite Argeneau. Lissianna et les autres possédaient ce qu'il aurait qualifié de léger accent, une subtile nuance dans leur prononciation qui se décelait à peine, mais suggérait une provenance étrangère. Marguerite, quant à elle, avait un accent fort prononcé ; elle évitait aussi d'employer des termes argotiques et des contractions. Elle parlait un anglais très précis. Cela l'intrigua.

— Vous n'êtes pas canadienne de naissance, finit-il par dire.

— Je suis née en Angleterre, l'informa Marguerite. (Greg fronça les sourcils. Il n'aurait pas deviné qu'il s'agissait d'un accent anglais. En tout cas, il ne ressemblait à aucun accent anglais qu'il avait entendu jusqu'à présent.) Je suis née il y a fort longtemps, docteur Hewitt, et j'ai vécu dans bien des endroits.

— Depuis combien de temps et en combien de lieux ? s'enquit-il aussitôt, et Marguerite sourit devant sa brusque franchise.

— Je suis venue au monde le 4 août 1265, annonça-t-elle.

Greg sentit sa mâchoire se décrocher, puis il secoua la tête et dit :

— C'est impossible ! Cela signifierait que vous avez plus de sept cents ans.

Marguerite arbora un large sourire.

— En tout cas, c'est la vérité. Quand je suis née, la guerre civile faisait rage en Angleterre et Henry III régnait. La plomberie à l'intérieur des maisons n'existait pas, et la chevalerie représentait bien plus que la solution à des mots croisés. Bien sûr, cette classe n'était ouverte qu'aux riches et aux puissants, ajouta-t-elle non sans sarcasme.

— Et vous en faisiez partie, je présume ? s'enquit-il.

Marguerite secoua la tête.

— J'étais une paysanne. Une bâtarde non désirée, rejeton de l'un des nombreux lords de passage au château où travaillait ma mère comme servante.

— Non désirée ? répéta Greg avec compassion.

— Malheureusement, oui. Si elle s'est souvenue de ma date de naissance, c'est parce que je suis née le jour de la bataille d'Evesham, je le crains. (Marguerite haussa les épaules.) J'ai commencé à travailler au château dès que j'ai été en âge de marcher, et j'y serais morte, sans doute très jeune, si Jean-Claude n'était pas arrivé dans ma vie et ne m'avait pas arrachée à tout ça.

— On m'a dit qu'il avait un problème d'alcool ?

Marguerite acquiesça délicatement.

— C'est ce qui l'a tué. Il a abusé du sang d'un ivrogne et s'est évanoui. Il ne s'est même pas réveillé quand la maison où il se trouvait a été dévorée par les flammes. Il a péri dans l'incendie.

— Oui, Thomas m'avait mentionné cela, il me semble, dit Greg. (Puis il releva un sourcil et demanda :) Donc, vous pouvez mourir ?

— Oh, oui ; cela n'est pas aisé, mais nous ne sommes pas immortels, lui certifia-t-elle. Et le feu compte parmi les choses qui peuvent nous tuer.

— Cela doit être fort déplaisant de périr ainsi, murmura Greg.

—En effet, et je préférerais que Lissianna ne suive pas les traces de son père.

—C'est pourquoi vous m'avez amené ici. (Il haussa un sourcil.) Vous ne voulez pas qu'elle se nourrisse… euh…

—… à la source, acheva Marguerite. Elle pourrait, bien entendu, continuer à se sustenter de la sorte, mais c'est plutôt périlleux. Cela augmente le risque que le monde entier découvre notre existence, et cela l'expose au danger de se repaître de mauvais spécimens et de souffrir d'effets secondaires indésirables.

—Vous faites allusion aux sans-abri du foyer, je présume ? demanda Greg.

—Je ne suis pas snob, docteur Hewitt, rétorqua Marguerite avec lassitude. Mais on ne peut pas dire que les sans-abri à la recherche de refuges soient en excellente santé. Leur sang est loin d'être nutritif.

Greg opina du chef. Lissianna avait déjà mentionné ce fait auparavant, mais il se disait à présent qu'il devait y avoir un tas de gens qui n'étaient pas à la rue et s'alimentaient exclusivement à base de chips, chocolat et autres plats riches en calories vides ; d'un point de vue nutritionnel, ils constituaient des repas tout aussi pauvres. Il ne daigna pas évoquer ce détail, car cela n'avait que peu d'importance.

—Et l'ébriété fait partie des répercussions que vous craignez ?

Marguerite acquiesça.

—Quand elle habitait ici, Lissianna est rentrée du foyer avinée ou droguée à plusieurs reprises après s'être nourrie d'un mauvais spécimen, et je sais que cela lui arrive encore. Elle ne parvient pas toujours à déterminer s'ils se trouvent sous l'empire de narcotiques ou de l'alcool avant qu'il soit trop tard. Les usagers de ces produits y ont développé une résistance, elle en est dépourvue. Par conséquent, le sang d'un individu légèrement éméché et capable d'agir comme s'il était à jeun la rend complètement ivre.

Greg essaya d'imaginer Lissianna saoule, mais ne réussit pas. Ce n'était tout simplement pas son genre.

— Bon, reprit soudain Marguerite. Que pensez-vous de ma fille ?

Surpris par le brusque changement de sujet, Greg se raidit tandis qu'une myriade de pensées l'assaillait. Il trouvait Lissianna belle, intelligente, douce et gentille, et elle sentait bon, et... la liste qui se déroulait dans son esprit était sans fin, mais avant qu'il eût pu choisir parmi toutes les qualités plaisantes et affectueuses dont il affublait Lissianna, Marguerite hocha la tête et poursuivit :

— Et que pensez-vous de l'existence de notre espèce ? Je conçois que cela puisse vous déconcerter.

Greg esquissa un léger sourire : elle maniait l'art de la litote à la perfection. Déconcerté ? Oh, ça oui ! Toutes vos croyances et votre conception du monde qui se retrouvaient chamboulées du jour au lendemain, cela pouvait s'avérer quelque peu déconcertant, mais aussi fascinant. Surtout après avoir discuté avec Lissianna et s'être fait expliquer certains points.

Son intérêt paraîtrait sûrement bizarre aux autres, mais après tout ces gens-là étaient vraiment incroyables. Ils possédaient des dons et des talents qu'il pouvait à peine deviner, et ils foulaient la terre depuis des siècles. Marguerite affirmait avoir plus de sept cents ans. Bon sang, tous les événements mondiaux auxquels elle avait assisté, les avancées technologiques qui s'étaient déroulées sous ses yeux, les personnes qu'elle avait rencontrées au fil des années... des figures historiques qui avaient accompli de grandes choses et que Greg et les autres mortels ne connaissaient qu'au travers des livres. Même Lissianna, qui avait à peine plus de deux cents ans, devait avoir vu des choses qui le laisseraient sans voix.

En un sens, il se sentait presque reconnaissant d'avoir été amené ici. C'était sans nul doute bien plus intéressant que de rester affalé au bord de la mer ou de jouer au volley-ball sur la plage.

Se rendant compte que Marguerite attendait toujours sa réponse, Greg releva les yeux, mais avant qu'il eût pu parler elle hocha la tête de nouveau et demanda :

— Accepteriez-vous de rester parmi nous en tant qu'invité et de traiter sa phobie ?

Greg la regarda bouche bée, comprenant soudain qu'elle avait obtenu ses réponses en lisant dans ses pensées, ce qui expliquait pourquoi elle ne prenait pas la peine d'attendre qu'il les verbalise. L'espace d'un instant, il avait oublié son aptitude, mais le fait de s'en souvenir l'amusa bien plus qu'il ne l'ennuya. Cela lui avait épargné d'avoir à trouver une façon polie de formuler ce qu'il pensait. Cependant, il se demanda s'il ne devait pas s'alarmer ; certains de ses pensées et sentiments concernant Lissianna devaient être réservés à un public averti.

— Docteur Hewitt ? le pressa Marguerite.

— Appelez-moi Greg, murmura-t-il, remarquant avec intérêt qu'elle paraissait impatiente, presque frustrée.

Apparemment, son esprit qui venait encore de s'évader l'avait empêchée d'obtenir une réponse à sa question. *Intéressant*, songea-t-il

— Soignerez-vous Lissianna ? répéta-t-elle.

Un petit sourire malicieux lui retroussa les lèvres, et il répondit :

— À vous de me le dire.

Elle plissa les yeux devant son défi, puis elle pencha la tête et demeura silencieuse. Greg passa les instants suivants à essayer de garder son esprit vierge de toute pensée, pour voir s'il arrivait à la bloquer. Quand il aperçut des tressaillements d'impatience poindre sur son visage, il faillit se convaincre qu'il avait réussi, mais un moment plus tard elle se redressa et acquiesça.

— Vous préférez qu'un collègue s'occupe de ses besoins thérapeutiques, tandis que vous la poursuivez, sexuellement s'entend. Néanmoins, vous souhaitez l'aider, et pensez que Jeanne a raison et qu'on ne saurait vous reprocher votre manque de déontologie vu l'exception de la situation. J'en conclus que vous acceptez, dit-elle calmement, puis elle se releva. À présent, si vous voulez bien m'excuser, j'ai très peu dormi ce matin et ferai mieux de retourner au lit jusqu'au coucher du soleil.

— Au lit ? répéta Greg, l'air absent et l'esprit frappé d'horreur par sa capacité à lire avec précision tout ce qu'il ressentait.

Elle représentait le cauchemar absolu de tous les hommes : une mère qui savait précisément ce que le type voulait et qui ne saurait être trompée par les bonnes manières et les mensonges polis.

— Nous ne dormons plus dans des cercueils, Greg. Il fut un temps où nous ne pouvions dormir en sécurité que dans les cercueils et les cryptes, qui nous protégeaient des rayons du soleil et des chasseurs, mais cette époque est révolue. Nous dormons dans des lits, dans des chambres à coucher avec des fenêtres traitées pour bloquer les rayons nocifs du soleil, et des rideaux foncés par-dessus comme protection supplémentaire. (Marguerite inclina la tête et demanda :) N'avez-vous pas remarqué que vous vous trouviez dans la chambre de Lissianna ?

— Euh… si, répondit-il, se sentant un peu idiot. Et je ne croyais pas vraiment que vous dormiez dans des cercueils, mais…

— Vous n'étiez pas sûr. (Greg hocha la tête en guise d'excuse.) Soyez tranquille, il n'y a pas de cercueils, le rassura Marguerite en se dirigeant vers la porte. Lissianna attend dans le couloir depuis un moment, elle ne voulait pas nous interrompre. Elle sera rassérénée de vous trouver toujours détaché. Profitez du reste de l'après-midi. J'espère qu'il sera productif.

CHAPITRE 12

— C'est Marguerite ?

Lissianna cessa d'avancer et jeta un coup d'œil vers l'arrière du couloir où Greg s'était arrêté devant un portrait accroché au mur. Elle recula et contempla sa mère en robe médiévale.

— Oui. Mon père avait commandé cette robe pour la lui offrir en cadeau de mariage.

— Elle semble jeune.

Greg effleura du doigt le cadre ancien.

— Mère avait quinze ans lorsqu'ils se sont mariés.

— Quinze ans ? (Il secoua la tête.) Ce n'était qu'une enfant.

— On se mariait jeune à l'époque, lui fit-elle remarquer.

— Existe-t-il des peintures de vous quand vous étiez plus jeune ?

Lissianna hocha la tête.

— Dans la salle des portraits.

Un éclair d'intérêt illumina son regard.

— Vous possédez une salle des portraits ?

Nul besoin de savoir lire dans ses pensées pour deviner qu'il adorerait la visiter, tout comme il avait été inutile à Lissianna de s'immiscer dans son esprit pour comprendre que la conversation de Greg avec sa mère l'avait quelque peu sidéré. Quand elle l'avait rejoint dans la chambre, elle l'avait trouvé en train de dodeliner de la tête en marmonnant dans sa barbe des histoires de cauchemars. Lissianna ignorait ce qui avait pu déclencher une telle réaction, mais elle s'était tellement réjouie que sa mère ait décidé de le laisser parcourir la maison en toute liberté qu'elle lui avait à peine demandé si tout allait bien. Comme il avait répondu par l'affirmative, elle lui avait proposé de retrouver les autres dans la salle de détente pour regarder un film.

Ils l'avaient loué dans le vidéoclub situé à côté de l'épicerie. Thomas en avait eu l'idée pour divertir les jumelles. Tandis qu'ils déballaient les courses en bas, il leur avait suggéré de le visionner tous ensemble une fois que Marguerite en aurait terminé avec Greg. Sur le coup, Lissianna avait trouvé l'idée excellente, mais elle venait de décider qu'ils pouvaient bien faire l'impasse sur la vidéo pour effectuer un petit détour par la salle des portraits. Elle était persuadée, néanmoins, qu'il regretterait d'avoir demandé à la visiter une fois qu'il se serait rendu compte de la quantité de toiles qui y étaient accrochées. La pièce faisait office d'album de photos familial, et comme la visite commençait par un portrait de sa mère avant son mariage en 1280, et se poursuivait jusqu'à l'apparition des premiers appareils photo au XIXe siècle, le nombre de tableaux était en effet ahurissant.

— Suivez-moi. (Lissianna se dirigea vers l'escalier.) Faisons un petit tour avant de rejoindre les autres.

À l'origine, c'était la salle de bal. Quand les bals sont passés de mode, les toiles y ont été déplacées au lieu de les laisser dans un entrepôt. Il y en avait beaucoup, et Greg paraissait déterminé à toutes les examiner dans les moindres détails. Il était littéralement fasciné par les parcelles d'Histoire révélées à travers les costumes et les paysages.

— Tous les membres de votre famille sont séduisants, fit-il remarquer tandis qu'ils déambulaient entre les portraits de ses frères.

Sa mère les avait disposés par ordre chronologique, commençant par un tableau de Jean-Claude et elle-même peint l'année de leur mariage. Figuraient ensuite plusieurs autres portraits du couple, ensemble et séparément, puis ceux des enfants par ordre de naissance : d'abord les portraits de son frère Lucern bébé, puis enfant, et enfin à l'âge d'homme, suivis de ceux de Bastien, d'Étienne et de Lissianna.

— Comment était la vie jadis ? demanda Greg, les yeux rivés sur un portrait de Lissianna que son père avait commandé pour son vingtième anniversaire.

Elle était assise sous un arbre et vêtue d'une longue robe bleu pâle à la mode de l'époque.

— Comment c'était ? reprit Lissianna, songeuse, tandis que les souvenirs l'assaillaient. (Quelques minutes plus tard, elle secoua la tête, puis, s'adressant à Greg :) C'était une époque précieuse, le règne des manières affectées, des politesses, des bals de gala, des promenades dans le parc – uniquement pour être vu, vous noterez –, ajouta-t-elle ironiquement. La télévision, les ordinateurs ou les micro-ondes n'existaient pas, et les femmes étaient aussi peu considérées que des esclaves.

— Comment ça ? s'enquit Greg, les yeux plissés.

Lissianna haussa les épaules.

— Nous n'avions le droit de posséder ni terres ni richesse, et vivions sous la loi de notre père jusqu'à notre mariage. On attendait des aristocrates qu'elles se marient en accord avec leur condition, et qu'elles aient des enfants. Ensuite, notre héritage comme nos possessions, ce qui inclut notre corps et les enfants dont nous avions accouché, devenaient la propriété de notre époux, qui pouvait en user selon son bon vouloir.

— Hmm.

Greg ne sembla pas impressionné par ces informations.

Devant son expression, Lissianna lui sourit puis poursuivit :

— Dans toutes les autres classes sociales, les femmes commençaient à travailler entre huit et douze ans. Ensuite, elles aussi se mariaient et tout ce qu'elles possédaient, y compris leur corps et leurs enfants, devenait la propriété du mari. Je préfère l'époque actuelle. (Elle remarqua sa déception, et arbora un sourire ironique.) Vous êtes influencé par la vision romantique dépeinte dans les films et les livres. La mienne est teintée par mes souvenirs et par ma condition de femme, je le crains. Il est plus facile d'être une femme aujourd'hui. Nous ne sommes pas obligées de nous marier si nous n'en avons pas envie, et personne ne peut nous forcer à avoir des enfants. Nous pouvons faire des études, poursuivre une carrière, posséder des biens, des terres et des richesses. Quand je suis née, le seul destin qui s'offrait à nous, c'était d'être des filles obéissantes, puis le mariage après lequel il nous fallait demeurer des épouses dociles et des mères modèles. C'était là tout ce que la société attendait de nous.

— Vous ne vous êtes pas mariée, et n'avez pas eu d'enfants, constata-t-il, puis il inclina la tête, fronça les sourcils et poursuivit : N'est-ce pas ?

— Non.

— Pourquoi ? Vous avez plus de deux cents ans !

Lissianna esquissa un demi-sourire.

— Vous me faites passer pour une vieille fille. Tout est relatif, vous savez. Quand, selon toutes les probabilités, vous allez vivre encore quelque deux mille ans, pourquoi se précipiter ?

— Oui, mais… deux cents ans quand même ! N'êtes-vous jamais tombée amoureuse ?

Lissianna haussa les épaules.

— C'est difficile de tomber amoureuse quand tous les hommes que vous rencontrez ne sont rien de plus que de jolis pantins.

Greg cligna des yeux.

— Je ne comprends pas. Comment ça, de jolis pantins ?

Lissianna hésita, puis lui demanda :

— Pourriez-vous tomber amoureux de ma mère ?

Son expression suffit à Lissianna, mais Greg répondit :

— Je ne cherche pas à tout diriger, mais j'aime néanmoins rester maître de mes sentiments et de mes actions dans la plupart des situations. À ses côtés, je me sens comme…

— … inférieur, comme un enfant, aussi insignifiant qu'un pantin doté de parole et de mouvement, suggéra-t-elle, et Greg acquiesça.

Il venait de comprendre ce qu'elle voulait dire.

— Je vois. La relation ne sera jamais équilibrée. Il y aura toujours un dominant, et, comme pour Meredith et moi, ce sera vous.

Lissianna opina.

— Et, comme vous, j'ai besoin d'un égal.

Ils échangèrent un sourire, puis Greg parcourut du regard la série de portraits alignés le long du mur, qui incluait ceux de Jean-Claude Argeneau.

— Thomas avait mentionné quelque chose à propos de votre père et de la domination. Est-ce que ça a un rapport avec…

— Ma mère travaillait comme servante au château, elle n'avait que quinze ans, l'interrompit Lissianna, levant les yeux vers un portrait de ses parents. Père pouvait lire en elle. Il lui est apparu comme le prince charmant sur son cheval blanc : fort, beau, propre comme un sou neuf, elle s'est enamourée de lui. Elle le considérait comme un dieu, et il lui en a fallu peu pour tomber sous le charme. Mère l'adorait et le trouvait parfait. Tout cela devait, sans nul doute, flatter son *ego*, remarqua Lissianna, caustique. Il l'a vampirisée, et l'a épousée dans la foulée. Ils ont mené une vie heureuse pendant quelque temps.

— Mais ça n'a pas duré.

— Non. Quand la passion s'est dissipée, elle s'est rendu compte de ses imperfections, et ses pensées n'étaient soudain plus aussi flatteuses. (Lissianna lui jeta un coup d'œil.) Lui, bien sûr, pouvait lire en elle les critiques comme l'admiration d'antan. Blessé et frustré, il s'est mis à boire et à courir les autres femmes, sans doute pour exciter son amour-propre en berne.

— Arrivait-il à commander votre mère comme elle le fait avec moi ? demanda Greg.

Lissianna acquiesça.

— C'était plus facile quand elle était simple mortelle, mais une fois vampirisée il parvenait encore à la subjuguer. À la seule différence qu'elle en était consciente, et qu'elle pouvait, elle aussi, lire dans ses pensées à lui. Du moins, lorsqu'il ne les protégeait pas ; et père n'y arrivait pas, ou ne le faisait pas, quand il était ivre.

— Elle connaissait ses penchants pour la boisson et les femmes, se rendit-il compte avec horreur. Et chaque fois qu'il prenait possession d'elle, elle en avait conscience et lui en voulait.

Lissianna hocha la tête.

— Pire encore, mère a appris qu'il l'avait épousée parce qu'elle lui rappelait sa femme en Atlantide, mais qu'il avait été déçu car il avait fini par s'apercevoir qu'elle n'était pas une réplique identique de la défunte et que, forcément, ce n'était pas pareil. Il avait commis une erreur qu'il regrettait amèrement et, à mon avis, la punissait en faisant exprès de ne pas surveiller ses propres pensées.

— Quel cauchemar ! dit Greg d'un air sinistre. Pourquoi ne l'a-t-elle pas quitté ?

— La situation était compliquée. Il était son Sire.

— Son Sire ?

— La douleur ressentie lors de la vampirisation serait comparable à l'accouchement. Le Sire offre à son infant une nouvelle existence, il le met au monde, en quelque sorte. Il existe une relation filiale entre la progéniture et son créateur, expliqua-t-elle.

— Oh, je vois. (Greg étudia sa réponse un moment, puis demanda :) Douloureux, vous avez dit ?

Lissianna acquiesça, l'air solennel.

— Je n'ai jamais assisté à une vampirisation, mais on dit que la souffrance est insoutenable.

Il pinça les lèvres, puis ajouta :

— Alors, elle ne l'a pas quitté car elle était son infante ?

Lissianna grimaça.

— En partie. Je suppose qu'elle devait sûrement lui en être redevable. Il lui avait offert une nouvelle vie, des enfants, et tout le confort et la richesse dont elle jouissait. Sans lui, mère serait restée servante dans le château où elle était née, où elle travaillait et serait morte jeune… ce que père ne manquait jamais de lui rappeler chaque fois qu'il arrivait à lui faire perdre patience.

— Manipulateur, avec ça, dit Greg d'un ton résolu. Pour quelle autre raison est-elle restée ?

Lissianna haussa les épaules.

— Pour la même raison qui poussait bien des femmes à l'époque à supporter un mariage malheureux : elle ne possédait rien. Il était tout-puissant ; tant qu'il vivait, tout lui appartenait, et il aurait pu la punir avec sévérité – avec la bénédiction de la loi et de la société – si elle l'avait quitté. (Ils se remirent en marche, et elle poursuivit :) Par chance, père se lassait vite et disparaissait parfois pendant des décennies à la poursuite de nouvelles conquêtes. Malheureusement, il finissait toujours par revenir. C'est quand il n'était pas là que nous étions le plus heureux. Mère a dû ressentir cela tout au long de son mariage, je suppose.

— Et comme vous en avez été le témoin pendant deux cents ans, l'idée de vous marier et de subir les mêmes souffrances vous rebute.

Lissianna resta figée, les yeux rivés sur le tableau suivant, les paroles de Greg résonnant dans son esprit. Elle n'avait jamais pensé que le mariage de ses parents ait pu l'influencer, mais en vérité elle était terrorisée à l'idée de commettre une erreur et de devoir vivre dans le malheur pendant près de sept cents ans comme sa mère.

— Je comprends qu'elle n'ait pas divorcé à l'époque médiévale ou même victorienne, ce n'était pas possible de toute façon. Mais aujourd'hui, c'est fréquent, poursuivit Greg, l'arrachant à ses pensées. S'il avait survécu, pensez-vous que Marguerite aurait…

— Non, l'interrompit-elle avec fermeté.

— Pourquoi ?

— Le divorce est une affaire sérieuse pour nous.

— Pourquoi ? réitéra-t-il.

Lissianna hésita avant de lui expliquer.

— Il nous est permis d'infanter seulement un individu de toute notre vie et la plupart choisissent de vampiriser leur compagnon ou leur compagne. C'est pourquoi il vaut mieux prendre son temps et s'assurer de son choix.

— Vous n'avez le droit de vampiriser qu'un seul mortel au cours de votre longue existence ? demanda Greg avec stupeur. Et si jamais vous avez choisi la mauvaise personne ?

Elle haussa les épaules.

— La plupart restent ensemble malgré tout. Les rares qui décident de se séparer demeurent seuls ou se trouvent un partenaire au sein de notre espèce, et n'ont plus besoin d'infanter qui que ce soit. D'autres encore passent d'un amour mortel à un autre, incapables de rester auprès de la même personne plus de dix ans, car ils ne vieillissent pas ; ils partent avant que la différence d'âge devienne visible.

— Et si vous infantez votre partenaire et qu'il meurt ? Vous avez le droit d'en infanter un autre ?

— Grands dieux, non ! (Lissianna rit à sa proposition.) Si c'était permis, on se retrouverait vite submergés de cas de décapitation accidentelle de partenaire.

— Peut-être, acquiesça Greg. Mais pourquoi ne pouvez-vous « infanter » qu'une seule personne ?

— Régulation de la population, répondit-elle du tac au tac, avant de souligner : Nous devons veiller à ce que le nombre de consommateurs ne dépasse pas celui des hôtes. Pour la même raison, nous n'avons le droit d'avoir qu'un enfant par tranche de cent ans.

Greg poussa un sifflement silencieux entre ses dents.

— Ça fait une sacrée différence d'âge entre frères et sœurs ! (Il marqua une pause, et jeta un coup d'œil aux portraits qu'ils avaient déjà regardés, puis reprit :) Donc, Étienne a trois cents ans et des poussières.

— Étienne a trois cent onze ans, Bastien quatre cent neuf, je crois, ajouta-t-elle avant de poursuivre : mon frère aîné doit avoir dans les six cent dix ans.

Greg dressa les sourcils d'étonnement.

— Six cent dix ? Pourquoi un tel écart ?

Lissianna haussa les épaules.

— Ce n'est pas parce qu'on vous limite à un enfant par siècle que vous devez en faire un tous les cent ans, lui fit-elle remarquer.

— Vous avez raison, je suppose, lui accorda Greg.

— Vous voilà enfin !

Tous deux tournèrent les yeux vers la porte d'où surgirent les jumelles.

— Vous avez raté le premier film, c'était génial ! s'exclama Juli.

— On a préféré vous demander si vous vouliez voir le suivant avant de le lancer, dit Vicki.

— On va faire du pop-corn, ajouta Juli pour les tenter.

Soulagée de pouvoir enfin laisser de côté le sujet déplaisant de son père, Lissianna sourit et répondit :

— Bonne idée ! De toute façon, on avait fini, n'est-ce pas ?

Elle questionna Greg du regard.

Il sourit l'air amusé, mais acquiesça, et elle poussa un soupir d'apaisement.

— Je prendrais bien du pop-corn, dit-il. C'est quoi comme film ? Un truc de vampire ?

— Oh, Greg ! Comme si on allait regarder des films de vampires ! rétorqua Vicki dans un grognement teinté de mépris.

— Ils ne font que véhiculer des idées fausses, se lamenta Juli, et ils sont d'une bêtise ! Prenez le *Dracula* de Stoker, par exemple. Il le dépeint entouré d'un harem de femelles vampires qui peuplent son château et il poursuit encore Lucy et Mina. N'importe quoi ! On n'a le droit qu'à une vampirisation par tête !

— Sans oublier toutes ces histoires de métamorphoses ! Alors, un coup il se transforme en chauve-souris, un coup en rat ou en loup… J'ha-llu-cine ! Voilà ce qui arrive quand on soutire des infos à un vampire saoul !

— Et puis il y a Renfield, ajouta Juli dans un frémissement. La seule façon de finir avec un mangeur d'insectes cinglé dans son genre, c'est si le Conseil s'en mêle.

— Le Conseil ? demanda Greg, intrigué. Et comment ça, Stoker a soutiré des informations à un vampire ivre ? Il a discuté avec l'un des vôtres, comme moi en ce moment ?

— Non, pas comme vous. Nous sommes tous à jeun, signala Juli à son intention.

— Vous voilà ! On allait commencer le deuxième film sans vous.

Greg regarda autour de lui avec surprise lorsqu'il entendit Thomas, et remarqua qu'ils étaient arrivés devant la salle de projection. Il s'agissait d'une grande salle de séjour équipée d'un immense écran sur le mur auquel faisaient face tous les meubles.

— Génial ! s'exclama Juli. Vous avez fait du pop-corn !

Oubliant toute conversation, elle se rua vers Elspeth pour lui prendre le gros saladier rempli de maïs soufflé qu'elle tenait à la main.

— Jeanne et moi l'avons préparé, les informa Elspeth, qui tendit l'un des bols restants à Vicki et l'autre à Greg. On a voulu gagner du temps. Maintenant, installez-vous, qu'on puisse lancer le film.

Greg remercia Elspeth pour le pop-corn et suivit Lissianna jusqu'à l'un des deux canapés disposés face à l'écran. Ils s'y assirent côte à côte tandis que quelqu'un éteignait la suspension, puis le logo d'un studio de cinéma illumina l'écran.

C'était un film d'action, mais plutôt mal fait, et Lissianna ne fut pas surprise que Greg se penche vers elle pour bavarder, mais le choix du sujet l'étonna néanmoins quand il lui demanda dans un murmure :

— Bon, alors, à qui doit-on ces règles d'un seul infant par Sire et un seul enfant par siècle ?

Lissianna hésita. Elle n'avait pas l'habitude de parler de ces choses-là. Ses semblables connaissaient déjà tout ce qu'il y avait à savoir et ils n'avaient aucune raison d'en discuter. Les autres, excepté les rares individus de confiance comme Maria, la bonne de sa mère, ignoraient tout. Même Maria et les autres mortels « privilégiés » ne savaient pas grand-chose si ce n'est qu'ils vivaient très longtemps, et possédaient une force et des capacités hors du commun. Elle supposait qu'ils devaient se douter de leur condition de vampire à cause du sang dans le réfrigérateur, mais n'en parlaient jamais, pour autant qu'elle sache. Et ils n'avaient pas besoin de connaître l'existence du Conseil.

— C'est un secret ? demanda Greg.

Lissianna s'ébroua mentalement pour s'arracher à ses pensées, et décida qu'elle n'avait aucune raison de lui cacher la vérité. Quand oncle Lucian en aurait terminé avec lui, il ne se souviendrait de rien, de toute façon. En tout cas, elle l'espérait. Elle n'arrivait même pas à concevoir le sort qui lui serait réservé, s'ils ne parvenaient pas à effacer sa mémoire.

— Notre Conseil promulgue les lois et veille à leur application, répondit-elle à voix basse.

— Un Conseil ? (Il étudia la question.) Votre mère et vos frères en font-ils partie ?

— Non. Ils sont trop jeunes.

Il écarquilla les yeux.

— Sept cents ans, c'est trop jeune ?

Lissianna arbora un large sourire.

— Pour nos semblables, mère est relativement jeune.

— Je suppose, consentit Greg, et elle sut qu'il devait se souvenir que son père était bien plus vieux.

— Oncle Lucian dirige le Conseil.

— Votre oncle ? (Il y réfléchit un instant, puis demanda :) Que font-ils si quelqu'un enfreint la loi et infante plus d'une personne ?

Lissianna remua, gênée et embarrassée par le sujet, qu'elle trouvait déplaisant.

— À ma connaissance, cela n'est arrivé qu'une seule fois, reconnut-elle.

— Et qu'ont fait votre oncle et son Conseil ? questionna-t-il.

— Le Sire a été achevé.

— Bon sang ! Achevé ? (Greg s'enfonça dans son siège à cette nouvelle, puis reprit :) Comment ?

— On l'a attaché à un piquet en plein air pendant un jour pour que le soleil le ravage, puis, au coucher du soleil, il a été brûlé.

— Bon Dieu, soupira-t-il. Votre oncle est brutal.

— C'était il y a des siècles. Tout le monde était brutal à l'époque, se hâta-t-elle de rétorquer, puis elle ajouta : C'était pour dissuader les autres d'enfreindre la loi.

— Plutôt persuasif, marmonna-t-il. Et qu'est-il arrivé à sa progéniture ?

Lissianna haussa les épaules.

— Rien de particulier, que je sache. Ils l'ont laissée vivre. Sa vie a dû remplacer celle de son infant.

— Hmm. (Greg jeta un coup d'œil en direction de Juli et Vicki, puis poursuivit :) Les jumelles sont autorisées, je présume, malgré la règle des cent ans, mais que se passe-t-il si l'une de vos femmes désire ne pas tenir compte de cet écart ?

— En général, on leur accorde une légère marge de manœuvre. Celles qui n'ont attendu que quatre-vingt-quinze ans devront attendre cent cinq ans la fois d'après.

— Mais si elles essaient d'en avoir à cinquante ans d'écart, ou même les uns après les autres ?

— Ce n'est pas permis. Il faut mettre un terme à la grossesse.

— Vous pouvez avorter ? s'enquit Greg, stupéfait, et tandis qu'elle acquiesçait il poursuivit : Et avant l'existence de l'avortement ?

Lissianna soupira. Elle préférait ne pas penser à ce genre de choses, et détestait en discuter, mais elle se força à répondre.

— Avant les avortements modernes, le bébé était soit arraché du ventre de sa mère, soit éliminé dès la naissance.

— Attaché à un piquet en plein soleil toute une journée avant qu'ils y mettent le feu, je présume ? suggéra Greg d'une voix caustique.

— Non, bien sûr que non, répondit-elle d'un air triste, consciente qu'il se faisait une mauvaise opinion des siens. Le Conseil n'aurait aucune raison de torturer un enfant innocent.

Il releva un sourcil.

— Comment sont-ils exécutés, dans ce cas ?

Lissianna haussa les épaules, comme pour signaler son impuissance.

— Je ne suis pas sûre de le savoir. Je ne connais personne qui ait essayé d'avoir des enfants sans respecter l'écart autorisé. Ce serait de la folie. On ne dissimule pas une grossesse aussi facilement.

Greg poussa un profond soupir, sentant ses tensions se dissiper légèrement.

— Quelles autres lois votre Conseil a-t-il inventées ?

Lissianna pinça les lèvres.

— Il nous est interdit de voler ou tuer l'un des nôtres.

— L'un des vôtres ? lança-t-il d'un ton cinglant de nouveau. Et les mortels ?

— Pareil, sauf si on a une bonne raison, lui certifia-t-elle.

— Une bonne raison ? (Greg la regarda, estomaqué.) Qu'est-ce qu'une bonne raison, au juste ?

Lissianna soupira devant sa réaction, même si elle avait dû s'en douter.

— La légitime défense et la protection de notre espèce.

Greg grommela et hocha la tête, marmonnant en toute vraisemblance qu'il pouvait comprendre cela, et Lissianna se détendit quelque peu. Puis, soudain, il demanda :

— Quoi d'autre ?

Elle se mordit la lèvre, puis admit :

— Pour se nourrir en cas d'urgence.

— Quel genre d'urgence autoriserait l'un des vôtres à tuer ou voler un mortel ?

— C'est déjà arrivé par le passé, que l'un de mes semblables se retrouve blessé au cours de son voyage, par accident ou simple erreur, et sans réserve de sang. Dans un cas pareil, il aurait le droit de voler une banque du sang locale. S'il se trouve dans la jungle ou tout autre endroit reculé où son seul recours est de se servir à la source, il pourrait s'octroyer ce dont il a besoin, répondit-elle avec délicatesse.

Greg ne se laissa pas tromper par son intonation.

— Mettons qu'il voyage en avion, si l'avion s'écrase et qu'il se retrouve blessé en plein milieu de nulle part avec seuls deux ou trois autres survivants, il peut les saigner jusqu'à la dernière goutte, c'est ça ?

— Oui, c'est à peu près ça, reconnut-elle dans un soupir. Mais uniquement en cas d'absolue nécessité.

Greg hocha la tête.

— Autrement, seules les raisons de santé, comme votre phobie, vous autorisent à vous nourrir « à la source ».

— Exact.

— Existe-t-il d'autres raisons médicales qui l'admettent ?

Lissianna acquiesça.

— À vrai dire, oui. J'ai un cousin et un oncle qui ne peuvent pas survivre avec un régime à base de poches de sang. Leur corps a besoin d'une enzyme spécifique qui est détruite dès l'instant où le sang quitte le corps du donneur. Ils auront beau consommer des quantités astronomiques de sang empaqueté, ils finiront quand même par mourir d'inanition.

Greg siffla entre ses dents.

— Je n'aurais pas cru que les nanos laissent un tel état se perpétuer.

espérait qu'oncle Lucian réussirait à effacer de sa mémoire tout souvenir les concernant.

— Pourquoi les jumelles sont-elles les seules à manger ?

Il venait de passer du coq à l'âne et Lissianna, troublée par un tel virage dans leur discussion, s'accorda un moment avant de poursuivre.

— Elles sont encore jeunes. Avant l'âge adulte, nous devons manger pour assurer notre croissance. Mais, une fois adulte, ce n'est plus une nécessité.

— Vous pouvez manger, alors, c'est juste que… vous décidez d'arrêter, c'est ça ? supposa Greg.

— En gros, oui, répondit-elle d'un hochement de tête. Au bout d'un moment, on avale toujours la même chose et ça devient ennuyeux. Et puis devoir ingérer à la fois des aliments et se nourrir de sang peut s'avérer parfois pénible. C'est pourquoi nous cessons en général de nous encombrer d'une contrainte supplémentaire.

— La nourriture ? Une contrainte ennuyeuse ? (Greg paraissait choqué.) Même le chocolat ?

Lissianna gloussa.

— Le chocolat, ce n'est pas de la nourriture, c'est un don du Ciel. C'est toujours un plaisir d'en manger.

— Merci, mon Dieu, vous me rassurez, marmonna-t-il, remuant de nouveau son chili. J'ai quand même du mal à concevoir la notion d'ennui dans la cuisine, il existe tellement de variétés : française, italienne, mexicaine, indienne… (Il soupira avec bonheur à l'idée de tous ces plats différents, puis, levant les yeux vers elle, il demanda :) Quand avez-vous mangé du chili pour la dernière fois ?

— Je ne pense pas y avoir jamais goûté, reconnut-elle. Je n'ai jamais voulu visiter le Mexique, et j'ai arrêté les aliments solides après mon centième anniversaire. La cuisine mexicaine n'avait pas encore fait son apparition au Canada.

— Pourquoi n'avez-vous jamais souhaité aller au Mexique ?

Greg semblait presque vexé, et c'est alors que Lissianna se souvint qu'il aurait dû s'y trouver en vacances en ce moment même.

— Trop de soleil, répondit-elle avec simplicité.

— Ah, oui, j'oubliais. (Il soupira.) Vous aviez donc cent ans quand vous avez arrêté de vous alimenter. Que s'est-il passé au juste ? Vous vous êtes réveillée un jour et vous êtes dit : « C'est fini, je ne mange plus » ?

Son incrédulité arracha un franc rire à Lissianna. À l'évidence, il ne concevait pas une vie sans manger. L'idée qu'elle n'aime pas ça paraissait vraiment le dépasser. Elle essaya de lui expliquer.

— Mon père et ma mère s'étaient lassés de la nourriture solide bien avant ma naissance, tout comme mes frères. Il ne restait plus que Thomas et moi, et quand il a quitté la maison je me retrouvais toujours seule à table, et ça m'a vite semblé long, ennuyeux et pénible, dit-elle d'un haussement d'épaules. Je me suis arrêtée progressivement. Comme je l'ai dit tout à l'heure, une fois adultes, nous n'avons plus de raisons de nous alimenter tous les jours, le sang nous apporte la plupart des nutriments dont nous avons besoin. Aujourd'hui, je mange seulement lors des grandes occasions, comme le reste de ma famille.

Greg s'arrêta de remuer pour l'observer avec attention.

— Vous mangez lors des célébrations ?

— C'est plus convivial.

Greg laissa échapper un petit rire.

— C'est une obligation sociale, en fait, comme ceux qui s'accordent une petite coupe lors d'occasions spéciales ou particulières. (Lissianna lui décrocha un sourire, puis se plongea de nouveau dans son magazine.) En tout cas, si vous n'avez jamais mangé de chili, je doute que vous trouviez cela ennuyeux, lui fit-il remarquer. Pourquoi ne pas essayer ? J'ai besoin d'un goûteur, de toute façon.

Elle leva les yeux et vit qu'il s'avançait vers elle une pleine cuillerée de chili à la main, l'autre en dessous au cas où la mixture goutte.

Lissianna l'avait aidé à le préparer. Elle avait émincé les oignons et les champignons tandis qu'il faisait frire la viande. Elle lui avait tenu compagnie pendant qu'il gravitait au-dessus de la casserole, occupé à remuer et épicer le mélange avec amour. La marmite exhalait des arômes divins depuis une heure, mais les repas qu'apportait sa collègue Debbie au travail sentaient aussi très bon sans pour autant éveiller son appétit.

— Je ne…, commença-t-elle, incertaine.

— Allez, insista-t-il d'une voix enjôleuse, juste une bouchée. (Lissianna céda et tendit la main vers la cuiller, mais Greg la tira hors de sa portée et secoua la tête.) On ouvre grand.

Elle laissa retomber sa main et, obéissante, ouvrit la bouche, tout à fait consciente de ses yeux braqués sur elle tandis qu'il glissait la cuiller entre ses lèvres. Elle referma la bouche remplie de son chili tandis qu'il retirait la cuiller. Lissianna garda le mets sur sa langue pendant un moment, se délectant de l'explosion de saveurs avant de mâcher et d'avaler.

— Qu'en pensez-vous ? interrogea Greg.

— C'est bon, reconnut Lissianna dans un sourire.

— Je vous l'avais dit. (Il était de toute évidence fier de lui, et s'en retourna vers sa casserole en secouant la tête.) La nourriture… ennuyeuse ! (Il laissa échapper un petit rire.) Tu parles !

Lissianna l'observa, un sourire aux lèvres.

— Vous ne penseriez pas ça si vous aviez déjà ingéré tout ce qui existe plus d'une centaine de fois. Ça devient vite une corvée plus qu'un plaisir.

— Ça, jamais ! protesta Greg avec conviction, puis il s'écria : Si vous continuez à manger, devez-vous vous préoccuper de prendre du poids ?

— Non. Les nanos détruisent toute graisse non désirée. Ils nous maintiennent à notre poids de forme.

— Bon sang ! (Greg secoua la tête de nouveau.) La vie et la jeunesse éternelle sans jamais se soucier de grossir. (Il semblait émerveillé.) Bon sang de bois !

— Vous voilà ! (Marguerite Argeneau pénétra dans la pièce comme une vague d'énergie, les surprenant tous deux. Elle paraissait reposée après un sommeil réparateur, et à l'évidence venait de se nourrir, car elle rayonnait de fraîcheur et d'éclat. Elle les dévisagea tour à tour, s'attardant sur sa fille, puis sur Greg.) Comment se passe la première séance de thérapie ? Es-tu déjà guérie ?

Lissianna et Greg échangèrent un regard coupable.

Chapitre 13

— Nous allons essayer la désensibilisation systématique, annonça Greg.

— Oh ? dit Lissianna avec politesse, et il ne put s'empêcher de remarquer qu'elle paraissait plus méfiante qu'impressionnée par cette nouvelle.

Cela ne le surprenait pas. La peur était une réaction terrible et difficile à traiter, et c'est bien ce qu'il s'apprêtait à faire : s'attaquer à la peur de Lissianna, et, avec un peu de chance, lui permettre de la surmonter

Greg aurait préféré employer son temps à bien d'autres choses en compagnie de Lissianna plutôt que de s'occuper de sa phobie, mais Marguerite avait été si contrariée qu'ils n'aient pas du tout abordé la thérapie pendant qu'elle dormait qu'il lui avait promis qu'ils s'y attelleraient dès que les jumelles et lui auraient terminé le dîner qu'il préparait. Aussi se trouvaient-ils désormais dans la bibliothèque, prêts à commencer ce que Lissianna avait qualifié de « première séance de torture ».

— Cette désensibilisation systématique va-t-elle fonctionner ?

— Elle devrait. C'est très efficace, lui assura-t-il.

— OK. (Elle expira profondément, redressa les épaules et demanda :) Que dois-je faire ?

— Je veux que vous pensiez aux situations qui provoquent chez vous une angoisse, et…

— L'idée du sang ne m'angoisse pas, l'interrompit Lissianna, je m'évanouis, c'est tout.

— Certes, mais… (Greg marqua une pause, puis inclina la tête avant de poursuivre :) Savez-vous pour quelle raison vous réagissez ainsi ? J'ai peine à croire que ce soit un mal dont on se plaigne souvent au sein de votre espèce. Quand cela a-t-il commencé ?

Lissianna baissa les yeux. Greg suivit son regard et remarqua ses mains croisées sur ses genoux. Si le sang lui faisait seulement perdre connaissance, elle ressentait bien une certaine anxiété à l'idée de mentionner la première manifestation de cette terreur particulière. Après un long silence, elle releva les yeux et admit à contrecœur :

— La nuit de ma première traque.

Son expression torturée était difficile à supporter. Il la connaissait pour l'avoir déjà vue sur le visage de ses patients, mais cette fois c'était différent. Greg voulait enrouler ses bras autour de Lissianna et lui dire que plus jamais elle n'aurait à y penser, qu'il la protégerait. Il n'en fit rien, bien sûr. Lissianna désirait acquérir les outils et le savoir-faire pour se libérer de sa phobie. Elle n'était pas Meredith. C'est l'une des choses qu'il aimait le plus chez elle.

Il prit une profonde inspiration, et reprit :

— Parlez-moi de votre première traque.

— Je, euh… J'avais treize ans, dit-elle doucement, et Greg réprima un haut-le-cœur.

À peine treize ans. Seigneur ! Elle n'était qu'une enfant. Puis il se rappela que Lissianna devait développer cette habileté par nécessité, car c'était là l'unique moyen pour elle de rester en vie s'il arrivait malheur à ses parents et qu'elle devait se débrouiller seule.

S'il lui était difficile d'entendre son histoire, Greg savait que c'était encore pire pour Lissianna. Il décida de lui offrir une chance de s'habituer à se livrer tout en satisfaisant sa propre curiosité.

— Comment vous nourrissiez-vous avant ? demanda-t-il, et il sentit une partie de ses propres tensions s'envoler quand elle se détendit un peu.

— Avant les banques du sang, j'avais… l'équivalent des vampires pour les nourrices. Sauf qu'elles ne m'allaitaient pas, mais me laissaient mordre leur poignet ou leur cou. (Comme Greg grimaçait, elle ajouta :) Rassurez-vous, aujourd'hui, nous n'y avons plus recours.

Il acquiesça, heureux de l'apprendre, puis poursuivit :

— Vous pouviez déjà subjuguer un esprit étant enfant ?

— Pas avant l'âge de huit ou neuf ans, reconnut Lissianna d'un haussement d'épaules. Un parent ou un tuteur s'occupait de maîtriser l'esprit du donneur pour lui éviter de ressentir la douleur.

— D'accord. (Greg étudia son expression. Elle paraissait plus détendue, mais il savait que cela n'allait pas durer longtemps quand il demanda :) Vous n'étiez pas seule la première fois, je suppose ?

— Non. Un tuteur nous accompagne toujours au début. C'est impératif. Il faut faire attention à tellement de choses, expliqua-t-elle. (De toute évidence, elle ne se sentait pas prête à affronter sa première fois et généralisait pour gagner du temps.) Peu importe le nombre de fois qu'on s'est entraîné à prendre possession de nos nourrices, cela se déroulait dans l'intimité et la sécurité d'un cadre privé. Quand on part en chasse, on doit exercer une emprise sur un individu tout en gardant un œil sur notre environnement au cas où un intrus approcherait. On doit aussi surveiller la durée pour ne pas drainer complètement notre donneur. (Elle marqua une pause, puis reprit :) Avec les nourrices, on peut prendre plus de sang. Si elles se sentent un peu faibles ou s'évanouissent, ce n'est pas grave, car elles peuvent se reposer le temps de revenir à elles. Mais lorsqu'on chasse, on est obligé de boire moins. (Lissianna croisa son regard, et reconnut avec un semblant de sérénité :) Nous nous repaissions de plus d'un donneur ou hôte par nuit, souvent deux ou trois, de façon à ne laisser personne physiquement affecté. Il ne fallait pas que des donneurs vidés de leurs forces titubent le long des rues. Nous devions les quitter en pleine forme. Aussi, lors de notre première sortie, notre leçon principale consiste à déterminer la durée parfaite : celle qui n'épuise pas l'hôte et ne nous met pas en danger. C'est pour cette raison que nous sommes toujours accompagnés ; le chaperon garde un œil sur le temps. (Elle grimaça.) Il faut faire attention à tellement de choses. Essayer de maîtriser ces trois éléments à la fois peut s'avérer accablant au début.

— Je vois, poursuivit Greg d'un hochement de tête. Sans oublier la nervosité inhérente aux premières expériences, ce qui a dû rajouter aux facteurs d'anxiété.

— Oui, acquiesça Lissianna.

— Est-ce votre père qui vous a emmenée chasser ?

Elle releva brusquement le visage de surprise.

— Comment le savez-vous ?

— Parce que votre mère n'aurait jamais laissé la situation lui échapper, répondit Greg avec simplicité, et il avait raison.

Assurément, Marguerite aurait fait tout ce qui était en son pouvoir pour que cela se passe au mieux pour Lissianna. Peu importait son opinion sur cette femme, une chose était incontestable : elle aimait sa fille.

— Non, expira doucement Lissianna. Si elle avait pu y faire quelque chose, mère n'aurait pas laissé la situation déraper.

Greg hocha la tête.

— C'est donc votre père qui vous a emmenée ?

— Oui, répondit-elle avec amertume. Mère n'était pas d'accord, mais il était saoul et borné. Malheureusement, j'ai aggravé les choses. J'étais arrogante et persuadée de n'avoir besoin de personne.

Lissianna grimaça, comme dégoûtée d'elle-même.

— Racontez-moi, dit Greg d'une voix douce.

Elle haussa les épaules.

— Tout allait bien, au début. Plus ou moins. J'étais nerveuse, mais aussi excitée. Nous nous sommes rendus à Hyde Park, et j'ai choisi un jeune homme du même âge que moi, à un an près.

Ensuite… au début, tout allait bien, répéta-t-elle, puis elle fronça les sourcils.

— Que s'est-il passé ? insista Greg.

— Comme vous l'avez mentionné, je me sentais plutôt submergée. Je me concentrais sur son esprit pour le maîtriser et surveillais en même temps les alentours pour m'assurer que personne ne nous aperçoive, profitant d'un moment d'inattention… et j'ai perdu la notion du temps. Dans ces cas-là, le parent vous avertit qu'il faut arrêter, mais…

— Mais votre père était saoul.

Lissianna acquiesça.

— Il n'a rien dit, ne m'a pas prévenue du tout, et s'est contenté de me prendre par l'épaule et de me traîner au loin. (Elle leva vers lui un visage livide, et ajouta :) J'avais encore les dents accrochées à son cou. (Greg afficha une expression crispée de dégoût. Avant qu'il commence à se représenter l'horreur de la scène, Lissianna se hâta de poursuivre.) Par chance, mère nous avait suivis. Elle ne faisait pas confiance à père. Elle parvint à sauver le garçon… de justesse. Il aurait pu y rester et il a perdu tellement de sang. (Elle se frotta le visage avec lassitude.) Depuis, je ne supporte plus la vue du sang. (Elle scruta ses mains engourdies, puis leva vers lui un regard accablé.) J'ai failli tuer ce garçon !

— Mais il s'en est sorti, Lissianna. Vous ne l'avez pas tué.

Il s'approcha d'elle, et céda à la tentation qu'il avait eue auparavant et la prit dans ses bras. Il l'étreignit serré contre lui, et caressa son dos pour essayer de la réconforter. Il regretta que Jean-Claude fût mort, il aurait tant souhaité rouer de coups de poing ce monstre. En l'espace d'un instant, l'ivresse et l'inconscience de cet imbécile avaient infligé à sa fille presque deux siècles de tourments.

Greg la cajola encore un peu, puis se retira en douceur.

— Lissianna ? (Quand elle releva la tête, son visage était pâle. Greg fut tenté de l'embrasser, mais il devait d'abord connaître la réponse à l'interrogation qui venait d'effleurer son esprit.) Je suppose donc que vous n'avez jamais tué un hôte après vous en être nourrie. Vous ne les saignez pas complètement ?

— Bien sûr que non ! rétorqua Lissianna, outrée qu'il puisse poser une question pareille, et Greg sourit, relâchant le souffle qu'il n'avait même pas conscience de retenir.

La nouvelle le ravit tellement qu'il aurait pu l'embrasser. Cette pensée attira son regard vers ses lèvres, et il se retrouva soudain à se pencher vers elle, pour assouvir son envie.

Lissianna ne se retira pas et n'essaya pas de le repousser. Elle cligna brièvement des paupières avant de les fermer, puis sentit les lèvres de Greg caresser les siennes. Ils poussèrent tous deux un petit soupir, et la passion les submergea comme si elle avait été contenue tout ce temps et que les vannes cédaient enfin. Comme une marmite en ébullition qui déborderait, Greg ressentit le désir envahir tout son être. Il inséra sa langue entre les lèvres de Lissianna, puis se figea au son de la voix de Thomas qui infiltrait ses pensées.

— *Comment pouvez-vous nous croire capables de saigner un mortel à blanc ? Il n'y a rien de plus stupide. C'est comme tuer une vache laitière. Comment voulez-vous traire le lait d'une vache laitière morte ?*

Greg et Lissianna s'écartèrent brusquement l'un de l'autre et se tournèrent pour regarder l'homme qui s'avançait de derrière les rideaux recouvrant la baie vitrée tout le long du mur qui donnait sur l'extérieur.

— Thomas ! Que fais-tu là ?

La voix de Lissianna vacilla quand ses autres cousins sortirent aussi de derrière les rideaux.

— On voulait voir comment se déroulait ta première séance de thérapie, expliqua Mirabeau d'un haussement d'épaules. On ne pensait pas que ça se transformerait en séance de pelotage.

Lissianna parut désemparée et ne sut manifestement pas que dire. Greg, si. Se sentant terriblement insulté, il fusilla Thomas du regard et demanda :

— Je rêve ou vous avez comparé les humains aux vaches ?

— Pas les humains, les mortels. Nous sommes des humains aussi, répondit Thomas, amusé, puis il jeta un coup d'œil à sa cousine et se mit à la taquiner. Tu devrais avoir honte, Lissianna. On t'a pourtant appris à ne pas jouer avec ta nourriture.

— Thomas, tiens-toi tranquille, l'interrompit Jeanne d'un ton sec, puis elle s'adressa à Greg pour lui expliquer : Il plaisante. La plupart du temps. (Elle haussa les épaules, puis poursuivit :) Désolés de vous avoir espionnés, nous allions nous éclipser sans vous déranger quand la situation a… euh… (Elle fit un vague geste en leur direction, et Greg se tourna vers Lissianna et remarqua qu'elle rougissait. À deux cent deux ans passés, elle pouvait encore rougir de s'être fait surprendre en train d'embrasser un homme. Jeanne ne lui laissa pas le temps de s'émerveiller trop longtemps et poursuivit :)… mais il se fait tard, et nous savons que Lissianna travaille ce soir.

— Oh !

Greg porta son regard vers Lissianna, qui venait de se relever d'un bond.

— Mince ! C'est passé si vite, je ne m'en étais pas aperçue. Il faut que j'y aille.

Greg fronça les sourcils quand elle se dirigea en vitesse vers la porte. Il détestait devoir la quitter de cette façon.

— *Qu'est-ce que tu attends ? Suis-la. Va embrasser ta copine et fais en sorte qu'elle ne pense qu'à toi pendant ses heures de travail.*

D'un geste brusque, il se tourna vers Thomas, bien conscient qu'il était à l'origine de cette pensée, tandis que Lissianna s'éclipsait de la pièce. De toutes les choses qu'il aurait pu dire, une seule phrase lui sortit de la bouche.

— Ce n'est pas ma copine.

Son déni arracha à Thomas un ricanement amusé.

— Vous dormez dans son lit… où elle vous a rejoint la nuit dernière. Vous avez passé la journée à soupirer l'un après l'autre et à vous éclipser pour rester seuls. En plus, je vous ai surpris en train de vous embrasser. À deux reprises. La première fois, d'ailleurs, ça ressemblait à bien plus que de simples baisers. Il vous faut quoi de plus pour la considérer comme votre copine ?

Greg cligna des yeux à ces paroles, puis secoua la tête et se releva pour la rattraper. Il n'avait pas le temps de débattre avec Thomas s'il voulait retrouver Lissianna avant qu'elle disparaisse dans sa chambre. Mais y avait-il vraiment matière à débattre ? Greg se rendit compte que ça lui était égal que tout le monde considère Lissianna comme sa copine. En vérité et en toute franchise, cette idée lui plaisait plutôt pas mal.

— *Après l'avoir embrassée, demande-lui de te parler des compagnons véritables.*

Greg poursuivit son chemin malgré cette suggestion mentale, et se précipita hors de la bibliothèque. Cela l'avait intrigué, mais il pourrait demander à Lissianna de lui expliquer… après l'avoir embrassée.

Même s'il se déplaçait plutôt vite, Greg ne parvint pas à la rattraper avant qu'elle entre dans sa chambre. Ou était-ce sa chambre à lui ? Il ne savait plus trop qu'en penser et supposa qu'en ce moment c'était leur chambre à tous les deux, puisqu'il y dormait et qu'elle y avait toutes ses affaires. Ce qui lui donnait une excuse de l'avoir suivie, songea-t-il alors qu'elle se retournait, la main sur la poignée, et s'arrêtait à sa vue.

— Il m'est venu une idée, dit Greg en s'avançant vers elle. Tous vos vêtements sont ici, et je devrais peut-être changer de chambre. Cela serait plus commode pour vous que de devoir dormir ailleurs, puis revenir ici pour vous habiller.

— Oh. (Elle parut étonnée, puis opina du chef.) C'est vrai, nous pourrions échanger nos chambres. J'étais censée rester dans la chambre rose, mais…

Greg ne la laissa pas poursuivre. Il ne pouvait se retenir. Il devait l'embrasser. C'est pour ça qu'il avait voulu la rattraper. Il prit son visage entre ses paumes, l'attira jusqu'à lui, et baissa la tête pour couvrir ses lèvres avec les siennes, puis soupira de soulagement quand elle se laissa faire volontiers, ouvrant la bouche pour l'y laisser entrer.

Il ne devait pas être surpris qu'au bout de deux cents ans Lissianna sache bien embrasser, supposa-t-il, mais elle lui en avait mis plein la vue. Il avait juste prévu de lui voler un petit baiser rapide, de ne pas trop s'attarder en tout cas, mais la situation lui avait échappé. Ne se contrôlant plus, il pressa Lissianna contre la porte et promena ses mains le long de son corps. Lissianna ne résista pas. Elle se cambra contre lui, l'agrippa par les cheveux, et ses lèvres se firent plus exigeantes tandis qu'il s'ancrait contre elle.

La titillant du bout de la langue, Greg passa une main sous son haut, pressé de toucher sa chair nue. Il fit glisser ses doigts le long de son ventre plat, puis s'arrêta sur son soutien-gorge, et recouvrit de la paume son sein à travers la matière soyeuse avant de le serrer plus fermement.

Si une porte n'avait pas claqué plus loin dans le couloir, le ramenant sur terre, Greg aurait essayé de lui faire l'amour sur-le-champ. Mais ce bruit lui fit l'effet d'une douche froide ; il rompit leur étreinte et recula d'un pas.

— Je devrais te laisser te préparer pour le travail.

— Oui, susurra-t-elle.

Greg hocha la tête et attendit qu'elle entre dans la chambre, mais elle resta là, les yeux braqués sur lui. Il commençait à se demander pourquoi, quand elle s'éclaircit la voix et murmura :

— Tu pourrais lâcher mon…

— Oh ! haleta Greg avant de libérer son sein en retirant sa main de sous sa chemise. (Embarrassé, il commença à s'éloigner.) Je vais bientôt me coucher. (Lissianna opina du chef et un petit sourire retroussa ses lèvres.) Je serai debout à ton retour. (Elle acquiesça de nouveau.) Je te réserverai peut-être une surprise.

— D'accord, souffla-t-elle. Je m'en réjouis d'avance.

Greg continua à reculer le long du couloir, puis lui dit :

— Passe une bonne nuit.

— Toi aussi.

Toujours tournée vers lui, elle tendit le bras pour ouvrir la porte.

Il lui adressa un sourire et un petit signe de tête, puis se retourna en soupirant tandis qu'elle disparaissait dans la chambre.

— Quel plaisir de te voir !

Le salut de Debbie décrocha un sourire à Lissianna, qui entrait dans le foyer pour commencer sa permanence.

— Eh bien, dis-moi ! Quel accueil ! Quoi de neuf ?

— Pas grand-chose. (Debbie la suivit le long du couloir jusqu'à son bureau.) La routine. Le vieux Bill était aussi ronchon qu'une vieille mule ce soir, et vient de se coucher ; deux jeunes nouveaux se sont retrouvés mêlés à une bagarre et se sont envoyé quelques coups avant qu'on arrive à les séparer, et le père Joseph se débat toujours avec ses insomnies.

Lissianna la dévisagea les sourcils arqués.

— Ça ne s'est pas arrangé ?

— Non. Et le voilà qui parle tout seul maintenant ! À moins qu'il ait décidé de bénir les distributeurs d'eau fraîche. (Elle haussa les épaules.) Je crois que l'insomnie lui fait perdre la tête.

— Tu dois avoir raison, lui accorda Lissianna, ôtant son manteau tandis qu'elle entrait dans son bureau.

— Ça fait bizarre de te voir ici le dimanche, commenta Debbie, qui la suivait toujours. Bizarre, mais agréable. Cette Claudia qui te remplace les soirs où tu ne travailles pas, quelle petite créature nasillarde ! Je suis bien contente qu'elle ne soit pas là ce soir, avec tout le monde qui pète les plombs !

— Hmm. (Lissianna jeta à sa collègue un regard compatissant tandis qu'elle accrochait sa veste au portemanteau dans le coin de la pièce, et contournait sa table. En vérité, Claudia lui tapait aussi pas mal sur le système. Elle remplaçait Debbie et Lissianna les deux soirs qu'elles avaient de libre. Lissianna et Debbie travaillaient ensemble trois soirs par semaine, mais devaient supporter Claudia les deux soirs restants. Lissianna préférait la compagnie de Debbie, Claudia avait le don de l'agacer.) Alors, le père Joseph est-il encore là ou est-il parti…

La question de Lissianna s'acheva sur un piaillement de surprise quand elle s'assit sur son fauteuil et que quelque chose s'enfonça dans sa fesse.

— Qu'y a-t-il ?

Debbie s'avança vers elle, Lissianna se releva d'un bond et se retourna pour voir sur quoi elle s'était assise.

Toutes deux demeurèrent bouche bée à la vue de la croix.

— Qu'est-ce que…

— On prépare peut-être une brocante de croix, fit remarquer Debbie, et Lissianna lui jeta un coup d'œil troublé, mais remarqua que sa collègue n'observait plus la croix sur son fauteuil.

Elle examinait la pièce avec perplexité. Suivant son regard, Lissianna contempla la myriade de croix qui remplissaient son bureau. Des grandes, des petites, des croix en bois, en métal ; de toutes tailles et de toutes sortes, elles recouvraient le moindre mètre carré de son bureau. Il y en avait sur sa table de travail, son fauteuil, les rayons de sa bibliothèque, son armoire à classeurs… Absolument partout.

— Bon sang, mais qu'est-ce qui se passe ici ? murmura-t-elle avec stupéfaction. (Du coin de l'œil, elle discerna un vague mouvement et reporta son attention sur la porte où attendait le père Joseph en se mordant les lèvres.) Père Joseph ? Qu'est-ce que…

D'un vague geste de la main, elle désigna les croix aux quatre coins de la pièce.

— J'étais en train d'inventorier les croix, expliqua-t-il à sa décharge.

— Inventorier les croix ? répéta Lissianna, abasourdie. Dans mon bureau ?

— Oui, acquiesça le père Joseph. C'était le seul de libre aujourd'hui. (Il entra un peu plus dans la pièce.) Je pensais avoir terminé avant ton arrivée. Je te prie de m'excuser. (Il balaya la pièce du regard, puis tendit la main.) Si tu voulais bien me donner celle qui se trouve sur ton fauteuil, je vais commencer à les ranger. (Lissianna ramassa la croix et la lui tendit. Le père Joseph accepta l'objet, le scruta en silence tout en le faisant tourner entre ses mains, puis se dirigea vers la porte.) Je vais chercher une boîte pour le reste. Pouvez-vous les rassembler le temps que je revienne ?

Dès qu'il eut disparu de leur vue, Debbie jeta à Lissianna un coup d'œil sceptique, le sourcil relevé comme un arc.

— Il fait peur à voir, non ?

— Si, tu as raison. J'espère qu'il se remettra bientôt de ses insomnies. Quelque chose doit vraiment le tracasser pour l'empêcher de fermer l'œil de la nuit.

Debbie acquiesça, une expression pensive sur son visage tandis qu'elles commençaient à rassembler les croix. Le père Joseph ne tarda pas à revenir avec une boîte, et Lissianna retrouva son bureau dans l'état où elle l'avait laissé. Elle l'observa porter la boîte, et remarqua ses épaules voûtées et son pas abattu. *Le vieil homme meurt de fatigue*, songea-t-elle, et elle secoua la tête.

— Il a besoin de dormir.

— Oui, acquiesça Debbie dans un soupir. Je lui parlerai et lui conseillerai de prendre des somnifères si nécessaire. Ces crises d'insomnie doivent cesser.

C'est un sentiment que Lissianna partagea à la fin de son service, quand elle se mit en quête d'un candidat dont elle pourrait se nourrir avant de rentrer à la maison, et retrouva de nouveau le père Joseph en train d'arpenter les couloirs.

Elle aurait pu se glisser dans ses pensées, et le renvoyer chez lui, mais Lissianna évitait de s'immiscer dans la tête de ses collègues. Elle devait les voir tous les jours, et ne désirait pas du tout apprendre des informations qui la mettraient mal à l'aise sur son lieu de travail et rendraient la situation difficile à supporter au quotidien.

Elle décida que se passer de nourriture pendant un jour ne la tuerait pas, surtout après s'être aussi bien nourrie la nuit dernière grâce à Thomas, et autorisa le père Joseph à l'accompagner jusqu'à sa voiture, lui souhaita une bonne journée et démarra le moteur.

Une fois sur la route, Lissianna repensa à Greg. Il lui avait promis d'être debout à son retour. Il aurait dormi le temps de son service, et l'attendrait après avoir préparé du café ainsi qu'une « petite surprise spéciale ». Lissianna n'avait pas la moindre idée de ce qu'il lui réservait. Elle suspectait un plat ou un dessert qu'il adorait, même si Greg semblait raffoler de toutes les cuisines et tous les plats possibles et imaginables. Lissianna ne s'en inquiétait pas trop, mais elle mourait d'excitation à l'idée de le revoir.

Elle l'aimait beaucoup, appréciait sa conversation, et en plus il embrassait comme un dieu… comme elle avait pu le constater la veille avant son départ pour le foyer. Bien sûr, ce n'était pas la première fois qu'ils échangeaient un baiser, mais hier soir personne ne les avait interrompus, il était libre de ses mouvements, et il l'avait sidérée. Elle avait hâte de lui arracher d'autres baisers aussi époustouflants.

Lissianna sourit à cette idée tandis qu'elle se garait. Ce n'est que lorsqu'elle sortit du véhicule et se dirigea vers la porte de la cuisine qu'elle remarqua la Porsche noire stationnée dans le garage à côté de la petite voiture de sport rouge de sa mère. Cette vision fit ralentir ses pas et palpiter son cœur soudain gagné par la panique.

Oncle Lucian était arrivé.

Déglutissant avec peine, elle se dépêcha, traversa la maison en courant et cavala dans l'escalier, la poitrine étreinte par une peur intense pour Greg.

Bouleversée, elle oublia que Greg devait déménager dans la chambre rose cette nuit afin de libérer la sienne. Elle pénétra dans son ancienne chambre à coucher, s'attendant à y retrouver sa mère, Lucian et Greg, mais la pièce était vide. Elle balança son sac sur le lit, et se retourna vers la porte qui venait de se refermer d'un coup. Elle l'aurait ouverte illico et se serait précipitée dans le couloir, mais le bruit d'une porte qui s'ouvrait à l'autre bout la fit s'arrêter.

— Je vais devoir appeler le Conseil, Marguerite.

C'était la voix profonde d'oncle Lucian.

— Tu peux utiliser le téléphone dans le bureau, répliqua sa mère sur un ton sinistre.

Lissianna demeura figée tandis que les bruits de pas s'éloignaient en direction de l'escalier. Le chaos submergea son esprit. Il devait appeler le Conseil ? Mais pourquoi ? Cela ne lui disait rien qui vaille.

Elle regagna le couloir et fonça vers la porte de la chambre rose. Lissianna y pénétra, presque effrayée à l'idée de ce qu'elle pourrait y trouver. Si Lucian n'avait pas réussi à effacer la mémoire de Greg, il avait peut-être déjà…

Elle poussa un profond soupir de soulagement quand elle entraperçut Greg qui l'observait depuis le lit. Ils l'avaient de nouveau attaché… et son oncle appelait le Conseil. Ces deux éléments réunis ne dépeignaient pas un tableau des plus rassurants.

— Je savais que c'était toi. (Aux paroles de Thomas, elle tournoya vers la porte, tandis que son cousin suivi du reste de la clique entra dans la pièce.) J'ai entendu ta voiture, expliqua-t-il.

Mirabeau fronça les sourcils, et dit :

— Lissi, tu émets des ondes de peur et de panique, maîtrise-toi si tu ne veux pas que Marguerite et Lucian rappliquent.

Lissianna fit taire l'angoisse qui l'avait assaillie à la vue de Greg attaché au lit, puis se força à respirer avec régularité et se concentra sur ses pensées pour mieux les surveiller. Les émotions fortes étaient toujours les plus faciles à lire. C'était comme si elles s'émettaient d'elles-mêmes, de sorte qu'un de ses semblables n'avait même pas à essayer de sonder son esprit pour les connaître. La dernière chose dont elle avait besoin, c'était que sa mère, Martine ou oncle Lucian perçoivent des vagues d'émotions et viennent mener leur petite enquête. Et elle devait s'assurer, d'une manière ou d'une autre, que Greg n'émette pas non plus ses pensées à lui si elle voulait réussir à le sortir de ce guêpier.

Chapitre 14

Greg fut soulagé d'apercevoir Lissianna… jusqu'à ce qu'il remarque la façon dont elle blêmit lorsqu'elle le vit attaché de nouveau. Il craignait de se trouver dans le pétrin, mais sa réaction sembla confirmer sa crainte. Il laissa glisser son regard vers les autres, qui évaluaient à présent sa situation avec plus ou moins la même expression. Il tira sur ses liens, et dit avec lassitude :

— Ça sent mauvais, non ?

Personne ne répondit, mais après un moment d'hésitation Lissianna s'approcha du lit et s'affaira à libérer ses poignets.

— Arrête de réfléchir.

— Que j'arrête de réfléchir ? demanda-t-il, sceptique. Comment suis-je censé faire ça ?

— Récite quelque chose.

Greg sentit aussitôt un immense vide dans son esprit.

— Comme quoi, par exemple ?

— Ça m'est égal, rétorqua-t-elle. (Elle semblait agacée, mais marqua une pause, puis reprit d'une voix plus calme :) Un poème, une comptine… ce qui te passe par la tête. Ça n'a aucune importance, contente-toi de réciter quelque chose et concentre-toi dessus à cent pour cent. C'est le seul moyen d'empêcher ma mère et Lucian de percevoir tes pensées. Tu ne dois pas les informer par inadvertance de nos actions. Si tu veux partir d'ici, il faut que tu m'écoutes avec attention et que tu fasses exactement ce que je te dis, mais sans jamais réfléchir.

Je veux que tu te concentres complètement sur l'objet de ta récitation. Tu m'as bien comprise ?

— Oui, acquiesça Greg d'un signe de tête avant d'avouer : Mais je ne sais pas si j'en suis capable.

— Il le faut si tu veux sortir d'ici vivant, dit-elle l'air sévère.

— Tu n'as qu'à réciter *Cent kilomètres à pied*, suggéra Thomas en s'avançant vers le lit pour le détacher.

— Thomas ! (Lissianna se redressa pour le regarder de face.) Tu ne peux pas m'aider. Tu… (Elle s'arrêta et observa les six autres personnes présentes dans la pièce à part Greg et elle-même.) Vous devez tous descendre sur-le-champ et rester en dehors de ça.

Mirabeau poussa un petit grognement et s'approcha pour libérer l'une des chevilles de Greg.

— Tu rêves !

— Mirabeau, c'est sérieux ! essaya-t-elle de la raisonner. Vraiment très, très sérieux. Il ne s'agit plus de défier seulement ma mère. Oncle Lucian…

— Oh, la ferme, Lissi ! l'interrompit Elspeth sans ménagement, et elle se rapprocha de Greg pour défaire le lien autour de son autre cheville. On a aussi le droit de s'amuser un peu !

— De plus… (Juli repoussa Lissianna, et s'affaira à terminer de délier les cordes autour du poignet de Greg.) Un pour tous, et tous pour un, je te rappelle.

— On aime bien Greg, lui expliqua Vicki en lui tapotant l'épaule comme pour l'apaiser. Aucun de nous ne souhaite le voir endurer un conseil de trois.

Soudain, la tension dans l'air devint palpable, et si les expressions sinistres sur les visages qui l'entouraient étaient effrayantes, c'est celle de Lissianna qui l'alarma le plus. Elle était terrifiée, et il supposa qu'elle n'était pas du genre à avoir peur sans raison. Il craignait aussi qu'elle s'angoisse pour lui, et non pour elle.

— Qu'est-ce qu'un « conseil de trois » ? demanda-t-il, soupçonnant que la réponse ne lui plairait pas.

— Trois membres du Conseil qui fusionnent avec l'esprit d'un mortel en même temps, répondit Vicki. Certains mortels peuvent résister ou bloquer l'un des nôtres, mais personne ne peut résister à trois vampires qui l'assaillent de conserve.

— Qu'est-ce que ça fait ?

— Ça te grille le cerveau. L'individu se transforme en Renfield.

Greg supposa que « Renfield » était le terme qu'ils employaient pour qualifier une personne ayant perdu la raison à la suite d'interventions intempestives dans son esprit. Il ne pouvait cependant pas en être sûr car, quand il ouvrit la bouche pour demander des explications, Mirabeau l'interrompit d'un ton sec.

— Récite !

— « Un kilomètre à pied… », commença Greg, et il continua à réciter tandis qu'ils s'affairaient à le libérer, mais trouva l'exercice difficile.

Il n'avait pas l'habitude de « ne pas réfléchir », et son esprit fourmillait à l'instant même de milliers de questions et de pensées. La plupart concernaient le fait qu'il n'avait aucune envie de devenir « un Renfield ».

Greg en était à dix kilomètres quand le dernier lien fut défait.

— L'un de vous doit descendre pour découvrir ce qui se trame, et s'assurer qu'ils ignorent le retour de Lissianna, dit Thomas tandis que Greg s'asseyait sur le lit.

— J'y vais, se proposa Mirabeau. Je suis la plus âgée, je pourrai en lire plus que vous.

— D'accord, acquiesça Thomas. Mais fais au plus vite !

Elle hocha la tête, se passa la main dans les cheveux, à travers ses pointes fuchsia, et se dirigea vers la porte.

— Récite ! ordonna Thomas à Greg comme Mirabeau quittait la pièce.

Se rendant compte qu'il s'était arrêté, il reprit le fil de sa comptine, sa voix meublant le silence tandis qu'ils attendaient le retour de Mirabeau. Elle ne mit pas longtemps, et affichait une expression sinistre.

—Ils savent qu'elle est rentrée, et que nous sommes tous là-haut. Lucian a envoyé Martine surveiller les voitures dans le garage, et Marguerite a fait venir Vittorio, Maria et Julius.

Greg ne put s'empêcher de marquer une courte pause pour demander :

—Qui sont ces gens ?

—Maria est la bonne de mère, et Vittorio son mari. Il s'occupe du jardin. Ils ne travaillent pas les week-ends, c'est pourquoi tu ne les as pas rencontrés, répondit Lissianna, l'air affolé. Ils habitent une petite maison à l'arrière de la propriété.

—Julius, c'est le chien de tante Marguerite, ajouta Juli d'une voix fluette.

—Juli a peur des chiens, expliqua Vicki, tapotant l'épaule de sa sœur. Alors tante Marguerite le fait garder par Maria pendant notre séjour.

—Ce n'est pas un caniche, je présume ? grogna Greg, la mine renfrognée.

—Récite ! dit Mirabeau d'un ton ferme, et Greg obéit.

—OK. (Lissianna se frotta le front et s'éloigna à quelques pas du lit, puis regagna sa place, face aux autres.) Vous ne pouvez pas m'aider cette fois. (Thomas ouvrit la bouche, prêt à débattre, mais Lissianna l'interrompit en levant la main.) Vous me serez beaucoup plus utiles si vous restez ici et découvrez ce qu'ils mijotent. J'appellerai ce soir, et vous me direz ce qu'il en est.

—Tu devrais peut-être discuter avec eux, et découvrir ce qui se passe la première, Lissianna, suggéra Jeanne. Si ça se trouve, vous n'avez pas besoin de vous échapper.

—Si je l'aide à fuir maintenant, je ne fais que transgresser les ordres de maman. Si je leur parle d'abord, et apprends qu'ils comptent bien lui infliger un conseil de trois ou un autre sort affreux, et qu'on s'enfuit après, j'aurais désobéi au Conseil en toute connaissance de cause.

Lissianna secoua la tête.

— Comment comptes-tu le faire sortir ? interrogea Thomas. Ils surveillent les voitures.

Lissianna tapota brièvement des doigts sa cuisse, puis s'immobilisa d'un coup.

— Le deux-roues !

Greg cligna des yeux de surprise. Il n'avait pas aperçu de moto dans le garage, mais de toute façon elle devait se trouver ailleurs puisque le garage était surveillé.

— Et nous alors ? intervint Elspeth.

— Vous allez devoir rester ici pour cette fois. Découvrez ce qui se trame, et je vous téléphonerai plus tard. Thomas, tu as ton portable ?

— Oui.

— Super. Je vous appelle tout à l'heure.

Lissianna prit la main de Greg. À cet instant précis, sa récitation faiblit, et Lissianna le fusilla du regard. Il redoubla tout de suite d'efforts pour se concentrer exclusivement sur ce qu'il récitait tandis qu'elle le conduisait à travers la pièce. Greg jeta un coup d'œil en arrière quand ils atteignirent la porte, et regretta de l'avoir fait : l'inquiétude et la terreur qui se lisaient sur les visages de ceux qu'ils laissaient derrière eux le frappa d'horreur.

— Récite dans ta tête, lui ordonna Lissianna en ouvrant la porte. Nous ne devons pas faire de bruit.

Greg referma aussitôt la bouche et poursuivit en silence. Cependant, il trouva qu'il était encore plus difficile de ne pas penser de cette façon, tandis qu'elle le menait le long du couloir jusqu'à des marches situées à l'opposé de la cage d'escalier principale. Il commença à marmonner les mots le plus bas possible dans l'espoir que cela lui facilite la tâche, mais des pensées bouillonnaient à la périphérie de son esprit. Ce qu'ils semblaient tous tellement craindre l'inquiétait lui aussi, il ignorait où ils allaient, et il se souciait de savoir s'ils y arriveraient sans se faire prendre. Et, ce qui le tracassait par-dessus tout, c'était de savoir ce qui se passerait s'ils ne parvenaient pas à s'enfuir sans se faire repérer.

Les marches conduisaient à un vestibule obscur. Greg n'y voyait rien, mais faisait confiance à Lissianna et la suivait sur la pointe des pieds jusqu'à ce qu'elle s'arrête derrière une porte. Quand elle l'entrebâilla, il s'aperçut qu'ils avaient gagné les cuisines. Il crut d'abord que la pièce était vide, et se demanda pourquoi Lissianna n'avançait pas, mais soudain un homme petit et trapu et plutôt âgé apparut dans son champ de vision, et se dirigea vers la porte du garage.

— Où vas-tu ?

Une voix de femme marquée par un subtil accent italien s'éleva de l'autre bout de la pièce.

— Lucian veut que je surveille les voitures avec Martine, rétorqua l'homme, qui s'arrêta pour enfiler une paire de bottes et saisir un manteau accroché à un triangle à côté de la porte.

Greg présuma que c'était Vittorio, le mari de la bonne.

— Pourquoi ?

— Je n'en sais rien, répondit-il d'un haussement d'épaules. Il a juste dit : « Aide Martine à surveiller les voitures, Vittorio. Personne ne part sans mon autorisation. » Alors je surveille les voitures.

— Hmm. (Maria semblait inquiète.) Je me demande quel est le problème. Ils ne nous auraient pas fait revenir aussi tôt si tout allait bien. J'espère que Mlle Lissi n'a pas...

Greg n'entendit pas la suite de sa phrase, et ne saurait jamais ce qu'elle craignait que Mlle Lissi ait fait car Lissianna choisit ce moment pour refermer avec délicatesse la porte de la cuisine. Elle le conduisit ensuite tout au bout du couloir jusqu'à une autre porte. Cette fois, elle ne s'arrêta pas, mais se glissa directement dans la pièce, traînant Greg derrière elle. Greg n'avait aucune idée d'où ils se trouvaient. L'obscurité l'encerclait. Il hésita et tira sur la main de Lissianna qui commençait soudain à avancer, mais elle se contenta de l'enserrer avec fermeté et l'entraîna avec elle.

Ce n'est que lorsqu'elle lui susurra : « Es-tu en train de réciter ? » qu'il se rendit compte qu'il avait cessé. Il serra les dents, et reprit du début, car il ne savait plus combien de kilomètres à pied il avait déjà compté.

Il lui sembla avoir marché pendant une éternité quand elle s'arrêta enfin. L'instant d'après, il entendit un chuintement comme elle tirait d'un coup sec les rideaux. Dehors, l'aube grise régnait encore, mais il y avait assez de lumière pour lui permettre de discerner les portes-fenêtres qu'elle venait de révéler.

Greg vit Lissianna tendre la main vers la poignée, puis tous deux s'immobilisèrent au son d'un grognement soudain qui provenait, étouffé, de l'autre côté. Il mit quelques minutes à remarquer l'énorme chien noir sur la pelouse. *Julius*, devina-t-il. L'animal était un vrai molosse, il n'avait en effet rien d'un caniche.

Greg entendit Lissianna pousser un juron, puis elle se tut et garda le silence un long moment. Elle demeura immobile et silencieuse si longtemps qu'il sursauta lorsqu'elle se tourna brusquement vers lui.

— Attends-moi ici. Je vais ouvrir une porte à l'autre bout pour que Julius puisse entrer. Une fois qu'il sera à l'intérieur, je veux que tu t'éclipses par cette porte, d'accord ? (Greg hocha la tête.) Continue à réciter.

Lissianna se faufila à travers la pièce, disparut un moment dans la pénombre avant d'apparaître à sa vue de nouveau quand elle tira les rideaux de l'autre côté. Greg supposa que les portes-fenêtres couraient tout le long de la pièce, ce qui signifiait qu'ils étaient dans la bibliothèque. Il y était déjà allé la veille. Elle était composée de trois murs ornés du sol au plafond par des rangées de livres, et d'une façade extérieure constituée d'une large baie vitrée. Il se rappela à quel point l'endroit lui avait paru chaleureux et accueillant dans l'après-midi. Étrange comme une légère obscurité pouvait tout changer.

— Tiens-toi prêt.

Greg l'entendit chuchoter et s'approcha de la porte, le regard à l'affût de Julius, puis bien braqué sur lui une fois la forme noire repérée à l'extérieur. Il distingua le cliquetis et le chuintement caractéristique d'une porte coulissante, vit la gueule noire du chien pivoter dans cette direction, puis le molosse détala à toute allure vers la porte-fenêtre à l'opposé de Greg. Il faillit ouvrir sa porte et prendre ses jambes à son cou, mais se retint juste à temps. S'il l'ouvrait avant que le chien entre dans la pièce, l'animal pouvait l'entendre et changer de trajectoire.

— Maintenant !

Lissianna murmura, mais le mot sembla exploser dans sa bouche, et une seconde plus tard Greg se glissait à travers la porte qu'il venait d'entrouvrir. Il jeta un coup d'œil de l'autre côté et aperçut le chien qui se ruait à l'intérieur, dépassant Lissianna, et courait dans sa direction. Au moment où il commença à refermer derrière lui, il vit Lissianna se faufiler dehors par l'autre porte, et la refermer derrière elle, piégeant le molosse entre les murs de la bibliothèque.

En une fraction de seconde, Lissianna rejoignit Greg, qui n'eut pas le temps de se demander comment elle s'était déplacée aussi vite, car elle le prit aussitôt par la main et le traîna jusqu'à l'arrière de la propriété. Il la suivit d'un pas hésitant, et ne se souvint de réciter qu'une fois la moitié de la distance parcourue. Lorsqu'ils eurent atteint le coin de la maison, elle tourna à gauche, le tirant toujours par le bras. Il n'avait aucune idée de l'endroit où ils allaient quand il commença à discerner à travers l'obscurité la forme d'une maisonnette au loin. Greg devina qu'il devait s'agir de la demeure de Vittorio et Maria, et pensa d'abord qu'elle l'y emmenait, mais elle bifurqua soudain à droite et courut, Greg sur ses talons, jusqu'à un petit abri.

Il était cadenassé. Lissianna tendit la main, saisit le cadenas métallique et tira d'un coup sec. Greg reconnut le bruit strident caractéristique des clous arrachés au bois. Le verrou resta bien niché dans son loquet, qui lui se disloqua entièrement de la porte.

— On a oublié ses clés ? lança-t-il, ironique, à la fois impressionné et envieux de sa force.

— Récite, lui ordonna Lissianna, qui reposa le morceau de métal à côté et tira la porte de l'abri vers elle, révélant dans la remise ouverte une tondeuse à gazon, un vélo et des objets divers et variés.

— « Cent kilomètres à pied », récita Greg, obéissant, mais en réalité il pensait : *Qu'est-ce qu'on fiche là, bon sang ?*

Lissianna répondit à son interrogation quand elle saisit le vélo par le guidon et le tira hors de l'abri.

— Que fais-tu avec ça ? demanda Greg avec stupeur, la suivant autour de l'abri.

— Je fuis.

— Sur un vélo ? renchérit-il avec horreur.

— C'est juste pour atteindre la route.

— Oui, mais… sur un vélo ?

— Martine et Vittorio surveillent les voitures, lui rappela-t-elle. Je peux maîtriser Vittorio, mais pas Martine.

— Mais… (Quand elle avait mentionné les deux-roues, il avait pensé à une motocyclette. Or c'était une bicyclette, rose, ornée d'un petit panier rose et jaune, avec des banderoles en plastique roses et jaunes accrochées au guidon… Elle avait même une sonnette. Incapable de se résoudre à réaliser leur grande évasion à bicyclette, il reprit d'un air morose :)… c'est un vélo de fille.

— Oui, c'est un vélo de fille, confirma Lissianna, laconique. Il appartient à la petite fille de Maria. Je suis navrée que ça ne te convienne pas, et je m'en passerai volontiers si tu veux te mesurer à Julius et essayer de courir plus vite que lui.

Greg écarquilla les yeux et regarda en arrière, jaugeant avec anxiété le chemin qu'ils avaient parcouru.

— Julius est enfermé entre quatre murs.

— Julius va aboyer jusqu'à s'en faire saigner les tympans. Quelqu'un finira par l'entendre, se rendra compte qu'on s'est échappés et le laissera sortir. Avec un peu de chance, on aura peut-être le temps d'atteindre la route avant que ses aboiements parviennent jusqu'à l'avant de la maison, mais si Maria se trouve encore dans la cuisine… (Elle s'interrompit comme l'aboiement d'un chien brisait d'un coup le silence de la nuit. Il provenait de la direction de la bibliothèque, mais pas de l'intérieur.) Tu peux arrêter de réciter, dit Lissianna d'un air résolu. Monte sur le vélo.

Soudain, fuir à vélo ne lui parut plus une si mauvaise idée. Cela valait certes mieux que de se faire mordre les fesses par un chien en tentant de le dépasser, décida-t-il en essayant de grimper sur la selle. Greg enjamba le cadre avec plus d'enthousiasme que de précaution, et il lui fut rappelé non sans vigueur qu'il s'agissait d'un vélo de fille. Occupé à pester contre le concepteur des bicyclettes de filles et ce besoin de rajouter une barre en plein milieu, il se laissa devancer par Lissianna, qui s'installa sur la selle avant lui.

— C'est moi qui pédale, annonça-t-elle. Enroule tes bras autour de ma taille.

Greg eut à peine le temps de l'enlacer qu'elle avait déjà commencé à pédaler et dirigeait l'engin jusqu'au bout de l'allée en le faisant pencher un coup à gauche, un coup à droite.

— Quand as-tu fait du vélo pour la dernière fois ? le questionna-t-il, perplexe, pendant qu'ils zigzaguaient à travers la route, en équilibre instable sur la bicyclette. Lissianna ne daigna pas lui répondre.

Greg jeta un regard plein d'angoisse vers la grande maison qu'ils avaient fuie. Il n'aperçut que les embrasures de quelques fenêtres encore illuminées. Un océan d'obscurité les séparait de la propriété, mais la vue leur était inutile pour savoir que le chien s'approchait. Chaque minute qui s'écoulait, l'aboiement se faisait plus fort.

Il retourna la tête et fut soulagé de remarquer que, pendant qu'il s'était laissé distraire, Lissianna avait accéléré. Le vélo ne zigzaguait plus, et ils détalaient à toute allure le long de l'allée. Ils réussiraient peut-être à échapper à Julius, songea-t-il…, mais ils n'étaient pas au bout de leurs peines.

— Ils ne vont pas nous poursuivre en voiture ?

— Si.

— Si, maugréa Greg.

Si. C'est tout ce qu'elle trouvait à dire. Comme si c'était un simple détail. Ils peinaient à avancer sur un satané vélo, et elle ne semblait pas s'inquiéter qu'un groupe de vampires super puissants se lance à leur poursuite en voiture. À l'évidence, Lissianna avait autant de force dans les jambes que dans les bras, elle pédalait vite, et il ne se tracassait plus vraiment de se faire rattraper par Julius. D'ailleurs, l'aboiement du chien leur parvenait de manière plus étouffée. Mais, quand même, elle ne pensait pas réellement être capable de distancer une voiture !

— Il faut juste qu'on atteigne la route, répéta Lissianna, et Greg se souvint vaguement qu'elle avait déjà mentionné cela auparavant.

— Que se passe-t-il une fois sur la route ? demanda-t-il, mais elle ne répondit pas, et il la laissa pédaler, soucieux de ne pas la déconcentrer.

Il tourna de nouveau un regard anxieux vers la maison juste à temps pour apercevoir les portes du garage qui s'ouvraient.

— Ils arrivent, hurla-t-il pour l'avertir.

Lissianna ne daigna même pas regarder derrière elle. Elle pédalait aussi vite que possible, et il remarqua qu'ils approchaient de la route. Greg se dévissait le cou d'un côté, puis de l'autre, en direction de Marguerite et de sa petite voiture de sport rouge qui sortait du garage, et vers la route qui n'était plus qu'à quelques mètres. La voiture se trouvait à mi-distance, et elle gagnait de la vitesse, quand Lissianna traversa enfin le portail. Sans laisser le temps à Greg de lui demander ce qu'elle avait prévu ensuite, elle pédala comme une forcenée vers la route et droit sur une voiture qui fonçait sur eux.

Il hurla un avertissement, Lissianna freina, Greg entendit le grincement des freins du véhicule qui vira de bord pour les éviter, et par miracle ils parvinrent tous à s'arrêter sans que personne se fasse écraser, renverser ou éjecter au loin.

— Dépêche-toi !

Lissianna était descendue du vélo, et se précipitait vers le véhicule.

Greg n'hésita pas une seconde. Le vrombissement de la voiture de Marguerite dans son dos, il sauta de la bicyclette, l'envoya valser dans l'allée sans ménagement, et courut après Lissianna, qui venait de monter à l'arrière du véhicule qui avait failli les écraser.

— Hé ! Vous ne pouvez pas… !

L'adolescent boutonneux qui conduisait s'arrêta brusquement de hurler et pivota sur son siège, puis redémarra le moteur avec calme.

— Qu'est-ce que tu fabriques, vieux ? s'exclama avec stupeur son copain assis sur le siège passager.

Puis il poussa un cri sidéré quand son ami appuya sur l'accélérateur et démarra en trombe.

— Il nous aide à échapper à des sales types, dit Greg au second gamin d'une voix douce, puis porta le regard vers Lissianna. Les yeux braqués sur la route, elle paraissait aussi concentrée que si elle conduisait, et il la soupçonna de le faire. Greg était persuadé qu'elle dirigeait en ce moment même le jeune conducteur, tout comme sa mère avait commandé ses propres actions.

Greg se tourna pour jeter un coup d'œil en direction de l'allée quand ils passèrent à côté à vive allure. Y balancer le vélo s'était révélé une idée futée. La bicyclette coincée sous l'avant du véhicule avait bloqué l'avancée de la voiture de sport rouge à la lisière de la route. Marguerite et Lucian, deux silhouettes sinistres dans la grisaille à la pointe de l'aube, en descendirent pour observer leur fuite.

Lissianna sortit des toilettes pour dames et balaya du regard la section réservée à la restauration, mais n'aperçut Greg nulle part.

Lorsqu'ils avaient fui la maison, ils n'avaient emporté ni son sac, ni le portefeuille de Greg, mais Lissianna n'avait pas réfléchi à la question avant qu'elle dise aux garçons de les déposer au centre commercial d'Eaton Center. Jusqu'alors, elle s'était surtout préoccupée du froid et du fait qu'ils avaient aussi oublié de prendre leurs manteaux. Le centre commercial se trouvait au cœur de la ville. Immense et toujours bondé, il se situait également sur le trajet du PATH [1], une galerie souterraine de près de trente kilomètres qui regroupait magasins, restaurants et bureaux en plein centre de Toronto. On pouvait se passer de vestes, et éviter les rayons du soleil si on restait aux niveaux les plus bas : l'endroit parfait pour un homme en chemise en plein hiver et une vampire. Ils pourraient y traîner durant la journée, le temps de trouver ce qu'ils allaient faire ensuite.

En réalité, le centre commercial et la galerie souterraine représentaient des lieux de promenade rêvés pour les vampires, point final. Ce qui posait un léger problème. Lissianna connaissait certains membres de son espèce qui y travaillaient, car cela leur permettait de se déplacer pendant la journée sans risquer de trop s'exposer à la lumière du soleil.

Néanmoins, cela lui avait paru la meilleure idée ; un abri sûr jusqu'à ce qu'elle décide que faire. Après une longue discussion sur la prochaine étape, Lissianna et Greg avaient passé la matinée à arpenter les galeries, s'arrêtant à certains magasins pour jeter un coup d'œil à leurs marchandises, puis avaient repris leurs

1. À Toronto, le PATH est un ensemble de galeries souterraines pédestres reliées entre elles, situé sous le centre-ville. Il facilite le déplacement entre les bâtiments, les stations de métro, etc., tout en faisant office de centre commercial. (*NdT*)

pérégrinations jusqu'à ce que Greg remarque avec inquiétude les traits tirés d'une Lissianna au bord de l'épuisement. Il l'avait aussitôt traînée jusqu'à la section dédiée aux restaurants et l'avait forcée à s'asseoir, mais Lissianna avait souhaité utiliser les commodités et s'était éclipsée pour s'asperger la figure d'eau dans l'espoir que cela la réveille.

Après ce traitement, elle ne s'était sentie ni mieux ni plus alerte. Lissianna était éreintée, point final. C'était l'après-midi, et elle n'avait pas encore fermé l'œil. Cela faisait plusieurs jours qu'elle dormait à peine quelques heures, et voilà qu'au lieu de récupérer elle passait ses cinq précieuses heures de sommeil à déambuler dans le centre commercial pour tuer le temps. Il y avait de quoi tomber de fatigue. En plus, son dernier repas remontait à un jour. Thomas lui avait fait avaler alors trois poches de sang, mais ses réserves s'amenuisaient, et elle commençait à souffrir du manque. Elle avait besoin de sang et de repos, et elle risquait de manquer de l'un comme de l'autre pendant encore un moment.

Lissianna n'était pas la seule à mourir de faim. Greg non plus n'avait pas mangé de la journée, mais il ne se plaignait pas. Un sifflement aigu attira son attention vers le centre de la place, et elle se sentit envahie d'un profond soulagement quand elle aperçut Greg qui lui faisait signe de la main assis à une table.

— J'ai eu peur de t'avoir perdu, reconnut-elle tandis qu'elle se laissait tomber sur le siège en face de lui, puis s'arrêta et examina le plateau de nourriture déposé entre eux. Où as-tu trouvé ça ? Je croyais que tu n'avais pas ton portefeuille.

— C'est vrai, mais je travaille pas loin et je suis un habitué du petit traiteur là-bas. (Il lui désigna un minuscule restaurant, et poursuivit :) Il est tenu par un vieux couple fort sympathique. Et comme ils me connaissent, ils me font crédit. Ils envoient la facture à mon bureau. Je leur ai dit d'ajouter un supplément pour le dérangement occasionné. C'est vraiment un couple très sympa.

— Oh.

Lissianna le regarda disposer de la soupe, un sandwich et une boisson devant elle.

— Mange, ordonna Greg en tirant vers lui le plateau qui comprenait une soupe, un sandwich et une boisson.

— Je ne mange pas, répliqua-t-elle l'air morne.

— Lissianna, je ne peux pas te procurer de sang, mais la nourriture aidera ton organisme à en produire. Cela pourrait te requinquer, un peu.

Elle grimaça, et accepta la cuiller qu'il lui tendait. Elle la trempa dans le liquide et porta une minuscule cuillerée à ses lèvres. Après sa mauvaise expérience avec le potage du père Joseph, elle préférait se montrer prudente, mais fut agréablement surprise : la soupe était délicieuse.

— Qu'est-ce que c'est ?

— Crème de choux-fleurs et fromage. (Greg l'observa, un sourcil relevé.) Qu'en penses-tu ?

— C'est bon, reconnut-elle. Je ne crois pas en avoir jamais mangé.

Il sourit, et se concentra sur la nourriture.

Lissianna avala encore quelques cuillerées, puis goûta le sandwich, et le trouva plutôt savoureux.

— Poitrine de bœuf fumée et moutarde sur pain de seigle, l'informa Greg avant qu'elle ait pu demander ce qu'il y avait dedans.

— C'est bon aussi, admit-elle, et tous deux demeurèrent silencieux pendant qu'ils continuaient à manger.

Lissianna termina bien avant lui. Après des années à se sustenter d'un régime liquide, son estomac avait rétréci et elle devait se contenter de petites portions. Elle ne mangea que la moitié de sa soupe, et à peine le tiers de son sandwich. Ce qu'elle avait laissé de côté, Greg s'empressa de l'engloutir. À son grand étonnement, elle se sentit un peu mieux après avoir mangé. Plus réveillée en tout cas. Ils vidèrent le contenu de leurs plateaux dans l'une des poubelles, puis les posèrent tout en haut de la pile. Ils arpentèrent encore le PATH pendant un moment, et se retrouvèrent au rayon meuble d'un grand magasin.

— Je n'ai jamais vu un canapé aussi moche !

Lissianna se mit à pouffer devant l'expression horrifiée de Greg, qui haussa aussitôt les sourcils.

— Tu n'es pas d'accord ?

— Oh si, c'est vraiment laid, confirma-t-elle. Nos goûts sont tellement semblables que je trouve cela amusant.

Il afficha un sourire ironique.

— Je sais. Au début, je croyais que tu partageais mes avis pour me faire plaisir.

Lissianna l'observa avec scepticisme.

— Je ne suis pas Meredith.

— Je sais bien, s'écria Greg comme s'il s'excusait. Au bout d'un moment, j'ai arrêté de faire des commentaires pour essayer de te piéger, mais tes goûts demeuraient identiques aux miens. Il faut croire que nous avons les mêmes.

— Les classiques, murmura Lissianna. (Comme il la regarda avec incompréhension, elle s'expliqua :) J'aime les classiques intemporels. Les couleurs unies, les styles indémodables plutôt que les motifs et le design, qui vieillissent au fil du temps et restent coincés dans une époque. J'aime aussi les meubles confortables et douillets.

Greg arbora un grand sourire et acquiesça.

— Les classiques. Je n'aurais pas su le qualifier comme ça, mais c'est aussi ce qui me plaît. (Il laissa glisser son regard par-dessus l'épaule de Lissianna et grimaça, puis la prit par le bras pour la traîner plus loin.) Vendeur enragé en vue.

— Enragé ? répéta-t-elle d'une voix amusée.

— Ils le sont tous, répondit-il d'un ton sec tandis qu'ils se précipitaient vers l'Escalator pour s'y réfugier. Celui-là a l'air un peu plus féroce que les autres.

Tout en posant un pied sur l'escalier roulant, Lissianna jeta un coup d'œil en arrière et sentit son expression se figer quand elle repéra l'homme en costume noir qui s'était lancé à leur poursuite.

— Qu'est-ce qui se passe ? interrogea Greg, qui regardait aussi derrière lui.

— Ce n'est pas un vendeur, murmura-t-elle le souffle court, puis elle l'attrapa par la main et commença à descendre les marches en courant, s'excusant auprès des passagers qu'elle bouscula sur son passage dans son affolement.

Greg ne parlementa pas et ne posa aucune question. Il lui serra la main et lui emboîta le pas, se confondant lui aussi en excuses alors qu'ils essayaient d'atteindre avec peine le bout de l'Escalator.

Une fois arrivée, Lissianna ne s'arrêta pas pour regarder alentour, mais se rua vers la sortie.

— Il nous suit toujours, dit Greg tandis qu'ils se faufilaient à travers la foule qui grouillait tout le long du PATH.

Elle accéléra un peu ; désormais elle usait de son pouvoir télépathique pour inciter les badauds qui marchaient devant eux à les laisser passer. Le fait qu'elle n'y ait pas pensé plus tôt révélait son état de fatigue.

— Qu'est-ce qu'on fait ? demanda Greg au bout d'un moment, quand Lissianna vira soudain en direction du cinéma, l'entraînant derrière elle.

Lissianna ne gaspilla pas son énergie à lui expliquer, son esprit était occupé à commander les ouvreurs tout en menant Greg jusqu'à l'intérieur. Plusieurs films passaient en matinée. Elle balaya chaque salle de son radar pour lire les émotions des spectateurs, et s'arrêta brutalement lorsque des vagues d'angoisse qui s'intensifiaient l'assaillirent de derrière les portes de la salle numéro 3. Greg la suivit sans faire le moindre commentaire, et attendit qu'ils soient assis avant de parler.

— Un film ? s'exclama-t-il, incrédule, alors qu'ils s'enfonçaient dans leurs fauteuils.

— Un film d'horreur, le corrigea Lissianna, en jetant un dernier coup d'œil vers la porte. Leur terreur couvrira la nôtre. Je t'ai expliqué que la peur était une puissante émettrice ; les vagues d'angoisse que nous dégageons lui permettent de nous pister. J'espère parvenir à le semer grâce aux émotions des spectateurs qui réagissent au film.

— Je vois. (Greg regarda lui aussi en direction de la porte, puis demanda :) Qui est-ce ?

— Valerian. Un immortel.

— Un cousin ? Un frère ? Un parent ? reprit Greg.

Lissianna le dévisagea avec étonnement.

— Aucun des trois. Nous ne descendons pas tous d'une seule et même famille, Greg.

— Oh, fit-il d'un haussement d'épaules. Je pensais que tous les vampires de Toronto venaient de la même famille.

Lissianna secoua la tête.

— Toronto est un des lieux les plus fréquentés par notre espèce.

Greg demeura silencieux le temps de digérer cette nouvelle, puis reprit :

— Cela s'explique par la présence du PATH, je suppose. Les galeries souterraines rendent la ville attrayante pour les vampires. Ils peuvent se déplacer pendant la journée, et…

— À ton avis, qui est à l'origine de sa construction ? plaisanta-t-elle. Il existe une structure similaire à Montréal, ils l'appellent la ville souterraine. Une importante communauté y habite aussi.

— Oh. (Greg se renfonça dans son fauteuil, l'air dérouté.) Vous êtes combien au total ?

Lissianna haussa les épaules, et cessa de surveiller la porte, presque sûre qu'ils avaient semé Valerian.

— Je ne connais pas le chiffre exact.

— Plus d'un millier ? questionna Greg.

Lissianna ouvrit la bouche pour lui répondre, puis tressaillit et jeta un brusque coup d'œil vers l'écran lorsque tout le monde dans la salle sursauta et plusieurs spectateurs hurlèrent d'effroi.

— C'est un film de vampires, dit Greg avec amusement. Les jumelles seraient agacées rien qu'à l'idée de le regarder.

— Oui, confirma Lissianna, mais quand il s'installa plus confortablement dans son siège elle fronça les sourcils. Tu ne veux pas qu'on s'en aille ?

— Pour aller où ? rétorqua Greg. On ne peut pas aller chez ton amie…

— Debbie, l'informa Lissianna.

Elle avait tout de suite pensé demander l'aide de Debbie, sa collègue du foyer. C'était d'ailleurs la seule personne à laquelle elle avait pu penser. Et, même si elle était réticente à l'impliquer, elle n'avait aucun autre endroit où aller. Greg lui avait suggéré l'appartement de sa sœur, mais elle rejeta tout net cette possibilité. Ils devaient éviter tous les membres de sa famille, c'est là que sa mère et son oncle chercheraient en priorité. Hors de question aussi de se rendre chez les parents ou les amis de Lissianna. Du moins, ses amis vampires. Debbie lui avait semblé l'unique solution. C'était une collègue, elles s'entendaient bien, mais n'étaient pas proches au point de se voir en dehors du travail, ou de solliciter l'aide l'une de l'autre quand elles avaient besoin d'un endroit où dormir… jusqu'à aujourd'hui, en tout cas. Or Debbie travaillait la nuit, comme Lissianna, et elle récupérait pendant la journée. Lissianna espérait qu'elle se levait vers 16 heures.

— On ne peut pas aller chez Debbie avant deux heures.

Il haussa les épaules.

— Autant rester ici et décompresser. Ça nous fera perdre environ une heure, au moins. Et tu pourras faire une sieste.

Cela pourrait aussi leur éviter de croiser d'autres vampires, songea Lissianna, et elle s'enfonça dans son siège. Elle ne pensait pas vraiment réussir à dormir, mais cela lui ferait du bien de se détendre un peu.

Chapitre 15

Greg avait remonté les jambes sur son siège et s'était tourné vers Lissianna pour la regarder dormir quand elle ouvrit soudain les yeux. Somnolant à moitié, elle cligna des paupières, puis observa autour d'elle et remarqua que le film était terminé. Le générique défilait sur l'écran, et la salle était presque vide. Elle pivota doucement la tête vers Greg, et lui demanda :

— Pourquoi ne m'as-tu pas réveillée ?

— Tu avais besoin de récupérer, se contenta-t-il de rétorquer.

Elle releva les sourcils.

— Et alors ? Tu allais me laisser dormir ici toute la journée ?

Greg haussa les épaules.

— Jusqu'à ce que l'un de ces types armés de lampes de poche nous jette dehors.

— Des ouvreurs, l'informa Lissianna. C'est comme ça qu'on les appelle.

— Ah. (Il haussa les épaules de nouveau, leur dénomination lui importait peu. Greg s'inquiétait surtout pour Lissianna.) Comment te sens-tu ?

Lissianna se redressa légèrement, puis, évitant de le regarder dans les yeux, déclara :

— Pas pire.

Sa réponse lui fit froncer les sourcils. Elle n'arriverait pas à le duper par le choix de ses mots.

— Pas pire, ça signifie « pas mieux non plus », je me trompe ? (Elle se contenta de promener son regard sur la salle qui se vidait, se gardant d'appuyer ses propos comme de les démentir.) Il te faut du sang. (Cela n'était plus à démontrer.) Tu pâlis à vue d'œil, j'arrive même à le voir ici dans l'obscurité.

— Oui, eh bien tu pourras t'inquiéter quand je commencerai à scintiller dans le noir, rétorqua-t-elle avec humour. (Il écarquilla les yeux, pris de panique, et elle se hâta d'ajouter :) Je plaisante, Greg.

— Oh, murmura-t-il, puis il se leva pour la suivre tandis qu'elle se relevait et remontait l'allée de sièges.

Greg la saisit par le bras, et chercha du regard une montre au-dessus des guichets. Il releva l'heure avec soulagement.

— Il est 16 h 15. On peut appeler ton amie maintenant ?

— Oui.

— Aucun de nous n'a de portable, ou de la monnaie pour téléphoner d'une cabine, lui fit-il remarquer. Tu ne pourrais pas hypnotiser quelqu'un pour qu'il nous prête son téléphone ?

— Si, mais je vais d'abord demander, murmura Lissianna, et elle commença à se diriger vers la sortie du cinéma.

Greg la suivit d'un pas lent. Il ignorait où elle allait jusqu'à ce qu'elle s'arrête devant un homme qui venait juste de raccrocher et s'apprêtait à ranger son mobile. Il sentit ses épaules se raidir et son torse se bomber un peu lorsqu'il remarqua que l'homme en question semblait sortir tout droit d'un magazine de mode. Il avait des cheveux blonds coupés court et des yeux bleus perçants. Musclé, mais pas trop, il avait le physique d'un type habitué aux salles de musculation, mais qui veillait à ne pas ressembler à un culturiste.

Il doit être homo, songea Greg, et il se renfrogna quand le type adressa un sourire intéressé à Lissianna qui venait de s'arrêter devant lui.

Greg se trouvait encore assez loin, et n'entendit pas ce qu'elle lui dit quand elle demanda à emprunter son téléphone, mais il nota bien l'hésitation qui traversa le regard du bellâtre. *Sale radin !* pensa Greg avec satisfaction.

— C'est un appel local, et je ferai vite, entendit-il Lissianna assurer à la gravure de mode tandis qu'il se rapprochait. Je dois juste appeler une amie pour qu'elle vienne me chercher.

— Ouais, d'accord.

Le beau gosse n'avait pas l'air emballé, mais il sortit néanmoins le portable de sa poche. Il arriva même à lui décocher un sourire quand il le lui donna.

— Merci beaucoup. (Lissianna saisit l'appareil.) C'est vraiment très aimable à vous.

— C'est toujours un plaisir d'aider une jolie fille, répondit avec légèreté le type qui s'était à l'évidence décidé à profiter de l'occasion, maintenant qu'il lui avait prêté son téléphone.

Arrête ton char! songea Greg non sans irritation. Il se posta derrière Lissianna et posa la main sur son épaule : un geste possessif qui le surprit lui-même. La honte qu'il avait pu ressentir devant cette marque de jalousie se dissipa pour laisser place à un sentiment de satisfaction inspiré par la déception lisible sur le visage de Monsieur Perfection quand il se rendit compte que Lissianna n'était pas seule.

Sans lui prêter attention, Greg se tourna pour observer Lissianna occupée à composer un numéro. Elle porta le téléphone à son oreille et attendit. Et attendit encore. Puis elle se mordit la lèvre, et fronça les sourcils comme si elle écoutait une voix à l'autre bout du fil. Greg devina qu'elle s'adressait à un répondeur, quand elle dit :

— Debbie, si tu es là, décroche s'il te plaît. (Elle attendit encore, puis poursuivit :) Tu ne dois pas être chez toi. Je t'appellerai plus tard.

— Pas de chance, hein ? lança la gravure de mode quand elle raccrocha et lui rendit son téléphone.

— Non, mais merci quand même, murmura Lissianna.

— Merci ! ajouta Greg, avant de saisir le bras de Lissianna pour la conduire hors du cinéma. (Il attendit qu'ils se retrouvent au milieu de tous les gens qui faisaient leurs courses dans le

PATH avant de demander :) Tu crois qu'elle dort encore et qu'elle a coupé la sonnerie, ou qu'elle est sortie ?

—Je n'en sais rien, reconnut Lissianna.

Elle paraissait distraite. Son attention était tout entière dédiée à examiner les visages dans la foule. Il se rappela que, plus tôt dans la journée, ils avaient échappé de justesse au vampire Valerian. À l'évidence, l'idée de se faire de nouveau repérer la tracassait.

—Il nous faut un endroit plus sûr où attendre jusqu'à ce que l'on arrive à trouver ton amie Debbie, dit-il.

—Oui.

Elle semblait fatiguée. Sa situation l'inquiétait et il fronça les sourcils. Ils avaient quitté la pénombre du cinéma à présent, et sa pâleur lui sautait aux yeux. Son visage commençait à lui paraître émacié, comme si les nanos, à court de sang, s'étaient mis à dévorer toutes les graisses dans son organisme. Il aurait voulu savoir si c'était possible. Il oublia aussitôt sa question quand il l'examina de plus près. Elle grinçait des dents, et les coins de ses yeux étaient criblés de petites ridules, signe de douleur. Elle souffrait.

—Tu dois te sustenter, murmura-t-il, s'approchant d'elle pour ne pas être entendu par des oreilles indésirables.

—Qu'est-ce que tu me proposes ? répliqua Lissianna d'une voix morne.

Elle lui demandait ce qu'il souhaitait qu'elle fasse, et alors Greg comprit que, s'il n'avait pas été avec elle, elle se serait nourrie il y a des heures. En réalité, s'il n'avait pas été là, elle ne se serait jamais trouvée dans cette situation, reconnut-il. À présent, cela lui paraissait évident, mais il ne s'en était pas rendu compte avant de la voir se refréner de croquer un passant pour ne pas le contrarier.

—Nourris-toi, dit Greg d'un ton ferme.

Elle s'arrêta, et lui jeta un coup d'œil sceptique.

—Tu es sûr ?

Greg hocha la tête en guise de réponse, et la poussa sur le côté, à l'abri des badauds.

— Tu m'as déjà expliqué que tu te contentais du minimum par hôte. Ça ne leur manquera pas, mais toi, tu en as besoin. Alors va aux toilettes, et choisis-toi un donneur... ou trois, ajouta-t-il, songeant qu'il lui en faudrait plutôt six ou sept, mais elle savait mieux que lui. Je t'attends au niveau des restaurants.

— Merci.

— Pourquoi ?

— De comprendre, répondit-elle aussi sec.

Il haussa les épaules.

— Je commence à assimiler ça à de l'hémophilie, Lissianna. Sauf que tu utilises un type de perfusion différent, et court-circuites les banques du sang.

Lissianna sourit, et Greg s'immobilisa quand, sur la pointe des pieds, elle posa un baiser plein de gratitude sur ses lèvres. Il la suspectait, en tout cas, de l'embrasser par pure gratitude. Pour lui, cette caresse à peine perceptible avait suffi à éveiller d'autres désirs et il l'enlaça, alors qu'elle allait se retirer, pour approfondir ce baiser.

— Greg ?

Il reconnut son prénom, mais il était trop occupé pour y prêter attention.

— C'est bien toi ! Qu'est-ce que tu fais là ?

Il perçut cette question comme le bourdonnement d'une mouche agaçante, et il aurait adoré faire la sourde oreille, mais Lissianna recula pour se tourner vers leur interlocutrice. Il poussa un soupir, se tourna lui aussi, et observa la petite brune qui se tenait devant eux. Stupéfié de voir sa sœur, Anne, il mit un moment à lui répondre.

— Eh bien ? reprit-elle avec impatience.

— Et toi, qu'est-ce que tu fais là ? rétorqua-t-il.

— Des courses.

Anne secoua la demi-douzaine de sacs qu'elle portait, puis le regarda, le sourcil relevé et l'œil soupçonneux.

— Nous aussi, dit-il aussitôt pour couper court à ses interrogations.

Sa sœur jeta un coup d'œil rapide à leurs mains vides, puis sourit à Lissianna.

— Bonjour, je suis Anne, sa sœur. Et vous êtes ?

— Lissianna, répondit-elle doucement, jetant un regard à Anne, puis à Greg.

— Oh ! Quel prénom adorable, poursuivit sa sœur, puis elle ajouta avec sa franchise habituelle : Mais c'est très long. Je peux t'appeler Lissi ?

— C'est ce que font la plupart des gens, acquiesça Lissianna d'un sourire qui semblait plus naturel.

— Super. (Anne se tourna vers Greg.) Alors ? Qu'est-ce que tu fais là ? Tu m'avais dit que tu serais à Mexico toute la semaine.

— Mon vol a été annulé, lâcha Greg. Quand j'ai essayé d'effectuer une nouvelle réservation, il ne restait plus de possibilité avant mercredi, alors j'ai annulé mon séjour.

— Je vois… (Anne paraissait douter de son excuse.) Et tu ne m'as pas appelée parce que…

Comme Greg observait sa sœur le regard vide et perdu, Lissianna répondit à sa place.

— J'en suis la seule responsable, Anne. Je crains de l'avoir retenu en otage depuis le début de la semaine.

Greg manqua de s'étouffer quand il entendit les mots qu'elle avait choisis. Il avait été pris en otage au sens propre du terme.

— Vraiment ?

Anne rayonnait. Entremetteuse née, elle pouvait humer la romance dans l'air.

Lissianna se contenta de sourire, puis, reprenant la parole :

— Je vous laisse discuter en tête à tête, je dois faire un petit tour aux toilettes. Veuillez m'excuser.

Greg la regarda s'éloigner, et se retourna vers sa sœur à contrecœur.

— Tu vas cracher le morceau ? enchaîna aussitôt Anne.

— Quel morceau ? demanda Greg, se sentant soudain pris au piège. Sa sœur le tenait dans sa toile.

Elle poussa un soupir agacé, puis lui fourra ses sacs de courses dans les bras.

— Tiens, trouve-nous une place dans un des cafés et surveille mes paquets. Moi aussi, j'ai une envie pressante tout à coup.

— Non, Anne, attends... Merde ! marmonna-t-il quand elle se lança à la poursuite de Lissianna.

Elle allait lui tenir la jambe et la mitrailler de questions, l'empêchant de se nourrir. À moins qu'elle se repaisse d'Anne. Greg cligna des yeux à cette éventualité. L'idée ne lui déplaisait pas. Ce qui était sans doute méchant de sa part, se rendit-il compte. Il secoua la tête, fit demi-tour et se dirigea vers la section des restaurants et des cafés à la recherche d'une table libre.

Il y avait un monde fou, mais Greg parvint finalement à trouver une place et posa les sacs de sa sœur. Il s'assit, et jeta un coup d'œil en direction des toilettes au moment même où Lissianna et sa sœur en ressortaient.

— Bien, prenons donc un café, dit Anne d'une voix enjouée en s'approchant de la table.

— Pas le temps, Anne, mais merci quand même, rétorqua aussitôt Greg.

— Ne dis pas n'importe quoi ! Bien sûr que vous avez le temps. J'ai demandé à Lissianna, qui m'a répondu que vous n'aviez pas de projets pour la soirée.

Il porta son regard sur Lissianna, qui lui adressa une grimace contrite, mais il s'inquiéta surtout de sa pâleur. À l'évidence, comme il le craignait, elle n'avait pas réussi à se nourrir, avec sa sœur qui n'avait pas dû la lâcher d'une semelle. Greg se tourna de nouveau vers Anne.

— Oui, mais...

— Il n'y a pas de « mais » qui tienne. Vous restez boire un café avec moi, pas vrai, Lissi ?

Lissianna parvint à esquisser un sourire.

— Tu vois ? reprit Anne, prenant cela pour un oui. Viens avec moi, Greg. Aide-moi à chercher les boissons pendant que Lissi surveille les paquets et se repose. La pauvre, elle semble exténuée.

Greg porta son regard sur une femme, puis l'autre. Quand Lissianna lui adressa un regard compatissant et lui fit signe d'y aller, il soupira et se leva pour suivre sa sœur.

— Elle est jolie, dit cette dernière tandis qu'elle le conduisait jusqu'au comptoir d'un café.

— Oui, marmonna Greg.

— Mais pâle. Elle a été malade récemment ?

— Euh… la grippe, mentit Greg.

— Je l'aurais parié, acquiesça Anne l'air grave, pendant que la personne devant eux récupérait son plateau et leur cédait la place. (Elle s'approcha du comptoir et commanda un cappuccino et un croissant au chocolat, puis, se tournant vers Greg :) Que prend Lissianna ? Elle aime le cappuccino ?

Greg la regarda d'un œil dénué d'expression, puis avoua :

— Je n'ai pas d'argent sur moi.

Anne l'examina avec attention.

— Comment ça ?

— J'ai oublié mon portefeuille. (C'était la vérité, mais cela lui donna une idée et son visage s'illumina d'un coup.) En fait, c'est une bonne chose que je sois tombé sur toi. Pourrais-tu me prêter de l'argent pour un jour ou deux ?

— Bien sûr. (Elle ouvrit son portefeuille.) Combien tu veux ?

Greg hésita. Ils ne pouvaient pas se rendre à l'hôtel parce qu'ils n'avaient pas d'argent, et avaient décidé de demander l'hospitalité à Debbie. Mais cette dernière était injoignable… ce qui ne poserait pas de problèmes s'ils pouvaient passer la nuit à l'hôtel. Il prit une profonde inspiration et demanda à sa sœur :

— Tu pourrais me prêter 200 dollars ?

Anne releva la tête de surprise, puis acquiesça doucement.

— Dans ce cas, il faut que j'aille retirer du liquide à un distributeur automatique. On s'y arrêtera après le café. J'offre les boissons.

Greg soupira tandis qu'elle se tournait vers le comptoir pour commander deux cappuccinos et deux croissants au chocolat supplémentaires. Elle paya le total, puis pivota vers son frère pour l'observer pendant qu'ils attendaient.

— Alors ? Depuis quand connais-tu Lissianna ?

— Pas longtemps, rétorqua Greg, évasif.

— Je lui ai demandé ce qu'elle faisait dans la vie, et elle m'a dit qu'elle travaillait dans un foyer.

— Oui, elle est assistante sociale.

— Je vois, poursuivit Anne, un sourire aux lèvres. Assistante sociale, psychologue, ça se ressemble, tout ça. Vous devez avoir des tas de choses en commun.

— Euh… oui, bafouilla Greg, qui demeurait sur ses gardes. (Il fut soulagé d'apercevoir leur commande qui venait d'arriver sur le comptoir.) Ah, enfin !

Il la dépassa pour récupérer le plateau, puis la mena jusqu'à la table où les attendait Lissianna. Ils ne pipèrent mot pendant que Greg disposait les boissons et reposait le plateau de côté.

— Qu'est-ce que c'est bon ! s'exclama Anne qui prit une bouchée de son croissant. (Elle posa les yeux sur Greg, puis Lissianna, et dit :) Ah, au fait, tant que j'y pense comment vous êtes-vous rencontrés ?

— Par le travail, affirma Greg en même temps que Lissianna déclarait :

— Par la famille.

Anne éclata de rire.

— Le travail ou la famille ?

Greg et Lissianna échangèrent un regard, puis Greg se racla la gorge, et reprit :

— Les deux en réalité. Sa mère est venue me consulter à propos d'une phobie, et j'ai connu Lissianna par son biais.

— Ah, donc tu as déjà fait la connaissance de sa mère, releva Anne, comme s'il s'agissait d'un détail capital.

Greg soupira intérieurement, conscient qu'ils étaient grillés. Il savait qu'elle n'hésiterait pas à les cuisiner. Et elle s'en donna à cœur joie. Il passa la demi-heure à essayer d'esquiver ses questions, et à répondre de manière évasive à celles qu'il ne pouvait éviter. Il ressentit un immense soulagement quand elle regarda enfin sa montre et s'exclama :

— Oh, mince ! Vous avez vu l'heure ? Il faut qu'on y aille.

— On ? reprit Lissianna en clignant des yeux.

— Oui, acquiesça Anne d'un sourire. Il faut que je passe chercher maman. On retrouve mon mari au restaurant pour dîner. Mais d'abord, je dois m'arrêter à un distributeur pour donner à Greg… euh… l'argent que je lui dois.

— Oh.

Lissianna jeta un coup d'œil à Greg, et il parvint à esquisser un sourire, qui se figea quand Anne poursuivit :

— En vérité, Greg, si je fais un détour par un distributeur, je risque d'être en retard chez maman. Comme vous n'avez rien de prévu, pourquoi ne pas vous joindre à nous pour le dîner ? (Greg ouvrit la bouche pour tenter de décliner poliment son offre, mais Anne se pressa d'ajouter :) Ça fait tellement longtemps que tu n'as pas mangé avec maman, et je suis sûre qu'elle sera enchantée de rencontrer Lissianna. John et moi vous invitons, bien entendu, et je pourrai te donner l'argent à la fin du repas. Ça me faciliterait la vie, tu sais.

Danger ! songea-t-il. Elle l'avait harponné grâce au bon vieil outil de la culpabilité. Il adressa un regard confus à Lissianna, et acquiesça d'un signe de tête penaud.

— Je suis désolé, chuchota-t-il quelques minutes plus tard, une fois assis sur la banquette arrière de la voiture de sa sœur.

Il avait rejoint Lissianna à l'arrière, prétextant que cela lui éviterait de changer de place à l'arrivée de leur mère, mais en réalité il voulait lui parler seul à seul.

— Ne t'en fais pas, lui assura Lissianna.

— Tu n'as pas pu te nourrir, je suppose, avec Anne qui t'a poursuivie jusqu'aux toilettes.

Elle soupira et secoua la tête.

— Il y avait trop de monde de toute façon, ça grouillait d'adolescentes. Je n'aurais pas pu toutes les maîtriser pendant que je me repaissais de l'une d'elles.

— Quand on arrivera au restaurant, tente le coup encore une fois. Et si Anne te suit de nouveau jusqu'au lavabo, tu n'as qu'à la mordre !

Lissianna haussa un sourcil devant sa suggestion, mais avant qu'elle puisse parler Anne s'écria :

— Nous y voilà !

Greg regarda alentour et remarqua qu'ils ralentissaient. Lissianna lui susurra à l'oreille :

— Et s'ils surveillaient l'appartement de ta mère ?

Alarmé, Greg écarquilla les yeux. Cette idée ne l'avait pas encore effleuré. Saisi de panique l'espace d'un instant, il ne sut que faire. Lissianna détacha sa ceinture puis celle de Greg, et le tira vers le bas pour qu'ils puissent se cacher entre la banquette et les sièges avant.

Il sentit la voiture virer à droite, puis Anne stationna le long de ce qu'il savait être l'allée devant chez sa mère.

— Qu'est-ce que vous faites ?

Greg et Lissianna levèrent les yeux, et l'aperçurent penchée par-dessus le siège avant. Elle les dévisageait avec étonnement.

— Euh… on surprend maman ? proposa-t-il, puis il vit sa sœur cligner des paupières avant d'arborer un large sourire.

— Quelle excellente idée ! Elle va adorer. Restez bien cachés surtout, je vais la chercher.

Greg poussa un soupir de soulagement quand elle disparut au-dessus d'eux et qu'il entendit le claquement de la portière. Il reporta son regard sur Lissianna agenouillée derrière les sièges avant, la tête posée sur la banquette arrière. Tandis qu'il l'observait, elle commença à glousser.

Greg sourit, perplexe.

— Qu'y a-t-il de si drôle ?

Elle haussa les sourcils.

— Regarde-nous. Aurais-tu imaginé vivre une situation pareille avant le début de toute cette folie vendredi dernier ?

Il esquissa un semblant de sourire. Si on lui avait dépeint la semaine qui l'attendait, il n'y aurait pas cru une seconde. Il avait toujours mené une vie incroyablement prévisible et ennuyeuse. À présent, il ignorait comment la qualifier. Greg étudia le visage épuisé de Lissianna, et la trouva malgré tout magnifique. S'approchant légèrement d'elle, il l'embrassa avec tendresse, soupirant contre ses lèvres quand elle pivota la tête vers la banquette pour lui faciliter la tâche.

— Et voilà !

Greg entendit les mots et le claquement des deux portières, mais se découvrit une incroyable capacité pour chasser les éléments parasites de son esprit. C'est ce qu'il fit : il ne prêta aucune attention à la voix de sa sœur et se concentra sur le baiser qu'il échangeait avec Lissianna.

— J'ai une surprise sur le… Oh ! Euh… Je te la montrerai une fois au restaurant.

Il entendit sa sœur parler au-dessus de leurs têtes, et savait qu'elle les épiait par-dessus le siège avant. C'était vraiment le cadet de ses soucis.

Greg cessa d'embrasser Lissianna bien avant leur arrivée au restaurant, en partie parce que l'embrasser sans pouvoir faire autre chose l'avait particulièrement frustré, et d'autre part parce qu'il commençait à avoir une crampe à force de se contorsionner dans un espace confiné. C'est aussi l'une des raisons qui le poussa à remonter sur la banquette en criant : « Salut, maman ! »

S'ensuivirent plusieurs minutes d'exclamations teintées de surprise pendant que Greg expliquait sa présence et présentait Lissianna, puis ils arrivèrent au restaurant. Comme il s'en doutait, sa mère sembla l'apprécier au premier coup d'œil et se mit à discuter avec elle avec plaisir, l'accueillant à bras ouverts comme si elle faisait partie de la famille. John arriva peu après, et Greg lui présenta également la jeune femme. Ils avaient commandé leurs plats et leurs boissons venaient d'être servies quand Lissianna les pria de l'excuser et prétexta un besoin urgent.

À son grand soulagement, Greg constata que sa sœur s'était gardée de la suivre cette fois, et il se détendit un peu, pensant qu'elle pourrait enfin se nourrir, quand sa mère se tourna vers lui, l'air inquiet et lui dit :

— Elle me semble tout à fait charmante, mon fils, mais elle est d'une pâleur à faire peur. Tu es sûr qu'elle n'est pas malade ?

— Elle ira mieux après avoir mangé, lui assura Greg avec sincérité, puis il ne manqua pas de fabuler par-dessus : Elle fait de l'hypoglycémie.

Il aurait probablement mieux fait de se taire.

Lissianna marcha d'un pas saccadé et rapide en direction des commodités, puis elle poussa la porte et se hâta d'y entrer. Mais elle s'arrêta net, confrontée à une rangée de cabines vides et un comptoir de plusieurs éviers tous inutilisés. Les toilettes étaient désertes.

Ce n'est pas possible, maugréa-t-elle, avant de faire demi-tour pour ressortir, mais elle s'arrêta dans l'étroit couloir qui conduisait aux cabinets. Lissianna avait faim, et elle commençait à le ressentir douloureusement dans tous ses membres. Elle ne pensait pas pouvoir afficher une bonne humeur de façade devant la famille de Greg pendant encore longtemps sans se nourrir, ne serait-ce qu'un minimum. Bon sang ! Si seulement Anne l'avait suivie, songea-t-elle avec irritation. Greg l'avait autorisée à la mordre. Ce n'était probablement pas une bonne idée de mordre la sœur de son petit ami dès la première rencontre, mais…

Lissianna cligna des paupières à ses propres pensées, et s'adossa faiblement contre le mur. La sœur de son « petit ami » ? Greg n'était pas son petit ami. Elle l'aurait bien souhaité, mais ce n'était pas le cas. Intéressant, n'est-ce pas ? L'idée ne l'avait jamais effleurée de manière aussi claire. Mais c'était la vérité. Elle désirait, en effet, qu'il soit son petit ami, si seulement elle pouvait le revendiquer. Il lui plaisait vraiment beaucoup. En plus, elle adorait l'embrasser, et s'était déjà surprise à se demander s'il était aussi doué pour le reste…

— Tu t'es fourrée dans un sacré pétrin, ma petite, se murmura-t-elle à elle-même, en sachant qu'elle avait raison. Elle était fichue. Elle en pinçait pour le docteur et ne pouvait pas le nier. D'un autre côté, il semblait bien l'aimer, lui aussi. Lissianna avait remarqué la manière possessive dont il lui avait posé la main sur l'épaule pendant qu'elle parlait au type avec le téléphone. Il marquait clairement son territoire. Elle se sourit à elle-même, pensant que tout finirait peut-être par s'arranger. Si ça se trouve, c'était lui son compagnon véritable. Elle s'imaginait sans problème passer le restant de ses jours à ses côtés. Ils partageaient tellement de choses, avaient les mêmes goûts, et…

— Salut, beauté !

Lissianna se redressa, s'éloignant du mur ; ses pensées se dissipèrent au son de ce salut lancé sur le ton de la séduction. Un homme grand et brun, vêtu d'un jean et d'une veste en cuir, se tenait devant elle dans le petit couloir. Il était séduisant, et à l'évidence il n'en doutait guère. Il la reluqua des pieds à la tête comme si elle était une friandise alléchante.

— Tu attends quelqu'un, ma jolie ? Parce que, si c'est le cas, je suis disponible.

Elle lui décocha un regard perplexe, se demandant s'il accostait souvent les femmes à la sortie des toilettes, et, si oui, si ses répliques fonctionnaient. Elle était sur le point de l'envoyer promener quand elle se souvint qu'elle mourait de faim et que les toilettes pour dames étaient désertes.

— Tu feras l'affaire, décida Lissianna, et elle le prit par la main pour le mener dans la pièce vide.

Elle conduisit l'homme, qui arborait un sourire idiot jusqu'aux oreilles, dans la cabine la plus éloignée et ferma puis verrouilla la porte derrière eux.

— Oh, ouais ! J'ai senti que tu étais chaude comme la braise à la minute où je t'ai vue, dit-il la pressant contre lui dès qu'elle eut refermé la porte et se fut retournée pour lui faire face.

Lissianna sourit, et glissa sa main vers sa tête, l'agrippant par les cheveux tout en sondant son esprit, puis elle prit possession de ses pensées. Son sourire qui clamait : « Je suis tellement sexy que je vais bouleverser ton existence » s'éteignit illico, révélant un homme fort séduisant, et elle déplora que sa personnalité ne fût pas aussi attirante que son physique. Puis elle planta ses dents dans son cou. Elle venait à peine de commencer à se repaître qu'elle entendit la porte des toilettes s'ouvrir. Se tournant aussitôt, elle déplaça son dîner, qu'elle étreignait fermement, le souleva à bout de bras tout en se juchant sur le rebord de la cuvette et l'installa sur ses genoux les jambes légèrement relevées de manière qu'elles ne soient pas visibles si quelqu'un s'avisait de regarder sous la porte de la cabine. Elle se félicita de l'avoir fait lorsqu'elle entendit Mme Hewitt l'appeler.

— Lissianna ?

Le cœur battant, elle retira rapidement ses dents, veillant à lécher la plaie pour que le sang ne l'entrave pas quand elle reprendrait là où elle s'était arrêtée, avant de répondre.

— Oui ?

— Tout va bien, ma chère ? Vous paraissiez si fatiguée et vous nous avez laissés il y a déjà un moment ; et comme Greg a mentionné votre hypoglycémie, j'ai commencé à m'inquiéter et suis venue m'assurer que vous alliez bien.

Lissianna roula des yeux. Ce n'était vraiment pas sa journée.

—Je vais bien, lui certifia-t-elle. C'était occupé quand je suis arrivée, j'ai dû patienter.

—Vraiment? demanda Mme Hewitt, et Lissianna ne put lui reprocher la pointe de doute dans sa voix vu le vide qui régnait à présent dans la pièce.

—Oui, ça s'est vidé d'un coup, mentit-elle.

—Oh, je vois. Bon, tant que vous allez bien.

Lissianna attendit, tendant l'oreille jusqu'à ce que la porte s'ouvre puis se referme, mais entendit à la place la porte d'un cabinet s'ouvrir et se refermer juste à côté d'elle, et elle se retint de grogner tout haut. Elle ne pouvait décemment pas se nourrir séparée de la mère de Greg par une mince cloison de cabine de toilette. Pourtant, sa proie se trouvait toujours dans ses bras. Il apaiserait les crampes qui la fouaillaient, lui redonnerait de l'énergie. De plus, elle ne faisait pas de bruit en mangeant. Lissianna replongea les dents dans le cou du donneur.

—Agréable, ce restaurant, n'est-ce pas?

Lissianna rétracta les dents.

—Oui, répondit-elle d'une voix légèrement tendue.

Un silence s'ensuivit, et elle en profita pour retourner à son dîner, soupirant à mesure que la douleur qui l'accablait se dissipait.

—Vous avez faim? demanda soudain Mme Hewitt.

Oh, bon Dieu, oui! songea Lissianna, mais elle se contenta de marmonner contre le cou de son donneur.

—Mmm, mmm.

—Moi aussi. J'espère que nous serons servis à notre retour.

Lissianna ne s'embêta pas avec une réponse, et un moment plus tard elle rétracta les dents. Elle n'osait pas se nourrir davantage de cet homme. Elle aurait pu sans peine se repaître de trois ou quatre autres donneurs, mais elle se satisferait de celui-ci pour l'heure. Une fois qu'ils auraient quitté la famille de

Greg, elle pourrait s'en trouver un autre, voire deux. Il suffirait d'aller en boîte ou dans un bar.

Dans un soupir, Lissianna écarta cette éventualité et se concentra sur son donneur pour lui effacer la mémoire et introduire dans son esprit des suggestions pour expliquer sa présence dans les toilettes des dames. Pressée de sortir de sa cabine avant la mère de Greg, Lissianna se releva et pivota pour positionner le donneur de manière qu'il reste assis sur la cuvette.

Elle tira la chasse d'eau, ordonnant mentalement au type de rester accroupi jusqu'à ce qu'il entende la porte des toilettes se refermer derrière elles. Puis elle se glissa hors de la cabine et lui envoya l'ordre de verrouiller derrière elle.

— On dirait que vous avez retrouvé des couleurs, ma chère, dit Mme Hewitt, qui rejoignit Lissianna au lavabo quelques minutes plus tard. Elles bavardèrent tout en se lavant et se séchant les mains. Puis elles quittèrent la pièce ensemble, se poussant d'un côté du couloir pour laisser passer une vieille dame qui venait de la direction opposée.

Consciente que son donneur devait tout juste être en train de quitter la cabine, Lissianna grimaça, mais continua à marcher. Elle ne pouvait rien y faire. Enfin si, elle pouvait, mais elle ne voulait pas gaspiller son énergie et inventer les excuses nécessaires pour rebrousser chemin à la hâte et empêcher la vieille dame de trouver un homme dans les toilettes pour femmes. Et puis ça lui apprendrait à draguer des filles bizarres à la sortie des toilettes ! Il se remettrait de ce léger embarras. Il aurait pu avoir affaire à une tueuse en série.

Le temps qu'elles regagnent leur table, leurs plats étaient servis, mais Greg manquait à l'appel. Avant qu'elle ait pu s'en enquérir, Anne expliqua qu'il s'était rendu au lavabo. Elle n'avait pas fini sa phrase que Greg revint à table et se rassit sur sa chaise.

— Désolé d'avoir été aussi long, s'excusa-t-il. Il y avait quelques perturbations quand je suis sorti des cabinets. Un type était entré dans les toilettes pour femmes par erreur, et une dame était en train de le frapper à la tête avec son sac à main en hurlant au viol. Il a fallu deux serveurs et quatre serveuses pour la calmer et conduire le pauvre homme sonné loin d'elle.

—Ah oui ? demanda Lissianna d'une voix faible.

Elle mangea sans se poser de questions, se délectant des saveurs et des textures dans son palais après avoir passé tant d'années à se contenter d'un régime liquide. Cependant, elle ne pouvait toujours pas manger autant que les autres, et la quantité de nourriture qu'elle laissa dans son assiette ne manqua pas d'attirer l'attention et de susciter des commentaires sur la relation probable entre sa pâleur et son appétit d'oiseau.

Une sonnerie de téléphone mit fin à ces murmures inquiets, et tout le monde se tut quand John tira un portable de sa poche et y répondit. Il écouta pendant un moment, puis commença à parler ; il s'agissait à l'évidence d'une discussion professionnelle. Lissianna sut qu'il était comptable et que c'était la période des impôts pour une grande partie des entreprises dont il s'occupait. Lorsqu'un enfant d'une des tables voisines se mit à brailler, il fronça les sourcils et dit :

—Une seconde, Jack, je n'entends pas. Je vais dehors.

Il se releva, s'arrêta pour embrasser sa femme sur son chemin, puis se dirigea vers l'entrée du restaurant.

Tous demeurèrent silencieux pendant une minute, puis Anne prit soudain la parole.

—John et moi discutions quand vous étiez tous partis, et il a proposé que l'on vous ramène directement à la maison après le dîner, comme ça tu n'auras pas à m'emprunter de l'argent, Greg.

Lissianna sentit Greg se crisper à côté d'elle, et elle comprit aussitôt le problème. Ils ne pouvaient pas aller chez lui, car son appartement devait être surveillé, mais il ne pouvait pas fournir à sa sœur une explication plausible. Elle tendit la main sous la table et lui tapota la jambe pour le rassurer.

—En fait, Greg a laissé sa voiture chez moi, dit Lissianna, qui savait mentir en douceur. (Elle avait eu deux cents ans pour se perfectionner, et même si elle essayait de n'user de son talent qu'en cas d'absolue nécessité, elle devait y avoir recours tellement souvent, à cause de sa nature, que ça lui était naturel.) On a pris le tram pour descendre en ville.

— Oh, eh bien où habites-tu, Lissi ? On pourrait vous déposer tous les deux chez toi, comme ça Greg pourra récupérer sa voiture.

Lissianna lui donna l'adresse de Debbie sans hésiter une seconde. Si Greg ne pouvait pas emprunter d'argent à sa sœur, ils n'avaient aucun autre endroit où aller.

Chapitre 16

— Merci, Debbie. Tu me sauves la vie, je t'assure, dit avec sincérité Lissianna tout en la suivant jusqu'à la porte d'entrée.

— Aucun problème, Lissi. J'ai été jeune moi aussi.

Lissianna cligna des yeux. Cela l'étonnait toujours que les gens présument qu'ils étaient plus âgés qu'elle… comme venait de le faire Debbie. Elle avait cinquante ans, et pensait que Lissianna en avait vingt-cinq de moins. Comment aurait-elle pu se douter qu'elle s'adressait à une femme de plus d'un siècle et demi qu'elle ?

Debbie laissa échapper un petit rire.

— Je comprends parfaitement. Ma mère non plus n'a jamais apprécié les hommes avec lesquels je suis sortie, y compris mon mari, qui était un prince parmi les hommes jusqu'au jour de sa mort. (Elle s'arrêta devant la porte, se retourna face à Lissianna, et glissa son regard vers le couloir menant à la cuisine où attendait Greg. Un large sourire lui fendit les lèvres.) Et ton Greg aussi m'a tout l'air d'un prince ; beau, séduisant, poli et docteur avec ça ! Bien joué, ma petite !

— Psychologue, en tout cas, reprit Lissianna avec un sourire discret, maintes fois reconnaissante à Debbie d'avoir été chez elle quand la sœur de Greg les avait déposés au pied de son immeuble.

Debbie avait été surprise, avec raison, quand Lissianna était apparue sur le seuil de sa porte, Greg sur ses talons. Lissianna aurait pu prendre possession d'elle et « l'obliger » à les accueillir sous son toit, mais elle n'avait pas souhaité le faire. Au lieu de quoi, elle avait préféré tenter sa chance et solliciter son aide. Elle ne lui avait pas fourni beaucoup d'explications, et s'était contentée de dire à son amie qu'elle séjournait chez sa mère, car elle faisait repeindre son appartement. Mais elles s'étaient disputées et il lui fallait un endroit où passer la nuit. Debbie avait étudié son expression tendue, puis l'air abattu de Greg, et en avait tiré ses propres conclusions, présumant que Lissianna et sa mère s'étaient querellées à propos de lui. Compatissante, d'un naturel gentil et romantique dans l'âme, elle les accepta chez elle volontiers.

— Sacrée petite cachottière, poursuivit Debbie. Tu n'as jamais dit que ton appartement était en travaux, ni que tu étais amoureuse, d'ailleurs.

— Je ne suis pas amoureuse, protesta machinalement Lissianna, surprise par ses paroles, mais Debbie laissa échapper de légers gloussements.

— Lissi, chérie, je reconnais la façon dont vous vous regardez tous les deux. Mon Jim et moi échangions aussi ce genre de regards. (Son visage s'assombrit à l'évocation de son défunt mari, puis elle s'ébroua comme pour dissiper sa mélancolie et sourit.) Tu n'arriveras pas à me convaincre que tu ne l'aimes pas.

Lissianna hésita, elle ne se sentait pas encore prête à employer le terme « aimer », mais elle avoua :

— Je l'aime vraiment beaucoup, Deb.

— Mais ? demanda Debbie. Je sens qu'il y a un « mais ».

— Mais comment savoir qu'un homme est le bon ? s'enquit Lissianna. Ma mère croyait que mon père était le bon quand elle l'a épousé, et elle a vécu dans le malheur pendant sept… euh, de très longues années.

Debbie réfléchit à la question, puis reprit :

— Tu m'avais raconté un jour que ta mère s'était mariée très jeune.

— Elle avait quinze ans, acquiesça-t-elle d'un signe de tête.

— Quinze ans ! s'exclama Vicki. Ce n'est pas jeune, c'est un crime !

— Ma grand-mère avait dû fournir une autorisation spéciale, mentit Lissianna, prenant mentalement bonne note de se montrer plus attentive à l'avenir dans ses conversations, si elle voulait que sa vraie nature demeure secrète.

Debbie expira doucement, et secoua la tête.

— Ma puce, tu ne peux pas laisser l'erreur de ta mère t'effrayer à vie. Elle n'était qu'une enfant quand elle a rencontré et épousé ton père. Seigneur, à quinze ans on est dominé par ses hormones, on ne peut pas prendre des décisions qui déterminent toute une vie comme choisir un époux ! (Debbie secoua la tête de nouveau, puis poursuivit :) Toi tu es plus âgée, et tu es très mûre pour ton âge. Fais confiance à ton instinct. Tu es capable de sentir si un homme est vraiment ce qu'il prétend être.

— Oui, approuva Lissianna, et elle reconnut qu'elle disposait d'un avantage dans ce domaine.

Les autres femmes devaient juger un partenaire potentiel sur ses paroles ou ses actions avant le mariage. Même si Lissianna n'arrivait pas à lire dans les pensées de Greg, elle s'était trouvée à l'intérieur de sa tête quand elle l'avait mordu et savait tout ce qu'il y avait à savoir sur lui. C'était un homme bien.

— Écoute ta raison, et entends ce qu'elle te dit, puis compare avec ce que te dicte ton cœur. Soupèse les deux. Et souviens-toi que personne n'est parfait, pas même toi, ajouta-t-elle, puis elle sourit. Tu trouveras une solution, tu verras. Et tu as de la chance, je te laisse mon appartement jusqu'à demain matin, car j'ai promis à ma mère de lui rendre visite avant d'aller travailler. Tu as toute la nuit pour y réfléchir, profites-en. J'irai directement au refuge au lieu de perdre du temps à repasser par la maison.

Lissianna hocha la tête.

— Je tiens sincèrement à te remercier, Debbie. J'ignore où nous serions allés, si tu n'avais pas…

— Je suis ravie de pouvoir vous aider, lui assura Debbie, puis elle lui annonça : Il y a de quoi manger dans la cuisine, servez-vous. Il se pourrait même que j'aie une bouteille de vin cachée dans un coin. Faites comme chez vous, *mi casa es su casa*. Je ferais mieux d'y aller avant que maman s'impatiente et me téléphone.

Debbie serra rapidement Lissianna dans ses bras, puis quitta l'appartement.

— Elle a l'air sympa. Je l'aime bien, commenta Greg en sortant de la cuisine une fois leur hôtesse partie.

— Elle l'est. (Lissianna verrouilla la porte et observa Debbie monter dans sa voiture. Elle démarra le moteur, puis jeta un coup d'œil en direction de la maison, l'aperçut et lui fit signe de la main. Lissianna la salua en retour et sourit en s'adressant à Greg :) Et elle t'aime bien aussi.

— J'avais cru comprendre, murmura-t-il lorsqu'elle passa devant lui et entra dans le salon.

— On écoute aux portes, docteur ? demanda Lissianna d'une voix enjouée tandis qu'elle s'affalait sur le canapé.

Elle tombait de fatigue. Il était 20 heures, et à part la courte sieste qu'elle avait faite au cinéma elle n'avait pas dormi depuis la veille.

— Tu as l'air épuisé.

Greg s'assit à côté d'elle sur le canapé.

— Je le suis, mais je devrais appeler Thomas pour qu'il me raconte ce qui se passe à la maison.

Lissianna commençait à se relever, mais Greg l'attrapa par le bras et la pressa de se rasseoir.

— Ça peut attendre, lui assura-t-il. Nous sommes en lieu sûr à présent.

— Peut-être, lui accorda Lissianna. Mais on ne peut pas rester ici éternellement. Que va-t-on faire demain ?

— On verra ça demain matin, répondit-il d'un ton ferme. Pour l'instant, au moins, nous sommes en sécurité.

— Je n'en suis pas sûre, dit-elle d'un air accablé. Et si mère se rend au foyer pour y mener sa petite enquête ?

Greg se tut pendant un moment, puis il soupira.

— Tu crains qu'elle lise dans la tête de Debbie et apprenne que nous sommes chez elle.

Lissianna opina du chef.

— OK, ça peut arriver, mais Lissianna, écoute, tu tombes de sommeil. Je n'ai jamais vu personne aussi éreinté que tu as l'air en ce moment. Tu dois te reposer.

— Mais…

Greg l'interrompit d'un geste de la main, et poursuivit :

— Debbie ne sera pas au foyer avant quelques heures. Pour le moment, ils ne peuvent pas sonder son esprit, alors détends-toi, arrête de t'inquiéter et essaie de dormir un peu. (Lissianna se mordit la lèvre.) Rien de ce que j'ai dit n'a réussi à apaiser tes craintes, n'est-ce pas ?

— Non, reconnut-elle d'un air navré.

— D'accord, alors repose-toi au moins pendant dix minutes. La journée a été stressante, entre le centre commercial et ma famille.

— J'aime bien ta famille, rétorqua Lissianna avec un sourire.

Greg grimaça, mais répondit :

— Ils t'apprécient aussi. Quand tu étais aux toilettes, ma mère et Anne ont déclaré de concert que tu étais une fille bien et qu'il ne fallait pas que je te laisse filer.

Le sourire de Lissianna s'évanouit.

— Tu crois qu'elles diraient ça si elles connaissaient ma vraie nature ?

Ce n'était pas une question, mais Greg fit comme si c'en était une, et afficha une expression pensive. Intriguée, elle attendit sa réponse.

— Je pense que oui, finit-il par répondre. Si elles savaient que tu me rends heureux, elles n'hésiteraient pas. Et, à mon avis, tu pourrais me rendre heureux. (À ces mots prononcés avec tant de solennité, Lissianna se sentit respirer de nouveau. Elle s'efforçait de les assimiler et d'en analyser la signification quand il fronça les sourcils et reprit :) Tu es encore très pâle. Un donneur n'a pas suffi, n'est-ce pas ?

— Ça n'a pas d'importance. (Lissianna haussa les épaules, ce sujet la mettait toujours mal à l'aise.) Je ne peux pas y faire grand-chose, pour le moment du moins, lui fit-elle remarquer.

Greg posa un doigt sur son menton, et lui releva le visage pour la regarder dans les yeux.

— Si, répondit-il d'un air grave. Il y a moi.

Lissianna déglutit. Il s'offrait à elle, et c'était tentant, mais…

— Non, je ne pourrais pas… Je ne peux pas…

Elle s'arrêta et secoua la tête avec désarroi.

— Si, tu peux, rétorqua-t-il avec fermeté, puis il lui fit remarquer : Ce n'est pas comme si tu ne l'avais jamais fait.

— Oui, mais c'était différent. Je ne te connaissais pas.

Greg haussa un sourcil, l'air plus sceptique que jamais, et demanda avec incrédulité :

— Tu ne vois pas de problèmes à embrasser et mordre des étrangers, mais tu ne peux en faire de même sur un ami ?

Lissianna fronça les sourcils.

— D'ordinaire, je n'ai pas besoin d'embrasser un donneur pour me nourrir. Tu étais différent. Je n'arrivais pas à pénétrer dans tes pensées.

— Bien, je reformule. Pourquoi pouvais-tu te repaître de moi quand tu ne me connaissais pas, et plus maintenant ? Qu'est-ce qui t'en empêche ?

Elle haussa les épaules, gênée, et essaya d'organiser ses idées afin de pouvoir lui expliquer. Ce n'est pas qu'elle refusait de le mordre : depuis la première fois, il ne s'était pas écoulé une minute en sa compagnie sans que Lissianna ait eu envie de le croquer. Mais, à présent, il était bien plus qu'un étranger avec un nœud rouge autour du cou. Il était Greg, un homme qu'elle appréciait, avec qui elle aimait passer du temps, et qu'elle espérait plus que tout sauver des griffes de sa mère et de son oncle.

— Ça t'aiderait si je te disais que ça m'a plu la dernière fois ? (Lissianna releva soudain les yeux, puis déglutit et passa sa langue sur ses lèvres. Elle se raidit alors que Greg tendait la main vers son visage et effleurait du bout du doigt la légère moiteur qu'elle y avait laissée.) Alors ? demanda-t-il d'une voix qui s'était faite plus grave et plus rauque. Oserais-je espérer que tu vas nous satisfaire tous les deux et te nourrir de moi ?

Presque terrifiée à l'idée de parler, Lissianna lui répondit en autorisant ses lèvres à s'écarter et aspira le bout de son doigt dans sa bouche, comme il lui avait fait la nuit de leur première rencontre. Elle fit glisser sa langue vers l'avant pour caresser la pulpe charnue tout en la suçotant délicatement. Lorsqu'elle perçut la soudaine lueur dans ses yeux, elle sut qu'elle avait répondu comme il fallait. Il libéra son doigt et le remplaça par sa langue alors qu'il couvrait la bouche de Lissianna de la sienne.

Lissianna accueillit l'incursion volontiers, son corps tout entier s'enflamma comme si les heures entre leur premier baiser et celui-ci ne s'étaient jamais écoulées. *Oh si !* songea-t-elle vaguement tandis qu'il l'enlaçait. Elle voulait les satisfaire tous les deux. Puis toute capacité de réflexion la quitta lorsqu'elle prit conscience de la main de Greg qui glissait sur son ventre, remontant vers sa poitrine.

La première fois qu'ils s'étaient embrassés, Greg était ligoté au lit, incapable de la toucher. Désormais, il avait les mains libres. Lissianna haleta quand il prit ses seins entre ses mains, puis il les pressa délicatement et elle gémit et se cambra sous ses caresses. Il pinça entre son pouce et son index son téton qui soudain pointait à travers sa chemise, et une seule idée lui effleura l'esprit : heureusement qu'il avait été attaché au lit le soir de son anniversaire. La morsure et le baiser auraient pu ne pas lui suffire, et sa mère et Thomas les auraient interrompus en plein milieu d'une affaire plus sérieuse.

Les peurs et les inquiétudes de Lissianna quant à leur sécurité ne tardèrent pas à s'envoler sous les caresses de Greg. Même son épuisement sembla disparaître lorsque Greg relâcha son sein et déplaça ses doigts jusqu'aux boutons de son chemisier. Elle aurait voulu lui dire de ne pas hésiter à le déchirer, mais il lui était difficile de parler avec sa langue dans sa bouche. Lissianna le laissa faire, et s'affaira de son côté à tirer son tee-shirt vers le haut. Elle l'avait remonté à moitié quand elle s'arrêta pour faire courir ses doigts le long de la chair qu'elle venait de dénuder.

Elle prit plaisir à caresser son dos, imberbe et musclé, mais assez vite elle eut envie de plus et se remit à tirer sur son tee-shirt jusqu'à ce qu'elle ne puisse plus le remonter davantage. Avant que la frustration de voir ses efforts entravés l'assaille, Greg rompit leur étreinte et se pencha en arrière. Les mains de Lissianna retombèrent, et à la place elle le caressa des yeux tandis qu'il s'emparait de son tee-shirt et le passait par-dessus la tête.

Il avait beau être psychologue, assis toute la journée à son bureau, son torse athlétique démentait son mode de vie sédentaire. Lissianna poussa un soupir de plaisir et se pencha vers lui pour effleurer délicatement la surface musclée tandis qu'il jetait son tee-shirt de côté, mais il ne l'autorisa pas à continuer. Repoussant gentiment ses mains, il saisit son chemisier. Lissianna baissa les yeux et remarqua qu'il avait terminé de le déboutonner sans s'arrêter une seconde. Il le lui ôta, faisant glisser les manches le long de ses bras, et elle se retrouva assise en face de lui en pantalon noir et soutien-gorge de dentelle blanche.

— Magnifique, murmura Greg, puis il tendit les mains vers ses seins emprisonnés dans les deux bonnets immaculés de son soutien-gorge, qu'il serra avec passion.

Lissianna inspira, son dos se raidit et elle se cambra, poussant sa poitrine vers lui alors qu'il se penchait pour l'embrasser encore. Elle laissa ses mains glisser autour de ses épaules tandis que leurs corps se pressaient l'un contre l'autre. Greg ne l'embrassa qu'une seule fois avant d'autoriser sa bouche à dévier sur le côté, de sa joue et jusqu'à son oreille.

Elle gémit quand il s'y attarda un moment pour la mordiller, puis, du bout des dents et des lèvres, il dessina une ligne le long de sa nuque. Lissianna ne remarqua pas qu'il la poussait en arrière jusqu'à ce qu'elle sente le dossier du canapé contre son dos. Greg la couvrit de son corps, sa bouche retrouvant la sienne pour la dévorer de baisers et la distrayant à tel point qu'elle faillit rater la délicate caresse de ses doigts quand il lui découvrit une épaule en faisant glisser une bretelle de son soutien-gorge. Elle frissonna légèrement lorsque l'air frais effleura son mamelon durci, puis il rompit leur étreinte et plongea sa tête entre ses seins.

Elle laissa échapper un soupir de plaisir, et s'agrippa à sa chevelure noire lorsque sa bouche se referma sur son téton. Lissianna était si excitée, ses tétons tellement pointus et sensibles que ses mouvements de succion lui faisaient presque mal. Elle poussa une plainte lascive et se cambra sous lui sans se rendre compte qu'elle se frottait contre la jambe qu'il avait placée entre les siennes. Alors, Greg se tourna de sorte que la preuve turgescente de son excitation prenne la place de sa jambe, puis il mordilla la petite pointe sensible de son sein, arrachant un râle orgasmique à Lissianna, qui se tortilla contre lui. Cette fois, il gémit avec elle et se redressa. Elle écarta les jambes pour les enrouler autour de sa taille afin qu'il en profite encore mieux. Elle planta les talons dans ses flancs, le pressant contre son corps avec avidité tandis que Greg se frottait à elle, et répondit à sa requête silencieuse en se frottant de plus belle avant de s'arrêter soudain et de libérer sa bouche de son mamelon.

— Seigneur, Lissi ! gémit-il. On doit ralentir.

— Non, murmura-t-elle, essayant de l'attirer contre elle de nouveau. Je t'en prie, j'ai besoin de toi.

— Pas assez encore, lui assura-t-il, et il l'embrassa pour étouffer toute protestation ultérieure.

Elle le sentit tendre la main entre eux jusqu'au bouton de son pantalon. Un instant plus tard, il l'avait déboutonné et en avait descendu la fermeture Éclair. Lissianna ignorait ce qu'il allait faire ensuite, mais ne s'attendait certes pas qu'il interrompe leur étreinte et se relève, puis la prenne par la main pour l'aider à se mettre debout à son côté.

— Qu'est-ce que…, commença-t-elle avec incertitude, puis elle se tut quand il sourit et entreprit de faire glisser son pantalon le long de ses hanches.

Une fois le tissu tombé sous ses genoux, il s'agenouilla et le lui ôta pendant qu'elle levait un pied après l'autre.

Lissianna aurait pensé qu'il se serait relevé ensuite, au lieu de quoi Greg se rassit sur ses cuisses, genoux à terre, et la contempla des pieds à la tête. Ses pupilles brillaient d'un désir ardent et son regard s'attarda sur la culotte en dentelle blanche avant de parcourir tout son corps, remontant jusqu'à son soutien-gorge assorti qui ne couvrait plus qu'un seul sein. La caresse de ses yeux semblait lui brûler la peau.

— Enlève ton soutien-gorge, ordonna-t-il de sa voix rauque, et Lissianna hésita un instant puis porta les mains à son dos pour le dégrafer et le laissa retomber le long de ses bras. Elle le jeta par terre sur son pantalon et demeura immobile, bien consciente de sa nudité face à Greg qui avait gardé son jean.

Il dévora ses seins nus des yeux avant de s'attarder de nouveau sur sa culotte en dentelle. Elle attendait qu'il lui demande de l'ôter, ce qui dans sa tête constituait la prochaine étape, au lieu de quoi il tendit soudain les mains vers elle et s'empara de ses hanches, puis se pencha pour déposer un baiser sur le triangle de dentelle blanche.

Lissianna inspira brusquement, puis se mordit la lèvre et ferma les paupières alors que son souffle chaud s'insinuait à travers le tissu comme pour réchauffer le cœur même de son être. Elle sentit ses mains bouger et ouvrit les yeux d'un battement de cils. Elle les baissa et le vit passer ses doigts sous sa culotte, qu'il fit glisser doucement le long de ses cuisses jusqu'à ce qu'elle s'en libère, une jambe après l'autre.

Une fois que le morceau de dentelle eut rejoint la pile de vêtements au sol, Greg se tourna vers ce qu'il venait de dénuder et se redressa sur les genoux de façon à y déposer un autre baiser, cette fois sans la barrière de tissu.

Lissianna tendit les bras vers le haut de sa tête, emmêlant ses doigts dans sa chevelure pour garder l'équilibre tandis qu'il forçait ses jambes à s'écarter davantage. Il saisit une de ses jambes, qu'il passa par-dessus son épaule dans une position telle que Lissianna lui chevauchait presque le visage.

Puis il l'agrippa par les fesses avec fermeté pour la maintenir en place ; elle haleta et tira sur ses cheveux, secouée par le plaisir immédiat qui la parcourut quand il trouva le point névralgique de sa jouissance avec sa bouche et commença à l'effleurer de longues et langoureuses caresses.

Lissianna ne pouvait garder cette position trop longtemps. Plus son excitation montait, plus il lui devenait difficile de conserver son équilibre. Conscient de la difficulté, Greg la repoussa avec délicatesse pour l'asseoir sur le canapé. Elle tenta de l'attraper par les épaules et de l'attirer contre le haut de son corps, mais il l'esquiva et s'agenouilla devant elle pour achever ce qu'il avait entrepris, déterminé à la satisfaire jusqu'à ce qu'elle jouisse, hurlant son nom.

Ivre de plaisir, Lissianna regarda à travers ses paupières mi-closes Greg qui se relevait enfin. Il déboutonna son jean et Lissianna parvint à ouvrir un peu plus les yeux. Quand il s'arrêta, elle sentit le restant de léthargie la quitter, remplacé par la curiosité à propos de ce qui le faisait hésiter. L'instant d'après, il se pencha soudain vers le canapé et souleva Lissianna.

Le souffle court, elle passa ses bras autour de ses épaules tandis que Greg la portait du salon vers la chambre à coucher en longeant le couloir. Le soleil s'était couché et la chambre était plongée dans la pénombre, mais la lumière des lampadaires devant l'immeuble suffisait pour circuler dans la pièce. Greg la porta jusqu'au lit, mais ne l'y déposa pas tout de suite. Il prit ses lèvres entre les siennes et l'embrassa tendrement, puis relâcha ses jambes pour lui permettre de les poser à terre avant de l'étreindre de nouveau.

Lissianna reprit pied et pivota pour se trouver face à lui pendant qu'il intensifiait son baiser. Elle caressa ses épaules, puis remonta jusqu'à ses cheveux. Elle y emmêla ses doigts un moment, les fit redescendre, titilla son cuir chevelu du bout de ses ongles, qu'elle fit ensuite courir le long de son cou, puis de son torse et enfin de son ventre. Elle s'arrêta en haut de son jean et passa les doigts sous sa ceinture, puis rompit leur baiser et fit glisser son pantalon sur ses hanches avant de le lui ôter complètement.

Ensuite, elle s'arrêta pour contempler ce qu'elle venait de révéler. Lissianna n'était pas une experte en matière d'anatomie masculine, mais elle savait que Greg comptait sans nul doute parmi les plus beaux spécimens qui existent. Ce n'était sûrement pas le genre à ressentir le besoin de se fourrer un concombre dans l'entrejambe pour impressionner les femmes. Elle tendit le bras et l'enserra d'une main avide. Greg se raidit et inspira, le souffle court, laissant échapper un petit sifflement. Puis elle fit courir doucement ses doigts le long de son membre, lui arrachant un gémissement. Mais quand elle prit son érection dans sa bouche, il se déroba légèrement, emmêla ses doigts dans sa chevelure et la repoussa.

— Pas cette fois, grogna-t-il, la forçant à se redresser.

Lissianna ne protesta pas, reconnaissant qu'il avait probablement raison. Dès qu'elle avait posé les lèvres sur lui, elle avait pris conscience du sang qui pulsait juste sous sa peau chaude et sentit la faim l'assaillir, lui procurant le besoin impérieux de mordre. Il valait mieux qu'elle réserve ce plaisir pour un jour où la faim ne risquait pas de transformer Greg en festin, songea Lissianna dans un soupir alors qu'elle se relevait, et Greg qui la tenait toujours par les cheveux l'attira à lui pour lui arracher un baiser qui, cette fois, n'eut rien de tendre. À l'évidence, elle avait réveillé la bête.

Greg couvrit les lèvres de Lissianna de sa bouche chaude, affamée et avide tout comme la main qu'il venait d'introduire entre ses jambes. Elle haleta, cherchant sa respiration, mais il n'y avait pas d'air à aspirer, seulement Greg. Il avait sa langue dans la bouche, son corps contre le sien, l'une de ses mains contre sa tête pour la maintenir en place et l'autre entre ses cuisses. Il la caressa d'abord du bout du doigt, qu'il faisait glisser sans peine dans un mouvement de va-et-vient, puis il le plongea en elle, intensifiant son excitation jusqu'à des sommets qu'elle n'avait pas encore atteints.

Un râle guttural fendit tout son être lorsque le désir qu'il assouvissait s'intensifia en elle. Lissianna tendit le bras entre eux, s'empara de son membre avec fermeté et le pressa doucement dans sa main, arrachant à Greg un grognement. Elle jouait avec le feu et le savait, mais ne rompit pas son étreinte pour autant et continua à le serrer dans un mouvement de va-et-vient parfaitement rythmé. Elle sourit contre ses lèvres avec triomphe lorsqu'il cessa soudain de la caresser, la prit par la taille et la souleva légèrement.

Lissianna libéra sa main et enroula ses bras autour des épaules de son amant tandis qu'elle encerclait sa taille avec les jambes. Il la fit descendre contre lui avec délicatesse et elle gémit lorsqu'il la pénétra.

Greg hésita, puis avança d'un pas et la plaqua sur la commode à côté du lit, y plaçant le plus gros de son poids.

Lissianna laissa échapper un gémissement quand il ajusta sa position pour s'enfoncer en elle le plus loin possible. Il la tenait par les fesses et l'attira à lui jusqu'à ce qu'elle soit assise en équilibre sur le rebord de la commode, puis il pencha le haut de son corps contre elle de sorte qu'elle se retrouva à moitié allongée et cramponnée à ses épaules, le visage pressé contre l'une de ses clavicules tandis qu'il la pénétrait encore et encore.

Quand il s'empara de l'arrière de ses jambes et les souleva légèrement, ce nouvel angle arracha à Lissianna un autre râle de plaisir et elle tourna le visage contre son cou, effleurant sa peau du bout des dents. Elle sentit Greg tressaillir à son contact, puis il souffla :

— Vas-y, fais-le !

— Non, gémit Lissianna, essayant de résister, mais le désir et le besoin la submergeaient ; sa faim de sang se mêlait à l'envie qu'elle avait de lui, et tous deux la pressaient de planter ses dents dans son cou.

— Lissi, bon Dieu, fais-le, je t'en prie, lui susurra Greg à l'oreille d'une voix rauque, et sans s'arrêter pour réfléchir, elle pivota la tête et plongea les dents dans sa gorge.

Il rejeta la tête en arrière et poussa un cri, son corps se cambra contre le sien quand leurs esprits s'unirent et leurs plaisirs fusionnèrent comme s'ils se faisaient écho. La sensation s'intensifia vague après vague, jusqu'à ce que Lissianna en ait le vertige. Elle s'agrippa fermement à Greg, ses bras et ses jambes enroulées autour de lui les menant jusqu'à l'extase. L'orgasme sembla durer une éternité, palpitant en eux tel un bourdonnement lent et répétitif vibrant dans leurs corps, du bout de leurs orteils jusqu'au sommet de leurs crânes.

Lissianna l'empoigna avec frénésie tout en lui lacérant le dos avec les ongles. Elle commençait à se dire que ce plaisir entre douleur et jouissance pourrait ne jamais s'achever. Puis Greg chancela faiblement contre elle, et elle se rendit compte qu'elle avait encore ses dents dans son cou et continuait à boire son sang.

Lissianna le relâcha aussitôt, et l'entendit marmonner une protestation. Elle ressentit son intense déception lorsque la fusion entre leurs esprits se dissipa peu à peu, puis s'éteignit… Et avec elle l'orgasme prolongé s'évanouit doucement lui aussi.

Ils s'affalèrent l'un contre l'autre, le souffle court et rauque, puis Greg murmura :

— Je ne me suis jamais senti aussi proche de quelqu'un que de toi à l'instant, quand nos esprits se sont unis. C'était comme si on se trouvait l'un en face de l'autre, le cœur et l'âme à nu. J'ai eu le sentiment de tout connaître de toi. Tu as ressenti la même chose, n'est-ce pas ?

— Oui, avoua Lissianna contre sa nuque, puis elle demanda : Tu vas bien ? Tu chancelles.

Il hocha la tête et recula ; son membre désormais flasque glissa hors de son corps.

Remarquant sa pâleur, Lissianna descendit aussitôt de la commode, repoussa les couvertures sur le côté du lit et le pressa de s'allonger. Comme elle commençait à se redresser, il l'attira de nouveau contre lui, réticent à rompre leur intimité aussi vite. Lissianna remonta les couvertures pour les couvrir tous les deux, puis l'autorisa à l'attirer contre son torse et enrouler ses bras autour d'elle. Elle se blottit contre son étreinte, et songea que rester lovée dans ses bras pour l'éternité suffirait à la rendre heureuse.

Ils restèrent dans cette position pendant quelques minutes avant que Greg baisse les yeux vers elle et demande :

— Lissianna, c'est quoi, un compagnon véritable ?

Elle se raidit contre lui, surprise par sa question.

— Où en as-tu entendu parler ?

— Thomas m'avait dit que je devais te poser la question, mais j'ai oublié.

Lissianna demeura silencieuse une minute, puis s'éclaircit la voix.

— Selon ma mère, chaque personne possède un compagnon ou compagne véritable censé être son âme sœur.

— Ta mère m'a tout l'air d'être une vraie romantique, dit-il avec une tendre ironie.

— Peut-être, lui accorda Lissianna.

Un autre silence s'ensuivit, puis il demanda :

— Parle-moi de ton oncle.

Elle cligna des paupières, étonnée par sa requête, puis s'appuya sur ses coudes pour le regarder dans les yeux.

— Pourquoi ?

— Parce que toi et tes cousins semblez tous effrayés par lui, et je veux en connaître la raison.

Regrettant ce brusque retour à la réalité, Lissianna soupira et reposa de nouveau sa tête contre lui. Elle réfléchit un instant, puis reprit :

— Comme le dit si bien Thomas, il est vieux et froid comme la mort.

— Vieux et froid comme la mort, répéta Greg, pince-sans-rire.

Elle acquiesça.

— Ce n'est pas qu'il est cruel ou quoi, mais il est juste… (Elle lutta un instant, puis poursuivit :) Il est en vie depuis si longtemps, Greg, plusieurs millénaires. Il était guerrier dans la Rome antique, puis dans l'Angleterre médiévale… (Elle haussa les épaules.) C'est un guerrier. Il a vu un nombre incalculable de personnes naître et mourir, il a dû en tuer un bon nombre aussi dans une bataille ou une autre au fil des siècles. À présent, il fait partie du Conseil et fait ce qui est nécessaire pour assurer la sécurité de ses semblables.

Greg garda le silence pendant une minute, puis dit :

— Je ne veux pas devenir un Renfield.

Lissianna caressa son torse pour l'apaiser et promit :

— Je ne les laisserai jamais faire.

— Je sais que tu feras de ton mieux pour empêcher que ça arrive, rétorqua-t-il. Mais si ton oncle a essayé d'effacer ma mémoire chez ta mère ce matin et n'y est pas parvenu, comme vous le suspectez tous, il voudra m'infliger ce « conseil de trois », comme vous dites ; je me trompe ?

Lissianna demeurait silencieuse. Elle n'avait pas besoin de lui répondre. Elle lui en avait assez dit pour qu'il sache qu'il avait raison. Elle ne désirait pas non plus que cela se produise. L'idée qu'ils puissent briser l'esprit de Greg était trop douloureuse, elle ne voulait même pas l'envisager. Son esprit comptait parmi les choses qu'elle aimait le plus chez lui. Même si, elle devait bien l'avouer, son corps n'était pas mal non plus.

— J'ai une chance de m'en tirer sans qu'ils transforment mon cerveau en bouillie ?

— N'y pense pas, Greg, reprit-elle. Ça n'arrivera pas, crois-moi.

— Comment peux-tu les arrêter ? Le Conseil vous gouverne, n'est-ce pas ? C'est un peu comme s'ils étaient votre police.

— Oui, reconnut-elle.

— Et, comme tu évites de me répondre, j'en déduis que mes chances d'échapper au Conseil sont plutôt minces. (Il se tortilla légèrement sous elle, presque d'impatience.) S'ils peuvent prendre possession de n'importe qui, rien ne les empêche de pénétrer dans un bureau ou une banque et d'y dénicher toutes les informations dont ils pourraient avoir besoin pour me traquer.

— C'est vrai, soupira-t-elle.

Ils demeurèrent silencieux un moment, puis il demanda :

— Qu'est-ce que tu risques, toi, pour m'avoir aidé à m'évader ?

Lissianna haussa les épaules.

— Ils ne peuvent rien me faire. Maman pourra me crier dessus, mais le Conseil ne peut pas me punir vu que je n'ai pas parlé à mon oncle, donc j'ignorais que…

— C'est un détail technique. Ça peut passer dans un tribunal humain, mais je doute que ça fonctionne avec le Conseil. Surtout si ton oncle peut lire dans tes pensées et apprendre que tu étais bien au courant de leurs projets. (Incapable de débattre sur ce point, Lissianna garda le silence.) Par conséquent, si on essaie de s'enfuir, ils nous retrouveront sans doute, me transformeront en Renfield, et t'infligeront Dieu sait quelle punition.

— Peut-être, reconnut-elle, et elle reposa de nouveau la tête contre son torse. (Ils se turent un moment, puis Lissianna reprit :) Il existerait néanmoins un moyen de te protéger.

—Quoi donc ? Un changement de sexe et un aller simple pour Tombouctou ? rétorqua-t-il avec un amusement caustique, et il tendit sa main vers ses cheveux pour glisser les doigts entre ses longues mèches soyeuses.

—Je crains que ça ne fonctionne pas, dit-elle en tordant les lèvres. Ils te retrouveront.

—Alors, comment…

—Je pourrais te vampiriser, déclara Lissianna aussitôt.

La main de Greg se figea dans ses cheveux. Elle pouvait entendre les battements de son cœur, la lente inspiration et expiration de son souffle, le « tic-tac » de l'horloge à affichage numérique à côté du lit. Puis sa main retrouva enfin sa mobilité.

—Me vampiriser ? Faire de moi l'un des vôtres ?

—Si tu étais l'un des nôtres, ils n'auraient pas à craindre que tu parles de nous et révèles notre existence, car ta sécurité dépendrait de la nôtre. Ils n'auraient pas besoin de tenter un conseil de trois.

—Tu ferais de moi ton partenaire pour me sauver la vie ?

Ses mots étaient doux, empreints d'hésitation. Lissianna n'aurait pu dire si l'idée lui plaisait ou non, mais elle ne voulait pas le mettre dans une position où il devrait choisir entre vivre avec un esprit sain ou devenir son compagnon pour espérer survivre.

—Ce n'est pas parce que je te vampirise que tu deviens automatiquement mon partenaire.

Greg s'immobilisa de nouveau, puis articula :

—Ah non ?

—Non. Bien sûr que non. Il est vrai que la plupart d'entre nous vampirisent leur partenaire, mais ce n'est pas toujours le cas. Certains ont déjà infanté des mortels pour diverses raisons.

—Mais alors, si tu trouves plus tard quelqu'un susceptible d'être ton compagnon véritable, tu ne pourras pas le vampiriser, fit-il remarquer. (Lissianna haussa les épaules. Puis elle se redressa et se glissa hors du lit.) Lissi ? dit Greg, peu sûr de lui alors qu'elle se dirigeait nue vers la porte.

Elle se retourna et le vit assis sur le lit, l'inquiétude visible sur son visage. Elle lui sourit avec tendresse.

— Je te laisse y réfléchir.

— Je…

Lissianna l'interrompit d'un geste de la main.

— Greg, tu dois m'oublier. Je ne compte pas dans cette équation. Il n'est pas question de moi, mais de toi et de tes choix. Ce que je fais ou ne fais pas n'a aucune importance. La décision te revient et il faut qu'elle te satisfasse en ton âme et conscience. (Elle prit une profonde inspiration, et poursuivit :) Il ne s'agit pas de te faire un piercing ou d'adhérer à une association. C'est une décision que tu prends pour toute l'éternité, ou ce qui s'en rapproche le plus pour les humains, en tout cas. Tu dois y réfléchir sérieusement. Pourras-tu abandonner la liberté de lézarder au soleil des heures durant pour devenir principalement une créature de la nuit ? Pourras-tu consommer du sang ? En cas d'urgence, pourras-tu te repaître d'un mortel pour survivre ? Et pourras-tu renoncer à ta famille ?

Il sursauta.

— Ma famille ?

— Oui, confirma-t-elle avec tristesse. Tu ne peux pas leur dire ce que tu es devenu. Le Conseil ne l'autorisera pas.

— Non, bien sûr, mais…

— Et comment leur expliqueras-tu que l'âge n'a pas de prise sur toi alors qu'ils continuent à vieillir ? (Lissianna répondit elle-même à sa question :) Tu ne pourras pas. Alors, il te restera cinq, peut-être dix ans si tu as de la chance, et après tu devras disparaître de leur vie. Tu devras simuler ta mort et ne plus jamais les revoir. (Devant l'expression de choc sur son visage, Lissianna hocha la tête avec tristesse.) Tu n'avais pas pensé à tout ça, n'est-ce pas ? Tout ce que tu avais retenu, c'était la jeunesse éternelle, et ci et ça… (Elle soupira et secoua la tête.) Il y a toujours des inconvénients, et tu dois t'assurer que tu es capable d'accepter celui-là, car tu ne pourras plus revenir en arrière. Si tu deviens l'un des nôtres, c'est pour toute la vie. (Greg l'observa avec attention, son cœur s'enfonçant dans sa poitrine devant ces complications qu'il n'avait pas envisagées.) Je vais dormir sur le canapé, dit Lissianna en faisant demi-tour. Nous en reparlerons plus tard, la nuit porte conseil.

Greg la regarda fermer la porte derrière elle, puis se laissa retomber sur le lit dans un soupir. Renoncer à sa famille. Il ne lui était jamais venu à l'esprit qu'il devrait renoncer à quoi que ce soit pour devenir un des leurs. Il avait pensé que… comme elle l'avait dit, il n'avait réfléchi qu'aux avantages : vivre pendant des siècles, peut-être même des millénaires, ne jamais vieillir, devenir plus fort, plus rapide et, qui sait, plus intelligent… être un témoin direct de l'Histoire au fil des siècles… Et il avait cru, au début, pouvoir faire tout ça avec Lissianna à ses côtés comme compagne, mais elle semblait avancer que cela n'allait pas de soi.

Affirmait-elle cela car elle ne voulait pas de lui comme compagnon de vie ou parce qu'elle ne voulait pas qu'il se sente piégé, obligé de devenir son partenaire ? Il n'aurait su dire.

Greg savait en revanche qu'il n'avait jamais rencontré quelqu'un comme elle, quelqu'un qu'il admire et apprécie autant que Lissianna. Elle veillait sur ceux qu'elle aimait, elle était amène, intelligente, belle, mais son côté enfantin se ressentait encore dans la femme qu'elle était. Elle avait plus de deux cents ans, et paraissait souvent aussi mûre que toutes ces années le laissaient entendre, mais quand elle se détendait, oubliait son rôle de bonne fille obéissante, ou de cousine âgée responsable et modèle pour les jumelles, transparaissait en elle une espièglerie juvénile, une lueur qui illuminait ses yeux. Néanmoins, c'est quand elle l'avait mordu que Greg avait été certain qu'elle était la femme idéale… du moins pour lui. L'expérience n'avait pas été seulement physique. Lorsqu'ils avaient été unis de cette manière, son esprit submergé par les pensées de Lissianna, il avait eu l'impression qu'une fenêtre s'ouvrait vers son âme. Lissianna possédait une belle âme, douce, mais forte, généreuse et dénuée de jugement arbitraire. Quand leurs corps et leurs esprits avaient fusionné, il s'était senti puissant et aimé. Il s'était senti entier.

Greg était sûr de pouvoir échanger vingt ou trente ans avec sa famille qui l'avait chéri et soutenu pendant toutes ces années contre l'éternité en compagnie de Lissianna. Mais ce n'était pas ce qu'elle semblait lui proposer. Elle avait bien mentionné que, si elle le vampirisait, cela n'en ferait pas pour autant son compagnon. S'il la laissait faire, pouvait-il par la suite la persuader de le prendre comme partenaire ? Lui avait-elle offert de le sauver par pure culpabilité ? Greg ne le croyait pas. Il avait pu sonder les profondeurs de son âme et n'y avait décelé rien de tel.

Greg soupira et se passa la main dans les cheveux avec désarroi. Il devait réfléchir, et cela risquait de lui prendre toute la nuit.

Elle fut réveillée par une brise glaciale. Lissianna, engourdie par le sommeil, murmura une plainte contre l'air glacé, enroula la couverture de laine plus serré autour de son cou et se recroquevilla en position fœtale pour tenter de se réchauffer, mais le froid persistait toujours. Elle soupira, consciente qu'elle devait se relever pour monter le chauffage, ou alors trouver une seconde couverture avant de pouvoir de nouveau se laisser voguer vers la torpeur. Elle ouvrit les yeux et roula sur le dos, puis se figea, horrifiée, quand elle discerna la silhouette lugubre qui la surplombait.

L'espace d'un instant, elle se crut paralysée, son corps la bombardant d'adrénaline pour la pousser à réagir, puis elle se dit que cela devait être Greg qui venait lui parler, et elle se détendit. Lissianna attendit qu'il prenne la parole, et ne se rendit compte de son erreur que lorsque le bras, qu'elle n'avait pas vu, se leva et plongea soudain vers l'avant, et qu'elle sentit le pieu lui transpercer la poitrine.

Chapitre 17

Il était minuit, et Greg était encore éveillé. Allongé à plat dos sur le lit, les chevilles croisées et les mains soutenant sa tête, il réfléchissait, tiraillé par le choix qu'il devait faire quand un bruit de verre qui se brise l'arracha à ses préoccupations tourmentées à propos de son futur. Il ouvrit les yeux d'un coup, tourna la tête vers la porte de la chambre et tendit l'oreille pendant une minute, mais n'entendit aucun autre son.

Présumant que Lissianna avait dû laisser tomber quelque chose, il faillit ne pas tenir compte du bruit et retourner à ses tergiversations concernant son avenir. Puis il y réfléchit à deux fois, et décida qu'il devait au moins aller vérifier qu'elle ne s'était pas coupée et s'assurer qu'elle n'avait pas besoin d'aide. Greg se rassit sur le lit et repoussa les couvertures. Posant les pieds au sol, il se releva pour traverser la pièce.

Accueilli par l'obscurité silencieuse au sortir de la chambre à coucher, il s'arrêta, mais lorsqu'il ressentit la légère brise glacée qui s'engouffrait dans le couloir caresser sa chair nue comme un murmure, les cheveux à la naissance de sa nuque se hérissèrent. Il avait un mauvais pressentiment.

Greg faillit faire demi-tour pour enfiler son jean, mais une peur soudaine pour Lissianna le stoppa net. Il remonta le couloir à pas de loup, les oreilles aux aguets et les yeux grands ouverts pour discerner davantage que les vagues silhouettes dans la pénombre du salon devant lui.

Greg avait fait quelques pas quand il entendit le doux chuintement des portes coulissantes dans la salle à manger. Il s'immobilisa et demeura sur ses gardes, puis, quand la brise qui l'avait alarmé à peine quelques minutes auparavant faiblit puis cessa, son cœur commença à battre la chamade : il comprit que quelqu'un venait de quitter la maison.

— Lissianna ? appela-t-il en se précipitant vers elle. Lissi ?

La peur l'assaillit quand il n'entendit aucune réponse. Greg s'arrêta à l'entrée du salon et passa la main le long du mur à la recherche de l'interrupteur, qu'il savait se situer là. Une fois trouvé, il alluma, et une lumière aveuglante envahit aussitôt la pièce. Greg se retrouva à cligner des yeux comme un forcené pour tenter de s'habituer au brusque passage de l'obscurité à la pleine clarté.

— Lissianna ?

Même s'il suspectait que l'intrus était déjà parti, il balaya la pièce du regard, à l'affût de l'importun. Lorsqu'il le posa sur la silhouette inanimée de Lissianna sur le canapé, le cœur de Greg s'emballa soudain puis lui sembla s'arrêter de battre quand il repéra le pieu enfoncé dans sa poitrine.

— Oh, Seigneur ! souffla-t-il, puis il se rua vers elle.

Une douleur cinglante lui parcourut le pied lorsqu'il atteignit la table basse, lui rappelant qu'il était retourné dans le salon parce qu'il avait entendu un bruit de verre brisé. Apparemment, ce n'était pas la vitre d'une fenêtre que l'intrus avait cassée pour essayer de s'introduire dans la maison. Sautillant sur son pied encore intact, Greg examina le verre d'eau en mille morceaux au sol à côté de la table basse décentrée. Celui qui avait fait ça avait dû foncer dedans avant de s'enfuir, faisant tomber le verre par terre.

Greg retira l'éclat de verre de son pied, le jeta de côté, et poursuivit son chemin vers le canapé, s'arrêtant une fois devant, incertain de la marche à suivre. Lissianna gisait raide comme la mort. Son visage complètement dénué de couleurs dépassait du plaid qui lui recouvrait le corps. À contrecœur, il laissa son regard dévier de son visage vers sa poitrine. La couverture avait été tricotée dans les tons bleu et vert pâle, mais arborait à présent une grosse tache rouge à l'endroit transpercé par le pieu, une tache qui semblait grossir à vue d'œil.

— Oh, mon Dieu !

Greg hésita, puis – ne sachant que faire d'autre – finit par empoigner le pieu et l'ôta de son corps. Il grimaça de dégoût devant la résistance que lui opposa le bout de bois et le son de succion mouillé quand il parvint à le dégager enfin. Greg lança de côté le pieu d'un coup sec mais cela ne le libéra pas de la rage qui grondait en lui, mêlée à la peur et au chagrin.

Lissianna gisait inerte et elle était si pâle que Greg craignit qu'elle fût morte, mais son cœur ne pouvait se résoudre à cette possibilité. Il n'allait pas la perdre alors qu'il venait tout juste de la rencontrer. Il avait attendu trente-cinq ans avant de tomber sur une femme comme elle, il n'en dénicherait jamais une autre. Il devait trouver de l'aide… Il devait la sauver… mais d'abord, il fallait qu'il s'habille.

Greg se pencha et ramassa son tee-shirt, le seul vêtement qui traînait encore par terre. Son jean était dans la chambre à coucher, et Lissianna s'était manifestement rhabillée avant d'aller se coucher. Après avoir remis son tee-shirt, Greg la prit dans ses bras et la souleva sans ôter la couverture, et retourna sur ses pas.

Il remonta le couloir à toute vitesse, car il ne voulait pas la laisser de nouveau seule et vulnérable. Greg la posa avec délicatesse sur le lit, et quitta à peine son visage des yeux tandis qu'il enfilait son pantalon. Il décida de l'emmener chez lui et de passer quelques coups de fil. Greg connaissait beaucoup de gens dans le milieu médical, il avait des relations à l'hôpital. Il se débrouillerait pour dégotter une perfusion et du sang pour Lissianna et les nanos soigneraient ses blessures et tout irait bien, se rassura-t-il.

Lissianna avait insisté pour qu'ils évitent leurs appartements respectifs, car c'est là que sa famille les chercherait en priorité. Mais ils ne pouvaient plus rester chez Debbie. Sa famille l'y avait retrouvée, et si elle avait déjà fouillé l'appartement de Greg, alors ils pouvaient s'y rendre sans crainte. Ils devraient y être en sécurité.

Greg doutait quelque peu de sa théorie, mais aucun autre choix ne semblait s'offrir à lui pour le moment. Son carnet d'adresses personnel comportant les numéros de toutes ses connaissances, de tous ceux qu'il devait contacter s'il voulait la sauver, se trouvait chez lui. Il devait y retourner et ne comptait pas laisser Lissianna toute seule ici, par conséquent elle venait aussi.

Il termina de s'habiller et revint à son côté, puis il la scruta des pieds à la tête. Il leur faudrait prendre un taxi jusqu'à chez lui, mais il ne pouvait pas l'emmener dans cet état. N'importe quel chauffeur de taxi deviendrait blême à sa vue et appellerait aussitôt la police ou les secours. Il devait nettoyer sa blessure et essayer de la panser du mieux possible, alors il pourrait prétendre qu'elle était ivre et dans les vapes.

Il la laissa sur le lit, et se précipita dans la salle de bains attenante pour y récupérer plusieurs serviettes de toilette immaculées de Debbie. Il les posa à côté de Lissianna, puis se dirigea vers l'armoire et sélectionna une chemise propre pour remplacer la sienne maculée de sang. Il hésita un moment, puis finit par choisir un chemisier noir qui pourrait mieux dissimuler le sang si elle continuait à saigner. Il retourna à son chevet et s'agenouilla à côté du lit.

Greg examina le visage de Lissianna avec attention avant de commencer, guettant avec désespoir le moindre signe de vie, mais il n'en décela aucun. Il prit une profonde inspiration, repoussa la couverture vers le côté, puis déboutonna rapidement sa chemise en essayant de ne pas regarder le sang qui maculait la soie d'un blanc virginal.

Quand il aperçut le trou en plein milieu de sa poitrine et le sang épais qui en suintait lentement, Greg réprima un haut-le-cœur. Il se força à s'ôter de l'idée que personne ne pouvait survivre à une blessure aussi grave ; il ravala la bile qui lui montait dans la gorge et se hâta de nettoyer le plus de sang possible.

L'entaille se trouvait presque au centre du thorax, et juste au-dessus du bonnet de son soutien-gorge. Greg y pressa une petite serviette, glissant la moitié de l'étoffe sous son soutien-gorge pour le maintenir en place, puis il redressa Lissianna pour l'asseoir sur le lit. Il la soutint d'une main tandis que de l'autre il lui ôtait son corsage ensanglanté. Ensuite, il jeta le vêtement souillé au sol, saisit le chemisier neuf qu'il venait de récupérer dans l'armoire, et s'évertua à l'en vêtir.

Après lui avoir enfilé le haut propre et l'avoir boutonné, il la reposa contre le matelas. Debout, il fit le tour de l'autre côté du lit, et s'empara du téléphone posé sur une table adjacente.

En bon citadin, Greg possédait une voiture qu'il utilisait pour les longs trajets et pour se rendre à son cabinet, qui était doté d'un parking, mais il trouvait souvent plus pratique de se déplacer en taxi à travers la ville. Cela lui faisait gagner un temps précieux et lui évitait de le gaspiller à la recherche d'une place de stationnement. Aussi connaissait-il par cœur le numéro d'une société de taxis, et il pianota sur le combiné sans même réfléchir.

Tout en débitant l'adresse, il se fut reconnaissant d'avoir fait attention au nom de la rue et au numéro de la maison quand ils étaient arrivés l'après-midi. Il remercia également le Ciel lorsque l'opérateur lui assura qu'une voiture arriverait tout de suite. La dernière chose dont il avait besoin, c'était de cogiter sur ce qui venait de se produire et s'inquiéter de l'état de Lissianna.

Greg raccrocha et refit le tour du lit. Il souleva Lissianna dans ses bras et la porta jusqu'à la porte, puis hésita, craignant soudain que son agresseur ait pu revenir terminer le boulot. Après tout, Greg devait lui aussi être une cible, non ? Et il était encore en vie.

À cette pensée, il fronça les sourcils et un déplaisant frisson lui parcourut le corps. Il envisagea un instant de reposer Lissianna et fouiller la maison, mais il ne pensait pas disposer d'assez de temps avant l'arrivée du taxi. De toute façon, il ne voulait plus la quitter d'une semelle.

Il serra les dents, et décida qu'il ne lui restait qu'à se déplacer rapidement et espérer que tout aille pour le mieux. Lissianna dans les bras, il se pencha légèrement et tendit la main vers la poignée, la tourna et entrouvrit la porte. Puis il se raidit, et du bout du pied l'ouvrit bien grand.

Le couloir était aussi lugubre et silencieux que la dernière fois qu'il y était entré. Cependant, à cet instant, il ne soufflait pas de brise significative. Il se dirigea avec hâte vers le salon, à l'affût du moindre signe trahissant une présence étrangère. Un léger soupir de soulagement s'échappa de ses lèvres lorsqu'il atteignit l'intersection des couloirs juste avant l'entrée du salon. Celui de droite traversait la salle à manger et menait dans la cuisine. Greg tourna plutôt à gauche en direction de la porte d'entrée. Une fois devant, il s'immobilisa, scruta au-dehors la rue déserte et plongée dans le noir, puis examina Lissianna. Il grimaça, contrarié, quand il remarqua que la serviette blanche ressortait très nettement par-delà l'encolure du chemisier noir. À cause du contraste des couleurs et de la masse qu'elle formait sous le vêtement, elle était loin de passer inaperçue.

Comme il ne voulait pas qu'un détail attire l'attention du chauffeur sur son état et sa blessure, Greg retourna sur ses pas, puis s'arrêta devant la penderie. Il posa Lissianna sur un petit banc dans un coin à côté de la porte d'entrée, veillant à la positionner de façon à éviter qu'elle glisse, puis il ouvrit le placard.

— Merci, Debbie, murmura-t-il tandis qu'il en sortait un épais manteau d'hiver matelassé. Je te rembourserai.

Greg réussit à le passer à Lissianna et la porta dehors jusque sur la route avant l'arrivée du taxi. Il attendait debout sur le trottoir avec Lissianna qui semblait tenir debout aussi, appuyée contre lui, lorsque la voiture arriva. Mais en vérité, il la maintenait droite sinon elle se serait écroulée. Elle n'était rien d'autre qu'un poids mort. Il adressa une prière silencieuse au Ciel pour que son plan fonctionne, et s'avança quand le chauffeur stationna dans la rue devant lui. Le corps de Lissianna commença aussitôt à vaciller.

Greg se fendit d'un rire forcé, la rattrapa et marcha jusqu'à la voiture.

— Je crois que tu as un peu trop bu, chérie.

Il rit tout en maintenant la portière ouverte et se glissa avec Lissianna sur la banquette arrière.

— Elle va bien ? s'enquit le chauffeur, pivotant sur son siège pour les examiner d'un œil suspicieux.

Greg déplaça Lissianna sur ses genoux pour que sa tête retombe contre son cou, et mentit :

— Oh, oui. Elle a un peu trop forcé sur la boisson pendant sa fête d'anniversaire.

— Ah ouais ?

Le chauffeur jeta un coup d'œil vers la maison et Greg suivit son regard, soulagé de noter que les lumières du salon et de la chambre à coucher étaient encore allumées : la maison ne paraissait pas aussi vide qu'elle l'était en réalité.

— Sa sœur lui a organisé une petite fête et nous étions censés y passer la nuit, mais c'était sans compter le lit de la chambre d'ami. Plus inconfortable, tu meurs ! poursuivit Greg avec nervosité. Et il faut que je dorme avant de retourner travailler demain, tu comprends, n'est-ce pas, ma puce ? demanda-t-il, et il baissa les yeux vers le haut de la tête de Lissianna qui reposait contre sa poitrine, avant d'ajouter : Hmm, je crois qu'elle est bien dans les vapes.

— Une fête d'anniversaire, hein ? reprit le chauffeur, d'une voix clairement empreinte de suspicion.

Compréhensible, supposa Greg. C'était lundi soir et la plupart des gens évitent d'organiser des fêtes les soirs de semaine, préférant réserver les festivités pour le week-end.

— Oui, on a célébré ses trente ans, mentit-il. Ça la déprimait un peu. J'ignore pourquoi ils n'ont pas voulu faire ça le week-end plutôt qu'en pleine semaine, mais sa sœur et elle tenaient absolument à respecter la date exacte. Les femmes, j'vous jure ! ajouta Greg avec une légère moue.

Puis il se tut et retint sa respiration, attendant de voir s'il avait réussi à dissiper les soupçons du chauffeur, suffisamment du moins pour qu'il les conduise chez lui… ou s'il allait s'emparer de sa radio et demander le renfort de la police.

Le chauffeur garda le silence un long moment, puis il pivota sur son siège et, s'adressant à Greg, le sourcil arqué :

— Bon, vous me dites où je dois vous conduire, monsieur ?

Relâchant sa respiration dans une profonde expiration de soulagement, Greg parvint à esquisser un sourire et donna l'adresse de son appartement, puis il se renfonça dans son siège et baissa les yeux vers Lissianna.

Le trajet lui parut durer une éternité, même s'il savait que c'était le résultat de son inquiétude pour Lissianna, et non le véritable reflet du temps qui s'était écoulé. Lorsque le taxi stationna devant son immeuble, Greg se rendit compte soudain qu'il n'avait pas d'argent pour payer la course. Il gardait une réserve de billets dans le tiroir de son bureau, mais pour cela il devait d'abord rentrer dans son appartement, et du coup chercher le portier et lui demander de réveiller le gardien pour qu'il lui ouvre de nouveau la porte.

Il allait expliquer tout cela au chauffeur quand tout à coup la portière de son côté s'ouvrit.

Greg regarda autour de lui avec stupeur, et se trouva nez à nez avec le cousin de Lissianna, Thomas Argeneau.

— Que s'est-il passé ? s'enquit Thomas, portant un regard inquiet vers Lissianna.

— Je t'expliquerai à l'intérieur, marmonna Greg, essayant de se glisser hors de la banquette arrière. (Thomas tendit les bras pour le débarrasser de Lissianna et lui rendre la tâche plus aisée, mais il secoua la tête, réticent à se séparer d'elle.) Paie le chauffeur pour moi, veux-tu ?

Thomas ouvrit la portière avant du taxi et demanda combien il devait pour la course tandis que Greg posait pied à terre et se redressait avec son fardeau. Le cousin de Lissianna régla le chauffeur, referma les deux portières, puis rattrapa Greg par le bras lorsqu'il commença à se diriger vers la porte d'entrée de son immeuble.

— Tu ne peux pas entrer. Quelqu'un est posté dans le couloir à l'étage au cas où vous viendriez ici, dit-il. Suis-moi.

Greg lui emboîta le pas sans hésiter. Il savait sans l'ombre d'un doute que Thomas aimait Lissianna et ferait tout pour l'aider.

— Que s'est-il passé ? répéta Thomas une fois Greg assis sur le siège de sa Jeep, Lissianna sur ses genoux.

— Ils nous ont retrouvés, annonça Greg l'air sinistre, puis il posa la question qui le hantait depuis qu'il avait trouvé Lissianna gisant inanimée sur le canapé. Tous ces livres et ces films ont tout faux en ce qui concerne l'ail et les croix, mais qu'en est-il des pieux ?

— Qu'est-ce que tu racontes ?

Thomas l'examina, perplexe.

— Si on vous plante un pieu dans le cœur, vous pouvez mourir ? reprit Greg pour clarifier son propos.

Thomas écarquilla les yeux, sceptique, puis se pencha en avant et tira sur le manteau pour l'ouvrir.

Greg resta assis en silence, rongé par la nervosité, pendant que Thomas déboutonnait le haut de son chemisier, puis écartait le tissu. Greg reporta son regard empreint d'angoisse vers la blessure de Lissianna quand Thomas remonta la serviette pour l'examiner.

— Elle a commencé à cicatriser, on dirait, remarqua-t-il avec soulagement.

— Bon Dieu ! s'exclama Thomas, n'en croyant pas ses yeux. C'était plus grand avant ? Ils l'ont transpercée avec quoi ? Un poteau téléphonique ?

— Un pieu, répondit doucement Greg.

— Qui a fait ça ?

Thomas laissa de nouveau la serviette reposer contre sa peau, et la recouvrit des deux pans de son chemisier, sans se soucier de le reboutonner.

— L'un des vôtres, je suppose, rétorqua Greg tandis que Thomas refermait son manteau pour la maintenir au chaud.

Thomas secoua la tête, les sourcils froncés.

— Impossible.

— Qui d'autre pourrait la traquer ? (Il voyait bien que Thomas n'était pas convaincu par sa théorie et il n'avait pas le temps d'en débattre avec lui.) On pourra se préoccuper du responsable plus tard, pour l'heure Lissianna a besoin de sang. (Il hésita avant d'ajouter :) J'apprécierais que tu m'aides, mais seulement si tu me jures de ne pas téléphoner à Marguerite ni de nous conduire près d'elle ou de votre oncle. Si tu ne peux pas me faire cette promesse, alors je l'emmène loin d'ici sur-le-champ, et…

— C'est bon, je te donne ma parole, affirma aussitôt Thomas comme Greg tendait le bras vers la portière. (Greg hésita.) Je te le promets, répéta Thomas, puis il tira de sa poche les clés de la Jeep, et démarra le moteur, avant de s'arrêter subitement.

— Quel est le problème ? demanda Greg.

— J'essaie de décider où l'emmener.

— Pas chez sa mère, en tout cas, rétorqua Greg avec fermeté.

Il ne comptait pas leur laisser une occasion d'achever ce qu'ils avaient commencé.

— Non. Je ne pourrais pas vous y emmener même si je le voulais. Lissianna ne me pardonnerait jamais s'il t'arrivait quelque chose, dit-il, puis il passa une vitesse et s'engagea dans la circulation clairsemée qu'offraient les rues de Toronto à la pointe du jour.

— Où allons-nous ? s'enquit Greg.

— Chez Mirabeau, répondit-il. Après que Lucian et Marguerite ont eu terminé de nous passer un savon pour avoir osé faire preuve de libre arbitre et avoir facilité votre évasion, Mira a décrété qu'elle avait assez abusé de notre hospitalité. Je l'ai raccompagnée en début de soirée. Elle nous aidera.

— Je n'ai pas de sang.

— Quoi ? s'écrièrent en même temps Thomas et Greg, qui se redressèrent d'un coup, chacun d'un côté du lit où elle les avait fait déposer Lissianna. Les yeux braqués sur Mirabeau, ils la dévisagèrent avec horreur, incapables d'en croire leurs oreilles.

L'appartement de Mirabeau se révélait être une vaste suite avec terrasse à quelques pâtés de maisons de chez Greg. Le trajet leur avait pris à peine quelques minutes, mais quand il se rendit compte que cette propriété, comme la sienne, était surveillée par un portier, Greg avait craint de ne pouvoir entrer sans que la police soit mêlée à toute l'histoire. Même si le chemisier noir dont il avait vêtu Lissianna dissimulait le sang qui imbibait la serviette recouvrant sa blessure, sa chemise blanche à lui laissait tout transparaître, et arborait une grosse tache rouge à l'endroit où il avait pressé Lissianna contre lui en sortant de la Jeep. Il était persuadé que le portier, voyant sa chemise, puis remarquant les traits livides et la silhouette macabre de Lissianna, décrocherait son téléphone sur-le-champ pour appeler la police. Cependant, il avait oublié avec qui il était.

Thomas l'avait fait entrer, avait jeté un regard au portier qui approchait, et l'homme avait fait demi-tour et regagné son poste sans demander son reste. Le cousin de Lissianna l'avait à l'évidence hypnotisé. Le portier ne les avait plus regardés après cela. Greg supposait que le pauvre homme ne se souviendrait même pas de leur passage.

— J'attendais une livraison samedi matin, leur annonça Mirabeau, mais comme je n'étais pas là je n'ai pas pu la réceptionner.

Non, bien sûr. Elle avait passé tout le week-end chez Marguerite, songea Greg, puis il reporta un regard inquiet sur Lissianna, qui venait de gémir. Elle avait commencé à pousser des râles de douleur peu avant qu'ils arrivent chez Mirabeau, et Thomas avait marmonné avec appréhension quelques paroles à propos des nanos.

Lorsque Greg l'avait questionné sur ce qui lui arrivait, Thomas lui avait expliqué que si les nanos ne trouvaient plus assez de sang dans les veines, ils attaquaient les organes pour en retirer ce dont ils avaient besoin. Lissianna allait souffrir le martyre jusqu'à ce qu'elle ingère du sang. Une douleur intense à réveiller un mort.

— Il ne t'en reste plus du tout ? s'enquit Thomas.

Mirabeau secoua la tête, puis avoua :

— Il me restait deux poches quand je suis rentrée, mais… (Elle haussa les épaules, ne sachant que dire.) J'ai eu un petit creux.

— Mince ! (Thomas se passa une main dans les cheveux.) Il lui faut du sang.

— Va donc en chercher à la banque du sang Argeneau, suggéra Mirabeau.

— Non, mauvaise idée, rétorqua Greg d'un ton résolu.

— Pourquoi ? Il a les clés.

— Greg pense qu'oncle Lucian est derrière tout ça, expliqua Thomas.

Mirabeau écarquilla les yeux, incapable de croire ce qu'elle venait d'entendre, puis secoua la tête.

— Non, c'est impossible ! Tu as vu celui qui a fait ça ?

— Non. (Greg secoua la tête.) Ils étaient déjà partis quand je suis arrivé dans le salon.

— Ça ne peut pas être un immortel, affirma Mirabeau avec certitude. Ce n'est pas possible. Je veux dire… Pourquoi feraient-ils cela ? Et pourquoi ne pas terminer le boulot ? L'un des nôtres saurait qu'un pieu ne l'achèverait pas. Et pourquoi t'épargner, toi ? lança-t-elle. C'est toi qui es censé représenter une menace.

— Je l'ignore, reconnut Greg non sans lassitude. Mais je ne connais personne d'autre qui souhaiterait lui faire du mal.

Mirabeau remua la tête de gauche à droite avec fermeté.

— Marguerite Argeneau ne laisserait jamais personne faire du mal à l'un de ses enfants. Elle…

— On s'en fiche, Mirabeau, l'interrompit Thomas, épuisé. J'ai promis à Greg de rester loin des Argeneau, et je tiendrai parole. On doit se procurer du sang ailleurs.

— On perd du temps, reprit Greg avec impatience. Lissianna a besoin de sang. En as-tu chez toi, Thomas ?

— Oui, répondit Thomas, à l'évidence surpris de ne pas y avoir pensé plus tôt. Pas autant qu'il nous en faudrait, mais deux poches au moins devraient suffire à lui faire reprendre connaissance, ensuite on lui trouvera des donneurs.

— Des donneurs ? s'enquit Greg.

— Le portier, un ou deux voisins…, expliqua Thomas d'un haussement d'épaules.

— Et pour la perfusion ? questionna Greg. Je comprends qu'une fois consciente elle arrive à se repaître de donneurs toute seule, mais il te faudra une perfusion pour les poches de sang. Tu pourras en trouver une ?

— Non, mais ce n'est pas un problème. Ses dents aspireront le sang, qu'elle soit éveillée ou non, répondit Thomas en se dirigeant vers la porte. Mais c'est plus facile de lui présenter les donneurs pour qu'elle se nourrisse une fois qu'elle aura repris connaissance, parce qu'alors elle pourra les subjuguer. Je reviens aussi vite que possible.

— Thomas ? (Mirabeau le suivit hors de la chambre.) As-tu un…

La porte se referma, ce qui empêcha Greg d'entendre le reste de sa question, bien que cela ne l'intéresse pas vraiment. Il examinait Lissianna alors qu'elle gémissait. Ce n'était pas un bruit normal. Elle ne bougeait pas, paraissait presque morte, mais poussait une espèce de râle proche du grognement qui était à peine audible et provenait du fond de sa gorge. La profonde douleur qu'elle devait endurer pour émettre des sons pareils lui broya le cœur, et il avait l'impression que les intervalles entre ses gémissements se rapprochaient. Cela devait signifier que sa souffrance s'intensifiait un peu plus chaque minute.

Greg ouvrit son chemisier et souleva la serviette de sa poitrine pour examiner la plaie. Elle s'était presque refermée. Même si une partie de lui était soulagée de constater la guérison, une autre partie ne pouvait s'empêcher de penser que son corps utilisait du sang, et qu'elle devait économiser ses réserves autant que possible jusqu'au retour de Thomas. Plus son organisme pompait le sang qui lui restait, plus elle allait souffrir de douleurs terribles.

Un autre gémissement attira son attention vers son visage. Greg hésita, puis décida qu'il devait faire quelque chose. Il se pencha plus près d'elle, prit son visage entre ses paumes et essaya de lui ouvrir la bouche à l'aide de ses pouces.

— Que fais-tu ? demanda Mirabeau en rentrant dans la pièce.

— Je lui ouvre la bouche.

— Pourquoi ?

— Comment lui faire sortir les dents ? renchérit Greg au lieu de répondre à sa question.

— Pourquoi veux-tu lui faire sortir les dents ?

Mirabeau traversa la pièce et regagna l'autre côté du lit, l'inquiétude visible sur son visage alors que son regard allait et venait de Greg à Lissianna.

— Parce que je peux lui faire don de mon sang, ensuite on pourra faire venir le portier ou n'importe qui, et elle pourra terminer avec les poches de sang au retour de Thomas, au lieu de lui faire subir cette torture inutile jusqu'à ce qu'il arrive et qu'on puisse enfin commencer !

— Tu ne sais pas ce que tu dis, Greg, déclara Mirabeau avec solennité.

— Elle souffre, siffla-t-il.

— C'est vrai, mais elle est inconsciente.

— Oui, mais elle ressent quand même la douleur. Elle ne peut pas s'agiter et hurler, car elle est trop faible, mais elle ressent tout. N'est-ce pas ? C'est pour ça qu'elle gémit, non ? l'interrogea-t-il l'air grave.

— Si. (Elle soupira et s'assit sur le rebord du lit, puis hésita.) Tu vas avoir mal.

— Je n'ai pas eu mal la dernière fois qu'elle m'a mordu.

— Oui, mais elle t'a embrassé en même temps, ce qui t'a fait baisser la garde. Puis, quand elle t'a mordu, elle a pu te transmettre tout le plaisir qu'elle ressentait. Lissi ne pourra faire rien de tout ça cette fois, Greg, et ce sera douloureux. Crois-moi.

— Soit, je souffrirai, alors, se contenta-t-il de répondre.

Il sentit un grattement familier à l'intérieur de son crâne tandis que Mirabeau l'étudiait avec une extrême attention. Il savait sans l'ombre d'un doute qu'elle essayait de sonder ses pensées. Greg fit de son mieux pour lui ouvrir son esprit. Il avait besoin de son concours pour aider Lissianna et, s'il lui en fallait passer par là, il acceptait de jouer le jeu.

— Très bien, finit-elle par soupirer, et elle lui fit signe de se pousser de son chemin.

Greg l'observa avec angoisse quand elle se pencha en avant pour ôter la serviette maculée de sang de la blessure, puis la poser contre le visage de Lissianna. Sa bouche s'était refermée dès qu'il l'avait relâchée, mais lorsque Mirabeau tint la serviette près de son nez, Lissianna remua et inspira dans un léger frémissement, sa bouche s'ouvrit d'elle-même et ses canines se déployèrent, prêtes à mordre.

Aussitôt Greg avança son poignet vers sa bouche.

— Tu dois t'assurer que les dents percent la veine, l'informa Mirabeau, puis elle proposa : Tu veux que je t'aide ?

— S'il te plaît.

Elle se pencha, et prit sa main pour repositionner son poignet sous les dents de Lissianna, puis douta un instant et releva les yeux vers Greg.

— Tu es sûr que c'est ce que tu veux ?

Il hocha la tête avec résolution, et à peine eut-il acquiescé que Mirabeau tira son bras vers le haut, puis plaqua son poignet contre les crocs de Lissianna. Pris de surprise, Greg inspira, le souffle court et choqué quand la douleur lui parcourut le bras. Cette sensation ne ressemblait en rien à ce qu'il avait éprouvé les deux fois où elle l'avait mordu dans le cou. Cela n'avait rien à voir non plus avec un don de sang classique. Ses dents étaient bien plus grosses que les seringues utilisées par le corps médical.

La première décharge de douleur se dissipait, mais Greg en ressentit aussitôt une autre, plus intense, quand les crocs de Lissianna commencèrent à aspirer son sang à un débit que ses veines n'étaient pas habituées à fournir. C'était une profonde douleur, comme si on lui arrachait lentement un membre. Il serra les dents, et demeura immobile.

— Je t'avais prévenu, dit Mirabeau d'une voix douce. Tu veux arrêter ?

Greg secoua la tête, inflexible.

Mirabeau se tortilla sur son siège, puis lui demanda soudain :

— Raconte-moi ce qui s'est passé.

Greg savait qu'elle essayait de le distraire pour apaiser son calvaire, et lui en fut reconnaissant. Il lui relata rapidement les événements qui s'étaient produits depuis qu'il avait entendu le bruit de verre brisé plus tôt dans la soirée.

— J'ai dû laisser un sacré bazar, ajouta-t-il à la fin. L'amie de Lissianna risque fort de ne pas apprécier quand, à son retour chez elle, elle trouvera le plancher maculé de sang et parsemé d'éclats de verre. Elle appellera sans doute la police.

— Ne t'en fais pas, on s'en occupera, lui assura Mirabeau.

Après quoi ils demeurèrent tous deux silencieux pendant un très long moment, sembla-t-il à Greg, mais c'était peut-être parce qu'il souffrait. Il commençait à tourner de l'œil quand Mirabeau dit :

— Elle revient à elle, je crois… Greg !

Elle retira son poignet des dents de Lissianna et se précipita de son côté du lit pour le rattraper avant qu'il s'effondre par terre.

— Lissianna t'a déjà mordu une fois cette nuit, n'est-ce pas ? demanda-t-elle l'air sévère.

Greg acquiesça, puis regretta de l'avoir fait, car sa tête commença à tourner de plus belle.

— Bordel ! Pourquoi tu ne m'as rien dit ? poursuivit-elle, furieuse. Tu n'aurais jamais dû… Là, allonge-toi. (Mirabeau l'installa avec délicatesse sur le lit à côté de Lissianna.) Reste couché. Je vais te chercher du jus de fruits. Comme si j'en avais, maugréa-t-elle. Je vais voir si ma voisine a quelque chose. Tant que j'y suis, je n'aurais qu'à la ramener elle aussi pour Lissianna. Elle revient à elle, et va ressentir une douleur et un besoin de sang atroces.

Greg jeta un coup d'œil vers Lissianna quand Mirabeau quitta la pièce, soulagé de voir qu'elle avait ouvert les yeux.

— Greg ? souffla-t-elle, un râle court et poussif sur ses lèvres, et il se redressa sur un coude pour mieux l'observer.

— Je suis là, Lissianna. Comment te sens-tu ? (Une question stupide, supposa Greg, il voyait bien qu'elle souffrait comme une damnée.) Mirabeau te rapporte de quoi te nourrir, mon amour. Elle devrait revenir bientôt.

— Mirabeau ? répéta-t-elle, fronçant les sourcils de confusion.

— Oui, nous sommes chez Mirabeau. Thomas nous a amenés ici.

— Oh. (Elle ferma les yeux, et il aperçut ses dents claquer les unes contre les autres. Sa souffrance devait être insupportable.) Qui était-ce ?

Greg ne comprit pas à quoi elle faisait allusion, puis se rendit compte soudain qu'elle lui demandait qui lui avait planté le pieu.

— Tu n'as rien vu ?

Elle secoua la tête par à-coups.

— Il faisait noir. C'était un homme. J'ai cru que tu étais revenu pour me parler, puis j'ai aperçu le pieu.

— Est-ce qu'il ressemblait à ton oncle ? s'enquit Greg.

Elle sembla perdue.

— Mon oncle ? Non. Il…

Elle s'arrêta, un râle lui échappa des lèvres ; elle roula sur le flanc et se recroquevilla en boule.

— Mirabeau ne devrait plus tarder, lui dit Greg, espérant la rassurer.

Puis il demeura silencieux, impuissant tandis qu'il la regardait lutter contre sa douleur. Elle avait les yeux fermés comme au soleil de midi, serrait les poings et les dents, son souffle était court et saccadé, et il était l'unique responsable de son supplice. Si elle ne l'avait pas aidé à s'évader, n'avait pas essayé de le sauver et de lui éviter ce qu'elle imaginait qu'ils voulaient lui infliger…

Lissianna ne pensait pas que son oncle était responsable de l'agression, il le voyait bien. Mirabeau non plus, d'ailleurs. Cependant, Lucian Argeneau faisait partie du Conseil, le même Conseil qui avait ligoté à un pieu puis brûlé l'un des leurs pour avoir vampirisé plus d'une personne. Le Conseil avait également tué des bébés avant que les avortements deviennent légaux. Il ne lui en fallait guère plus pour estimer cet homme capable d'infliger une punition à sa nièce pour avoir osé le défier en emmenant Greg au loin. Comme le pieu en plein cœur ne pouvait pas l'achever, l'attaque consistait alors en une sorte de châtiment.

Greg ignorait pourquoi l'agresseur ne les avait pas ramenés chez Marguerite pour affronter oncle Lucian, et il comprenait pourquoi la culpabilité de Lucian leur paraissait improbable. Mais, il avait beau réfléchir, il ne voyait pas qui d'autre pourrait vouloir la tuer. À ce qu'il avait entendu, elle ne semblait pas trop se mêler aux mortels. Son seul rapport social avec eux, c'était son travail au foyer.

— Greg ?

Il se pencha plus près.

— Oui ?

— Qu'as-tu décidé ?

Il ne prit pas la peine de demander à quoi elle faisait allusion. Lissianna voulait savoir s'il désirait qu'elle le vampirise ou non. Greg tendit la main et lui caressa le bras avec tendresse.

Qu'avait-il décidé ? Eh bien, qu'elle était magnifique, intelligente et courageuse. C'était une femme qui avait pris tous les risques pour l'emmener au loin et lui sauver la vie. Y compris celui de perdre sa propre famille, car si les autres Argeneau ne s'étaient pas encore rangés du côté de Lucian et du Conseil, Greg se doutait bien que le moment venu ils le devraient pour assurer leur survie. Et il savait aussi, sans l'ombre d'un doute, que pour les protéger Lissianna veillerait à ce qu'ils le fassent.

Jusqu'à présent, elle avait payé de son sang pour ses courageux efforts et n'en avait récolté que des souffrances… et, s'il refusait son offre, il savait qu'elle accepterait volontiers de sacrifier davantage pour lui.

Il avait pris sa décision : elle était de ces femmes qui méritent que l'on abandonne sa famille pour passer l'éternité en leur compagnie. Il n'aurait plus qu'à la convaincre de finir ses jours à ses côtés, et il espérait qu'une fois vampirisé il y parviendrait.

Greg jeta un coup d'œil en direction de Lissianna, qui venait de reprendre la parole.

— Vu comment se présentent les choses, je ne peux pas te protéger s'ils sont résolus à tenir un conseil de trois. J'ai prouvé ce soir que je n'arrivais pas à me protéger moi-même. Je ne me suis même pas réveillée avant qu'il plonge le pieu dans ma poitrine, dit-elle comme dégoûtée par elle-même.

— Lissianna ! gronda-t-il.

— Non, c'est la vérité. Mais il existe un moyen de te protéger. (Elle porta son poignet à sa bouche, se mordit au niveau de la veine, puis ferma les yeux et retira les dents. Elle tendit son bras à l'aveugle tandis que le sang écumait à la surface.) Le choix t'appartient.

Chapitre 18

— Voilà qui règle le problème. Je n'ai pas assez de sang pour un, alors pour les deux…

Aux paroles de Thomas, Greg releva la tête du poignet de Lissianna, jeta un coup d'œil vers la porte, et remarqua que Mirabeau et lui étaient revenus. Quand il aperçut les trois poches de sang que Thomas portait à la main, Greg commença à prévenir Lissianna de garder les yeux fermés, mais c'était déjà trop tard.

Elle laissa échapper un « Oh, mince ! » étouffé, et s'évanouit, s'effondrant sur le matelas.

Mirabeau s'activa d'un coup et claqua la langue avec irritation, puis s'exclama :

— Pourquoi ne m'avez-vous pas avertie ? Si j'avais su que vous comptiez faire ça, je n'aurais pas perdu du temps et réveillé trois voisins pour te trouver du jus de fruits !

Greg porta son regard vers la jolie blonde au côté de Mirabeau, qui ne rapportait pas seulement du jus d'orange. Il devina que la jeune fille était l'une des voisines qu'elle avait promis de ramener pour Lissianna.

Mirabeau suivit son regard, et soupira avec lassitude.

— Assieds-toi, Mary, lui ordonna-t-elle, puis elle posa le verre de jus qu'elle venait d'apporter sur la commode, et traversa la pièce tandis que sa voisine s'installait sur la chaise près de la porte, le visage dénué de toute expression. Quelle quantité as-tu déjà bue ? demanda-t-elle.

Greg secoua la tête et ouvrit la bouche pour avouer qu'il n'était pas sûr, mais à ce mouvement il sentit la pièce tourner autour de lui. Il referma la bouche, et s'enfonça dans le lit à côté de Lissianna, à bout de force et sans ajouter un mot.

— Assez, à l'évidence, répondit Thomas pour lui avant de rejoindre Mirabeau au chevet du lit. (Il observa le couple des pieds à la tête, puis jeta un coup d'œil à Mirabeau et lui demanda :) As-tu déjà assisté à une vampirisation ?

— Non. (Elle arqua un sourcil.) Et toi ? (Il secoua la tête.) Je ne sais pas si j'ai envie de voir ça.

— Hmm, acquiesça Thomas. Tu n'as pas assez de voisins pour faire face à une situation pareille, je suppose ?

Mirabeau poussa un grognement sarcastique, et ils échangèrent un regard.

— On rentre chez tante Marguerite ? demanda-t-il.

Mirabeau approuva avec solennité.

— Il n'y a plus aucune raison de ne pas y aller, Lissianna a fait ce qu'il fallait. (Elle se retourna pour jeter un coup d'œil à la fille qu'elle avait laissée assise près de la porte.) Du coup, on utilise Mary ou pas ?

— Pourquoi se compliquer la vie ? reprit Thomas. Tous deux ont besoin de bien plus qu'elle ne pourra leur fournir, autant ne pas perdre de temps.

— Tu as raison. Je la ramène chez elle dans ce cas, annonça Mirabeau, et elle se dirigea vers la sortie récupérer la fille.

— Pendant que tu t'occupes d'elle, je vais téléphoner à la maison pour les prévenir. Ça permettra peut-être à tante Marguerite de se faire livrer plus de sang.

Greg demeura silencieux tandis qu'ils quittaient la chambre ; son cœur battait à tout rompre dans sa poitrine alors qu'il essayait de ne pas écouter la douleur qui s'intensifiait dans son estomac. Lissianna lui avait dit que le vampire qui infantait était appelé le Sire, car l'infantement constituait une renaissance douloureuse.

Il supposait que la légère gêne qu'il ressentait en ce moment n'était rien comparée à ce qui l'attendait.

— Comment te sens-tu, maintenant ?

Greg grimaça à cette question. Thomas la lui avait posée au moins vingt fois au cours du dernier quart d'heure sur le trajet jusqu'au manoir. Il aurait souhaité qu'il cesse. Chaque fois qu'il la réitérait, Greg avait l'impression de focaliser toute son attention sur la douleur qui augmentait et se répandait en lui. Elle avait pris naissance dans son estomac, une sensation d'acidité consumant ses entrailles qu'il arrivait encore à supporter, mais à chaque minute qui s'écoulait elle s'intensifiait et se propageait dans tout son corps, se multipliant comme un virus ou un cancer et le dévorant de ses petites dents acérées.

Cela faisait une demi-heure qu'il avait bu le sang de Lissianna. Son état avait tellement empiré depuis, que la sueur avait commencé à perler sur son front, et Greg s'était retrouvé en train de grincer des dents et serrer les poings pour lutter contre la douleur. Quand Marguerite les avait accueillis dans le garage quelques minutes auparavant, il n'avait pu répondre à ses questions que par des monosyllabes, au mieux. Il lui semblait atrocement difficile de réfléchir vu le supplice qu'il subissait.

— Thomas, amène le docteur Hewitt dans la chambre rose, lui ordonna Marguerite en ouvrant la porte de la chambre de Lissianna pour que Lucian Argeneau y transporte sa nièce. Je reviens tout de suite. Je veux juste lancer l'intraveineuse de Lissianna, puis je viendrai voir comment se porte Greg.

— Je peux m'en occuper si tu préfères, tante Marguerite, proposa Jeanne.

Marguerite hésita, son regard se posa sur le pâle visage de Greg qui se trouvait dans les bras de Thomas lorsque ce dernier passa à côté d'elle, puis elle acquiesça.

— Je te remercie, Jeanne. J'avais demandé à Maria d'apporter le kit de perfusion et une glacière de poches de sang après le coup de fil de Thomas. Si tu veux bien commencer pour moi, je viendrai voir comment elle va aussi vite que possible.

—Oui, tante Marguerite.

Greg aperçut Jeanne emboîter le pas à son oncle dans la chambre de Lissianna avant que Thomas le traîne jusque dans la pièce d'à côté.

—Pose-le sur le lit, Thomas, commanda Marguerite, qui l'avait suivi à l'intérieur.

Lorsqu'il remarqua les cordes attachées aux colonnes du lit, Greg adressa un regard sévère à Marguerite, qui venait de fermer la porte au nez de Mirabeau, d'Elspeth et des jumelles. Marguerite perçut son expression et grimaça en s'approchant de son chevet.

—C'est uniquement pour vous empêcher de vous blesser pendant le processus de transformation, docteur Hewitt. Vous n'êtes pas prisonnier, je vous le promets.

Greg se détendit et laissa Thomas le déposer sur le matelas avec délicatesse. Dès qu'il fut couché sur le dos, Marguerite s'installa au coin du lit et se pencha pour examiner ses yeux, bien qu'il n'eût aucune idée de ce qu'elle recherchait.

—Combien de temps s'est écoulé depuis que Lissi lui a offert son sang ? questionna-t-elle en se rasseyant.

—À peu près une demi-heure, répondit Thomas quand Greg la regarda d'un œil vide, la réponse lui échappant soudain alors qu'il savait qu'il devrait la connaître.

Marguerite acquiesça et poussa un léger soupir, peut-être pour marquer son soulagement.

—Alors, ça n'a pas encore commencé. Il n'en est qu'à la phase préliminaire.

À ces mots, Greg sentit son cœur s'enfoncer. Ça n'avait pas encore commencé ? Le calvaire qu'il endurait ne constituait qu'un avant-goût ? Grands dieux !

—Thomas, j'ai demandé à Bastien de téléphoner aux laboratoires pour qu'ils nous livrent des sédatifs qui pourraient aider Greg à surmonter cette épreuve, dit-elle au moment où la porte s'ouvrait, laissant entrer Lucian et Martine. Pourrais-tu descendre et les attendre en bas, s'il te plaît ?

— Des médicaments ? railla Lucian avec mépris alors que Thomas quittait la chambre. De mon temps, on ne prenait pas de drogues pour apaiser la souffrance. Cela constituait un rite de passage, et on encaissait comme des hommes... Mais les hommes d'aujourd'hui sont moins robustes, je suppose, ils ne sont pas capables d'endurer cette douleur.

— Je n'ai pas besoin de sédatifs, dit Greg, la fierté l'obligeant à relever le défi que l'autre venait de lui lancer.

Lucian Argeneau avait semblé nourrir une certaine inimitié à son égard dès l'entretien qu'ils avaient eu le matin de son arrivée, et Greg ignorait pourquoi. La seule idée qui lui venait à l'esprit, c'était que le vieil homme avait dû ratisser son cerveau et découvrir quelques-unes de ses intentions peu élégantes envers Lissianna. Pas étonnant que Lucian réprouve le désir charnel que Greg éprouvait pour Lissianna, supposa-t-il.

— Lucian, arrête ! s'exclama Marguerite avec irritation, puis, s'adressant à Greg : Si, vous en avez besoin !

— Je n'en veux pas ! protesta-t-il, provoqué par l'expression de supériorité sur le visage de Lucian Argeneau.

— Mais si, voyons, insista la mère de Lissianna d'un air résolu. Vous allez accepter et vous allez même aimer ça.

— Je croyais vous avoir entendue dire que je n'étais pas prisonnier, reprit Greg, gagné par l'agacement.

— C'est vrai, confirma Lucian Argeneau. Marguerite, c'est un grand garçon. S'il ne veut pas prendre de médicaments, tu ne devrais pas l'y obliger.

Elle décocha à l'oncle de Lissianna un regard des plus exaspérés, puis soupira et se tourna vers Greg.

— Vous êtes sûr ? demanda-t-elle une dernière fois. Sans sédatifs, c'est une expérience très douloureuse et des plus déplaisantes.

Greg n'était sûr de rien. Il souffrait déjà tellement que n'importe quelle drogue aurait été la bienvenue, mais avec Lucian au pied du lit qui lui souriait avec suffisance, il se serait mordu la langue plutôt que de l'avouer. Il hocha la tête, et répondit :

— Je peux supporter ça.

La mère de Lissianna ouvrit la bouche pour insister, mais Martine Argeneau se déplaça à son côté et lui posa la main sur l'épaule pour la retenir.

— Laisse-le pour le moment, Marguerite. Les médicaments sont à sa disposition si jamais il change d'avis.

— Absolument, approuva Lucian. Il sera intéressant de voir combien de temps il tiendra avant de pleurnicher comme un bébé et nous supplier de les lui administrer.

— Vous pouvez toujours attendre, lui promit Greg, et il espéra en silence avoir raison.

— Alors ? Vous avez pu apprendre quelque chose ?

Lissianna reconnut la voix de Mirabeau alors qu'elle revenait à elle-même, ainsi que celle de Thomas quand il répondit.

— Non. Ils n'ont même pas daigné nous ouvrir. Je suis restée dans le couloir à écouter à travers la porte pendant une minute.

— Et alors ?

Cette fois, c'était Jeanne qui parlait.

— Ses propos sont incohérents, il gémit, et de temps à autre il... (Il s'arrêta lorsqu'un hurlement terrifié leur parvint étouffé d'une des pièces de la maison, puis termina sur un ton caustique :)... hurle.

— Le pauvre ! entendit-elle Juli murmurer avec tristesse.

— C'est à se réjouir d'être né comme ça et pas d'avoir été vampirisé, hein ?

Lissianna ouvrit les yeux d'un battement de cils et contempla Elspeth, qui venait de faire cette dernière remarque. Debout au pied de son lit, sa cousine épiait la porte d'un air crispé. Elle se tourna vers le lit et, quand elle s'aperçut que Lissianna avait les yeux ouverts, elle s'immobilisa tout net.

— Tu es réveillée ?

Ses cousins et Mirabeau s'attroupèrent aussitôt autour du lit, et Lissianna scruta tour à tour leurs visages inquiets avec désarroi.

— Que se passe-t-il ? Qui est en train de crier ?

Il y eut un court silence. Ils arborèrent tous une expression embarrassée, échangèrent des regards, puis Jeanne, ne prêtant pas attention à sa question, répliqua :

— Comment te sens-tu ?

Lissianna analysa la question de sa cousine, se demandant pourquoi elle paraissait aussi soucieuse, puis la mémoire lui revint, et elle se rappela très nettement avoir été poignardée avec un pieu. Cette désagréable réminiscence fut suivie d'un tourbillon trouble de souvenirs douloureux. Elle se remémora vaguement s'être déjà réveillée plus tôt dans la matinée. Elle souffrait le martyre, et avait cru entendre Greg lui apprendre qu'ils se trouvaient chez Mirabeau. Lissianna était persuadée qu'il s'y était produit un événement important, mais n'arrivait pas à s'en souvenir avec précision. Tout était plutôt confus.

Elle laissa cela de côté pour le moment, remua sur le lit comme pour vérifier ce qui allait se passer, et fut soulagée de remarquer qu'elle n'éprouvait plus ni douleur ni gêne. Sa blessure à la poitrine semblait complètement guérie. Lissianna ne souffrait même pas de crampes d'estomac, pour changer.

— Je vais bien, les rassura-t-elle, puis elle se rendit compte qu'aucun d'entre eux ne devrait se trouver là.

Elle balaya la pièce du regard avec attention, et nota qu'elle se reposait dans son ancienne chambre à coucher chez sa mère, et que c'était elle qui n'avait rien à faire là. Soudain, elle se rappela le sujet de sa conversation avec Greg… Elle se revit lui offrir son sang… et lui en train de l'accepter.

Le sommeil qui l'engourdissait encore se dissipa d'un coup, et Lissianna se rassit brusquement sur son lit.

— Greg ! Est-ce qu'il va bien ?

— Oui, ça va, se hâta de la rassurer Jeanne.

Elle se poussa pour laisser la place à Lissianna, qui se débarrassa des couvertures et les repoussa d'un geste brusque.

— *A priori*, ajouta Thomas alors qu'elle se précipitait pour se relever.

Un autre hurlement la fit s'arrêter, et elle scruta avec horreur les visages de ceux qui l'entouraient.

— C'est lui ? murmura-t-elle du bout des lèvres.

Tous les six opinèrent du chef, le lui concédant à contrecœur, et Lissianna s'effondra sur le lit et se rassit sur le rebord, puis poussa un soupir pantelant.

— Depuis combien de temps suis-je inconsciente ? Ça fait longtemps qu'il est dans cet état ?

— Nous sommes arrivés il y a près de trois heures, l'informa Thomas. Et il se trouve dans cet état depuis… ça doit faire à peu près deux heures qu'il hurle.

Lissianna continuait à balayer la pièce du regard, mais elle s'arrêta soudain à la vue des poches vides sur la table de chevet. Sceptique, elle se tourna vers Thomas.

— Je ne peux pas avoir avalé tout ça en trois heures.

— On t'a placée sous intraveineuse et en même temps on te pressait les poches de sang contre les dents, lui expliqua Mirabeau, puis elle haussa les épaules. Tu étais inconsciente, de toute façon, tu ne risquais pas de t'évanouir.

— Et ça a été bien plus rapide. Tes dents mettent moins de temps à aspirer le liquide que la perfusion qui t'alimente au compte-gouttes, souligna Jeanne à voix basse.

— Tu souffrais tellement ; on essayait de te fournir le sang dont tu avais besoin le plus vite possible, renchérit Elspeth.

Lissianna hocha la tête, et parvint même à esquisser un sourire. Elle appréciait l'intérêt qu'ils lui portaient.

— Qui supervise la vampirisation de Greg ?

— Ma mère, ta mère et oncle Lucian, répondit Elspeth.

Elle acquiesça derechef.

— Et pour l'agression ? On a découvert ce qui s'était passé ? Qui était-ce ?

Thomas inclina la tête.

— Tu ne crois donc pas que c'était un envoyé d'oncle Lucian ?

— Quoi ? (Lissianna le regard avec stupeur.) Non, bien sûr. Il sait qu'un pieu ne m'aurait pas achevée. Et puis, c'est une punition plutôt sévère pour avoir aidé Greg à sortir d'ici.

— Greg pensait que c'étaient eux, l'informa Mirabeau, et Lissianna fronça les sourcils.

— Il a entendu tellement de choses sur les agissements du Conseil, il doit s'en faire une image assez sinistre, ainsi que d'oncle Lucian.

Thomas acquiesça.

— Tante Marguerite, tante Martine et oncle Lucian ont été très remontés quand je leur ai appris ton attaque. Je suis sûr qu'ils vont mener leur enquête. Oncle Lucian doit déjà avoir dépêché un de ses hommes.

Lissianna hocha la tête, puis se releva, grimaçant au contact rigide de sa chemise au moindre de ses mouvements. Elle reconnut l'odeur du sang séché, et comprit pourquoi le tissu avait la consistance du carton. Par chance, la couleur foncée ne laissait pas transparaître le sang, sinon elle se serait de nouveau évanouie et il aurait fallu attendre qu'elle revienne à elle.

— Tu devrais peut-être prendre une douche, suggéra Elspeth.

Lissianna secoua la tête.

— Je veux d'abord voir comment se porte Greg.

— Lissi, ils ne te laisseront pas entrer, dit Thomas d'une voix douce. On a tous essayé pour vérifier qu'il allait bien, et ils refusent même de nous ouvrir la porte. Ils se contentent de nous crier : « Il va bien ! » et « Allez-vous-en ! »

Les paroles de son cousin la firent hésiter, puis Lissianna se dirigea d'un pas résolu vers la porte.

— Il faut que je le voie. Où est-il ?

— La chambre à côté, murmura Elspeth.

Elle acquiesça, et pénétra dans le couloir, consciente que tous la suivaient. Leur présence lui donna du courage, et quand Lissianna atteignit la chambre d'ami, elle n'hésita pas une seconde et ne daigna pas toquer, mais ouvrit simplement la porte et entra dans la pièce.

Elle écarquilla les yeux d'horreur à la vue du tableau qui s'offrait à elle. Greg allongé sur le lit se tordait de douleur, poignets et chevilles attachés. Apparemment, craignant que les cordes ne soient pas assez solides pour l'immobiliser, sa tante et son oncle se tenaient de part et d'autre pour le maintenir de toutes leurs forces, tandis que sa mère bataillait pour lui insérer une intraveineuse dans le bras.

— Tout va bien ? demanda Lissianna avec appréhension.

Comme s'il avait attendu cette réplique pour poursuivre, Greg recommença soudain à hurler et à se débattre avec encore plus de véhémence. Au grand étonnement de Lissianna, il faillit se libérer de la prise que Martine et Lucian avaient sur lui.

— Ferme la porte ! rugit son oncle.

Lissianna tournoya aussitôt sur elle-même pour lui obéir et adressa à ses cousins et à Mirabeau un regard d'excuse avant de leur fermer la porte au nez. Puis elle se tourna de nouveau vers Greg et la lutte qui était en train de se dérouler pour le maintenir en place.

— Les nanos l'ont déjà rendu aussi fort ? s'enquit-elle avec surprise tandis qu'elle s'approchait du lit.

— Non. C'est la douleur et la peur, répondit Marguerite, le souffle court, s'arrêtant un instant pour rabaisser son bras et son épaule alors qu'il se débattait.

— La peur ?

Lissianna passa derrière son oncle pour rejoindre la tête du lit, et tendit la main pour caresser avec délicatesse le front de Greg, puis murmura son nom.

Au son de sa voix, il sembla se calmer un peu. Au moins, il cessa légèrement de s'agiter. Lissianna sentit les larmes lui monter aux yeux quand elle croisa son regard et n'y décela que désespoir et souffrance.

Elle avait entendu dire à plusieurs reprises que la transformation était douloureuse. Les nanos constituent une force invasive, qui dévore le sang à un rythme effréné tandis qu'ils se multiplient et se propagent dans tout le corps, pénétrant chaque organe et chaque cellule. On lui avait raconté que c'était comme si le sang se transformait en acide qui à son tour consumait l'individu centimètre par centimètre. On disait que la douleur était loin d'être le pire : les cauchemars et hallucinations qui l'accompagnaient, des visions atroces et terrifiantes de mort et de torture, et la plupart du temps la sensation d'être immolé vivant, surpassaient de loin la souffrance physique.

Lissianna avait toujours pensé que ces histoires étaient exagérées, mais, devant le tourment qu'endurait Greg sous ses yeux, elle reconnut la véracité de chacune d'entre elles. Elle jeta un coup d'œil à sa mère.

— Tu ne pourrais pas lui donner quelque chose pour qu'il souffre moins ?

— Il veut supporter l'épreuve sans médicaments, soupira Marguerite.

— À cause de Lucian qui l'a harcelé avec des âneries du genre « les vrais vampires serrent les dents comme des hommes » ! (Martine adressa à son frère un regard empreint de dégoût.) Ils n'avaient peut-être pas d'antalgiques puissants dans la Rome antique ou au Moyen Âge, mais tu ne me feras pas croire qu'une société avancée au point de concevoir ces nanos ne possédait pas les connaissances pour développer des antidouleurs capables de soulager leur introduction dans le corps. De plus, souligna-t-elle fort à propos, tu es né ainsi, tout comme moi.

Lissianna aperçut le sourire qui se dessinait sur les lèvres de son oncle, et gronda de fureur en se tournant vers sa mère, puis hurla :

— Donne-lui quelque chose !

— Il a exprimé le souhait d'endurer cette souffrance, releva Lucian sans perdre son calme. Tu ne peux pas…

— Ça ne te concerne pas ! aboya Lissianna. Il ne constitue plus une menace. J'ai le droit d'en infanter un, et je l'ai fait. Ni toi ni le Conseil ne pouvez plus lui faire de mal. (Elle marqua une pause, le souffle court et saccadé, puis reprit d'une voix plus calme :) Il est à moi. Je suis son Sire, et j'ordonne qu'on l'assomme de sédatifs !

Pendant un moment, la pièce fut plongée dans un silence total. Même Greg cessa presque de se débattre, comme s'il avait ressenti la soudaine tension palpable dans l'air tandis que Lucian toisait Lissianna d'un œil glacial. Personne ne s'adressait à Lucian Argeneau de la sorte. En tout cas, elle n'avait pas eu connaissance d'un précédent.

— Oh là là ! s'exclama enfin son oncle d'une voix douce. Marguerite, notre petit chaton se décide à sortir les griffes.

— Lucian, commença sa mère, la voix empreinte d'incertitude.

— Fais ce qu'elle demande, l'interrompit-il placidement. Il lui appartient, après tout.

Lissianna jeta un coup d'œil à sa mère, puis au bras de Greg dans lequel elle essayait d'insérer une perfusion. Quand elle aperçut le sang qui tachait son bras, ainsi que le lit sur lequel il reposait, Lissianna se rendit compte que sa mère n'essayait pas de lui poser une perfusion, mais tentait de la replacer.

— Oh, mince ! murmura-t-elle quand la pièce commença à tourner autour d'elle.

— Mince ! entendit-elle son oncle répéter tel un écho tout en relâchant Greg et tendant le bras pour rattraper sa nièce avant qu'elle s'effondre.

Lissianna ouvrit les yeux et se retrouva de nouveau allongée sur son ancien lit. Au début, elle pensa qu'elle était seule, puis elle aperçut son oncle qui l'examinait des pieds à la tête et croisa son regard.

Lissianna le dévisagea avec méfiance. Il lui rendit son regard, l'expression toujours sinistre, puis lui demanda :

— Comment te sens-tu ?

— Bien, répondit-elle d'une voix posée, puis elle ouvrit la bouche pour s'enquérir de Greg, mais il la devança.

— Ton Greg va bien. Marguerite l'a tellement drogué qu'il n'a plus conscience de ses souffrances.

— Cela te déçoit, j'imagine ? grinça Lissianna avec amertume, et il haussa les épaules.

— À vrai dire, non. Ses cris commençaient à me donner la migraine, et le maintenir en place devenait fatigant, avoua-t-il dans un demi-sourire. Il m'a fait regretter de l'avoir raillé pour qu'il prouve son courage.

— Ça t'apprendra, rétorqua Lissianna avec lassitude avant de s'asseoir sur le lit.

Elle ramena les pieds à elle pour s'installer dans la position du lotus et s'adossa au mur.

— Tu as raison, reconnut Lucian avec ironie avant d'ajouter : Mais je suis quand même content de l'avoir fait. Ce jeune homme m'a étonné. La plupart auraient commencé à hurler et supplier qu'on les drogue à l'instant même où les nanos auraient atteint leurs testicules. Il nous a bien gratifiés de quelques cris de soprano, mais n'a pas une seule fois réclamé des sédatifs. Il est digne de ma nièce. (Lissianna essayait de comprendre où il voulait en venir et comment prendre sa remarque quand il inclina la tête et reprit :) Quoi que tu penses, je ne suis pas responsable de ton agression. J'ai toujours fait de mon mieux pour protéger ma famille, ce qui inclut mon frère, sa femme et chacun de ses enfants. Je n'ai pas ordonné que l'on te poignarde avec un pieu pour te réprimander de m'avoir défié.

— Je n'ai jamais cru ça. C'est Greg qui s'est mis cette idée dans le crâne, expliqua-t-elle, puis elle pencha la tête et poursuivit : Pourquoi fais-tu ça ?

— Quoi donc ? s'enquit-il.

— Tu viens de dire : « J'ai toujours fait de mon mieux pour protéger ma famille, ce qui inclut mon frère, sa femme et chacun de ses enfants. » Alors que tu aurais pu dire : « Mon frère, Marguerite et vous, les enfants. »

— Cela fait-il une différence ? interrogea-t-il d'un air distant.

— Je pense, oui. C'est comme si tu ne souhaitais reconnaître notre lien de parenté qu'à travers lui. On dirait que tu veux garder une sorte de distance émotionnelle en parlant de nous sans t'impliquer personnellement. Comme si tu étais à part.

Il parut troublé par ses paroles, mais Lissianna n'avait pas terminé. Elle arbora une moue contrariée, et lui lança :

— Pourquoi ne t'es-tu jamais remarié ? Tante Luna et les enfants sont morts lors de la chute de l'Atlantide. Depuis, tu as sans doute rencontré quelqu'un que tu aurais pu aimer. Ou bien es-tu trop lâche pour t'autoriser à tomber amoureux de nouveau ?

— Tu crois que j'ai peur d'aimer ? s'enquit-il avec surprise.

Elle acquiesça d'un signe de tête.

— Peut-être, je te l'accorde, concéda-t-il avant d'ajouter : Tu dois savoir de quoi tu parles.

Lissianna fronça les sourcils.

— Qu'est-ce que ça veut dire ?

Lucian secoua la tête comme pour lui répondre que cela n'avait pas d'importance, puis il l'observa d'une façon étrange et lui demanda :

— Tu n'as pas peur de moi, n'est-ce pas ?

Elle soupira et baissa les yeux, puis haussa les épaules, l'air triste.

— Avant, j'avais peur de toi.

— Qu'est-ce qui a changé ?

— J'en ai eu assez de vivre dans la terreur.

— C'est à cause de ton père, dit-il avec regret.

— Tu lui ressembles, approuva Lissianna d'une voix douce.

C'était une remarque idiote. Bien sûr qu'il ressemblait à son père. Ils étaient jumeaux. Mais elle se rendait compte aujourd'hui que cela expliquait peut-être en partie pourquoi son oncle lui inspirait depuis toujours un sentiment de malaise. Il lui rappelait son père, et Lissianna avait redouté Jean-Claude Argeneau toute sa vie, par conséquent elle craignait d'instinct son frère Lucian.

— J'ai beau lui ressembler, Lissianna, je ne suis pas lui, dit-il d'une voix calme en s'asseyant sur le lit, à moitié tourné vers elle. (Puis il poussa un soupir.) Je sais qu'il n'était pas facile à vivre, et qu'il vous en a fait voir de toutes les couleurs à ta mère et à toi, mais je n'avais jamais compris à quel point. Je suis désolé.

— Tu n'aurais rien pu faire, répliqua-t-elle avec un léger haussement d'épaules.

— Si, rétorqua Lucian. J'aurais pu. Je crains de l'avoir protégé alors qu'il ne le méritait pas. Ton père aurait été ligoté à un pieu et carbonisé il y a des siècles pour tous ses délits si je n'étais pas intervenu.

Lissianna écarquilla les yeux à sa déclaration, puis elle soupira.

— C'était ton frère, les liens du sang sont puissants, et l'amour nous conduit souvent à commettre des actions répréhensibles, à faire des choses que nous regrettons plus tard. (Elle haussa les épaules.) Regarde ce que Thomas et les autres ont fait pour moi.

— Et ce que tu as fait pour Greg.

— Ça n'a rien à voir, rétorqua-t-elle aussitôt. Je n'aime pas…

Elle s'arrêta et rougit, déstabilisée par son regard entendu.

— En tout cas, tu ne peux plus te voiler la face sur tes sentiments. À présent, tu dois trouver le courage de lui avouer ce que tu ressens pour lui, dit son oncle l'air un brin enjoué. (Il remarqua la perplexité bien lisible sur le visage de Lissianna, et poursuivit :) Ta mère affirme qu'elle savait qu'il t'était destiné à la seconde où elle vous a vus ensemble. Les autres aussi, d'ailleurs, et quand ta mère et Martine ont appris que Greg avait deviné notre vraie nature – même si sa perception de nous était influencée par toutes ces histoires et ces films ridicules sur notre compte – et qu'il n'en avait pas été révulsé, elles ont décidé qu'elles ne pouvaient pas t'effacer de sa mémoire. Elles l'ont ramené à la maison pour vous permettre de découvrir par vous-mêmes ce qu'elles savaient déjà.

—Mais pourquoi t'avoir appelé, alors ?

Son oncle laissa échapper un bref rire.

—Personne ne m'a appelé. Je suis venu par hasard vous rendre une petite visite. Cela faisait longtemps que je n'avais pas passé du temps avec Martine et les filles, dit-il avec humour. Mais, quand il m'a vu, Thomas a failli faire une crise de tétanie alors elles ont dû trouver une explication, puis elles m'ont amené à Greg pour que je le rencontre.

—Et ? poursuivit Lissianna, intriguée.

—Et je n'étais pas sûr…, reconnut Lucian avant d'ajouter : jusqu'à ce que tu rentres à la maison ce matin-là quand nous étions dans la chambre avec Greg. Quand tu as compris que j'étais là, tu as commencé à émettre une panique puissante et profonde, et la moindre parcelle de ton énergie était focalisée sur lui.

Il haussa les épaules.

—Alors pourquoi l'avoir ligoté et avoir décidé d'impliquer le Conseil ? questionna Lissianna, troublée par toutes ces informations.

—C'est ta mère qui l'a fait ligoter de nouveau, je n'y suis pour rien. Pendant ce temps, je m'entretenais avec le Conseil pour les prévenir qu'il allait rejoindre nos rangs sous peu. Le Conseil conserve un registre précis, tu le sais.

—Après que tu l'as aidé à s'enfuir, ta mère nous a avoué qu'elle espérait que tu imagines le pire. Elle pensait que ta peur de le voir subir un conseil de trois t'obligerait à reconnaître tes sentiments. Mais tu as préféré fuir avec lui à la place.

Lissianna le regarda avec stupeur. Ce n'était qu'un coup monté ? Sa mère avait passé tout ce temps à la manipuler afin de les rapprocher ? Elle avait joué les entremetteuses ?

— Alors, au centre commercial, Valerian ne s'est pas lancé à notre poursuite ? Tu n'as même pas envoyé quelqu'un pour nous traquer ? demanda-t-elle, incrédule.

Lucian grimaça.

— J'ai bien mandaté quelques hommes pour vous surveiller et s'assurer que vous ne quittiez pas le pays, mais non, je n'ai pas lâché les chiens, si tu veux tout savoir.

— Mis à part Julius, rétorqua-t-elle sèchement.

Lucian grogna.

— Julius ne te ferait jamais de mal. Ce chien est plus doux qu'un agneau avec ta mère et toi. Il aurait certes pu courser Greg, mais nous pensions que tu trouverais un moyen pour éviter ça. Et c'est ce que tu as fait.

Lissianna poussa un long soupir tandis qu'elle assimilait toutes ces informations. Son oncle n'avait pas engagé quelqu'un pour la poignarder, c'était déjà ça. D'un autre côté, cela signifiait que quelqu'un d'autre lui avait enfoncé un pieu dans le cœur.

— Bon, reprit Lucian, devinant ses pensées. Cette Debbie chez qui tu es restée, c'est une collègue ?

Lissianna acquiesça.

— Et une amie.

— Tu ne crois donc pas qu'elle puisse se cacher derrière cette histoire de pieu ?

— Non. (Lissianna secoua la tête avec fermeté.) C'est mon amie, et à l'heure où c'est arrivé hier soir, elle devait être en train de travailler au foyer. En plus, elle ignore que je suis une vampire. Je peux te l'assurer sur ma vie.

— Il s'agit de ta vie, en effet, déclara Lucian d'une voix douce. Le coup du pieu sur un vampire, Lissi, il n'y a qu'un mortel pour croire que ça marche. Quelqu'un de notre espèce t'aurait directement tranché la tête.

— Oui, mais… (Lissianna fronça les sourcils.) Oncle Lucian, hormis les nôtres, je ne vois personne qui puisse se douter de ma vraie nature. Je me suis toujours montrée prudente.

Il réfléchit une minute, puis murmura :

— Je vais mener mon enquête, on verra bien ce que j'arrive à découvrir. Je ne partirai pas avant d'avoir résolu cette affaire. (Il haussa un sourcil.) Tu voudrais le voir maintenant, je suppose ?

Lissianna n'avait pas besoin que son oncle explicite sa pensée davantage. Elle sourit et hocha la tête.

— Oui, s'il te plaît.

Lucian acquiesça et se releva.

— Bien, suis-moi.

Lissianna se précipita hors du lit, et se retrouva debout à son côté en moins de deux. Il la prit par le coude, tel un véritable gentleman, et la conduisit jusqu'à la porte.

— Au fait, tes cousins et ton amie t'ont entendue m'incendier dans l'autre chambre. Tu es désormais leur héroïne, pour m'avoir défié en aidant Greg à fuir, et pour avoir osé hurler. (Il ne paraissait pas ravi tandis qu'il lui apprenait cette nouvelle, puis il ajouta :) Il se peut que je leur aie fait croire que j'étais venu te voir pour te passer un savon et te remettre à ta place.

Lissianna acquiesça d'un air solennel, mais un sourire retroussa le coin de ses lèvres quand elle lui répliqua :

— Ta réputation est sauve avec moi. Je ne dirai pas un mot sur ce qui s'est passé dans cette chambre.

Lucian Argeneau arbora un grand sourire et lui grattouilla le menton.

— Brave fille.

Chapitre 19

Greg dormait d'un sommeil tourmenté par d'affreux cauchemars. Il flottait dans un océan de sang, dérivait longeant des corps à moitié noyés. L'un d'entre eux passa tout près, le visage tourné vers lui, et Greg tressaillit devant ce spectacle macabre. Deux mares de sang noir stagnaient dans les orbites où jadis se trouvaient les yeux et remplissaient la bouche béante qui hurlait dans un silence éternel des cris d'agonie et d'horreur.

Sur la rive, il pouvait discerner une rangée de croix exposant des corps crucifiés qui se dévissèrent tous la tête pour le regarder passer ; un sourire morbide creusait leur visage, et ils ne semblaient pas remarquer les silhouettes sinistres qui les écorchaient, lambeau par lambeau de peau sanglante.

Un rire lui fit tourner la tête vers un petit bateau qui voguait au même rythme que lui. Lucian Argeneau se trouvait à la proue, brandissant une torche. Tandis que Greg l'observait, le vampire lui adressa un sourire sardonique, puis laissa tomber sa torche. Elle heurta le liquide rouge et visqueux dans un « floc », et Lucian éclata de rire quand de la mer sanguinolente jaillirent des flammes.

Greg hurla alors que le feu s'abattait sur lui à vive allure ; il savait qu'il le consumerait et le réduirait en un tas de cendres.

— Chut, tout va bien. Tu es en sécurité.

La douce voix de Lissianna l'aida à s'extirper de son sommeil, et Greg ouvrit les yeux, mais se retrouva confronté à l'obscurité la plus totale. L'espace d'un instant, il craignit d'être devenu aveugle et la panique s'empara de lui, puis il parvint à discerner les formes et les ombres, et se rendit compte que les lumières étaient éteintes.

— Dors, lui murmura Lissianna à l'oreille, puis il sentit le matelas s'affaisser quand elle se glissa dans le lit à côté de lui. (Greg pouvait ressentir la chaleur de son corps envahir le sien quand elle le rejoignit, puis ses doigts s'entremêlèrent aux siens et il s'y agrippa avec gratitude.) Dors, répéta Lissianna. Tu as surmonté le pire, mais maintenant tu dois te reposer et récupérer. Tu te sentiras mieux la prochaine fois que tu te réveilleras. Je reste ici avec toi.

Greg voulut résister, rester éveillé. Il avait un millier de questions à lui poser, mais il ne parvint pas à réprimer les besoins de son corps et laissa bientôt le sommeil s'emparer de lui. Or, cette fois, il ne fut pas assailli par des cauchemars, il rêva de Lissianna. Il la poursuivait à travers la forêt du temps, il riait et courait derrière elle passant sous de bas branchages et autour de larges troncs, puis il la saisit par la taille et trébucha avec elle sur un amas de feuilles.

Riant à en perdre haleine, elle lui en lança des pleines poignées tandis qu'ils roulaient sur le tendre feuillage. Enfin, Greg lui prit les mains et l'empêcha de continuer. Ils restèrent là pantelants, et leurs éclats de rire s'évanouirent peu à peu. Dès qu'ils eurent recouvré leur souffle, ils demeurèrent allongés, les yeux rivés l'un sur l'autre dans une expression solennelle, et il lui dit :

— Je t'aime.

— Je t'aime aussi, Greg, répondit Lissianna. En t'offrant mon sang, je t'ai fait don de ma vie et de mon avenir. Nous avons bu l'un de l'autre, et sommes à présent liés pour l'éternité. Si tu es en danger, je le saurai. Quand tu auras besoin de moi, je serai là. Nous sommes unis à jamais.

Ses paroles emplirent son cœur, et Greg relâcha ses mains et saisit son visage. Il le tint avec délicatesse entre ses paumes, recouvrit sa bouche avec la sienne et l'embrassa avec tout l'amour et la passion qu'il ressentait.

Lissianna poussa un doux gémissement contre ses lèvres, et ce son lui donna envie de plus. Greg s'arqua contre elle, se délectant de la manière dont son sexe rigide s'appuyait contre son corps tendre.

— Hmm.

Encore à moitié endormi, Greg cligna des paupières quand ce murmure de plaisir le tira de son rêve. Il ouvrit les yeux, et se trouva de nouveau dans la chambre plongée dans l'obscurité, une douce lumière filtrant depuis une source située derrière lui. Il tourna légèrement la tête, et remarqua que la salle de bains était allumée et que la porte avait été laissée entrouverte pour qu'un mince filet éclaire la pièce. Il pouvait discerner au chevet du lit la perfusion à laquelle était accrochée une poche de sang vide qui n'était plus insérée dans son bras. La transformation semblait terminée.

Un faible murmure attira son attention sur la femme qu'il tenait dans ses bras : Lissianna. Ils étaient allongés l'un contre l'autre, ses fesses pressées contre son entrejambe, et son épaule contre sa bouche. Dans la pénombre, Greg remarqua une tache ronde et humide sur son tee-shirt au niveau de son épaule, et se rendit compte qu'il avait dû avoir la bouche collée contre cette partie de son corps jusqu'à ce qu'il se réveille.

Elle soupira dans son sommeil et remua à peine, mais cela suffit à lui rappeler la saine érection qui était nichée contre sa croupe. Alors qu'il imaginait se cambrer contre elle dans son rêve, Greg soupçonna à présent l'avoir aussi fait pour de vrai pendant qu'il dormait.

Il demeura immobile un moment pour laisser une chance à son érection de disparaître, et tandis qu'il attendait Greg huma son parfum et se délecta de ressentir son corps tendre et chaud tout blotti contre le sien. Il voyait que Lissianna portait un tee-shirt, mais commença bientôt à se demander ce qu'elle avait en dessous. Après une courte hésitation, il autorisa sa main enroulée autour de sa taille à courir le long de son ventre plat, puis jusqu'à sa hanche.

Lissianna gémit, et dans son sommeil se pressa plus fort contre lui alors qu'il délaissait le tissu pour caresser sa peau. Clignant des yeux de surprise, Greg fit remonter sa main et la passa cette fois sous l'ample tee-shirt de Lissianna. L'espace d'un instant, il fut certain qu'elle ne portait rien d'autre en dessous, mais soudain il effleura la fine soie de sa culotte. Greg parcourut la douce étoffe jusqu'à la tendre chair de son ventre, puis écarta les doigts et les laissa courir le long de son flanc puis revenir en dessinant des cercles jusqu'à son bas-ventre.

Quand ses doigts se posèrent sur sa poitrine, il constata que ses tétons pointaient déjà. Il les sentit se dresser contre sa paume tandis qu'il les caressait, comme pour l'inciter à accélérer la cadence. Lissianna gémit encore, et cette fois se cambra tellement qu'elle plaqua ses fesses tout contre lui alors que ses seins s'arquaient contre ses mains, avides de leurs caresses.

— Greg ? soupira Lissianna, et il remarqua qu'elle était à moitié endormie, pourtant elle tourna instinctivement la tête pour le chercher des yeux.

Greg bougea un peu afin de pouvoir atteindre ses lèvres, puis il l'embrassa sans cesser de lutiner et caresser sa poitrine. À mesure qu'elle s'éveillait, sa réponse se faisait de plus en plus passionnée. Quand Lissianna essaya de pivoter pour lui faire face, il comprit qu'elle était complètement réveillée, mais Greg l'empêcha de se retourner. À l'aide de son corps et de sa bouche, il la maintint dans sa position, puis laissa de nouveau courir sa main le long de son abdomen jusqu'à son bas-ventre, mais cette fois il ne s'attarda pas et la passa tout de suite sous l'élastique de sa culotte.

Lissianna haleta contre les lèvres de Greg quand ses doigts atteignirent son pubis, puis elle frissonna contre lui avec fougue quand il glissa un doigt à travers les replis les plus intimes de sa personne et entreprit de la caresser. Il sentit sa main se refermer autour de son poignet, mais elle ne le pressa pas, ni le repoussa, mais se contenta d'y rester agrippée comme si elle avait besoin de le toucher elle aussi. Dans cette position, elle n'avait accès à aucune autre partie de son corps.

Greg replaça sa main afin de pouvoir continuer à la titiller du bout de son pouce tout en glissant un doigt en elle. Lorsque Lissianna se mit à lui sucer la langue avec ardeur, il devina qu'elle aimait ça. L'instant d'après, elle laissa échapper un souffle rauque et rompit leur baiser, puis enfouit la tête contre un coussin. Il entendit le tissu se déchirer et comprit qu'elle mordait l'oreiller pour s'empêcher de hurler.

Quand elle se cambra de nouveau contre lui, il grogna et s'arqua contre elle de plus belle, puis posa sa bouche contre son épaule et, enivré par le désir, la mordilla avec délicatesse. Il voulait être en elle, se sentir emprisonné par sa chaleur ardente et moite.

— Greg.

Son nom, une plainte étouffée par le coussin, était une supplique que Greg fut ravi d'honorer. Il retira sa main d'entre ses cuisses, et saisit la fragile étoffe de sa culotte pour la lui arracher avec précipitation, puis il se cala contre Lissianna et s'enfonça en elle par-derrière. Elle poussa un cri et Greg s'arrêta, craignant de lui avoir fait mal, mais quand elle s'agrippa à la colonne du lit et s'en aida pour se cambrer et se presser encore plus contre lui, il recommença à bouger. Allant et venant en elle sans relâche, il passa un bras autour d'elle pour continuer à la caresser, et l'entendit pousser un râle qui émanait des profondeurs de sa gorge.

Lissianna empoigna de nouveau sa main et la serra cette fois avec frénésie ; ses ongles s'enfoncèrent dans sa peau, et il sut qu'elle était proche de l'orgasme. Son excitation l'enflamma davantage, et Greg tourna son visage contre sa nuque, qu'il couvrit de baisers. Lorsque Lissianna hurla de nouveau et tressaillit dans ses bras, renversant soudain la tête en arrière et lui exposant son cou en intégralité, Greg ne réfléchit même pas. Il huma son parfum, son arôme, sentit quelque chose pousser dans sa bouche et, s'en remettant à son instinct, il planta ses dents dans toute la profondeur de sa gorge.

Il entendit Lissianna articuler un mot dans un souffle saccadé, mais ne le comprit pas, puis tous deux gémirent quand le plaisir les assaillit. L'esprit de Greg se trouva soudain submergé par elle ; ses pensées, ses sentiments, sa jouissance explosèrent dans sa tête et il grogna contre sa peau.

Greg en avait déjà fait l'expérience chez Debbie, mais cette fois ce fut différent. Bien qu'envahissant au début, au bout d'un moment le tourbillon de sensations se dissipa. Il parvint à discerner chaque émotion ; Greg pouvait ressentir le plaisir qu'éprouvait Lissianna sous ses caresses, distinct et pourtant mêlé au sien. Il se surprit à jouer avec cette nouvelle sensation, brisant son rythme et rajustant ses doigts pour mieux l'explorer, jusqu'à ce qu'il trouve l'ultime caresse, le meilleur rythme pour les satisfaire tous les deux.

Lissianna gémit et tendit le bras en l'air, se cambrant contre lui pour s'agripper à l'arrière de sa tête, puis passa ses doigts entre ses cheveux, qu'elle empoigna et tira d'un coup lorsqu'ils parvinrent tous deux à l'extase. Greg ôta sa bouche de son cou et un cri rauque déchira sa gorge alors qu'il s'enfonçait en elle une ultime fois, le corps frémissant d'une délicieuse volupté. Il pouvait sentir en même temps l'orgasme de Lissianna qui vibrait en elle, ses muscles qui se crispaient et se contractaient autour de lui, puis soudain quelqu'un fit irruption dans la pièce.

— Lissianna, tante Marguerite va se coucher et elle veut savoir si… Oh ! Oh mon… euh…

Greg et Lissianna s'étaient figés au bruit de la porte qui venait de s'ouvrir. Ils demeuraient toujours immobiles quand Thomas approcha du lit et s'arrêta enfin. Ce n'est qu'à ce moment-là que Greg constata que les couvertures enveloppant leurs hanches avaient glissé, révélant presque intégralement leur nudité… C'est d'ailleurs ainsi que Thomas s'était rendu compte de ce qu'il avait interrompu.

Greg soupira, ôta sa main d'entre les jambes de Lissianna et se pencha pour tirer les couvertures jusqu'à eux. Il entendit Lissianna pousser un profond gémissement guttural pareil au sien, et supposa qu'avant cet instant elle n'avait pas remarqué non plus qu'ils étaient complètement découverts. Greg passa un bras autour d'elle sous les draps et la serra tout contre lui, espérant diminuer quelque peu l'embarras qu'elle devait ressentir.

— Euh, ouais… voilà qui est embarrassant, n'est-ce pas ?

Greg dirigea son regard vers Thomas, et remarqua qu'il s'était retourné et regagnait la porte.

— Bon, eh bien, cela répond au moins à une question, dit le cousin de Lissianna d'un air caustique. Greg est réveillé.

Lissianna releva la tête pour ne pas perdre Thomas de vue tandis qu'il traversait la pièce, et Greg en fit de même derrière elle.

— Je dirai à tante Marguerite qu'elle n'a pas besoin de vérifier l'état de Greg avant d'aller au lit. De toute évidence, il se porte beaucoup mieux. (Lissianna grogna, et Greg sut qu'elle rougissait sans même avoir à la regarder.) J'informerai Mirabeau et les autres de ne pas te déranger pour te souhaiter bonne nuit avant de partir. Je leur expliquerai que tu… essaies de récupérer.

Il pouffa discrètement de rire tandis qu'il franchissait la porte et la refermait derrière lui.

Lissianna se laissa retomber sur le lit contre lui dans un grognement. Greg s'allongea de nouveau derrière elle, et remarqua alors qu'ils étaient toujours l'un dans l'autre. Il recommença à se détendre, et effleura avec délicatesse son épaule, puis y pressa les lèvres avant de redresser la tête pour examiner son cou. Il fut soulagé de constater que les marques étaient petites et rapetissaient à vue d'œil. Il ne put cependant s'empêcher de s'inquiéter :

— Tu vas bien ?

— Oui, répondit Lissianna d'une voix à peine audible, puis elle soupira. En fait, c'est moi qui aurais dû te poser cette question quand je me suis réveillée, et je ne l'ai pas fait.

Greg esquissa un petit sourire.

— Tu as été un peu distraite.

— Oui, dit-elle doucement, puis elle porta une main en arrière pour caresser sa hanche, et lui demanda : Est-ce que ça va ? Je veux dire, tu te sens bien ?

Greg poussa un léger gloussement, des grondements émanèrent de sa cage thoracique pressée contre son dos, puis il lui assura :

— Je vais bien.

— Pas de douleurs ? Pas de…

— Je vais bien, répéta-t-il avec fermeté, et il l'attira plus près contre lui. Très bien, même. Maintenant.

Ils demeurèrent silencieux, puis Lissianna murmura :

— Ça ne s'est pas très bien passé, n'est-ce pas ?

Greg grimaça, le visage enfoui dans les cheveux de Lissianna. Il n'existait aucun terme pour décrire la première phase de la transformation. La douleur avait été insupportable. Il avait cru à plusieurs moments qu'il allait y passer. Quand la torture physique avait enfin cessé, les cauchemars avaient pris la relève et s'étaient révélés tout aussi atroces, dans un registre différent.

— Ça a été dur, admit-il, puis il ajouta : Mais ça en valait la peine.

— Tu ne regrettes pas ?

— Non. (Greg laissa courir avec délicatesse sa main le long de son bras.) Nous sommes vivants. Sains et saufs. Je n'ai plus à m'inquiéter d'être pourchassé pour être réduit au silence, et tu n'as plus à craindre une punition pour avoir essayé de me sauver la vie.

Ils se turent un moment, chacun perdu dans ses pensées, puis Lissianna reprit la parole.

— Greg ?

—Oui ?

—La nuit dernière, après t'avoir laissé seul dans la chambre de Debbie réfléchir à ma proposition…

—Oui ? poursuivit-il quand elle s'arrêta.

—Qu'avais-tu décidé alors ?

—Je ne m'étais pas encore décidé. J'y réfléchissais encore, répondit-il avec franchise, puis il précisa : Mais je penchais plutôt vers le oui.

—Vraiment ? insista Lissianna, et quelque chose dans son intonation lui fit comprendre que c'était important à ses yeux.

—Vraiment. (Greg laissa le silence s'abattre sur eux de nouveau, puis il se remémora son rêve et dit :) J'étais en train de rêver juste avant que je me réveille.

—Tu rêvais ? s'enquit-elle. De quoi ?

—De toi.

—De moi ? (Il pouvait discerner le sourire dans sa voix.) Tu parles d'un cauchemar…

Sa remarque arracha un petit grognement à Greg, et il la chatouilla en guise de représailles.

—OK, OK, s'écria-t-elle, s'agrippant à ses mains pour l'arrêter. De quoi as-tu rêvé ?

Greg la laissa prendre ses mains et cessa de la chatouiller, mais attendit qu'elle s'installe de nouveau contre lui avant de lui raconter.

—On jouait à se poursuivre à travers la forêt du temps.

—La forêt du temps, murmura Lissianna.

—Oui. Ça ressemblait à une forêt classique, mais dans ma tête, je savais que c'était la forêt du temps.

—Oh.

Elle se blottit contre lui dans un soupir.

—Je t'ai attrapée, et on a roulé dans un tas de feuilles et toi, bien sûr, tu as commencé à m'en lancer par poignées.

—Oh, oui. C'est tout moi, ça ! gloussa Lissianna.

Il sourit et pressa un baiser sur le sommet de son crâne, puis il hésita.

— Que s'est-il passé ensuite ? voulut-elle savoir.

Greg demeura les yeux rivés sur l'arrière de sa tête, puis il finit par se lancer :

— Je t'ai dit que je t'aimais. (Lissianna se raidit dans ses bras. Il aurait juré qu'elle avait même cessé de respirer. Un lourd silence s'abattit sur eux, puis il ajouta :) Et tu as dit que tu m'aimais aussi. (Il n'imaginait rien, décida Greg, qui prit conscience avec amusement qu'elle retenait bien sa respiration.) Ensuite, tu as dit qu'avec ton sang tu m'avais offert ton futur, et qu'on était liés parce qu'on avait bu l'un de l'autre. Que tu sauras quand j'aurai des ennuis, et que tu seras là quand j'aurai besoin de toi.

Greg fronça les sourcils en terminant sa phrase, il aurait souhaité se rappeler les mots exacts. Il pensait en avoir retenu l'essentiel, mais lorsqu'elle les avait prononcés dans son rêve ils lui avaient paru plus officiels, presque comme un serment… ou une promesse.

Conscient qu'elle demeurait bien silencieuse, il lui caressa le bras, et demanda :

— Tu le sauras si j'ai des ennuis ?

Lissianna s'éclaircit la voix avant de lui répondre.

— On dit que les nanos communiquent entre eux.

— Ça semble logique, approuva-t-il. Ils opèrent en symbiose, on pourrait supposer qu'ils aient besoin de communiquer d'une façon ou d'une autre.

— Hmm, acquiesça-t-elle en silence. C'est ce qui expliquerait pourquoi les mères sont liées à leurs enfants par un lien particulier : elles transmettent leurs nanos à leur progéniture. Il se produirait la même chose lorsque le Sire transmet son sang à son compagnon de vie.

— Tu sembles en douter. Ce n'est pas vrai ?

Cette fois, c'est Lissianna qui hésita, puis elle avoua :

— Mère a toujours réussi à savoir quand mes frères ou moi avions des problèmes ou étions contrariés.

— Elle savait que tu avais des ennuis quand tu as été poignardée ? s'enquit Greg avec intérêt.

Lissianna acquiesça.

— Thomas m'a tenu compagnie un moment quand j'ai remplacé maman et les autres à ton chevet pour qu'ils puissent se reposer un peu. Il m'a dit qu'elle était dans tous ses états quand il a appelé à la maison pour les prévenir de préparer les réserves de sang parce qu'on arrivait. Il a dit… (Elle s'arrêta et s'éclaircit la voix.) Quand elle a répondu au téléphone, elle a tout de suite dit qu'il y avait un problème et que j'avais besoin d'aide… avant même qu'il ait mentionné que j'étais avec lui et que j'étais blessée.

— Donc, elle savait. (Elle acquiesça.) Alors, à l'avenir, tu pourras savoir quand je serai en danger, poursuivit doucement Greg.

Elle haussa les épaules, mais son mouvement fut entravé par sa position.

— Peut-être. Ou ça fait peut-être juste partie de toutes ces légendes erronées, et maman sait quand on a besoin d'aide parce que c'est une mère.

— Et toi, tu le ressens quand elle a des soucis ? reprit Greg.

— Eh bien… (Lissianna marqua une pause pour réfléchir une minute, puis elle soupira.) Je n'en sais rien. Mère n'a jamais été en danger. Pas depuis ma naissance, en tout cas.

Greg accepta sa réponse, puis reprit :

— Lissianna, la nuit dernière tu as dit que m'infanter ne faisait pas automatiquement de moi ton compagnon de…

— Greg, l'interrompit-elle. (Il s'arrêta et attendit, puis l'entendit prendre une profonde inspiration avant de poursuivre.) Je t'en prie, assez de conversations sérieuses pour ce soir. Demain, nous pourrons… (Elle soupira.) Laissons les choses en l'état, juste pour ce soir. Il nous reste toute l'éternité pour nous inquiéter de l'avenir.

Greg hésita, puis esquissa un léger sourire et se délassa contre elle. Il avait en effet tout le temps pour se soucier de l'éternité. Il décida d'honorer sa requête et de patienter : il comptait en profiter pour lui montrer les jours merveilleux qu'ils pourraient vivre ensemble, et il roula soudain hors du lit.

Étonnée, Lissianna s'assit et l'examina avec curiosité.

— Qu'est-ce que tu fais ?

— Moi, je ne fais rien, l'informa-t-il en se dirigeant vers la salle de bains. Nous allons faire quelque chose ensemble.

Lissianna sourit, intriguée par ce qu'il mijotait, tandis qu'il y disparut un bref instant. Elle attendit qu'il revienne pour lui demander :

— Alors, on fait quoi ?

— C'est une surprise, dit Greg d'un air mystérieux, et il lui lança le peignoir en tissu éponge depuis la salle de bains avant de récupérer son pantalon.

Après une courte hésitation, Lissianna l'enfila et descendit du lit pour attacher la ceinture.

Greg remonta sa fermeture Éclair, et attendit qu'elle ait terminé d'ajuster son peignoir, puis, sans s'embarrasser d'un tee-shirt, il l'attrapa par la main et se précipita avec elle vers la porte.

— Où allons-nous ? questionna-t-elle dans un murmure tandis qu'il ouvrait la porte.

— Tu vas voir, répondit-il avant de s'interroger : Pourquoi chuchotons-nous ? Tout le monde sait que nous sommes ici.

— Oui, mais c'est le matin, et Thomas a dit qu'ils allaient se coucher, lui rappela Lissianna. Je ne veux réveiller personne.

— Ah, dit Greg d'un air compréhensif, puis, arborant un large sourire, il ajouta : C'est parfait !

— Pourquoi ?

Cette fois il ne répondit pas et se contenta de la guider le long du couloir jusqu'à l'escalier. Ils se trouvaient à mi-chemin du rez-de-chaussée quand il s'immobilisa soudain et se tourna vers elle.

— Et la bonne ? s'enquit-il.

— Oui, et bien ? murmura Lissianna.

— Quand est-ce qu'elle arrive ? demanda Greg dans un froncement de sourcils, cherchant à deviner l'heure qu'il pouvait bien être.

Il supposa que l'aube venait à peine de se lever, et qu'il devait être encore trop tôt pour qu'une bonne commence à travailler.

— Oh ! (Lissianna secoua la tête.) Mère lui a donné congé pour hier et aujourd'hui. Elle ne voulait pas que Maria soit contrariée par… euh… Tu criais, et elle ne savait pas combien de temps ça pouvait durer.

Lissianna parut mal à l'aise quand elle lui avoua cela, mais à ses mots Greg arbora un immense sourire et lui assura :

— C'est parfait, ça aussi.

— Parfait pour quoi ? s'écria-t-elle, intriguée.

— Attends un peu, tu verras, furent les uniques paroles de Greg.

— OK, ouvre.

Docile, Lissianna ouvrit la bouche. Elle s'assit sur le comptoir de la cuisine, emmitouflée dans son peignoir en tissu éponge moelleux, les pieds ballants. La ceinture de son peignoir recouvrait ses yeux, et elle ne voyait rien pendant que Greg lui enfournait une cuillerée pleine d'un mets inconnu dans la bouche. Lissianna referma la bouche quand il retira la cuiller, puis éparpilla la nourriture avec sa langue. Crème fouettée, cerises, un genre de biscuit…

— Mmmh, murmura-t-elle, grognant presque de plaisir. (Lissianna avala la substance fraîche et crémeuse avec un petit soupir de satisfaction, puis demanda :) C'était quoi ?

— Diplomate aux cerises.

La réponse de Greg lui permit de le situer : il se trouvait en face d'elle, légèrement décalé sur un côté, et elle entendit le claquement caractéristique quand il referma le récipient en plastique et rangea le dessert au frigo.

— Oh, dit-elle avec surprise, puis elle secoua la tête. Non, j'ai déjà mangé du diplomate aux cerises, et ce n'était pas aussi bon.

Greg gloussa, et Lissianna l'entendit fouiller le réfrigérateur, puis, après un long silence, il dit :

— Très bien, ouvre de nouveau.

Elle ouvrit la bouche, toujours aussi docile, puis tressaillit quand il claqua une poche de sang contre ses dents.

— Tu étais encore un peu pâle, commenta Greg dans un ricanement.

Lissianna le gratifia d'une petite grimace. C'était la troisième poche de sang qu'il lui administrait de la sorte. Une fois dans la cuisine, Greg lui avait annoncé qu'il mourait de faim, et l'avait traînée jusqu'au comptoir pour se préparer un festin. Lissianna lui avait alors expliqué qu'il avait sans doute besoin de sang, car il l'avait mordue.

Il ne l'avait pas crue au début, jusqu'à ce qu'elle lui précise que quand il l'avait mordue il avait ingéré ses nanos, et même s'ils finissaient par s'affaiblir et se désintégrer complètement, permettant à son corps de recouvrer son équilibre, dans l'intervalle ces nanos supplémentaires consommaient le sang à un rythme accéléré. De plus, son organisme absorbait – et continuerait à le faire pendant un moment – plus de sang qu'en temps normal, il lui fallait donc impérativement se sustenter.

Lorsqu'il voulut savoir si elle ne devait pas s'alimenter elle aussi, vu qu'elle avait bu de son sang, elle reconnut, non sans réticence, qu'il avait raison. Elle avait craint qu'il insiste pour la placer sous perfusion, mais il n'en avait rien fait. Greg, tout autant qu'elle, tenait à ce qu'elle reste consciente pendant qu'elle se nourrissait. Il l'avait soulevée et posée sur le comptoir, lui avait bandé les yeux avec sa ceinture, puis lui avait collé contre les dents deux poches de sang, l'une après l'autre. La première fois, il en avait mis partout, mais il s'était hâté de tout nettoyer, et s'était beaucoup mieux débrouillé pour la deuxième poche. Lui-même avait ingéré trois poches tandis qu'il nourrissait Lissianna, et clamait encore qu'il avait faim après avoir tout avalé jusqu'à la dernière goutte. Il lui fallait quelque chose qu'il pouvait mâcher.

Alors Lissianna avait essayé d'ôter son bandeau et de glisser au sol, mais Greg avait insisté pour qu'elle reste assise, et avait commencé à jouer à ce petit jeu. Il mangeait en lui faisant goûter à peu près tout ce qu'il pouvait trouver dans la cuisine, et, au grand étonnement de Lissianna, elle appréciait chacun de ces aliments. Elle avait aimé le chili qu'il avait préparé la dernière fois et en avait mangé avec lui, mais s'était dit que cela resterait exceptionnel et qu'elle avait cédé car il s'agissait d'un plat qu'elle ne connaissait pas du tout. Néanmoins, ce matin-là, elle se délecta de presque tout ce qu'il lui fit goûter, et Lissianna avait déjà goûté à ces choses à l'époque où elle se nourrissait encore de denrées solides, mais elle n'en avait pas gardé un souvenir gustatif aussi délicieux.

— Voilà. (Greg retira la poche de sa bouche, et elle en entendit le bruissement quand il la jeta à la poubelle.) Tu as meilleure mine. Comment te sens-tu ?

— Bien… mais je me sentais bien avant les poches de sang, dit-elle en riant, puis elle se raidit soudain de surprise lorsque Greg glissa ses mains sous son peignoir et lui cerna la taille.

— Oui, je te sens bien moi aussi, murmura-t-il.

Il pressa un baiser contre son menton et laissa courir ses mains le long de son dos nu sous la robe de chambre.

Elle ressentit son souffle contre ses lèvres, puis sa bouche couvrit la sienne, et Lissianna s'ouvrit à lui, relâchant un profond soupir du fond de sa gorge quand avec sa langue il éveilla en elle un désir sensuel.

Lorsque leur étreinte prit fin, Greg demanda :

— Tu sais quoi ?

— Quoi ? répondit Lissianna, pantelante.

Elle souleva les mains pour encercler ses épaules tandis qu'il déposait de tendres baisers en un tracé qui allait de sa joue jusqu'à son oreille.

— Je me sens dans une forme olympique.

Lissianna esquissa un petit sourire.

— C'est vrai ?

— Oh, ouais !

Greg se pressa un peu plus contre elle, s'immisça entre ses jambes et l'attira en avant jusqu'à ce que la pointe de ses seins effleure la toison qui recouvrait son torse. En un sens, la sensation se révélait plus érotique les yeux bandés, comme si elle devenait plus sensible au toucher pour compenser la perte de la vue.

— Je crois que je possède déjà cette force et cette endurance supplémentaires qui vous caractérisent, lui dit-il en la pressant encore un peu plus.

— On va voir ça, murmura Lissianna, et elle tendit la main pour ôter le bandeau, mais Greg lui attrapa le bras.

— Ta, ta, ta, dit-il avec tendresse. On avait conclu un marché. Je m'occupe de te nourrir avec les poches de sang pour qu'on ne perde pas de temps avec les perfusions, mais en échange tu dois rester les yeux bandés jusqu'à ce que je décide d'arrêter.

Lissianna hésita, puis laissa ses mains retomber, un petit sourire au coin des lèvres.

— Bon, eh bien, dans ce cas, je vais devoir me fier à mes autres sens, murmura-t-elle.

— Pour faire quoi ? demanda Greg avec intérêt.

Le sourire aux lèvres, Lissianna le força à reculer tandis qu'elle se laissait glisser du comptoir et tendait les mains vers lui jusqu'à effleurer son torse nu. Elle parcourut sa chair chaude du bout de ses doigts, puis les laissa courir le long de son buste jusqu'à ce qu'elle trouve le haut de son jean.

— Oh, soupira Greg quand Lissianna entreprit de le déboutonner.

Elle pencha la tête pour dissimuler son sourire, et fit glisser son jean sur ses hanches. Comme elle l'avait fait dans la chambre de Debbie, Lissianna s'agenouilla pour finir de le déshabiller. Après lui avoir enlevé son pantalon, qu'elle jeta au loin, elle sentit Greg lui prendre la main. Il essaya de la forcer à se relever, mais Lissianna résista et se libéra de sa prise.

— Ta, ta, ta, dit-elle en tendant le bras jusqu'à effleurer sa jambe du bout des doigts. Si je dois garder mon bandeau, tu dois garder les mains dans tes poches, annonça-t-elle, et elle commença à dessiner une ligne le long de sa jambe jusqu'à ce qu'elle trouve son érection.

— Oh, ce n'est pas ju…

La voix de Greg mourut dans un souffle quand elle se pencha en avant et le prit dans sa bouche.

Chapitre 20

— Au fait, tu ne m'as jamais raconté... Qu'est-ce qui s'est passé ?

Lissianna releva des yeux impassibles vers Debbie, qui venait d'entrer dans son bureau et s'était assise sur le siège en face de sa table de travail.

— À propos de quoi ?

— À propos de quoi ? répéta Debbie, ironique. Quand je vous ai quittés lundi après-midi, vous vous installiez chez moi pour y passer la nuit. Quand je suis rentrée mardi matin après le travail, la maison était plus propre que la veille, et un énorme bouquet de roses trônait sur la table de la cuisine avec une carte marquée « Merci ! », et vous aviez disparu. Tu aurais pu me laisser un petit mot, histoire de me tenir au courant...

— Je suis désolée, murmura Lissianna.

Thomas lui avait dit que Mirabeau avait mentionné le désordre que Greg et elle avaient laissé chez Debbie. Elle en avait sans doute informé Lucian, qui avait dû passer un coup de fil sur-le-champ pour remédier au problème. Apparemment, celui qu'il avait envoyé chez Debbie pour régler la question avait tout nettoyé de fond en comble. Cela ne surprenait pas Lissianna : son oncle ne jurait que par la perfection. En revanche, personne ne lui avait mentionné les fleurs... C'était en effet une attention plutôt inhabituelle.

— Je suis désolée, répéta-t-elle. J'aurais dû penser à te laisser un mot.

— Oui, tu aurais dû, confirma Debbie en riant. Surtout que tu n'es pas venue travailler la nuit dernière, et ta mère a téléphoné morte d'inquiétude à ton sujet. La curiosité me dévore depuis deux jours, tu sais ! (Elle poussa un soupir exaspéré.) Alors ? Raconte ! Ta mère et toi avez tout réglé, je présume ? Ça veut dire qu'elle a accepté Greg ?

— Oui, c'est fait, murmura Lissianna, un petit sourire au coin des lèvres.

Toute la famille avait accueilli Greg. Après avoir passé la journée à faire l'amour et à dormir en alternance, Lissianna et Greg s'étaient réveillés en fin d'après-midi et s'étaient retrouvés encerclés par les cousins et Mirabeau attroupés autour du lit.

— Encore au lit ? avait demandé Thomas avec amusement, arrachant Lissianna à son sommeil. Je suis si content que vous ayez pu vous reposer un peu. J'avais peur que tu épuises Greg pendant que nous essayions tous de dormir.

— Que vous essayiez de dormir ? avait répété Greg, réprimant un bâillement comme il abandonnait la position dans laquelle ils avaient passé la nuit et roulait sur le dos sous la couverture.

— Oui, c'était difficile, avait répliqué Thomas, avec tous ces cris et ces hurlements qui provenaient de votre chambre. (Il s'était arrêté pour observer avec intérêt Lissianna, qui venait de devenir écarlate, avant d'ajouter :) Je me suis dit que ça devait être ces fichus cauchemars qui, à ce qu'on raconte, accompagnent la transformation.

— Oui, Greg a fait des cauchemars, avait répondu Lissianna, s'accrochant avec reconnaissance à cette excuse.

— Hmm, c'est bien ce que j'ai pensé, avait murmuré Thomas. Puis je me suis rendu compte que tu criais aussi, Lissi. (Il avait haussé un sourcil, puis leur avait décoché un immense sourire, avant de s'exclamer :) Vous faites un de ces boucans au lit ! Une chatte en chaleur et son mâle sont moins bruyants que vous deux !

Ses cousins avaient éclaté de rire, et Lissianna avait poussé un grognement et enfoui le visage dans son oreiller. Greg avait alors essayé de disperser le petit groupe en annonçant qu'il allait se lever et qu'ils feraient mieux de sortir s'ils ne voulaient pas en prendre plein la vue.

L'idée de se rincer l'œil n'avait pas eu l'air de déplaire à Jeanne, Mirabeau, Elspeth et aux jumelles, mais Marguerite était arrivée à ce moment-là pour s'enquérir de Greg. Après l'avoir soumis à un examen rapide, elle l'avait déclaré en pleine santé et avait mis tout ce beau monde à la porte pour leur permettre de quitter le lit.

Le reste de l'après-midi avait défilé dans l'habituelle ambiance chaotique : tout le monde avait rigolé, bavardé et chacun avait raconté à Greg tout ce qu'il était censé savoir vu qu'il était l'un des leurs.

Lissianna avait été dépitée quand elle s'était rendu compte qu'il était bientôt l'heure pour elle d'aller travailler, et, l'espace d'un instant, avait envié ses cousins, Thomas et Jeanne, qui ne travaillaient pas cette semaine. Ils étaient tous deux employés par son frère au sein des Entreprises Argeneau, mais avaient bénéficié d'une semaine de congé sur l'insistance de Marguerite pour qu'ils l'aident à divertir Elspeth et les jumelles pendant leur séjour. Le travail de Lissianna ne lui permettait pas de prendre une semaine de vacances sur un coup de tête. Les gens au foyer comptaient sur elle.

Greg avait semblé tout aussi déçu à l'idée qu'elle parte travailler, et avait accompagné Lissianna jusqu'à sa chambre pour « l'aider » à se doucher et à se changer. Ses efforts l'avaient considérablement ralentie, et elle aurait été en retard si Thomas n'avait pas toqué à sa porte pour lui rappeler l'heure et lui proposer de la conduire.

Elle s'était extirpée du lit, les cheveux encore humides, et s'était habillée à la hâte avant de dévaler l'escalier, Greg sur ses talons. Il les avait accompagnés jusqu'en ville et l'avait embrassée pour lui dire au revoir avant qu'elle saute hors de la Jeep. Puis les deux hommes avaient redémarré et roulé jusqu'à l'appartement de Greg pour récupérer des vêtements et les rapporter chez la mère de Lissianna. Il avait été décrété qu'il y séjournerait jusqu'à ce qu'il se soit habitué à tous les changements qu'il allait traverser. Lissianna devinait qu'à l'heure qu'il était ses cousins devaient l'avoir accaparé et ne le lâchaient plus d'une semelle. Il devait avoir droit à un cours intensif intitulé « comment être un vampire ».

— La Terre à Lissi, la Terre à Lissi, répéta Debbie, et Lissianna cligna des yeux quand elle lui passa la main devant le visage.

— Je suis désolée, murmura-t-elle comme on l'arrachait à ses pensées. Je réfléchissais.

— Réfléchir ? (Debbie haussa un sourcil.) Chérie, partage avec moi certaines de tes réflexions, parce que je veux ressentir moi aussi ce qui te fait sourire comme ça.

Lissianna rougit de ces taquineries et fit une légère grimace, puis reprit :

— Je suis vraiment navrée de ne pas t'avoir laissé un mot, Deb. Je te remercie de m'avoir apporté ton aide.

— N'y pense plus, dit-elle d'un air décontracté. Tu seras même toute pardonnée si tu me racontes ce qui s'est passé.

Lissianna hésita, puis obtempéra :

— Greg a réquisitionné mon cousin Thomas, et lui et une amie nommée Mirabeau ont tout nettoyé. (Elle ne pouvait pas lui en révéler davantage, et c'était déjà bien assez proche de la vérité, décida-t-elle.) Maman est heureuse, je suis heureuse… (Elle haussa les épaules.) Tout se passe pour le mieux.

Debbie l'examina avec attention, étudia les moindres expressions de son visage, et répliqua :

— On dirait que tu as encore des doutes.

Lissianna laissa retomber son regard, mais ne sut quoi lui répondre. Elle avait bien des doutes. Elle était heureuse, en grande partie, mais…

— Tu as peur ? demanda Debbie. C'est la panique avant le grand saut ? Maintenant que tu es libre, que ta mère ne s'oppose plus à ta relation, tu te retrouves face à tes hésitations et tes propres craintes, c'est ça ?

Lissianna allait la contredire quand elle se rendit compte que ce serait se voiler la face. Elle avait peur.

Debbie ne la força pas à le reconnaître. Elle se contenta de dire :

— Ça ne m'étonnerait pas si c'était le cas. J'ai ressenti la même chose avant d'épouser Jim. J'avais la trouille. Je craignais qu'il ne soit pas aussi merveilleux qu'il en avait l'air, que quelque chose arrive et gâche tout, que j'en ressorte le cœur brisé… (Elle poussa un profond soupir.) Et j'avais raison.

Surprise par sa déclaration, Lissianna releva la tête d'un trait.

Devant son expression choquée, Debbie arbora un sourire malicieux, puis elle poursuivit.

— Le jour où il est mort, mon cœur s'est brisé à tout jamais. (Elle lui laissa le temps de digérer ses paroles, puis reprit :) La vie n'est pas toujours facile, Lissianna. Elle nous oblige à prendre des décisions difficiles et ne nous épargne pas les peines de cœur, les choses ne se déroulent pas toujours comme on l'avait espéré. La vie ne nous est pas livrée avec une garantie. Et s'il est vrai que parfois, en évitant de prendre des risques et de donner une chance à une histoire, on peut éviter de souffrir, on peut aussi passer à côté de la meilleure chose qui pouvait nous arriver. Ne crains pas l'amour.

Lissianna se rassit sur son fauteuil quand Debbie quitta la pièce, ses paroles tourbillonnant encore dans sa tête. *« Ne crains pas l'amour. »* Cela lui rappela sa conversation avec son oncle Lucian.

« Tu crois que j'ai peur d'aimer ? lui avait-il demandé, et, quand elle avait acquiescé, il avait répondu : *Tu as peut-être raison… Tu dois savoir de quoi tu parles. »*

Lissianna poussa un profond soupir et s'avoua qu'elle avait peur en effet. Ses appréhensions l'avaient empêchée de discuter de « l'éternité » avec Greg quand il avait voulu en parler avec elle la nuit dernière après son premier réveil en tant qu'immortel, et lors des deux autres reprises où il avait évoqué le sujet. L'idée de souffrir la terrorisait. Elle ne craignait pas d'être rejetée, elle savait déjà qu'il souhaitait devenir son compagnon pour la vie, et elle savait que cela n'avait rien à voir avec le fait qu'elle l'avait infanté. Greg l'aimait. Elle pouvait le sentir chaque fois que leur esprit fusionnait. Ce qu'elle redoutait c'était l'avenir, et les dégâts qu'il risquait d'infliger à leur amour.

« La vie ne nous est pas livrée avec des garanties », avait affirmé Deb, et l'amour non plus. Tout le monde ignorait de quoi demain serait fait, mais depuis sa rencontre avec Greg Lissianna vivait les jours les plus merveilleux de ses deux cents et quelques années. Elle savait aussi que, si elle laissait sa peur l'empêcher de tenter le coup avec Greg, elle en paierait le prix fort et pourrait dire adieu à ces jours idylliques. Cela ne servait à rien de craindre l'amour, songea-t-elle, et elle décida que, dès ce soir, ils discuteraient de l'avenir. Elle était prête à se jeter à l'eau.

— Lissianna ?

Elle redressa la tête dans un sursaut lorsqu'elle entendit son nom et aperçut le père Joseph dans l'embrasure de la porte.

— Oui, mon père ?

— Il y a un jeune homme ici pour toi, lui annonça le prêtre, puis il se retourna pour faire signe à quelqu'un.

Personne ne venait jamais lui rendre visite au foyer, et Lissianna, perplexe, commençait à froncer les sourcils quand Greg apparut devant elle.

— Greg ! (Elle repoussa son fauteuil et se releva, puis s'arrêta et se retint de faire le tour du bureau en courant pour lui sauter au cou comme son instinct le lui avait d'abord dicté. Elle essaya de maintenir une attitude professionnelle par égard pour le père Joseph, et parvint à garder un ton tout à fait calme lorsqu'elle lui demanda :) Qu'est-ce que tu fais là ?

— Je suis venu te chercher pour te conduire à la maison, annonça-t-il. Tu es prête ?

— Oh. (Lissianna regarda sa montre et fronça les sourcils en se rendant compte qu'il était l'heure de partir depuis un moment déjà. Comme d'habitude, elle avait perdu toute notion du temps. Elle porta son regard sur son bureau, et elle grimaça.) Je dois encore ranger ces classeurs et laisser un mot à la fille qui travaille à ma place la journée, pour qu'elle sache ce qu'elle doit faire, et…

— Vas-y, l'interrompit Greg. Ça ne me gêne pas d'attendre.

Lissianna sourit, puis jeta un coup d'œil au père Joseph.

— Merci, mon père, murmura-t-elle. (Elle fit le tour de sa table jusqu'à la porte.) Je vous remercie de l'avoir conduit à mon bureau.

— Il n'y a pas de problème ?

— Oh, non, tout va bien. C'est un ami, lui assura-t-elle.

— Oh. (Le père Joseph hocha la tête.) Bien. (Il hésita, puis s'éloigna de la porte à reculons quand Greg pénétra dans la pièce.) Je vais aller…

Le prêtre leur fit un vague signe de la main, puis se retourna et poursuivit son chemin le long du couloir.

Lissianna le regarda partir avec intérêt. Le père Joseph ne dormait toujours pas, et cela commençait à l'inquiéter. Les poches et les cernes sous ses yeux lui dévoraient presque le visage, et son teint tirait doucement sur le gris. Il n'avait pas l'air en forme du tout. Elle soupira quand il disparut de sa vue, puis referma la porte et se tourna vers Greg. Elle haleta de surprise lorsqu'il l'attira soudain à lui et la serra dans ses bras avant de l'embrasser.

— Mmm, murmura-t-il lorsqu'il eut terminé. Salut, toi.

— Salut, susurra-t-elle d'une voix rauque. Ça fait longtemps que tu attends ?

— Trente-cinq ans, mais ça valait le coup ! lui assura Greg.

Lissianna rit doucement et embrassa le bout de son nez, puis reprit :

— Je voulais dire ce soir.

— Tu veux dire ce matin, corrigea-t-il. Même si on a l'impression qu'il fait nuit, car le soleil ne s'est pas encore levé.

— C'est perturbant d'avoir des horaires inverses de ceux de la plupart des gens, reconnut-elle.

— C'est vrai, lui accorda Greg. Et, pour répondre à ta question, j'attends depuis près d'une demi-heure. Je suis venu avec cinq minutes d'avance. En vérité, je suis arrivé en ville une demi-heure trop tôt et je me suis arrêté chez un vendeur de donuts pour ne pas avoir l'air trop pathétique et impatient à faire le pied de grue sur le parking.

— Pathétique et impatient ? répéta Lissianna avec amusement. (Elle se délassa dans ses bras et commença à jouer avec le bouton de sa chemise.) Heureusement que tu as fait ce détour. Tu n'aurais sûrement pas été d'aussi bonne humeur si je t'avais fait poireauter près de une heure.

Il eut un léger haussement d'épaules.

— Tu ignorais que j'étais là.

Lissianna acquiesça l'air absent, les yeux rivés sur le bouton qu'elle continua à triturer jusqu'à ce que Greg lui prenne la main et dise :

— Je reconnais ce regard, c'est celui que tu as quand tu t'inquiètes. Qu'est-ce qui se passe ?

— C'est juste que je me demandais…

— M'inquiétais, corrigea Greg avec humour.

— … si tu avais mesuré les conséquences par rapport à ton travail, poursuivit-elle sans tenir compte de son interruption.

— Ah, déclara-t-il l'air solennel. Tu crains que cela affecte mon activité, que du coup j'en sois contrarié et que je t'en veuille de m'avoir transformé.

Lissianna sourit avec ironie. On lisait en elle comme dans un livre.

— T'es un petit futé, dis-moi !

— Assez futé en tout cas pour reconnaître une femme admirable quand j'en vois une, rétorqua Greg du tac au tac, puis il pressa ses lèvres contre son front, et poursuivit : En fait, j'y ai déjà réfléchi, et ce n'est pas un problème. La plupart de mes patients sont salariés et préfèrent prendre rendez-vous en soirée pour que ça n'interfère pas avec leur activité. Jusqu'à aujourd'hui, je passais la journée à écrire mon livre et à mettre mes notes sur les patients à jour. Je les recevais en consultation en fin d'après-midi et en soirée. (Il haussa les épaules.) Dorénavant, je ne donnerai de rendez-vous qu'à partir de 17 heures, m'occuperai à achever mon livre pendant que tu seras au refuge, et dormirai la journée.

Lissianna fronça les sourcils.

— Donc, tu travailleras pendant mon temps libre, et écriras quand je travaillerai.

Greg cligna des yeux.

— Tu as raison, acquiesça-t-il lentement, prenant conscience de ce que cela impliquait. Tu commences à 23 heures, et je serai probablement en consultation jusqu'à 22 heures. On ne fera que se croiser. (Le voilà qui fronçait les sourcils aussi.) Je pourrais peut-être…

— Non, attends, l'interrompit Lissianna, son cerveau fonctionnant à toute allure. Tu ne reçois pas de patients le samedi et le dimanche. Si je changeais mes nuits de repos pour le lundi et le mardi, on passerait seulement le mercredi, le jeudi et le vendredi sans se voir.

— Et je ne te verrais que la moitié de la semaine ? Pas question, lança-t-il et son visage arbora une expression d'amer mécontentement, puis il cligna des yeux et un sourire commença à se dessiner sur ses lèvres.

— Qu'est-ce qu'il y a ? demanda Lissianna.

— Ça fait plaisir de savoir que tu veux continuer à me voir, répondit-il d'une voix suave. Je ne savais pas à quoi m'attendre. Tu semblais éviter toute discussion au sujet de l'avenir.

Lissianna soupira et se pencha, son front contre le menton de Greg.

— Je suis désolée. J'avais juste un peu…

— … peur ? suggéra-t-il en la voyant hésiter.

— Oui, peut-être. Et je crois que j'étais aussi un peu bouleversée. Tout est arrivé si vite. (Elle releva la tête et lui assura :) On parlera de tout ça une fois à la maison ; de nous, de nos emplois du temps, de tout. On trouvera un moyen de faire fonctionner tout ça.

— OK. (Greg la serra dans ses bras, puis il s'écarta et lui donna une tape sur la fesse.) Allez, dépêche-toi d'écrire ton mot et qu'on fiche le camp d'ici ! Le soleil va bientôt se lever, et je recommence déjà à avoir faim. Je ne devrais pas, j'ai bu une poche de sang avant de quitter la maison.

— Tu risques d'être insatiable dans les prochains jours, dit Lissianna d'un air compatissant en se glissant hors de ses bras.

— Il paraît. Ta famille m'a prévenu de tout ce à quoi je devais m'attendre, murmura-t-il en l'observant regagner son siège et tirer un bloc-notes devant elle. Thomas a aussi promis de m'apprendre à chasser un soir où tu travailles, pour que je ne sois pas complètement perdu si je dois faire face à une urgence et me nourrir à la source.

Lissianna se raidit et l'étudia avec attention avant de répliquer d'un air malicieux :

— Tu m'en diras tant…

— Lissianna, mon amour. La jalousie ferait-elle tourner tes yeux au vert ? Et moi qui croyais qu'ils étaient bleu acier…

Elle réprimanda sa taquinerie en le fusillant du regard.

— J'aurais cru que tu savais déjà comment te nourrir à la source. Tu t'es suffisamment entraîné sur moi, il me semble.

— Alors, comment on va faire ? s'enquit-il avec un large sourire. (Arborant une moue, Lissianna tourna son attention vers son bloc-notes et continua à écrire.) On n'a qu'à conclure un pacte, reprit Greg en la regardant griffonner.

— Comment ça ? rétorqua-t-elle l'air absent.

— Tu me promets de ne mordre que des femmes à partir d'aujourd'hui, et je te jure que, quand Thomas m'emmènera chasser, je ne mordrai que des hommes.

Elle leva les yeux, surprise par sa suggestion, et remarqua qu'il fronçait les sourcils à sa propre proposition.

— Non, j'ai une meilleure idée. Je me contenterai de subjuguer et hypnotiser les autres femmes, mais ne les mordrai pas, décida Greg. Comme tu l'as dit, je peux m'entraîner sur toi, et je préfère me tenir à une distance respectable des autres hommes.

Lissianna sourit avec amusement tout en terminant d'écrire, et elle se releva.

— Mais ça ne te dérange pas que j'approche d'autres femmes d'aussi près.

— Hmm. (Il réfléchit brièvement à la question, qui semblait le tirailler, puis il soupira.) OK, amendement numéro 2 : je vais traiter ta phobie, comme ça tu n'auras plus à mordre qui que ce soit, et je…

— Greg, l'interrompit-elle avec douceur. (Il s'arrêta pour la regarder d'un air interrogateur. Lissianna s'avança pour récupérer son sac et son manteau, et dit :) On pourra discuter de ça aussi une fois rentrés à la maison, mais on doit se mettre en route ; le soleil sera bientôt levé.

— D'accord.

Un sourire grimaçant sur les lèvres, il la prit par la main et la conduisit jusqu'à la porte.

Lorsqu'ils quittèrent son bureau, le père Joseph se tenait tout au bout du couloir, et Lissianna retira sa main avec embarras de celle de Greg quand elle l'aperçut. Elle venait à peine de le faire que le prêtre regarda dans leur direction.

— Tu as terminé ? demanda-t-il tandis qu'ils approchaient.

— Oui. (Lissianna sourit comme ils atteignaient la porte, puis commenta :) Je suis étonnée que Kelly ne soit pas encore là. Elle est malade ?

Si Claudia remplaçait Lissianna les nuits où elle ne travaillait pas, Kelly assurait sa permanence pendant la journée. D'ordinaire, elle arrivait avant que Lissianna parte.

— Non. (Le père Joseph secoua la tête.) Je lui ai dit que tu avais de la visite, alors elle est descendue à la cuisine se chercher une tasse de café. Elle ne devrait pas tarder.

— Bon, très bien. (Lissianna sourit.) Je vous verrai ce soir, dans ce cas.

— Oui, bonne journée, dit le père Joseph, puis, se tournant vers Greg, il ajouta avec politesse : J'ai été ravi de vous rencontrer.

— Moi de même, mon père, assura Greg, puis il ouvrit la porte pour Lissianna.

— Où est la Jeep ? questionna Lissianna tandis qu'ils traversaient le parking.

— La Jeep de Thomas ? demanda Greg avec surprise.

— Oui. Tu n'as pas emprunté sa voiture pour venir me chercher ?

— Non. J'ai pris la mienne, rétorqua-t-il avant d'expliquer : On l'a récupérée quand Thomas m'a ramené chez moi pour préparer ma valise. Il est rentré avec la Jeep, et moi je l'ai suivi avec ma voiture. Je préfère, je me sens moins…

— … captif ? glissa Lissianna d'une voix douce lorsqu'il s'interrompit de lui-même.

Greg grimaça, mais acquiesça tandis qu'il la conduisait vers une BMW foncée. Il la déverrouilla et tint la portière avant ouverte pour que Lissianna s'installe sur le siège passager, puis il la referma et fit le tour jusqu'au côté conducteur. Lissianna se pencha pour déverrouiller de son côté, puis se rassit une fois Greg entré dans la voiture. Elle boucla sa ceinture de sécurité pendant que Greg mettait la clé dans le contact puis tournait, et haussa les sourcils lorsque rien ne se passa. Greg plissa les yeux et essaya encore, mais le moteur refusait de démarrer.

— Qu'est-ce que… ?

Il appuya plusieurs fois sur l'accélérateur et fit une nouvelle tentative, puis jura avec frustration quand la voiture ne réagit pas.

Lissianna se mordit la lèvre lorsqu'il s'y reprit une nouvelle fois.

— On devrait peut-être appeler un taxi ?

— Elle fonctionnait très bien à l'aller, maugréa Greg, et il s'acharna encore une fois.

Soudain, des petits coups contre la vitre les firent tous les deux sursauter. Ils regardèrent à travers et aperçurent le père Joseph. Le prêtre se tenait sur le pavé derrière la portière du côté conducteur.

Il fit signe à Greg d'ouvrir la fenêtre et ce dernier s'exécuta, puis le vieil homme demanda :

— Vous avez un problème ?

— Elle refuse de démarrer, marmonna Greg, essayant encore une fois.

Le père Joseph l'observa tourner la clé, et fronça les sourcils devant l'absence de réaction du moteur.

— Ça doit être le démarreur. Il ne s'enclenche pas.

— En effet, approuva Greg, qui se radossa contre son siège dans un soupir.

Le vieil homme hésita, puis dit :

— J'allais justement chercher des provisions. Je peux vous déposer si vous voulez. Où allez-vous ?

— Oh, c'est très gentil, mon père, mais je ne pense pas que ce soit sur votre chemin, répondit Lissianna avant de mentionner la banlieue où habitait sa mère.

— Oh ! s'exclama le père Joseph. C'est pile sur mon trajet. Ce doit être l'œuvre de la Providence. Suivez-moi, vous serez chez vous en moins de deux.

Il tourna les talons sans attendre leur réponse, et se dirigea vers le minibus frappé du logo du foyer sur le côté. Greg regarda Lissianna d'un air interrogateur.

— Il se fait tard, dit-il. Et puis, je pourrai appeler le garage et leur demander de récupérer la voiture pour y jeter un coup d'œil dans la journée pendant que nous dormons.

Lissianna soupira, puis acquiesça, et détacha sa ceinture de sécurité.

— J'espère que ça ne vous dérange pas, mais vu que c'est sur le chemin, je pensais récupérer les fournitures à l'aller.

Sur les paroles du père Joseph, Lissianna jeta un regard furtif vers l'avant du minibus, puis par la fenêtre lorsqu'il sortit de l'autoroute. D'après ses estimations, ils se trouvaient à moins de cinq minutes de chez sa mère.

— Ç'aurait été tout aussi rapide d'y faire un saut sur le chemin du retour, je suppose, mais ça m'arrangerait beaucoup si vous pouviez m'aider à charger les provisions, et comme vous ne serez plus là au retour… (Il jeta un regard empreint d'excuses à Greg.) Cela ne vous dérange pas, n'est-ce pas ? Je peux faire demi-tour si vous…

— Non, bien sûr, mon père, lui assura Greg. Nous vous remercions de nous ramener. C'est bien normal qu'on vous aide à porter quelques cartons.

Lissianna esquissa un léger sourire devant ces termes sélectionnés avec courtoisie. Elle connaissait assez Greg pour deviner qu'il avait beau être contrarié par ce retard, il estimait néanmoins que refuser d'aider le père Joseph qui leur avait fait économiser les frais de taxi jusqu'à chez Marguerite serait d'une malséance sans nom.

— Nous y voilà.

Lissianna regarda à travers la fenêtre, et fronça les sourcils quand il s'engagea dans une longue allée qui menait à une grande maison blanche. Aucun signe n'indiquait qu'il s'agissait d'une entreprise ou du moins d'un lieu de travail. De plus, à ce qu'elle pouvait en voir en épiant alentour, c'était situé en plein milieu de nulle part. Il n'y avait aucune autre habitation en vue. Soudain, Lissianna commença à ressentir un léger malaise.

— Lissianna, c'est ici qu'habite la dame qui brode notre logo sur toutes les serviettes, draps et taies d'oreillers, annonça le père Joseph tandis qu'il se garait devant la maison. Elle fait partie de mes paroissiens, c'est une vieille dame charmante.

— Oh, chuchota Lissianna, et elle se détendit un peu.

— Cela prend un peu plus de temps que si c'était fait par des machines, poursuivit-il d'un air enjoué tout en arrêtant le moteur et détachant sa ceinture de sécurité. Mais elle est veuve et a vraiment besoin d'argent, alors je lui apporte toutes les serviettes et les draps chaque fois qu'on reçoit un nouveau lot.

— C'est très gentil à vous, murmura Greg, qui déboucla lui aussi sa ceinture.

— En vérité, je suis content de vous avoir à mes côtés, babilla-t-il. Elle essaie souvent de me faire rester pour le thé, et vous me fournissez une bonne excuse pour m'éclipser sans la froisser.

Lissianna bredouilla quelques politesses, puis défit sa ceinture pendant que le père Joseph ouvrait sa portière et sortait du véhicule.

— Il a l'air d'un vieil homme très gentil, mais qu'est-ce qu'il est bavard ! marmonna Greg une fois la porte fermée et qu'ils se retrouvèrent seuls.

— Il souffre d'insomnies depuis à peu près une semaine, expliqua Lissianna, mais elle n'aurait su dire s'il était bavard à cause de ses insomnies ou s'il l'était au naturel.

Il travaillait le jour, elle de nuit. Elle le connaissait à peine.

— Plus vite on aura récupéré ces draps, plus vite on sera rentrés ! dit Greg, et il tendit le bras vers la poignée de sa portière, avant de s'arrêter et de demander : Combien de temps je peux rester à la lumière du soleil à l'étape où je suis ?

Lissianna étudia brièvement le ciel, et remarqua que l'aube commençait doucement à poindre. Elle secoua la tête.

— Je ne sais pas trop. Mais on n'en a plus pour longtemps et on se trouve à cinq minutes à peine de la maison. Ça devrait aller.

Greg opina du chef, ouvrit la portière et sortit. Puis il la maintint ouverte et tendit la main à Lissianna, qui escalada la banquette arrière et se hissa par-dessus le siège passager pour se glisser hors du véhicule.

À l'évidence, la gentille vieille dame qui brodait le linge attendait leur venue, car la porte était ouverte, et le père Joseph entrait dans la demeure au moment où Greg fermait la portière du minibus. Ils se hâtèrent de le rejoindre. Ils l'entendaient parler à mesure qu'ils s'approchaient, puis le prêtre s'arrêta et jeta un regard dans leur direction pendant qu'ils montaient l'escalier du perron.

— Elle dit que c'est prêt, et qu'elle était en train de tout emballer, les informa-t-il quand ils atteignirent le seuil. Elle est retournée mettre les draps restants dans des cartons. C'est par là.

Lissianna referma vite derrière elle pour garder la chaleur à l'intérieur, puis suivit les deux hommes le long du couloir. Une fois tout au bout, le père Joseph s'immobilisa pour ouvrir une porte et les laissa passer devant. Lissianna murmura un « merci » en emboîtant le pas à Greg dans une petite pièce obscure, éclairée par une simple lampe posée sur une table à côté de l'entrée. Elle faillit marcher sur les talons de Greg quand il s'arrêta soudain devant elle.

— Avancez, dit le père Joseph, et Lissianna regarda en arrière, puis se figea tout net à la vue du pistolet qu'il tenait à la main.

Elle le regarda pendant un instant avec stupeur, l'esprit embrumé et troublé, puis elle se retourna et avança vers Greg pour scruter les alentours. Elle ne s'étonna pas de ne trouver dans la pièce aucune vieille dame qui brodait du linge. Quelle ne fut pas sa surprise, en revanche, quand elle reconnut l'homme debout face à eux qui pointait une seconde arme vers le torse de Greg.

Chapitre 21

— Bob ?

Lissianna examina l'homme avec stupéfaction.

— Dwayne, rectifia-t-il avec irritation, et elle se rappela que ce soir-là sur le parking elle avait déjà voulu l'appeler Bob, et qu'il avait dû la corriger.

— Tu connais ce type ? demanda Greg, qui se glissa vers le côté et l'attira vers lui afin qu'ils se trouvent face aux deux hommes, au lieu d'être pris en sandwich entre deux armes.

— Oui, répondit Lissianna l'air préoccupé.

Toute sa concentration était dirigée sur Dwayne, dont elle tentait d'infiltrer les pensées tandis qu'elle l'observait s'approcher du père Joseph de façon à leur bloquer l'issue. Incapable de passer outre à sa méfiance et son inquiétude, elle soupira, puis se rendit compte de la question de Greg et de la réponse qu'elle lui avait donnée, et elle grimaça.

— En fait, non. Pas vraiment.

— Décide-toi, répliqua-t-il d'un air caustique. Oui, non, ou pas vraiment ?

Lissianna haussa les épaules, ne sachant que lui dire.

— Plus ou moins ?

Il roula des yeux, puis jeta un coup d'œil à Dwayne, qui expliqua :

— J'ai servi de dîner vendredi dernier.

Greg leva un sourcil, et se tourna vers Lissianna pour chuchoter :

— Je croyais que c'était moi le dîner vendredi dernier ?

Exaspérée qu'il puisse se soucier de ça à un moment pareil, elle murmura :

— J'ai mangé chinois vendredi soir dernier. Toi, tu étais une mise en bouche inattendue. Bob, lui, était juste anémique.

— Dwayne, corrigea Greg, qui ne se souciait plus de parler à voix basse.

Elle haussa les épaules.

— Je n'y peux rien, je trouve qu'il a une tête à s'appeler Bob.

— Ah ouais ? demanda-t-il. C'est marrant, moi je trouve qu'il a une tête de nœud.

Malgré la situation, le jeu de mots fit sourire Lissianna. Dwayne jugea l'insulte un brin moins divertissante.

— Hé ! les interrompit-il d'un ton sec. J'ai un flingue, je vous rappelle !

— Tout va bien, Dwayne. (Le père Joseph lui tapota l'épaule, puis expliqua à Greg.) Dwayne et moi nous nous sommes rencontrés vendredi dernier à l'extérieur d'un bar du centre-ville. L'un des habitués du foyer m'avait dit qu'un gamin traînait dans les rues et mangeait ce qu'il dénichait dans les bennes à ordures à l'arrière du bar. Je m'y suis rendu pour essayer de retrouver le petit et lui porter notre aide. Je me dirigeais vers les poubelles quand j'ai aperçu Lissianna. Elle sortait de derrière les containers. J'ai été surpris de la voir, bien entendu, et je l'ai hélée. Nous avons discuté, et elle a déclaré se trouver ici en compagnie de ses cousins pour fêter son anniversaire. Lorsque je lui ai expliqué la raison de ma présence, elle a proposé de m'aider, mais je l'ai renvoyée à l'intérieur, car il faisait froid. Puis j'ai commencé à chercher le gamin aux alentours des poubelles, et à la place je suis tombé sur Dwayne.

Greg se tourna vers elle, un sourcil arqué comme pour dire : « Tu l'as levé dans un bar ? »

— Oui, je sais, soupira-t-elle, puis elle ajouta sur la défensive : C'était l'idée de Mirabeau !

Elle laissa son regard dériver de nouveau vers Dwayne et le père Joseph, et se fustigea mentalement d'avoir été aussi stupide. Ce n'était pas tant d'avoir choisi un total étranger dans un bar, même si cela devait paraître plutôt minable et vulgaire, mais de toute évidence elle avait commis de belles bourdes cette nuit-là. Lissianna avait complètement oublié que Dwayne se trouvait derrière les bennes à ordures quand elle s'était précipitée dans le bar pour éviter d'avoir à répondre aux questions épineuses du père Joseph. Cela expliquait comment le jeune homme anémique avait réussi à récupérer et évacuer le parking le temps qu'ils quittent les lieux quelques minutes plus tard, se dit-elle. Sur le coup, Lissianna s'en était préoccupé, mais elle n'avait pas fait le rapprochement entre la présence du père Joseph et le prompt rétablissement de Dwayne.

Elle secoua la tête, et se demanda avec stupeur comment elle avait réussi à survivre aussi longtemps si elle avait commis plusieurs erreurs de ce genre au fil des ans. À l'avenir, elle devrait peut-être s'en tenir aux perfusions, du moins jusqu'à ce que Greg la guérisse de sa phobie.

— Dwayne se trouvait dans un piteux état, annonça le père Joseph, attirant de nouveau son attention. Il était faible d'avoir perdu trop de sang, et désorienté. Je l'ai installé dans le minibus, car je pensais qu'il était saoul et avait besoin d'aide. J'allais l'emmener au foyer pour lui offrir une tasse de café, mais, une fois à l'intérieur du véhicule, j'ai pu remarquer sous l'éclairage les marques sur son cou, et j'ai décidé plutôt de l'amener au presbytère.

Le prêtre fusilla Lissianna du regard.

— J'avais déjà vu des marques comme celles-là... sur les cous de ces pauvres hères au foyer. Quand je leur demandais ce qui leur était arrivé, ils me donnaient toujours les réponses les plus farfelues : ils s'étaient blessés avec une fourchette à barbecue, ou ils étaient tombés sur un crayon... deux fois de suite.

Greg dirigea vers elle un regard incrédule, et elle roula des yeux.

— Essaie donc de trouver une explication plausible, puisque t'es si malin, siffla-t-elle à voix basse, car elle ne voulait pas que les deux autres l'entendent.

— Dwayne quant à lui, poursuivit le père Joseph, caustique, m'expliqua qu'il avait débranché le chargeur de son développeur de pénis en tirant sur le cordon qu'il s'est pris en plein visage et qu'avec la vitesse la prise lui avait perforé le cou.

Greg s'en décrocha la mâchoire, et Lissianna grimaça avec dégoût.

— Il avait un concombre dans le caleçon et de l'autobronzant plein la figure, dit-elle avec irritation, oubliant de chuchoter cette fois.

— C'est faux ! cria Dwayne, qui devint écarlate, puis ruina son démenti en ajoutant : Et puis, d'où t'es au courant pour le concombre ? Il s'est passé un truc derrière les poubelles en fin de compte ?

— Non ! répondit Lissianna d'un ton sec, plus pour Greg que Dwayne. (Puis elle se pencha vers Greg pour chuchoter :) Je l'ai su de la même façon que j'ai appris qu'il était anémique.

— En le mordant ? demanda Greg avec incrédulité. Tu l'as mordu où au juste ?

— En sondant son esprit, souffla-t-elle.

— Ah oui, c'est vrai, dit Greg.

Il se rappela que si elle ne parvenait pas à lire en lui, tous les autres y arrivaient. Et le fait qu'elle n'y parvienne pas n'était d'ailleurs pas normal.

— J'ai commencé à rassembler les pièces du puzzle pendant que Dwayne mangeait les cookies et buvait le jus de fruits que je lui avais apportés, expliqua le père Joseph à Lissianna. Les marques sur les occupants du refuge, ses marques de morsure à lui, et ta présence au foyer ainsi que sur le parking cette nuit-là. Il m'a suffi de compléter l'équation.

Lissianna soupira avec lassitude, et se demanda pourquoi elle n'avait jamais remarqué que le père Joseph était d'un naturel verbeux, avant de se rendre compte qu'elle ne l'avait jamais vraiment côtoyé. Elle l'avait plus vu au cours de la dernière semaine que depuis tout le temps qu'elle travaillait au refuge… et pour cause ! – elle le comprenait désormais. Il essayait de la démasquer pour prouver que c'était une vampire.

— Il m'a suffi de compléter l'équation, répéta le prêtre. Et la seule solution qui paraissait possible, c'était que… (Il s'arrêta, puis dit :)… tu étais une vampire ! (Lissianna parvint à se retenir de rouler des yeux devant son intonation théâtrale.) J'ai su alors que tu m'avais été envoyée par Dieu. Que j'étais le seul à pouvoir protéger mes ouailles du démon sans âme que tu es. (Il la dévisagea l'air solennel.) Mais… je ne te connaissais pas bien. Tu travaillais la nuit, et je ne te voyais presque jamais, mais tu paraissais si… gentille. (Il prononça ce mot avec une espèce d'horreur, à l'évidence affligé qu'elle ne corresponde pas à l'image qu'il se représentait de ces infâmes créatures suceuses de sang.) Sans compter que l'idée même de l'existence des vampires était difficile, impossible à croire. Mais il n'y avait pas d'autre explication ! Tout concordait. Néanmoins, je devais d'abord m'en assurer. Je devais être tout à fait sûr que tu étais une vampire avant d'appliquer des mesures drastiques.

— Alors, vous avez apporté votre purée d'ail au foyer pour que j'en mange, béni les fontaines à eau pour qu'elles soient remplies d'eau bénite, et encombré mon bureau de croix, comprit enfin Lissianna.

— Il a fait tout ça ? s'exclama Greg avec stupeur. Tu n'en as jamais parlé.

Lissianna haussa les épaules, et regretta en silence de ne pas l'avoir fait. Il aurait peut-être deviné que le père Joseph la soupçonnait d'être une vampire. En y repensant, Lissianna supposa qu'elle aurait dû s'en rendre compte par elle-même, mais il lui donnait chaque fois des explications tout à fait plausibles. De plus – comme il l'avait souligné –, jusqu'à la semaine dernière, elle le connaissait à peine et ne lui adressait la parole que pour le saluer quand elle arrivait au travail. Cela dit, elle avait beaucoup entendu parler de lui, et il était surtout réputé pour le zèle dont il faisait preuve dans sa dévotion à Dieu.

Au fil des siècles, Lissianna avait retenu la leçon : il n'existe rien de plus dangereux qu'un zélote. Elle se doutait bien qu'aux yeux du père Joseph les vampires représentaient le Mal tout autant que le Diable. Inutile de se fatiguer à le convaincre qu'elle était une « bonne » vampire, mais elle pouvait essayer de le persuader qu'elle n'était pas une vampire du tout. Après tout, tous ses tests avaient échoué.

Comme s'il avait lu dans ses pensées, il dit :

— Oui, j'ai fait tout ça. Imaginez ma stupeur quand rien n'a fonctionné !

— Ça n'a pas fonctionné, car je ne suis pas ce que vous croyez, se hâta de répondre Lissianna.

— Tu as mordu son cou, rétorqua le père Joseph. Dwayne était presque livide tellement il avait perdu de sang. Il a de la chance d'être encore en vie ! Si je n'étais pas arrivé à ce moment-là, tu l'aurais peut-être saigné à blanc. Tu as dû m'entendre approcher.

— Non, mon père, je n'ai rien entendu, le détrompa-t-elle avec exaspération. S'il était pâle, c'est parce qu'il est anémique.

Le prêtre jeta un coup d'œil à Dwayne, qui paraissait embarrassé, mais acquiesça.

— Ouais, c'est vrai.

Le père Joseph fronça les sourcils, puis se retourna vers Lissianna.

— Tu te nourrissais des clients du foyer, ces pauvres hères qui n'ont déjà pas eu beaucoup de chance dans la vie.

Lissianna se tortilla de culpabilité. Dit comme ça, cela sonnait plutôt mal. Et même si elle avait espéré soutenir ces gens qui l'aidaient sans le savoir, cela ne semblait pas tout à fait rétablir la balance.

— Écoutez, mon père…

Greg prit la parole, et s'arrêta net quand le prêtre leva l'arme vers lui.

— Je me rends compte que les armes à feu risquent de ne pas vous causer trop de dommages, dit-il. Mais elles vous blesseront quand même, et celles-ci sont chargées avec des balles en argent, si ça change quelque chose.

Lissianna roula des yeux.

— Oh, oui, ça change tout ! Si vous vous en prenez à des loups-garous.

— Où avez-vous trouvé des balles en argent ? s'enquit Greg avec étonnement.

— Sur Internet, expliqua Dwayne. On peut dégotter des tas de trucs cool sur le Net.

— En tout cas, qu'elles se révèlent efficaces ou pas, elles auront le mérite de vous ralentir afin qu'on puisse vous planter un pieu dans le cœur, reprit le père Joseph, ramenant la conversation là où il l'entendait. Et les pieux… comme nous l'avons tous appris la nuit dernière, s'avèrent plutôt efficaces… Quoique apparemment pas létaux.

— C'était vous ? s'écria Lissianna, se figeant soudain. Vous avez dit que vous vouliez me tester avant de prendre des mesures drastiques. J'ai réussi vos tests, et vous m'avez quand même planté ce pieu ?

Le père Joseph se tortilla avec gêne.

— J'ai entendu… (Il s'arrêta, fronça les sourcils, puis demanda :) Comment s'appelle la fille qui occupe ta place pendant tes soirs de repos ?

— Claudia, répondit-elle.

— Voilà. Claudia. Je l'ai entendue dire à Debbie qu'elle devait te parler, car elle voulait savoir si tu accepterais d'échanger un soir avec elle cette semaine, mais qu'elle n'arrivait pas à te joindre à ton appartement. Debbie a répondu que tu avais séjourné chez ta mère tout le week-end, mais que tu dormais chez elle cette nuit, et qu'elle veillerait dès son retour à ce que tu lui téléphones le lendemain matin.

Le souffle de Lissianna était court et saccadé. Il s'était passé tant de choses depuis son agression, et la plupart l'avaient plutôt divertie, mais l'attaque avait toujours été présente dans un coin de sa tête et la tracassait sans cesse. Elle était persuadée que Debbie n'avait rien à voir avec tout ça, et c'est ce qui l'avait empêchée de remonter jusqu'au coupable. Il ne lui était jamais venu à l'esprit que Deb avait pu mentionner sa présence dans son appartement cette nuit-là à quelqu'un d'autre.

— J'ai appelé Dwayne, poursuivit le père Joseph. Je l'ai envoyé là-bas pour essayer de glaner quelques informations. Il était juste censé vous surveiller.

Le prêtre foudroya du regard Dwayne, qui se tortilla sur place et reprit les explications.

— C'est tout ce que je voulais faire, j'avais pris le pieu au cas où… Des fois que j'aie de la chance. (Devant l'expression incrédule de Lissianna, il insista.) Je vous le jure. Les vampires sont censés être des créatures nocturnes, et je pensais devoir attendre jusqu'à l'aube pour que vous alliez vous coucher. J'étais vraiment parti pour effectuer une mission de reconnaissance, noter la disposition des pièces chez cette Debbie, découvrir dans quelle chambre vous passiez la nuit, et dans quelle chambre dormirait Debbie quand vous deux iriez au lit, expliqua-t-il, puis il arbora soudain un grand sourire. Mais lorsque je suis arrivé, les rideaux du salon n'étaient pas tirés et j'ai pu vous observer en pleine action sur le canapé. Je me suis ensuite posté derrière la fenêtre de la chambre à coucher quand vous avez décidé d'y poursuivre vos ébats.

Lissianna se sentit rougir de la pointe des orteils jusqu'au sommet de la tête. S'ensuivit une vague de colère à l'idée de Dwayne lorgnant par la fenêtre, épiant leur première fois à tous les deux, mais elle oublia ces inquiétudes quand il reprit la parole.

—Je t'ai vue le mordre, et nous avions la preuve que nous attendions. (Il sourit tel un chat qui venait d'attraper une souris, et poursuivit :) Je m'étais préparé à faire le pied de grue toute la nuit dehors dans le froid, à guetter à travers la fenêtre jusqu'à ce que Debbie rentre et que vous alliez tous vous coucher. Je n'ai pas cru à ma chance quand tu l'as laissé seul dans la chambre pour aller dormir sur le canapé. Puis j'ai voulu passer par les portes vitrées coulissantes de la salle à manger et me suis aperçu qu'elles n'étaient même pas fermées à clé… C'était trop beau pour être vrai. (Il jeta un coup d'œil au prêtre et sourit jusqu'aux oreilles.) Comme si Dieu nous accordait sa bénédiction.

—Mais vous avez échoué, remarqua Lissianna à l'intention du prêtre. Si Dieu avait réellement souhaité que vous me tuiez…

—C'est ma faute si on a échoué, l'interrompit le père Joseph. Je n'aurais pas dû envoyer le gamin, j'aurais dû y aller moi-même. Tout comme j'aurais dû mieux me renseigner dès le début. Si j'avais été mieux informé, nous aurions été préparés à profiter comme il se doit de l'occasion que nous offrait le Seigneur. Au lieu de quoi, nous dépendions des idées véhiculées par les livres et les films. Je n'avais pas encore retenu la leçon.

Le prêtre, pâle et affaibli par le manque de sommeil, avait la mine hâve. De toute évidence, il ne s'était pas beaucoup reposé la semaine précédente, croulant sous la double tâche qu'il s'était imposée : travailler au foyer le jour, et protéger ses ouailles de Lissianna la nuit. Lissianna savait que la privation de sommeil pouvait provoquer des hallucinations, ainsi qu'une angoisse intense, entre autres symptômes. C'était Greg le psychologue, mais elle soupçonnait le manque de sommeil d'avoir conduit le père Joseph à perdre pied avec la réalité. Cela avait dû l'inciter à aller jusqu'au bout, s'il était vraiment convaincu que Dieu avait mis Lissianna sur sa route pour qu'il la tue.

—Bon, comme je disais, poursuivit Dwayne, attirant de nouveau toute l'attention sur sa personne, je me suis faufilé dans la maison par le salon, puis je me suis avancé jusqu'à toi et tu n'as même pas bougé. Mais tu dormais allongée sur le côté, et je me demandais comment te faire rouler sur le dos, quand soudain tu l'as fait toute seule. Tu as roulé sur le dos !

— Encore une bénédiction de Dieu, murmura le père Joseph.

— J'avais froid, rétorqua Lissianna d'un ton sec et impatient. Il avait laissé la porte vitrée ouverte et il y avait un courant d'air. Ça m'a réveillée. Je me suis retournée pour me lever et chercher une autre couverture pour me tenir chaud.

— C'était un miracle ! insista le père Joseph. Ça lui a permis de te planter le pieu dans le cœur.

— Pour ce que ça a changé…, maugréa Dwayne.

— Exact. (Le père Joseph fronça les sourcils.) J'étais furieux contre Dwayne de t'avoir poignardée, jusqu'à ce qu'il me raconte t'avoir vue mordre ton ami. (Il laissa son regard glisser vers Greg puis dériver, et il secoua la tête.) Après qu'il m'eut dit ça, j'étais sûr que telle était la volonté de Dieu, et la question était réglée. J'ai failli tomber à la renverse quand ta mère a appelé le foyer la nuit suivante pour prévenir que tu ne viendrais pas, car tu étais souffrante. (Le profond désarroi qu'il avait dû ressentir à ce moment-là pouvait se lire sur son visage.) Je ne pouvais en croire mes oreilles. Tu étais censée être morte ! Un moment, j'ai même pensé que c'était un mensonge, que tu étais bien décédée, mais… (Il releva la tête et braqua les yeux sur elle.) C'est là que j'ai fini par entreprendre les recherches que j'aurais dû faire dès le début.

— C'est moi qui ai fait les recherches ! corrigea Dwayne avec irritation. Vous ne saviez même pas comment aller sur Internet !

— Je me suis servi des ressources dont Dieu m'avait gratifié, et j'ai appelé mon ami ici présent qui sait comment parler aux ordinateurs pour effectuer les recherches, reprit le père Joseph d'un air sévère, avant de les informer : Il s'y connaît en informatique, il est programmeur.

Lissianna haussa un sourcil et décocha un regard sardonique à Dwayne. Mis à part le bronzage, les épaulettes et le concombre, il semblait qu'il l'avait trompée sur toute la ligne cette nuit-là. Il avait affirmé terminer sa dernière année d'internat, et que, une fois qu'il aurait achevé ses études, il comptait ouvrir son propre cabinet de médecine familiale. Il essayait de l'impressionner, sans doute. Abruti. Qu'aurait-il fait s'ils avaient accroché, et qu'il avait souhaité poursuivre une relation avec elle ? Comment lui aurait-il expliqué qu'en fin de compte il n'était pas interne ?

— Dwayne a trouvé une multitude d'informations sur Internet, annonça le père Joseph. Bien sûr, il y avait les méthodes habituelles à base de croix, d'eau bénite et d'ail. Nous savions déjà que cela ne servait à rien. Mais nous y avons déniché des suggestions pour vaincre un individu de votre espèce. Selon certains sites, un pieu enfoncé dans le cœur suffirait, mais d'autres affirmaient qu'une fois le pieu retiré, le vampire pouvait ressusciter… comme toi. D'après eux, pour achever la tâche comme il se doit, la seule solution est de trancher la tête du vampire.

— Seigneur, murmura Greg. Si c'est pas formidable, Internet !

Lissianna échangea une grimace avec lui, mais se retourna vers le père Joseph, qui poursuivait.

— Je savais que je n'y parviendrais pas tout seul. Alors j'ai de nouveau mobilisé Dwayne, et nous avons préparé cette maison, puis avons élaboré ce plan pour vous attirer jusqu'ici ce matin. Bien sûr, je pensais alors que tu serais venue travailler comme tu le fais d'ordinaire dans ta propre voiture. Quand tu t'es fait déposer hier soir, j'ai craint de devoir reporter notre machination à un autre jour, et puis ton ami est arrivé. La Providence m'a encore tendu la main, conclut-il avec un soupir de satisfaction. Pendant que vous étiez tous les deux dans ton bureau, j'ai appelé Dwayne et il m'a expliqué comment trafiquer la voiture pour qu'elle refuse de démarrer. Ensuite, il est venu ici et a attendu notre arrivée. Et nous voilà.

— Nous voilà, constata Greg d'un air maussade, ce qui ne manqua pas d'attirer l'attention du père Joseph.

— Bien entendu, quand nous avions conçu ce plan, nous pensions devoir nous occuper uniquement de Lissianna, précisa le prêtre. Je n'ai apporté qu'un seul pieu, je le crains.

— Quel dommage ! dit Greg d'un ton enjoué. Eh bien, je crois que nous allons devoir reporter tout ça à un autre jour, hein ?

— Cela ne sera pas nécessaire, lui assura le père Joseph à voix basse, avant de préciser : J'ai du bois à l'arrière du minibus. Cela ne devrait pas prendre beaucoup de temps d'en façonner un second… À moins qu'on s'occupe de l'un puis de l'autre. On commencera par Lissianna, je suppose, décida-t-il. On lui plante un pieu dans le cœur, puis on la décapite, et ensuite on utilisera le même pieu sur vous.

— Honneur aux dames, hein ?

Lissianna n'essaya même pas de tempérer son sarcasme.

— Je ferai en sorte que ça soit aussi rapide et indolore que possible, lui assura le père Joseph d'un air solennel, puis il hésita avant d'ajouter : Ce serait plus facile si tu me laissais en finir sans opposer de résistance.

Je veux bien te croire, mon vieux, songea-t-elle non sans colère.

— Et puis tu trouveras enfin la paix, renchérit-il, essayant de la tenter. (Il poursuivit en arborant une grimace :) Ce serait beaucoup plus simple que de devoir te tirer dessus une demi-douzaine de fois, puis te planter le pieu dans le cœur quand tu seras à bout de force.

— Mon père, ne comptez pas sur moi pour attendre et vous laisser m'enfoncer un pieu sans réagir, dit Lissianna avec patience.

— Je craignais bien que tu nous obliges à employer les grands moyens, soupira le père Joseph. N'aie crainte. Nous nous y étions préparés. Dwayne, il est temps.

» Il a installé ça aujourd'hui, les informa le père Joseph avec fierté tandis que le jeune homme retirait une télécommande de sa poche. Il est très intelligent.

Lissianna se raidit, prête à toute éventualité. Dwayne enfonça un bouton de la télécommande, et un bruit sec comme un claquement attira son regard vers le haut : elle vit le plafond bouger au-dessus d'eux. Elle le contempla avec stupeur lorsqu'il commença à descendre le long du toit incliné vers les murs.

Ce n'était pas le plafond, comprit-elle soudain, mais une toile noire qui avait été tendue pour recouvrir le plafond et les murs, et installée de sorte à rouler quand Dwayne actionnerait le bouton de la télécommande. Voilà que l'épaisse toile glissait et révélait que la pièce obscure où ils se trouvaient était en réalité un jardin d'hiver, et pendant qu'ils discutaient, dehors le soleil s'était levé. Un soleil éclatant darda sur eux ses rayons lumineux de toutes les directions, excepté du mur devant lequel étaient postés le père Joseph et Dwayne.

— Il ne se passe rien, dit Dwayne avec nervosité quand la toile coulissa jusqu'au sol à l'extérieur de la vitre et retomba comme un soufflé.

Le père Joseph fit claquer sa langue avec irritation, puis grommela d'un air renfrogné et se mit à fouiller ses poches pour en retirer son téléphone portable qui sonnait. Il regarda l'écran, fronça les sourcils, et aboya à son acolyte :

— Surveille-les !

Puis il se rapprocha de la porte, leur tourna le dos et répondit à l'appel.

Dwayne se lécha les lèvres avec nervosité et pointa son arme sur eux. Lissianna remarqua que le bout du revolver tremblait, et pria pour qu'il ne blesse pas l'un des deux par accident.

— Bon, Lissianna. C'est le moment ! murmura Greg.

Elle le regarda avec incompréhension.

— C'est le moment pour quoi ?

— Tu sais bien. (Il esquissa une sorte de grimace et fit un signe de tête entendu en direction de Dwayne.) Fais ton truc. Hypnotise-les. J'essaierais bien, mais tu ne m'as pas encore appris à le faire.

— Oh, soupira-t-elle. Tu ne crois pas que j'ai déjà essayé ?

— Quoi ? (Il fronça les sourcils.)

— Ça ne sert à rien, lui expliqua Lissianna. Ils savent ce qu'on est.

— Et alors ? Ta mère a bien réussi à me subjuguer alors que j'avais découvert votre nature.

— Non. C'était tante Martine. Elle est plus âgée et beaucoup plus puissante que mère, et même elle a dû se trouver à l'intérieur de ta tête pour y arriver. En général, on est capable de dicter un comportement en le suggérant, mais ces deux-là savent qui nous sommes et ils restent sur leurs gardes. Ça les rend résistants. Il faudrait que je pénètre leurs pensées pour réussir à les subjuguer, mais je ne peux pas commander les deux à la fois.

— Alors…

— Greg, chuchota-t-elle. Si j'en maîtrise un, et que le second tire sur l'un de nous deux, il y aura du sang.

Il poussa un lent soupir quand il comprit ce que cela signifiait. À cause de sa phobie – celle qu'il n'avait pas traitée –, elle tomberait dans les pommes, et alors aucun des deux hommes ne serait plus envoûté, et Lissianna et lui seraient morts. À moins que…

— Je suis plus fort et plus rapide qu'eux, non ? demanda-t-il.

— Pas beaucoup plus, non. Pas encore, répondit-elle à voix basse. D'ici à la fin du mois, tu seras dix fois plus rapide et plus puissant, et ça ne fera qu'augmenter avec le temps, mais pour le moment tu es un néophyte. Tes capacités et tes forces sont en pleine évolution, expliqua Lissianna comme si elle s'en excusait, puis elle reprit : Et puis, Greg, je ne veux pas leur faire de mal… du moins pas au père Joseph.

— Il projette de nous tuer, je te rappelle, lui fit remarquer Greg.

— Oui, mais pas parce qu'il est méchant ou cruel. Il pense seulement accomplir la tâche que Dieu lui a confiée et nous offrir la paix, précisa-t-elle avant d'ajouter : Le père Joseph est un homme aux convictions tenaces.

— On fait quoi alors ? questionna Greg.

— Je ne sais pas, avoua-t-elle dans un soupir. J'espère réussir à lui faire changer d'avis. Nous pourrions essayer de le convaincre qu'il commet une erreur, et que nous ne sommes pas des vampires.

Greg n'eut pas l'air heureux. Au bout d'un moment, il poussa un soupir et dit :

— Bon, dépêche-toi de lui parler dans ce cas, parce que le soleil est déjà en train de m'affecter, je crois.

Lissianna le jaugea d'un regard inquiet. Elle remarqua qu'il était devenu pâle, et se réprimanda en silence pour ne pas avoir su que cela le toucherait en si peu de temps. Les rayons du soleil ne la dérangeaient pas encore, mais les nanos de Greg fonctionnaient à plein régime, et deux fois plus vite que ceux de Lissianna, pour continuer à effectuer des changements mineurs, mais nécessaires dans son corps. Et voilà qu'ils devaient aussi réparer les dégâts infligés par l'astre honni. Même à l'abri de toute lumière naturelle, il devrait se nourrir plus qu'elle au cours des deux prochains mois, mais en pleine exposition…

Ils ne purent discuter davantage, car le père Joseph raccrocha en marmonnant dans sa barbe et regagna sa place à côté de Dwayne.

— Il y a une urgence au refuge, annonça-t-il. Je dois y retourner, alors finissons-en.

Le prêtre hésita, il semblait ne pas savoir par où commencer, puis il soupira et leva son arme.

— Attendez ! s'exclama Greg quand le père Joseph pointa son revolver sur Lissianna. Mon père, et si vous vous trompiez ?

— À propos de quoi ? demanda-t-il avec méfiance. C'est une vampire.

— Vraiment ? reprit-il. En êtes-vous bien sûr ? (Il hocha la tête avec une expression de ferme certitude.) Vous oubliez l'ail, les croix, l'eau bénite et le soleil. Pourtant, vous en étiez convaincu aussi, n'est-ce pas ? Mais ils n'ont aucun effet sur elle. Cela ne vous amène-t-il pas à vous questionner ?

Le père Joseph fronça les sourcils, et l'espace d'un instant Lissianna fut persuadée que Greg leur avait sauvé la vie tandis qu'elle discernait sur le visage du prêtre des tremblements de doute. Puis il secoua la tête.

— Non, cela me confirme surtout que les livres et les films ont tout faux en ce qui concerne les moyens d'éradiquer les vampires.

— Et s'ils n'avaient pas tout faux ? Et si c'était vous qui vous trompiez ? insista Greg avec empressement.

Le prêtre secoua la tête d'un air sévère.

— Dwayne lui a planté un pieu dans le cœur, et pourtant elle est en vie. Elle ne peut être qu'une vampire.

— Oui, Dwayne a essayé de lui planter un pieu dans le cœur, renchérit Greg sans perdre patience. Mais, père Joseph, transpercer les muscles et les os du thorax requiert beaucoup de force, et – par chance – il ne l'a pas frappée assez fort pour lui infliger des blessures trop graves. Le pieu a touché la clavicule, ce qui l'a empêché de s'enfoncer davantage.

— La clavicule ! hurla Dwayne, incrédule.

Lissianna parvint à contenir sa propre surprise devant l'affirmation de Greg. Le pieu n'avait pas touché sa clavicule, ni les pourtours de sa clavicule. Dwayne avait bien visé, il avait raté son cœur de peu.

— Il faisait noir, souligna Greg à l'intention du jeune homme. Et par chance, c'est ce qui a dû te faire dévier de ta cible. Comme je l'ai dit, tu as percé sa peau, et heurté sa clavicule. Il y a eu beaucoup de sang, mais très peu de véritables dommages.

— Serait-ce possible ? (Le prêtre regarda Dwayne avec stupeur, mais alors qu'il se tenait devant eux, une expression de doute sur son visage, il se tourna vers Lissianna et lui demanda :) Ça l'est ?

— C'est la vérité. (Lissianna s'agrippa au mensonge de Greg et en profita pour l'embellir.) J'ai passé une partie de la nuit aux urgences. Ils ont fini par m'administrer deux cachets de paracétamol, ils m'ont fait quelques points de suture, et m'ont renvoyée à la maison. Je serais venue travailler hier soir, mais à mon réveil j'ai dû aller au commissariat pour remplir un rapport, et ça a duré aussi longtemps que la visite à l'hôpital.

— Mais… je suis sûr d'avoir touché… Je l'ai senti s'enfoncer, insista Dwayne.

— J'étais enroulée sous plusieurs couches de couvertures, reprit Lissianna. (Il faisait noir, et il n'avait aucun moyen de savoir qu'une seule couverture de laine la recouvrait cette nuit-là.) Elles ont amorti le choc. Le pieu a transpercé les couvertures, mais m'a à peine perforée.

Dwayne secoua la tête, son expression reflétant sa confusion.

— Ce n'est pas une vampire, mon père, dit Greg avec fermeté. Et moi non plus. Je suis psychologue.

— Vous êtes son psychologue ? demanda le père Joseph avec étonnement.

Lissianna vit le sourire de Greg et sut qu'il venait d'avoir une idée. Elle priait pour que son plan fonctionne. Il commençait vraiment à avoir l'air mal en point.

— Oui, je suis le psychologue de Lissianna. Vous pouvez vérifier mes papiers si vous voulez.

Il sortit son portefeuille de sa poche et le lança par terre, devant les deux hommes.

Dwayne se pencha pour le ramasser, gardant l'arme pointée sur eux tout du long, puis jongla avec le portefeuille tandis qu'il fouillait l'intérieur. Lissianna retint sa respiration et attendit, persuadée que l'imbécile allait finir par tirer sur l'un des deux avant d'avoir terminé. Elle espérait de tout son cœur être celle qu'il blesserait ; s'il visait Greg, elle s'évanouirait de toute façon à la vue du sang. Mais en fin de compte cela n'avait pas de réelle importance, supposa-t-elle. Pour le moment, le père Joseph les avait encore à l'œil.

— Docteur Gregory Hewitt, lut à voix haute Dwayne, puis il fronça les sourcils. Ce nom me dit quelque chose.

— Il y avait un article sur vous dans le journal il y a quinze jours, se rappela le père Joseph.

— Oui, répondit Greg avec solennité.

— Ah, ouais, je l'ai lu, acquiesça Dwayne. Vous êtes ce spécialiste des phobies.

— Je suis spécialisé dans ce domaine, lui accorda-t-il. Mais je traite également d'autres troubles, et la mère de Lissianna m'a contacté, car elle s'inquiétait pour sa fille. Lissianna souffre de… (Il hésita, puis demanda :) Avez-vous déjà entendu parler de lycanthropie ?

— Oh, euh, ouais ! répondit Dwayne alors que le père Joseph se contenta de le regarder dans le blanc des yeux. C'est quand les gens se prennent pour des loups-garous, non ?

— Exact. (Greg hocha la tête.) Eh bien, Lissianna souffre d'un mal similaire, sauf qu'elle se prend pour un vampire.

Les deux se retournèrent pour examiner Lissianna, qui pria pour que son expression ne trahisse pas sa stupéfaction. Elle ne s'attendait pas à une histoire pareille, mais ça pouvait fonctionner si Greg se montrait assez persuasif.

— Mais c'est vraiment une vampire, protesta le père Joseph. Elle a mordu Dwayne, et elle en a mordu bien d'autres au refuge.

— Ouvre la bouche, ordonna Greg.

— Quoi ?

Elle le regarda avec l'incompréhension la plus totale, troublée par cet ordre soudain.

— Montre-leur tes dents, reprit-il de façon expressive, puis il s'avança vers elle et lui prit le visage entre les mains en leur expliquant : Elle résiste parce qu'elle n'a pas mis ses fausses dents.

Lissianna comprit son plan et se détendit, puis l'autorisa à lui ouvrir la bouche.

— Vous voyez ? Pas de crocs.

Du bout du doigt, Greg souleva sa lèvre supérieure avec délicatesse, d'un côté, puis de l'autre. Ce fut une action rapide, assez longue pour leur permettre de constater par eux-mêmes que ses canines avaient la même taille que ses autres dents, mais pas assez pour leur laisser le temps de remarquer que leurs pointes étaient acérées.

Le père Joseph et Dwayne s'avancèrent d'un pas, puis s'arrêtèrent. Tous deux fronçaient les sourcils.

Greg relâcha Lissianna et se tourna pour les regarder dans les yeux, puis il poursuivit.

— Elle a des dents en céramique qu'elle colle par-dessus ses vraies canines quand elle écume les bars à la recherche de quelqu'un à mordre. Lissianna travaille de nuit parce que, bien entendu, les vampires ne peuvent pas sortir à la lumière du jour. Elle respecte toutes les lois des vampires, elle fuit l'ail et les symboles religieux.

— Elle a mangé l'ail écrasé que je lui ai donné au refuge, lui fit remarquer le père Joseph. Et elle n'a pas du tout réagi aux croix dans son bureau. Si elle se prend pour un vampire, elle aurait dû au moins manifester une quelconque réaction, non ?

Lissianna décocha un coup d'œil à Greg, et se demanda quelle explication il allait bien pouvoir trouver pour s'en sortir.

Il hésita, puis dit :

— À ce moment-là, elle n'était pas dans son personnage de vampire.

— Son « personnage » de vampire ? s'enquit Dwayne. Elle souffre d'un trouble de la personnalité multiple ?

Greg hésita encore, puis jeta un regard empreint d'excuses en direction de Lissianna, et reprit :

— Oui. Elle se dissocie en deux personnalités distinctes. L'une est… (Il haussa les épaules.)… Lissianna. La seconde se prend pour une vampire de deux cent deux ans qui vit la nuit.

— Mais… (Le père Joseph s'interrompit avec un juron quand son téléphone sonna de nouveau. Il le tira de sa poche et tonna :) Oui ?

Lissianna jeta un regard à Greg, et remarqua qu'en plus de sa pâleur, des gouttes de sueur perlaient sur son front, ce qui en disait long sur son état : il souffrait vraiment. Elle se retourna vers leurs potentiels bourreaux, et se concentra sur Dwayne. Des deux hommes, elle soupçonnait surtout le plus jeune de commencer à douter de leur nature de vampire après l'histoire que venait de leur raconter Greg. Le père Joseph résistait car, s'il était vrai qu'ils n'étaient pas des vampires, alors il devrait admettre qu'il avait essayé de poignarder une femme innocente. Il préférait croire accomplir une mission pour Dieu.

Sa tentative de se glisser dans l'esprit désormais perturbé de Dwayne s'acheva d'une manière abrupte quand le père Joseph dit d'un ton sec :

— Peu importe où je me trouve. Je suis en route. Je serai là d'ici à vingt minutes.

Il éteignit son téléphone d'un air dégoûté, et tourna son attention vers eux.

— Il faut en finir. Je dois retourner au travail maintenant. On n'a plus le temps de discuter.

— Alors, vous devriez nous laisser partir.

Greg s'avança d'un pas tandis qu'il parlait, puis se figea quand un coup de feu retentit dans la pièce.

— Oh, Seigneur…, souffla Dwayne. Je ne voulais pas faire ça. Pourquoi a-t-il bougé ? Je ne voulais pas…

Lissianna porta son regard sur lui, puis sur Greg avec confusion.

— Qu'est-ce que…, commença-t-elle, puis elle s'arrêta comme Greg se tournait vers elle et qu'elle aperçut le sang qui s'étendait sur son torse.

Consciente du soudain bourdonnement dans ses oreilles, Lissianna se focalisa sur la tache d'un rouge étincelant et remarqua que plus elle la regardait, plus elle semblait foncer et grossir. Bientôt, elle ne vit plus rien d'autre, puis se sentit tomber, et comprit qu'elle s'évanouissait.

Chapitre 22

— N'ouvre pas les yeux, tu pourrais t'évanouir de nouveau.

Ce furent les premiers mots que Lissianna entendit. Elle battait des paupières, se préparant à les ouvrir tandis qu'elle revenait à elle, mais elle les ferma de toutes ses forces et prit une lente inspiration.

— Greg ?

— Oui.

— Tu es à ma droite ? demanda Lissianna, même si elle pouvait le deviner vu la direction d'où provenait sa voix. Elle lui posa la question dans le seul but de le faire parler de nouveau. La première fois, elle n'était pas tout à fait revenue à elle, et même si le mot « oui » était trop court pour se faire une idée, Lissianna avait trouvé sa voix un peu étrange.

— Oui. Ça fait de moi ton bras droit, je suppose.

Ses mots fuirent suivis d'un gloussement forcé. D'après elle, le son provenait d'entre ses dents, tout comme ses paroles. Il n'arrivait pas à desserrer les dents ; la douleur qui le tourmentait devait être atroce.

Elle pivota la tête vers la gauche, ouvrit les yeux et se retrouva à contempler un jardin ensoleillé. Il n'y avait aucun signe du père Joseph ni de Dwayne, et Lissianna était sûre de se trouver en ce moment seule dans le jardin d'hiver avec Greg.

Quand elle tourna la tête un tout petit peu plus, Lissianna put constater qu'elle était assise, adossée contre le seul mur de cette véranda qui n'était pas en verre. Ses bras avaient été tirés par-dessus sa tête et pendaient par des chaînes attachées à ses poignets. Elle était enchaînée à un mur.

— Réminiscences de l'Angleterre médiévale, murmura-t-elle, puis elle interrogea Greg : Es-tu enchaîné toi aussi ?

— Oui.

Lissianna opina du chef.

— Que s'est-il passé ? Pourquoi ne nous ont-ils pas tués ?

— Le fait que tu te sois évanouie à la vue du sang les a plutôt perturbés parce que ça ne colle pas avec l'image du grand méchant vampire, dit-il avec dérision. Ils sont complètement perdus. Le père Joseph était dans tous ses états. Il ne savait plus quoi penser ni quoi faire, mais il devait partir et n'avait pas le temps d'étudier la question en détail et d'y accorder l'attention qu'il estimait nécessaire. Alors ils ont décidé de nous enchaîner en attendant qu'il ait réglé le problème urgent qui l'a rappelé au foyer.

— Donc ils ne croient plus que nous sommes des vampires, mais décident quand même de nous abandonner seuls ici alors que tu es blessé et que tu perds du sang ? souffla Lissianna, abasourdie.

— Justement, c'est ça le hic, répondit Greg, et Lissianna fut désormais sûre qu'il parlait entre ses dents serrées. Ton cher père Jo s'est précipité pour m'aider après que tu t'es évanouie. Il a ouvert ma chemise et a entrepris d'éponger le sang, puis Dwayne et lui ont commencé à se disputer pour savoir s'il fallait appeler une ambulance ou non. Le père Joseph insistait pour en appeler une, je pense qu'il avait fini par croire à mon histoire. Dwayne s'y opposait. Il avait peur d'aller en prison pour m'avoir tiré dessus. Le père Joseph l'a finalement convaincu de téléphoner, puis s'est retourné pour continuer à s'occuper de ma plaie, et a remarqué qu'elle avait rapetissé. Il a alors ordonné à Dwayne de raccrocher.

— Oh, Ciel ! murmura Lissianna.

— Ouais, acquiesça Greg dans un soupir éreinté. Il était furieux que la balle en argent ne m'ait pas tué… À propos, la balle est ressortie pendant qu'ils se disputaient. Comment est-ce…

— Les nanos l'auront considérée comme un corps étranger et auront entrepris de s'en débarrasser.

— Incroyable.

Il soupira.

— Pas vraiment, le corps en fait de même avec les éclats et les particules plus petites. (Elle leva de nouveau les yeux vers les chaînes.) Donc, ils prévoient de s'occuper de nous dès le retour du père Joseph ?

— Oui. (Il eut un rire étouffé.) La bonne nouvelle, c'est que le père Joseph a rapporté le bois qu'il avait mentionné tout à l'heure, et Dwayne est en train de façonner un pieu à l'heure où nous parlons, donc nous n'aurons pas à attendre. On pourra être empalés ensemble s'ils en décident ainsi en fin de compte.

— Merde ! soupira Lissianna.

— C'est exactement mon sentiment, approuva Greg.

Puis il se tut, et Lissianna crut entendre le début d'un râle de douleur avant qu'il le réprime. Dévorée d'inquiétude, elle ferma les paupières, tourna la tête vers la droite, la redressa et ouvrit les yeux. Lissianna expira et poussa un court soupir quand elle se trouva à contempler le mur et le plafond de verre au-dessus d'eux. Elle prit une autre profonde inspiration, et baissa lentement son regard jusqu'à entrevoir le sommet du crâne de Greg… puis son front, ses yeux, son nez, sa bouche. Lissianna s'arrêta une fois qu'elle pouvait voir tout son visage, consciente que si elle apercevait ne serait-ce qu'une gouttelette de sang elle s'évanouirait de nouveau.

À présent, elle pouvait le voir, et regretta presque de l'avoir regardé. Entre sa blessure et le soleil, Greg était vraiment mal en point. Adossé au mur comme elle, sa tête était renversée en arrière comme si elle était trop lourde pour la maintenir droite.

Ses paupières étaient closes, et son visage pâle, presque livide. On pouvait y lire son supplice. Greg avait un besoin impérieux de sang, et il souffrait comme un damné.

Ignorant que Lissianna avait les yeux braqués sur lui, il prit une lente et profonde inspiration, et parvint à articuler d'une voix stable lorsqu'il dit :

— Ou peut-être pas. Si ça se trouve, ils me tueront moi, mais pas toi. Quand il est parti, le père Joseph ne savait pas quoi penser. Pour eux, je suis un vampire, cela ne fait aucun doute, mais pour toi, ils hésitent encore. Ils penchent maintenant pour une nouvelle hypothèse : tu serais une vampire toute novice, et c'est pour ça que tu te serais évanouie à la vue du sang. Le père Joseph a précisé que si c'était le cas, tu pourrais retrouver ton état initial si j'étais éliminé.

— Oh.

Lissianna sentir son cœur se serrer quand il arrêta de parler et se mordit la lèvre de douleur. L'imbécile, il essayait de faire preuve de courage et de ne pas lui montrer à quel point il souffrait. Si elle s'était trouvée à sa place, ses cris, ses râles et ses plaintes empliraient déjà la pièce. Le seuil de tolérance de Lissianna à la douleur était loin d'être élevé.

Décidant qu'elle devait le tirer de là, elle leva les yeux et, pour tester leur solidité, tira un coup sur les chaînes qui maintenaient ses bras contre le mur, puis elle dit :

— Ça m'étonne que Dwayne ne soit pas resté ici pour monter la garde.

— Il l'a fait pendant un moment, l'informa Greg. Il s'est assis là, et a façonné son fichu pieu avec un sourire béat pendant près d'une demi-heure, puis il a pris peur et a préféré sortir. Je crois d'ailleurs qu'il continue sa petite affaire devant la maison en attendant le retour du père Joseph.

— Il a pris peur ? demanda Lissianna.

Greg eut un petit rire sec.

— Je l'ai menacé de lui arracher le cœur avec les dents et de le dévorer. Ça peut avoir un rapport avec sa terreur soudaine.

— Quoi ? s'écria-t-elle en riant à moitié avec incrédulité.

— Quand j'ai mal, je suis grognon, et en plus j'étais fâché contre lui parce que s'il n'avait pas rechigné à appeler une ambulance, ils n'auraient jamais remarqué que ma blessure se résorbait, répondit Greg pour expliquer son comportement, puis il ajouta : Et puis ce crétin n'arrêtait pas de poser des questions débiles au possible.

— Par exemple ? interrogea Lissianna, espérant le distraire pour lui faire oublier sa douleur.

— Des questions du genre : Qu'est-ce que ça fait de « se taper » une vampire ? Est-ce qu'un mec peut « la faire durer plus longtemps » une fois qu'il est devenu vampire ? (Greg secoua la tête avec écœurement.) Ce type est un pauvre raté pathétique et abject. Je n'arrive pas à croire que tu l'as mordu ! (Avant de laisser le temps à Lissianna de répondre, il demanda :) Ce n'était pas comme quand on… Je veux dire, tu n'as pas aimé…

Il s'interrompit en se mordant la lèvre, et, changeant de position, il grimaça de douleur.

— Ce n'était pas comme quand je te mords, toi, répondit Lissianna avec tendresse, consciente qu'il était jaloux.

Elle ne pouvait pas vraiment lui en vouloir. Chaque fois qu'elle l'avait mordu, ils s'étaient embrassés, et la plupart du temps ils avaient fait bien plus. Cela ne la surprenait pas que Greg suppose qu'elle se nourrissait toujours de cette façon-là.

— Je n'ai jamais embrassé Dwayne. En fait, quand je me nourris je n'embrasse pas mes donneurs, Greg. Toi, tu as été une exception, l'informa-t-elle, avant de se rappeler que Dwayne avait essayé de l'embrasser, mais Lissianna n'avait pas répondu à son baiser. (Elle haussa les épaules et décréta que cela n'avait aucune importance dans le cas présent, et poursuivit :) Quant au fait qu'il soit un minable raté agaçant, ça m'ôte presque toute culpabilité de l'avoir mordu.

Greg eut un autre petit rire étouffé, puis grimaça de douleur, et dut s'arrêter une minute avant de pouvoir dire :

— Je te comprends parfaitement. Je ne me sentirais pas du tout coupable si je le mordais.

— Tu en auras peut-être l'occasion, murmura Lissianna, et elle se tourna de nouveau pour examiner les chaînes, songeant que si elle parvenait à les desserrer, Dwayne pourrait faire office de déjeuner pour Greg. Anémique ou non, elle espérait qu'il apaiserait en partie la gêne de Greg et lui procurerait un peu de force pour qu'ils puissent s'échapper. Ensuite, Lissianna devrait rentrer à la maison et envoyer sa mère et les autres ici. Ils pourraient effacer la mémoire de Dwayne, puis attendre le retour du père Joseph et s'occuper de lui aussi. Ils se méfiaient trop d'elle, ce qui l'empêchait de s'en charger elle-même, mais ni le prêtre ni Dwayne ne connaissaient sa mère, sa tante ou son oncle. De plus, les « ancêtres » Argeneau pouvaient réussir là où ses forces ne suffisaient pas.

— Cela signifie, je suppose, que je dois chercher un autre boulot. Je ne peux pas continuer à travailler au foyer, je dois démissionner, dit Lissianna pour forcer Greg à parler. Ça résout du coup nos problèmes d'emplois du temps.

— Oui, c'est vrai.

Greg partit d'un rire austère qui se transforma en quinte de toux.

— Tu vas bien ? demanda-t-elle avec inquiétude, une fois la crise passée.

— Oui. J'ai un chat dans la gorge, ça me gratte. Il faut que je boive. Je me sens si desséché, se lamenta-t-il avec tristesse.

Lissianna pinça les lèvres. C'étaient les nanos, elle le savait. Ils pompaient son sang à une vitesse incroyable, et son corps s'abreuvait là où il le pouvait pour fabriquer davantage de sang et les apaiser. Elle n'en dit rien à Greg. Au lieu de quoi, elle tourna son attention sur les chaînes qui l'attachaient aux murs et entreprit d'en examiner la structure.

Elle remarqua qu'il n'y avait en réalité qu'une seule chaîne, assez longue, qui reliait ses deux poignets et passait dans un anneau accroché au mur. Lissianna l'étudia avec intérêt, et nota qu'il s'agissait d'une épaisse pièce de métal façonnée en forme de cercle, mais ses extrémités n'étaient pas soudées. Si elle tirait assez fort, elle pouvait élargir l'écart entre les deux extrémités de l'anneau ; ce serait peut-être même assez pour en libérer ses chaînes. Ses poignets seraient toujours attachés l'un à l'autre, mais elle réussirait en tout cas à se relever, et qui sait à les faire sortir d'ici.

— Bon, dit Greg, attirant son attention. Comme dans tous les mauvais films d'horreur, nous y voilà : deux vampires, ligotés à un pieu en plein soleil… ou sous un jardin d'hiver en ce qui nous concerne.

Lissianna rit, elle ne put s'en empêcher, il avait prononcé sa phrase d'un ton si sardonique.

— Tous les pires films, rectifia-t-elle. Hollywood ne nous comprend vraiment pas, nous autres vampires.

— Je crois qu'ils sont jaloux, affirma Greg. Tout cet argent et cette célébrité, et ils finissent quand même par vieillir et casser leur pipe.

— Oui, acquiesça Lissianna, mais elle n'avait plus envie de rire.

Elle avait vécu deux cent deux ans, Greg n'en avait que trente-cinq et il n'avait encore mordu personne – enfin, sauf elle, mais ça comptait pour du beurre –, et voilà qu'il risquait de mourir, et pourquoi ? Parce qu'il avait le malheur de faire partie de son espèce. Elle ne lui avait même pas dit qu'elle l'aimait. Et pour quelle raison ? Parce qu'elle avait peur. Peur de commettre une erreur, peur de souffrir. Elle avait décidé il y a quelques heures de se libérer de sa peur ; il était temps de lui avouer. C'était maintenant ou jamais.

— Greg, commença-t-elle doucement.

— Oui ?

Sa voix trahissait sa fatigue et sa souffrance.

— Tu te souviens de la fois où tu m'avais demandé de te parler des compagnons véritables ?

— Oui. Tu avais dit que d'après ta mère il existait un compagnon véritable pour chacun d'entre vous.

— Mais je ne t'avais pas précisé comment nous devions les reconnaître, déclara-t-elle d'un air solennel. (Elle ne se donna pas la peine d'attendre sa réponse, mais prit une profonde inspiration et poursuivit :) Nous sommes censés reconnaître un compagnon de vie véritable à deux choses : on ne peut pas lire dans ses pensées, et on ne peut pas prendre possession de lui. Comme moi qui ne parviens à faire ni l'un ni l'autre avec toi.

— Je sais, répliqua-t-il d'une voix douce, ramenant ainsi son regard stupéfait vers son visage. (Il sourit malgré sa douleur, et articula :) Thomas me l'avait appris.

— Quand ça ? demanda-t-elle avec surprise.

— La nuit dernière, avoua-t-il, avant d'ajouter : Ça m'a aidé à me sentir mieux.

— Ah bon ? Pourquoi ?

— Parce que ça m'a permis de comprendre que mes sentiments pour toi étaient inéluctables.

Lissianna soupira l'air harassé.

— Et tout ça ? C'était inéluctable aussi ?

— Lissianna. (Il tourna doucement la tête pour l'observer avec attention. Il haussa les sourcils lorsqu'il s'aperçut qu'elle avait les yeux braqués sur lui, mais dit :) Je ne regrette rien. Même si je meurs aujourd'hui, pour rien au monde je n'aurais voulu rater ce que j'ai vécu avec toi.

Elle se contenta de le regarder, le visage dénué d'expression, et Greg sourit puis ferma les paupières.

— Lissianna, as-tu déjà remarqué que quand tu es heureux, le temps paraît filer à toute allure, alors que quand tu es triste, les secondes s'écoulent comme des heures ?

— Oui.

Greg ouvrit les yeux.

— La vie à tes côtés semblera toujours défiler en un clin d'œil, qu'elle dure un mois ou un millénaire, tellement je suis heureux avec toi.

C'était une déclaration d'amour, et Lissianna prit une profonde inspiration, puis la retint et expira lentement avant de dire :

— Moi aussi, je suis heureuse avec toi. Je t'aime, Greg. Et même si le fait que je t'ai infanté ne fait pas de toi automatiquement mon compagnon, je voudrais que tu le sois.

Le visage de Greg se figea, puis se détendit doucement, et un sourire illumina son regard.

— Moi aussi je t'aime, et c'est aussi ce que je souhaite, énonça-t-il avec sérieux. Je t'attends depuis trente-cinq ans, et je suis tombé amoureux de toi en à peine deux jours. (Il marqua une pause, avant d'ajouter avec tristesse :) Et j'aimerais plus que tout être ton partenaire de vie. L'éternité à tes côtés ne me suffirait pas, mais quelle importance puisque de toute évidence il ne nous reste que quelques heures. (Greg secoua la tête.) Je n'arrive pas à croire que je vais te perdre alors que je viens de te trouver.

— Tu ne vas pas me perdre, affirma-t-elle d'un air résolu.

— Ah non ? demanda-t-il, incrédule.

— Non, répondit-elle avec fermeté. On va sortir d'ici.

— Et comment tu comptes t'y prendre ?

Il paraissait exténué et à bout de force. Le manque de sang commençait à le faire ressembler à un cadavre. Lissianna savait qu'il risquait de perdre connaissance d'une seconde à l'autre. Elle sentit la colère monter en elle et l'accueillit volontiers. L'injustice de toute cette situation lui permit de se nourrir mentalement, et elle la transforma délibérément en une fureur terrible qui décuplerait sa force.

Il avait attendu trente-cinq ans ? Son aveu ne cessait de résonner dans sa tête. Elle, elle l'avait attendu plus de deux cents ans, et il était hors de question que quiconque le lui enlève ! Et sûrement pas un prêtre à la manque et son abruti d'acolyte !

Elle releva les yeux, s'agrippa à ses chaînes au-dessus de ses poignets et s'arc-bouta contre le mur.

— Comme ça ! dit-elle, et elle se projeta soudain en avant, tirant sur ses chaînes de toutes ses forces. Nous sommes plus forts qu'eux, Greg, lui fit-elle remarquer en se redressant pour examiner l'anneau à travers lequel sa chaîne avait été enfilée.

Un léger sourire retroussa ses lèvres quand elle s'aperçut que les deux extrémités de l'anneau ne se touchaient plus, séparées par un mince écart. Il n'était pas assez grand pour y faire passer les chaînes… pour le moment.

— Je pense que nous sommes aussi plus intelligents qu'eux, du moins je sais que nous sommes plus malins que Dwayne. (Elle se projeta de nouveau en avant avec un autre coup sec, puis se redressa et put noter que le trou s'était encore un peu agrandi.) Et pour rien au monde je ne laisserai un idiot qui se balade en arborant un faux bronzage et un concombre dans le pantalon nous vaincre !

Lissianna tira encore un coup sec vers l'avant et le trou s'élargit assez pour que la chaîne glisse à travers la fente et lui tombe sur le crâne.

— Tu vas bien ? s'inquiéta Greg.

Il semblait plus alerte, remarqua-t-elle tandis qu'elle acquiesçait d'un hochement de tête et se redressait. L'espoir semblait lui avoir redonné un coup de fouet. Libérée du mur, Lissianna commença à pivoter vers lui, puis se ressaisit en se rappelant qu'elle ne pouvait pas le regarder. La suite des opérations risquait d'être délicate.

— Ça va faire mal, dit Greg, et elle sut qu'il l'observait alors qu'elle se relevait et se tournait vers l'autre mur pour éviter de le voir.

— Qu'est-ce qui va faire mal ? s'enquit-elle en faisant un pas sur le côté jusqu'à frôler son bras et apercevoir les chaînes qui le maintenaient attaché.

Comme elles étaient plus longues, ses mains reposaient le long de son corps. Lissianna empoigna l'anneau à travers lequel passaient les chaînes de Greg et l'examina.

— Ça, répondit Greg. Être sauvé par une fille. Ça va blesser mon *ego*. Un homme n'est pas censé être secouru par une demoiselle.

Lissianna esquissa un léger sourire, soulagée par le ton enjoué de sa voix, bien plus sain que l'abattement qui semblait l'avoir assailli quelques minutes auparavant.

— Ton *ego* y survivra, lui assura-t-elle. Et tu pourras nous sauver la prochaine fois, si ça peut te rassurer.

— Mince, parce que ça arrive souvent ? plaisanta-t-il tandis qu'elle relâchait l'anneau et empoignait ses chaînes à deux mains.

— À peine, lui garantit Lissianna en gloussant.

Puis elle s'appuya d'un pied contre le mur et tira de toutes ses forces.

— Ça veut dire quoi exactement, « à peine ? » s'enquit-il, l'inquiétude perceptible dans sa voix, alors qu'elle s'arrêtait pour examiner le travail accompli. Il faut que je m'attende à ce genre d'embuscade tous les… cinquante ans ?

— Une fois tous les cent ans à peu près, répondit-elle, puis elle tira de nouveau sur les chaînes. (La fente s'agrandit un peu plus.) D'ailleurs, reprit Lissianna tandis qu'elle ajustait sa prise avant de tirer encore un coup sec, tu m'as déjà sauvé la vie la nuit où ils m'ont planté le pieu. Cette fois, c'est mon tour.

Elle tira encore une fois, et chancela d'un pas vers l'arrière, manquant de perdre l'équilibre quand la chaîne passa à travers l'anneau. Lissianna se ressaisit, relâcha ses chaînes et reposa la main contre le mur pendant une minute. Les libérer tous deux lui avait pompé pas mal d'énergie, et même si elle ne pensait pas demeurer inconsciente longtemps, ils avaient été exposés au soleil pendant au moins une heure, d'après ses estimations. Elle commençait aussi à en ressentir les effets.

— Tu te sens bien ? demanda Greg.

— Oui, répondit Lissianna, essayant d'imaginer un moyen pour le sortir de là sans voir le sang sur son torse et s'évanouir.

Elle entendit un cliquetis et comprit que Greg tentait de se relever, mais elle savait qu'il n'y arriverait pas de lui-même. Elle se força à abandonner le mur, s'agenouilla à son côté et, à tâtons, elle tendit la main vers lui jusqu'à toucher son bras, puis la passa en dessous et agrippa Greg pour l'aider à se redresser.

— Tu vas devoir me guider, lui dit-elle tandis qu'ils parvenaient à se mettre debout.

Elle ferma les paupières, et se tourna vers lui pour prendre son bras et le passer autour de son cou et l'aider à tenir sur ses pieds.

Greg soupira.

— Il faut vraiment qu'on attaque le traitement de ta phobie.

— Demain, lui assura Lissianna, et elle entendit le léger rire essoufflé qui venait de lui échapper. Pardon ?

— Rien, répondit-il, mais elle pouvait percevoir le sourire dans sa voix. Je commence à penser qu'un « demain » nous attend peut-être en fin de compte.

— Oh, mais bien sûr. Et pas qu'un seul ! lui garantit-elle, et elle se mit à le tirer vers la sortie. La porte est par là, non ?

— Si.

Lissianna sut qu'ils avaient quitté la partie en plein soleil avant même que Greg dise :

— Nous sommes entrés dans la maison. Il fait sombre. Tu devrais pouvoir ouvrir les yeux.

Elle releva la tête de façon à regarder droit au-dessus d'elle et pas en direction de Greg, puis ouvrit les yeux. Ils se trouvaient dans le couloir qui menait du jardin d'hiver à la porte d'entrée. Lissianna hésita, pensant qu'elle ferait probablement mieux de laisser Greg ici pour aller s'occuper de Dwayne, mais elle était réticente à l'idée de le laisser seul. Elle ignorait où était Dwayne, et ne voulait pas qu'il retrouve Greg pendant qu'elle fouillait la maison à sa recherche. Cependant, elle ne pouvait pas le traîner avec elle non plus.

Lissianna soupira, puis s'avança vers la porte la plus proche, tirant Greg derrière elle. La porte conduisait à une cuisine. Aucune lumière n'était allumée, et les rideaux aux fenêtres étaient tirés, mais quelques rayons de soleil parvenaient à s'immiscer à travers les interstices, ce qui éclairait la pièce. Elle aida Greg à y entrer et le fit s'asseoir délicatement sur une chaise autour de la table, puis son regard s'attarda sur une pile de courrier qui y trônait. Sur la première enveloppe, on pouvait lire : Dwayne Chisholm, mais sur celle qui dépassait juste en dessous était marqué : M. et Mme Jack Chisholm.

— Ça doit être la maison de ses parents, murmura Greg, qui observait aussi le courrier. Il doit encore habiter chez papa-maman.

— Oui, acquiesça Lissianna.

— À en juger par la taille de la pile, ils doivent être en voyage, dit Greg, dans un soupir.

— Oui, répéta Lissianna, puis elle jeta un coup d'œil vers la porte de la cuisine quand le bruit d'une voiture qui remontait l'allée parvint à ses oreilles.

— Le père Joseph est de retour, déclara Greg d'un air sinistre.

— Attends-moi là.

Lissianna fit demi-tour pour s'avancer vers la porte, puis se glissa dans le couloir. Tandis qu'elle le remontait, elle entendit un bruit qu'elle crut reconnaître comme une portière qui claque, suivi d'une autre, puis le son caractéristique d'un hayon latéral de minibus qui s'ouvre. Lissianna se demanda avec anxiété si le père Joseph avait ramené de la compagnie.

Elle se faufila discrètement jusqu'à la fenêtre à côté de la porte d'entrée et jeta un coup d'œil furtif à travers le pli d'un rideau, prête à s'engouffrer dans la pièce la plus proche à tout moment s'ils approchaient de la maison. Elle était sûre, cependant, de disposer d'encore un peu de temps, car elle n'avait pas entendu la portière se refermer. Elle se dit qu'ils devaient récupérer quelque chose entreposé dans le minibus.

— Sûrement une épée pour nous trancher la tête après nous avoir ligotés à un pieu, murmura Lissianna à elle-même d'un air dégoûté, puis elle s'immobilisa quand elle vit qui se trouvait sur la pelouse devant la propriété, près de Dwayne.

— Greg, c'est bon ! héla-t-elle dans le couloir, puis elle ouvrit la porte et sortit sur le perron.

— Lissianna !

Juli l'aperçut la première et se mit à courir vers le perron à sa rencontre, Vicki, Elspeth et Marguerite sur ses talons. Seule Martine resta en recul, et Lissianna comprit qu'elle devait se trouver dans les pensées de Dwayne pour prendre possession de lui et les effacer de sa mémoire. Même si Thomas, Jeanne et Mirabeau accompagnaient Lissianna ce soir-là au bar, Dwayne n'avait jamais rencontré le reste de sa famille, et ne s'en était pas méfié quand il les avait vus approcher. Il avait donc été vulnérable et sensible à leurs pouvoirs. Cependant, Lissianna ne pouvait s'empêcher de se demander ce qu'il avait dû penser quand le minibus s'était arrêté et qu'une tripotée de femmes en était descendue.

— Est-ce qu'on peut sortir ? entendit-elle Thomas s'égosiller depuis le minibus.

— Oui, lança Marguerite. Martine a réussi à le maîtriser.

Mirabeau, Jeanne et Thomas commencèrent à descendre du véhicule.

— Apportez du sang si vous en avez ! Greg est en piteux état, cria Lissianna, puis elle tituba lorsque les deux jumelles la rejoignirent et voulurent l'étreindre en même temps.

— Tu vas bien ? lui demanda Marguerite tandis qu'elle montait les marches du perron.

Lissianna hocha la tête et lui sourit quand ses cousines la relâchèrent.

— Comment nous avez-vous trouvés ?

— Comme tu n'es pas rentrée à la maison, nous nous sommes inquiétés. Il restait le problème du pieu à régler, et même si je savais que tu ne croyais pas à l'implication de ton amie Debbie, j'avais encore des soupçons. Alors, quand tu n'es pas rentrée, j'ai téléphoné sur ton poste au refuge. Une dénommée Kelly a répondu. Elle a dit que tu étais déjà partie en compagnie « d'un type super mignon » et du père Joseph.

Lissianna hocha doucement la tête. Le bureau que Kelly et elle partageaient donnait sur le parking. Sa collègue avait dû rejoindre son bureau et devait regarder par la fenêtre quand Greg et elle étaient sortis de sa voiture pour monter dans le minibus du prêtre.

— J'ignorais encore que faire, alors nous sommes tous montés dans la voiture, direction le refuge, poursuivit sa mère. Ton amie Debbie était sur le point de partir.

Lissianna grimaça. Question heures supplémentaires, Debbie la surpassait. Depuis le décès de son mari, elle semblait éviter de se retrouver chez elle toute seule.

— Comme nous l'avions sous la main, et que nous n'avions toujours pas tiré au clair cette histoire d'agression, j'ai sondé son esprit et j'ai appris qu'à part sa mère et une dénommée Claudia, elle n'avait mentionné à personne d'autre ta présence chez elle ce soir-là. Mais, quand elle l'avait dit à cette fille, le père Joseph se trouvait là.

— Alors on a pensé que le père Joseph était notre homme, annonça Thomas qui montait les marches, une glacière à la main. (Lissianna savait que c'était du sang pour Greg.) Tante Marguerite nous a incités à l'apporter quand on a quitté la maison… au cas où, expliqua Thomas lorsqu'il l'aperçut scruter le récipient. Où est Greg ?

— Au bout du couloir, la dernière porte sur la gauche, répondit Lissianna, et elle regretta de ne pouvoir l'y accompagner. (Ç'aurait été une perte de temps : au moment où elle aurait vu son torse sanguinolent, elle se serait évanouie. Cette pensée la poussa à demander :) Aurais-tu par hasard une chemise de rechange pour Greg ?

—Je trouverai bien quelque chose, répliqua Thomas, et il s'avança vers la porte d'entrée.

Lissianna se tourna vers sa mère.

—C'était vous, l'urgence au refuge ?

Jeanne sourit jusqu'aux oreilles.

—Oui. On savait qu'il nous fallait mettre la main sur le père Joseph. On l'a fait appeler par cette Kelly, mais il refusait de dire où il était. Alors on a dû inventer une urgence pour l'obliger à revenir au refuge afin de sonder son esprit et de découvrir où il vous avait emmenés.

—Et pendant tout ce temps nous avons craint qu'il soit trop tard, murmura Elspeth d'une voix à peine audible.

—Mais ce n'est pas le cas. (Lissianna tendit le bras et pressa l'épaule de sa cousine.) Qu'avez-vous fait du père Joseph ?

—Lucian se charge de lui, l'informa Marguerite. Il va effacer sa mémoire, puis nous rejoindra à la maison.

—Et Martine s'occupe de Dwayne, dit Lissianna en jetant un coup d'œil vers la pelouse devant la propriété, mais ils ne s'y trouvaient plus.

—Martine l'a emmené à l'arrière, expliqua Marguerite à voix basse. Elle a besoin de silence pour travailler. C'est plus difficile quand ils savent ce que nous sommes.

Lissianna hocha la tête.

—Viens. (Marguerite la pressa de s'asseoir sur les marches du perron.) Tu es pâle. Il te faut du sang. Nous avons une seconde glacière dans le minibus.

—On n'a pas de perfusion, cela dit, l'avertit Jeanne. Mais d'après Thomas, si tu gardes les yeux fermés, on peut claquer les poches contre tes dents et il te suffit d'aspirer.

— Oui, soupira Marguerite avant de secouer la tête. Si seulement j'y avais pensé des années plus tôt. C'est tellement plus rapide qu'une intraveineuse !

— Et pour Greg ? demanda Lissianna en jetant un coup d'œil à travers le couloir obscur derrière elle.

— Thomas s'occupe de lui, lui assura Marguerite. Ils nous rejoindront d'ici peu.

Lissianna acquiesça, et se laissa conduire depuis le perron.

— Alors ? s'enquit sa mère tandis qu'elles approchaient du minibus. Greg et toi, vous avez trouvé une solution ?

— Oui, murmura Lissianna, et un mince sourire se dessina aux coins de ses lèvres. Nous avons fini par discuter, et avons décidé de devenir compagnons de vie.

Marguerite poussa un petit grognement amusé.

— Il n'y a jamais eu aucun doute à ce sujet, ma chère. Tu devais simplement t'en rendre compte par toi-même… et on peut dire que tu auras pris ton temps.

Épilogue

— Ils arrivent.

À l'avertissement lancé par Juli, Lissianna regarda à travers la fenêtre du minibus. Thomas et Greg descendaient les marches du perron. Son cousin avait visiblement emprunté à Dwayne le tee-shirt Metallica que Greg arborait à la place de sa chemise maculée de sang.

— Il est si pâle, murmura Vicki d'un air soucieux.

Lissianna ne dit rien. Ils savaient tous que Greg avait été blessé par balle. Sa mère lui avait ordonné de fermer les yeux, puis lui avait fait avaler le contenu de plusieurs poches de sang une fois qu'ils s'étaient tous installés à l'intérieur du véhicule. Ensuite, en attendant le retour de Martine et des garçons, Lissianna leur avait raconté tout ce qui s'était passé depuis qu'ils avaient quitté le refuge.

— Et voilà maman ! s'exclama Elspeth en apercevant Martine qui arrivait d'un côté de la maison.

— Bien. Nous allons pouvoir y aller, commenta Marguerite, avant de jeter un coup d'œil à l'arrière du minibus. Mirabeau, reste-t-il du sang dans la glacière là derrière ? Greg semble en avoir encore besoin.

— Il en reste deux, répondit la jeune femme. Voulez-vous que je vous les passe ?

— Oui, s'il te plaît. Lissianna, ferme les yeux.

Elle soupira, obéit, et tendit l'oreille, car une certaine agitation régnait alentour. Soudain, la portière latérale du minibus s'ouvrit.

— Nous allons être un peu les uns sur les autres, Greg. (Lissianna entendit sa mère prononcer ces paroles.) Mais nous sommes tout près de la maison.

— Lissianna peut s'asseoir sur mes genoux.

À en juger par le son de sa voix, Greg semblait en meilleure forme, bien que toujours fatigué et faible, remarqua Lissianna avec inquiétude.

— Lissianna, tu peux ouvrir les yeux, dit sa mère. J'ai caché le sang.

Elle les ouvrit avec soulagement et la première chose qu'elle vit fut le visage de Greg, qui tourna la tête pour la regarder depuis le siège passager avant. Il lui sourit avec tendresse, et tendit le bras vers elle.

Lissianna agrippa ses doigts aux siens, et avança en position accroupie pour s'installer sur ses genoux, laissant la place entre sa mère et Jeanne à sa tante Martine. Mirabeau, Elspeth et les jumelles se serrèrent sur la banquette du fond.

— Nous avons encore du sang pour vous là-derrière, Greg, annonça Marguerite avant d'ordonner : Lissianna, ferme les yeux.

Lissianna soupira et obéit, puis elle s'adossa à la vitre pour éviter de voir Greg pendant qu'il se nourrissait. Elle entendit le hayon du minibus se refermer après que Thomas eut fini de ranger la glacière vide, et quelques minutes plus tard la portière avant du côté opposé au sien s'ouvrir. Puis le véhicule tangua légèrement lorsqu'il s'installa sur le siège conducteur.

Greg accepta la poche de sang tendue par Marguerite et se la plaqua contre les dents comme un vieux de la vieille. Il avait déjà avalé six poches à l'intérieur de la maison, et se sentait bien mieux, mais il pouvait encore en engloutir quelques-unes.

Son regard se porta sur Thomas, qui venait de fermer la porte et boucler sa ceinture. Le cousin de Lissianna observa avec un immense sourire le couple qu'ils formaient, blottis l'un contre l'autre sur le siège passager. Il secoua la tête.

— Vous êtes irrécupérables, vous deux ! On vous laisse seuls deux minutes, et vous vous attirez des ennuis, les taquina Thomas, avant de reprendre d'un ton des plus sérieux : Tu te rends compte, Lissianna, que tu vas devoir quitter ce travail ?

— Oui, je sais, répondit-elle à voix basse, mais elle pensa qu'il en était peut-être mieux ainsi. (Les commentaires du père Joseph sur le fait qu'elle profitait de pauvres hères déjà bien malchanceux l'avaient marquée. Jamais plus elle n'aurait pu envisager de mordre un client du refuge sans que ces mots reviennent la hanter. Elle redressa les épaules et dit :) Je vais devoir chercher un autre travail, quelque chose qui colle mieux avec l'emploi du temps de Greg.

Greg lui pressa l'épaule de la main qu'il avait encore de libre.

— Alors, quand comptez-vous vous marier ? demanda Marguerite.

La question surprit Greg, mais Lissianna en fut si étonnée qu'elle ouvrit les yeux d'un coup. Bien sûr, ils se posèrent droit sur la poche de sang qu'il tenait pressée contre ses dents. Il vit ses pupilles se dilater, puis elle gémit : « Oh, mince », et s'effondra contre lui.

Greg soupira et rajusta sa prise pour s'assurer qu'elle ne lui glisse pas des genoux.

— Fils, commença Marguerite depuis le siège arrière, puis elle s'arrêta pour demander : Je peux vous appeler fils ?

— Euh, oui, madame, murmura-t-il.

— Merci… fils. (Greg regarda autour de lui, et remarqua qu'elle souriait, puis poursuivit :) Il faut vraiment que vous vous concentriez sur le traitement de sa phobie.

— Oui, acquiesça-t-il d'un air solennel. Cela figure tout en haut de ma liste de priorités. Je m'y attaque à la première heure demain matin… euh… soir. Après avoir dormi, conclut Greg.

Et pour ce qui est du mariage, il aura lieu dès que j'aurai eu le temps de m'en occuper.

— Quel bon garçon ! (Marguerite se pencha et lui caressa la joue, puis chuchota d'une voix que seuls lui et Thomas purent entendre :) Je vous avais dit que ma fille allait vous adorer. Vous êtes, vraiment, le plus beau cadeau d'anniversaire que j'ai pu lui offrir.

Greg crut que sa mâchoire allait se décrocher quand il se remémora la toute première fois qu'il avait été kidnappé. Après l'avoir ligoté au lit, Marguerite lui avait caressé la joue et dit : « *Ma fille va vous adorer. De toute sa vie, elle n'aura jamais reçu meilleur cadeau d'anniversaire.* » Elle n'était quand même pas en train de dire qu'elle avait planifié tout ça depuis le début ? Avait-elle…

Son regard se posa sur Lissianna nichée au creux de ses bras, puis sur les visages fendus d'un sourire jusqu'aux oreilles de tous les passagers du minibus. Sa famille, désormais, se rendit-il compte. Médusé par cette soudaine prise de conscience, Greg se tourna vers Thomas.

— Bienvenue dans la famille, Greg, lui dit le vampire d'un air amusé.

EN AVANT-PREMIÈRE

Découvrez un extrait de la suite des aventures
de la famille Argeneau

L'AMOUR M'A TUÉE
(version non corrigée)

Traduit de l'anglais (États-Unis) par Lionel Evrard

Chapitre premier

— Yo, Rach ! Je vais me chercher un kawa. Tu veux quelque chose ?

Rachel Garrett se redressa, s'épongea le front avec le dos de sa main gantée et jeta un vague coup d'œil à son assistant. Depuis qu'elle était arrivée au boulot, deux heures plus tôt, bouffées de chaleur et frissons alternaient. Pour l'instant, c'était la fièvre qui prévalait. Un filet de sueur sinuait le long de sa nuque et de son échine. Manifestement, elle couvait quelque chose.

Son regard glissa jusqu'à la pendule. Pas loin d'une heure du matin : deux heures de passées, encore six à tirer. Un gémissement faillit lui échapper. Si cette saleté de virus achevait de lui tomber dessus, comme cela semblait être le cas, elle aurait de la chance de tenir le coup jusqu'à quatre heures.

— Hé, Rach ! T'es sûre que ça va ? T'as une tête de zombie.

Son assistant vint poser la main sur le front de Rachel, qui grimaça. *De zombie ?* Les hommes et leur délicatesse…

— Ton front est moite, constata-t-il. Et glacé. (Les sourcils froncés, il s'enquit :) De la fièvre ? Des frissons ?

— Mais non ! s'impatienta-t-elle. Tout va bien. (Irritée autant qu'embarrassée, Rachel fouilla sa poche à la recherche de petite monnaie.) Si tu veux, reprit-elle, rapporte-moi un jus de fruit. Merci, Tony…

— Oh oui, tout va bien…, répéta-t-il en la regardant faire. Je vois ça, en effet.

Rachel se figea, s'apercevant soudain qu'elle avait écarté le pan de sa blouse et plongé la main dans la poche de son pantalon sans ôter son gant ensanglanté. *Super...*

— Tu ferais peut-être mieux de...

— Je t'assure que je vais bien, l'interrompit-elle. Ne t'inquiète pas pour moi et va !

Après avoir hésité un instant, Tony haussa les épaules.

— D'accord, maugréa-t-il. N'empêche que tu devrais t'asseoir en attendant mon retour.

Rachel préféra ne pas tenir compte du conseil et retourna à son cadavre en cours dès que son assistant fut sorti. Tony était sympa, quoiqu'un peu bizarre peut-être. Par exemple, il s'obstinait à prendre cet accent du Bronx alors qu'il était né à Toronto et n'avait jamais vécu ailleurs. Il n'était même pas Italien, et Tony n'était pas son vrai prénom. Pour l'état civil, il s'appelait Teodozjusz Schweinberger. Rachel pouvait comprendre l'intérêt du pseudo, mais pas celui de l'accent débile qui allait avec.

— Chaud devant !

Rachel leva les yeux sur l'entrée de la morgue. Reposant son scalpel, elle défit son gant chirurgical et se porta à la rencontre des deux hommes qui poussaient un chariot à l'intérieur. Dale et Fred, eux aussi, étaient de chics types, mais elle ne les voyait que rarement. Ils ramenaient généralement leurs clients en vie à l'hôpital. Bien sûr, il arrivait tout de même à ceux-ci de décéder de temps à autre, mais après le départ des ambulanciers. Celui qu'ils lui amenaient devait être mort en route.

— Salut Rachel ! T'as l'air... en pleine forme.

Tony s'étant déjà chargé de lui dire à quoi elle ressemblait, elle ignora poliment le ton dubitatif de Dale et demanda :

— Qu'est-ce que nous avons là ?

Après lui avoir tendu une écritoire à pince garnie de différentes paperasses, il répondit :

— Blessure par balle. On pensait avoir encore un léger pouls sur la scène du crime, mais on a pu se tromper. Il a été déclaré mort pendant le transport. Doc Westin l'a vu à l'arrivée et nous a demandé de te l'amener. Ils veulent un rapport complet, avec extraction de la balle et tout le toutim.

Rachel laissa retomber la paperasse qu'elle feuilletait et alla chercher l'un des chariots en acier réservés aux autopsies, qu'elle leur ramena.

— Vous pouvez le mettre là-dessus pendant que je remplis le dossier ?

— Bien sûr !

— Merci.

Elle les laissa faire leur boulot et alla chercher un stylo sur son bureau, dans un coin de la pièce. Après avoir rempli et signé tous les documents nécessaires, elle rejoignit les ambulanciers qui achevaient de transférer le corps. Le drap qui l'avait recouvert dans les couloirs de l'hôpital avait été retiré. Rachel s'immobilisa en examinant de plus près son dernier pensionnaire en date.

C'était un homme séduisant d'une trentaine d'années, aux cheveux châtain clair mêlés de mèches plus foncées. Elle remarqua ses traits pâles et ciselés, regrettant de n'avoir pu le connaître en vie et les yeux ouverts. Il lui arrivait rarement de voir en ses clients les êtres humains animés d'un souffle de vie qu'ils n'étaient plus. Cela lui aurait compliqué la tâche de se dire qu'ils avaient eux aussi été mère, frère, sœur, époux ou grand-père. Il lui était cependant impossible de ne pas prêter attention à celui qu'on venait de lui amener, de ne pas se le représenter souriant ou éclatant de rire. Quant à ses yeux, elle les imaginait d'un gris argenté, comme elle n'en avait jamais vu.

— Rachel ?

Surprise de se retrouver soudain assise, Rachel cligna des paupières et leva les yeux sur Dale. Les deux hommes avaient apparemment avancé le fauteuil de bureau pour l'y installer. Penchés sur elle, ils scrutaient son visage, l'œil inquiet.

— Je pense que tu as failli tourner de l'œil, expliqua Dale. D'un seul coup, tu t'es mise à vaciller, blanche comme un linge. Comment te sens-tu ?

Rachel eut un petit rire gêné, balaya leur inquiétude d'un geste de la main et haussa les épaules.

— Oh ! Je vais bien..., assura-t-elle. Vraiment. Mais je dois couver quelque chose. J'ai chaud, j'ai froid...

Dale posa le dos de la main sur son front.

— Tu ferais peut-être mieux de rentrer chez toi, suggéra-t-il en fronçant les sourcils. Tu es brûlante...

Elle imita son geste, un peu honteuse de constater qu'il avait raison. Restait à espérer que la vitesse à laquelle ce virus lui tombait dessus n'était pas un présage de sa virulence, et si c'était le cas, qu'il s'en irait aussi vite qu'il était arrivé. Elle détestait être malade.

— Rachel ?

— Hum ?

Avisant les mines inquiètes des ambulanciers, elle se força à se remettre debout.

— Oh, oui ! Désolée... Je rentrerai peut-être chez moi dès que Tony sera de retour et que j'en aurai terminé avec les formalités d'admission.

Après avoir récupéré les formulaires qu'elle devait conserver, elle leur rendit le reste de la liasse. Dale se saisit de l'écritoire en échangeant avec son collègue un regard perplexe. Ils paraissaient l'un comme l'autre réticents à la laisser seule.

— Je vais bien, je vous assure ! insista-t-elle. Et Tony est juste parti nous chercher un truc à boire. Il ne devrait pas tarder. Vous deux, allez-y...

— D'accord, répondit Dale avec réticence. Mais fais-nous le plaisir de garder les fesses sur ce fauteuil tant qu'il ne sera pas revenu. OK ? Si tu tombais de nouveau dans les vapes et que tu te cognais la tête…

Rachel acquiesça d'un signe de tête et répondit :

— Bien sûr. Faites ce que vous avez à faire. Je vais me reposer jusqu'à ce que Tony revienne.

Dale ne parut pas convaincu par sa bonne volonté affichée, mais elle ne lui laissait pas le choix. Il suivit son collègue jusqu'à la porte.

— Très bien ! conclut-il. On débarrasse le plancher.

— À plus…, marmonna Fred.

Rachel les regarda sortir et tint sa promesse de se reposer un instant, mais son impatience ne tarda pas à l'emporter. Elle n'était pas habituée à rester inactive. Son attention revint se fixer sur le chariot et celui qui s'y trouvait. Une victime par balle. Autant dire une rareté… Ce qui signifiait qu'un tireur fou se baladait en liberté dans les rues de Toronto, et que son nouveau client devenait pour elle une brûlante priorité. Les enquêteurs allaient avoir besoin le plus rapidement possible du projectile pour le confier aux techniciens de la police scientifique. Elle ne rentrerait donc pas chez elle quand Tony serait revenu. Il lui faudrait attendre d'avoir extrait cette balle. Une autopsie plus poussée ne serait pas pratiquée avant le lendemain, mais en tant que légiste de garde, la responsabilité de cette extraction lui incombait.

Rachel redressa les épaules, se releva difficilement et rejoignit le chariot.

— Tu as choisi une drôle de nuit pour te faire tirer dessus, l'ami…, murmura-t-elle en dévisageant le cadavre.

Ce type avait vraiment valu le coup d'œil. Sa mort représentait un véritable gâchis. Mais n'était-ce pas le cas pour tout un chacun ? Repoussant ces considérations, Rachel fit rouler jusqu'à elle son petit chariot d'instruments. Avant de se mettre au travail, elle s'accorda un dernier regard au corps.

Dale et Fred avaient déchiré l'avant de la chemise, dont les deux pans étaient à présent rassemblés sur la poitrine. L'homme était habillé d'un costume de créateur plutôt chic et sans doute hors de prix.

— Jolies fringues…, commenta-t-elle en admirant l'esthétique du complet autant que celle du corps qu'il habillait. Tu devais être un homme de goût, et qui ne manquait pas de moyens. Hélas, je vais devoir ruiner tout ça…

Rachel s'empara de sa cisaille sur le plateau. Avec autant de rapidité que d'habileté, elle eut tôt fait de tailler en pièces la chemise et le veston. Ceci fait, elle marqua une pause, fixa les yeux sur le torse qu'elle venait de dénuder. En temps normal, elle aurait poursuivi sa tâche, mais son état fiévreux affectait ses capacités physiques. Elle n'avait plus aucune force dans les bras et ses doigts lui semblaient gourds. Un petit accroc à la routine, décida-t-elle, ne pourrait lui faire de mal. Elle allait procéder à l'enregistrement de ses constatations sur la moitié supérieure avant de passer au reste du corps. Avec un peu de chance, Tony serait de retour pour lui donner un coup de main quand il lui faudrait s'attaquer au pantalon.

Reposant la cisaille, elle tendit le bras pour allumer la lampe d'examen. Puis, elle posa son dictaphone directement sur la poitrine, avant de le mettre en marche.

— Le sujet, un homme du nom de… Oh, mince !

Rachel arrêta l'enregistrement et parcourut du regard les paperasses laissées par les ambulanciers. Les sourcils froncés, il lui fallut bien vite se rendre à l'évidence : nulle part il n'y était fait mention de l'identité de l'inconnu. Elle avait donc affaire à un M. X, parfaitement habillé mais totalement anonyme. Fallait-il y voir le motif du crime ? Peut-être son agresseur l'avait-il flingué pour lui dérober son portefeuille. D'un œil songeur, elle examina de nouveau l'homme mort. Qu'il ait pu être tué pour quelques dollars rendait ce meurtre encore plus odieux. *Quel monde de dingues…*

Après avoir réenclenché l'enregistrement, Rachel reposa les documents et commença à dicter :

— Examen de M. X, victime d'une blessure par balle, réalisé par le docteur Garrett. Le sujet est un homme blanc mesurant approximativement un mètre quatre-vingt-cinq. (Elle préférait estimer la taille et la vérifier plus tard.) Il semble en parfaite condition physique.

De nouveau, elle interrompit l'enregistrement et prit le temps d'examiner plus attentivement son client. C'était peu de dire qu'il était en forme. M. X avait tout d'un véritable athlète : ventre plat, large poitrine et bras musclés pour compléter son si séduisant visage. Rachel souleva chacun des bras, l'un après l'autre, et en examina la face interne. L'absence totale de marques de naissance ou de cicatrices la rendit perplexe. Aucun signe distinctif pour aider à identifier le bel inconnu. Il n'y avait que la plaie d'entrée de la balle, au-dessus du cœur, pour gâcher sa perfection physique. Même ses doigts étaient parfaits.

— Étrange..., murmura-t-elle pour elle-même.

Habituellement, elle parvenait toujours à dénicher au minimum une cicatrice d'appendicite, ou de plus discrètes laissées par d'anciennes blessures. Là, l'épiderme était aussi uni et sans défaut que celui d'un nouveau-né. De même, impossible de dénicher la moindre callosité sur ses doigts ou sur ses paumes. Un riche oisif, peut-être ? Elle examina de nouveau ce visage d'une beauté classique, dépourvu de tout bronzage. Les membres de la jet-set ne restent-ils pas perpétuellement bronzés, par la grâce des paradis ensoleillés qu'ils visitent ou par celle d'une cabine d'U.V. ?

Se rendant compte qu'elle perdait son temps en suppositions oiseuses, Rachel secoua la tête et remit le dictaphone en marche.

— Sur la face antérieure du corps, poursuivit-elle, pas de cicatrices ni de signes distinctifs dans la moitié supérieure, mise à part la plaie d'entrée de la balle. La mort, selon les premières constatations, paraît être due à une exsanguination consécutive à la blessure susmentionnée.

Elle alla choisir dans ses instruments une pince pour procéder à l'extraction de la balle, en laissant cette fois l'enregistreur allumé. De toute façon, il était doté d'une fonction qui lui permettait de ne s'activer qu'au son de la voix. Plus tard, elle se servirait de l'enregistrement pour taper son rapport, en laissant de côté les marmonnements et les commentaires superflus.

Rachel mesura et décrivit la plaie en indiquant précisément son emplacement sur le corps. Puis, elle introduisit avec précaution l'extrémité de la pince dans l'orifice, enfonçant lentement et prudemment l'instrument pour être sûre de ne pas dévier de la trajectoire de la balle dans le corps. Un instant plus tard, elle avait atteint le projectile et l'avait extrait sans encombre.

—Ah, ah ! murmura-t-elle triomphalement en se redressant, brandissant sa prise.

Puis, elle se tourna vers son plateau d'instruments et se figea en s'apercevant avec irritation qu'il ne s'y trouvait aucun flacon à indice où l'y déposer. Il n'était pas nécessaire d'en avoir toujours sous la main, et elle n'avait pas pensé à en sortir un avant de se mettre au travail. Maudissant tout bas son manque de prévoyance, Rachel tourna le dos au chariot de dissection pour chercher ce dont elle avait besoin dans un alignement de tiroirs et de placards.

Tout en cherchant, elle se demanda où pouvait bien être passé Tony. Sa petite escapade à la cafèt' avait tendance à s'éterniser. Elle subodorait qu'une certaine infirmière du cinquième étage devait en être responsable. Tony avait flashé sur elle et connaissait son emploi du temps mieux que sa poche. Il s'arrangeait la plupart du temps pour prendre ses pauses en même temps qu'elle. S'il l'avait rejointe à la cafétéria, Rachel se doutait qu'elle ne le reverrait pas de sitôt, mais elle s'en fichait. Il pouvait prendre tout son temps de pause maintenant, si ça lui chantait. Si elle devait retourner chez elle après son retour, il ne pourrait plus s'absenter jusqu'à la fin de son service.

Après avoir trouvé ce qui lui manquait, Rachel y déposa la balle et porta le tout à son bureau pour libeller l'échantillon. Faute d'être dûment répertorié, cet élément de preuve ne pouvait servir à grand-chose. Bien sûr, il lui fut impossible de mettre la main tout de suite sur les étiquettes adéquates et elle perdit plusieurs minutes à les chercher. Ensuite, elle dut en jeter trois pour parvenir à en remplir une seule correctement. Autant de preuves, s'il lui en fallait encore, qu'elle n'était pas dans son assiette cette nuit-là et que rentrer chez elle pouvait s'avérer une bonne idée. Une perfectionniste comme elle ne pouvait que trouver agaçants – pour ne pas dire humiliants – de tels tâtonnements.

Furieuse contre elle-même autant que contre son état de faiblesse, Rachel colla soigneusement l'étiquette en place et se figea en surprenant du coin de l'œil un mouvement dans la pièce. Elle tourna la tête, s'attendant à voir Tony de retour, mais elle était toujours seule. Il n'y avait qu'elle ici, et M. X sur son chariot. Son esprit enfiévré commençait à lui jouer des tours.

Rachel secoua la tête et se leva. Elle avait les jambes tremblantes, ce qui ne fut pas pour la rassurer. Sa fièvre atteignait de nouveaux sommets. On aurait dit qu'un thermostat venait de se mettre en marche en elle, la faisant passer instantanément d'un désert glacé à une fournaise d'enfer.

Un froissement ramena son attention au chariot d'autopsie. Cette main droite était-elle bien là où elle se trouvait, la dernière fois qu'elle l'avait vue ? Rachel aurait juré qu'elle l'avait reposée paume en bas après avoir procédé à la recherche de marques et de cicatrices. Pourtant, à présent elle se trouvait paume en l'air, les doigts relâchés.

Son regard remonta le long du bras, jusqu'au visage, qui lui fit froncer les sourcils. Les traits de l'homme étaient restés figés sur l'expression de surprise hébétée qu'il avait eue en mourant. N'arborait-il pas davantage une grimace de souffrance, maintenant ? Sans doute se faisait-elle des idées, décida-t-elle. Elle ne pouvait que se faire des idées… Ce type était mort. Il ne pouvait avoir bougé la main ou modifié l'expression de son visage.

— Ma vieille, tu te tapes le service de nuit depuis trop longtemps…, maugréa-t-elle tout bas.

Lentement, elle retourna près du chariot. Il lui fallait achever de dénuder le corps et procéder à l'examen de la partie inférieure.

Naturellement, elle aurait besoin de l'aide de Tony pour le retourner. Elle pouvait également le reste de son examen, mais elle préféra s'y mettre tout de suite. Plus vite elle en aurait terminé, plus vite elle pourrait regagner son appartement et son lit. Mieux valait en faire le plus possible sans attendre le retour de son assistant. Ce qui impliquait de débarrasser M. X de son pantalon en le découpant. Elle se saisit de sa cisaille sur le plateau, puis se ravisa en constatant qu'elle n'avait pas vérifié la présence de plaies à la tête.

Il paraissait douteux que la victime ait pu recevoir une balle ailleurs qu'en plein cœur. Elle n'avait rien constaté de tel au premier coup d'œil, et si cela avait été le cas, Dale et Fred lui en auraient parlé. En dépit de leur impression d'avoir fugitivement perçu un pouls sur la scène du crime, la mort avait dû être instantanée dès que le projectile avait atteint le cœur. Pourtant, il lui fallait vérifier.

Rachel reposa la cisaille et alla se camper au sommet du chariot où elle examina rapidement la tête du cadavre. L'homme avait eu de très jolis cheveux châtain clair, les plus sains qu'elle ait jamais vus. Elle aurait bien aimé pouvoir en dire autant de sa propre tignasse rousse. N'ayant rien découvert de plus significatif – pas la plus petite éraflure – elle reposa doucement la tête et retourna se placer sur le côté du chariot.

Après avoir repris sa cisaille, elle l'actionna dans le vide en observant la ceinture du pantalon, sans parvenir à se résoudre de la découper. Curieusement, elle hésitait à le faire. Elle ne s'était pas sentie aussi intimidée à l'idée de mettre un homme à nu depuis ses débuts en fac de médecine. Elle n'avait pas la moindre idée de ce qui pouvait lui faire cet effet-là.

Elle posa de nouveau les yeux sur la poitrine de l'homme. Elle fut une fois encore impressionnée par sa carrure. Il était à parier que ses jambes devaient être aussi musclées, et elle fut effarée de constater qu'elle était assez curieuse de le vérifier. Ainsi devaient s'expliquer ses réticences à se mettre au travail, décida-t-elle. Elle n'avait pas l'habitude, en présence d'un sujet, de se laisser aller à de telles curiosités. C'était embarrassant. La fièvre lui mettait décidément la tête à l'envers…

Même pâle et sans vie, M. X restait un homme séduisant. Pour ne rien arranger, il ne paraissait pas aussi raide et livide que ses habituels sujets d'examen. À le voir, on aurait pu croire qu'il piquait simplement un somme.

Rachel laissa ses yeux remonter jusqu'à son visage. Elle le trouvait réellement attirant, ce qui était plutôt inquiétant. Avoir le béguin pour un homme mort n'était pas très sain. Elle se rassura en songeant que sa vie affective quasi inexistante devait expliquer le phénomène. Ses horaires de travail ne l'aidaient pas à sortir. Quand la plupart des gens partaient prendre du bon temps, elle se trouvait déjà au boulot. Oui, le service de nuit avait bien mis un frein à sa vie amoureuse.

Même si celle-ci, pour dire la vérité, n'avait jamais été très florissante… Rachel avait grandi d'un coup à la préadolescence et était demeurée beaucoup plus grande que tous ceux de sa tranche d'âge durant tout le lycée. Rien de mieux pour finir timide et complexée et pour chercher à se fondre dans le décor. Obtenir ce job à la morgue en service de nuit n'avait fait qu'aggraver ses difficultés. Mais cela lui fournissait également une bonne excuse : quand les gens s'étonnaient de son célibat prolongé, il lui était facile d'invoquer sa carrière.

Les choses n'allaient pas en s'arrangeant, cependant, si elle commençait à être attirée par des cadavres. Sans doute était-ce une bonne chose de chercher à ne plus travailler de nuit. Tout ce temps passé dans la solitude allait finir par la rendre dingue.

Détournant le regard du trop séduisant visage, Rachel posa les yeux sur ses instruments de travail. Difficile de comprendre pour quelle raison elle avait choisi ce domaine d'activité… Elle avait toujours détesté tout ce qui se rapportait aux docteurs et au monde médical. La vue d'une seringue était un cauchemar pour elle et elle ne supportait pas la souffrance : une vraie mauviette. Aussi, naturellement, avait-elle cherché à travailler à la morgue d'un hôpital où ces deux composantes ne pouvaient être ignorées. Elle suspectait une rébellion de son inconscient refusant de laisser ses peurs irrationnelles lui mettre des bâtons dans les roues.

Sans pouvoir s'en empêcher, Rachel reporta son attention sur le torse de M. X. Rêvait-elle ou la plaie s'était-elle réellement amenuisée depuis qu'elle l'avait examinée ? Elle la regarda fixement, en silence, puis cligna des paupières pour chasser l'impression troublante que la poitrine se soulevait et s'abaissait lentement.

— Mes yeux me jouent des tours…, murmura-t-elle en se forçant à regarder ailleurs.

Elle venait d'extraire une balle du cœur de ce type. Il était on ne peut plus mort, et les morts ne respirent plus. Décidée à en terminer avec lui aussi vite que possible pour pouvoir le réfrigérer et cesser d'imaginer des choses à son sujet, Rachel s'empara de sa cisaille et glissa une lame sous la ceinture du pantalon.

— Désolée, s'excusa-t-elle. Je déteste devoir massacrer un si beau fute, mais…

Haussant les épaules, elle commença à découper le tissu.

— Mais quoi ? s'enquit une voix masculine.

Rachel se figea et tourna vivement la tête. L'homme allongé sur le chariot la regardait… La vue de ses yeux – indéniablement ouverts et rivés sur elle – la fit crier et bondir en arrière. Ses jambes tremblantes la portaient à peine. Elle faillit s'étaler sur le sol. Horrifiée, elle regardait le cadavre ressuscité, bouche bée, et celui-ci soutenait tranquillement son regard.

Elle ferma les yeux, mais quand elle les rouvrit, l'homme allongé sur son chariot la regardait toujours.

— Ce n'est pas bon…, murmura-t-elle. Pas bon du tout.

— Qu'est-ce qui n'est pas bon ? demanda-t-il avec intérêt.

Sa voix était un peu faible, mais pour un type mort, parler même faiblement représentait un sacré tour de force…

— Qu'est-ce qui n'est pas bon ? insista-t-il, d'une voix un peu plus assurée cette fois.

— Que j'hallucine, répondit obligeamment Rachel.

Puis, elle remarqua les yeux de l'étranger et il lui fut impossible de ne pas les admirer. Jamais elle n'en avait vu d'aussi beaux. Comme elle l'avait précédemment imaginé, ils étaient d'une teinte gris-bleu aux reflets argentés quelle rencontrait pour la première fois. En fait, si on lui avait demandé son point de vue, elle aurait répondu qu'il était scientifiquement impossible d'avoir des iris d'une telle couleur.

Rachel se détendit et sentit la peur et la tension qui l'habitaient refluer. Si elle n'avait jamais vu d'yeux de cette couleur, c'était parce qu'ils n'existaient pas. Un peu plus tôt, elle s'était imaginé que l'homme devait avoir des yeux argentés. Et de toute évidence, elle s'imaginait à présent que ses yeux étaient ouverts et de cette même couleur. Elle n'avait plus le moindre doute : elle était en train d'halluciner à cause de la fièvre, et pour produire cet effet, celle-ci devait avoir atteint un niveau dangereusement élevé.

Le cadavre vivant se redressa et resta assis sur le chariot, attirant de nouveau à lui l'attention de Rachel. À voix haute, elle tenta de se convaincre :

— C'est une hallucination. À cause de la fièvre.

M. X plissa les paupières.

— Vous avez de la fièvre ? s'étonna-t-il. Ça explique tout.

— Ça explique quoi ? demanda Rachel.

Puis, elle grimaça en s'apercevant qu'elle venait de parler à une hallucination. Ce qui, après tout, n'était peut-être pas pire que de parler à des cadavres, ce qu'elle faisait tout le temps. En outre, ce macchabée avait une très jolie voix, aussi chaude et douce que le whisky. Rachel n'aurait rien eu contre un bon verre : thé, citron, miel et whisky. Oui, un bon grog était décidément ce dont elle avait besoin pour étouffer cette hallucination dans l'œuf. Ou pour simplement ne plus se laisser autant impressionner par elle. Dans un cas comme dans l'autre, cela lui allait.

— Pourquoi ne venez-vous pas à moi ?

Rachel soutint le regard du mort sans ciller. Ce qu'il racontait n'avait aucun sens, mais pouvait-on reprocher à une hallucination son manque de cohérence ? Néanmoins, elle tenta d'argumenter :

— Pourquoi le ferais-je ? Je suis juste en train d'imaginer que vous êtes assis et que vous me parlez. Vous n'êtes pas réel.

— Je ne suis pas réel ?

— Non, absolument pas. J'imagine seulement que vous l'êtes. En réalité, vous êtes toujours allongé sur ce chariot, bel et bien mort.

Un sourire fleurit sur ses lèvres, tout aussi charmant que le reste de sa personne.

— Comment le savez-vous ? demanda-t-il.

— Les morts ne se redressent pas pour parler, expliqua-t-elle patiemment. S'il vous plaît, rallongez-vous à présent. Je sens que la tête commence à me tourner.

— Mais si, après tout, je n'étais pas mort ?

Cela la laissa un instant sans voix. Puis, Rachel se rappela qu'elle était fiévreuse et qu'il ne pouvait être réellement assis sur son chariot. Elle décida de le lui prouver en s'avançant vers lui pour lui décocher un coup de poing, s'attendant à ne rencontrer que le vide. Au lieu de cela, ses phalanges percutèrent un menton bien dur et on ne peut plus réel. Le mort lâcha un cri de surprise et de douleur mêlées, mais elle le remarqua à peine, trop occupée qu'elle était à bondir de nouveau en arrière en criant de plus belle. Sa main lui faisait mal mais elle s'en fichait. Le cadavre vivant était en train de s'asseoir sur le bord du chariot.

La pièce, qui s'était mise quelques instants plus tôt à tourner autour de Rachel, s'immobilisa aussitôt. Progressivement, elle s'obscurcit à ses yeux.

— Bon sang, je vais m'évanouir ! s'aperçut-elle avec horreur. (Puis, elle ajouta à l'intention du cadavre, en s'excusant presque :) Je ne m'évanouis jamais, vous savez. Je vous jure…

Achevé d'imprimer en décembre 2010
Par CPI Brodard & Taupin - La Flèche (France)
N° d'impression : 60448
Dépôt légal : janvier 2011
Imprimé en France
81120453-1